SOUS LE SOLEIL DE SATAN

Cl 8-6095

Joyce – Kansas City

Wed

27

Sun. –

Sat.

Mon. 28

un pet-de-loup – 7.30 Mon
prof ridicule ? – type de vieux
ne se dit pas.
un père sec – personne autoritaire

GEORGES BERNANOS

Sous le soleil de Satan

PLON

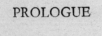

PROLOGUE

HISTOIRE DE MOUCHETTE

I

Voici l'heure du soir qu'aima P.-J. Toulet. Voici l'horizon qui se défait — un grand nuage d'ivoire au couchant et, du zénith au sol, le ciel crépusculaire, la solitude immense, déjà glacée, — plein d'un silence liquide... Voici l'heure du poète qui distillait la vie dans son cœur, pour en extraire l'essence secrète, embaumée, empoisonnée.

Déjà la troupe humaine remue dans l'ombre, aux mille bras, aux mille bouches; déjà le boulevard déferle et resplendit... Et lui, accoudé à la table de marbre, regardait monter la nuit, comme un lis.

Voici l'heure où commence l'histoire de Germaine Malorthy, du bourg de Terninques, en Artois. Son père était un de ces Malorthy du Boulonnais qui sont une dynastie de meuniers et de minotiers, tous gens de même farine, à faire d'un sac de blé bonne mesure, mais larges en affaires, et bien vivants. Malorthy le père vint le premier s'établir à Campagne, s'y maria et, laissant le blé pour l'orge, fit de la politique et de la bière, l'une et l'autre assez mauvaises. Les minotiers de Dœuvres et de Marquise le tinrent dès lors pour un fou dangereux, qui finirait sur la paille, après avoir déshonoré des commerçants qui n'avaient jamais rien demandé à per-

sonne qu'un honnête profit. "Nous sommes libéraux de père
en fils", disaient-ils, voulant exprimer par là qu'ils restaient
des négociants irréprochables... Car le doctrinaire en révolte,
dont le temps s'amuse avec une profonde ironie, ne fait
souche que de gens paisibles. La postérité spirituelle de Blan-
qui a peuplé l'enregistrement, et les sacristies sont encombrées
de celle de Lamennais.

Le village de Campagne a deux seigneurs. L'officier de
santé Gallet, nourri du bréviaire Raspail, député de l'arron-
dissement. Des hauteurs où son destin l'a placé, il contemple
encore avec mélancolie le paradis perdu de la vie bourgeoise,
sa petite ville obscure, et le salon familial de reps vert où son
néant s'est enflé. Il croit honnêtement mettre en péril l'ordre
social et la propriété, il le déplore et, se taisant ou s'abstenant
toujours, il espère ainsi prolonger leur chère agonie.

"On ne me rend pas justice — s'est écrié un jour ce fantôme, avec une sincérité poignante — voyons! j'ai une conscience!"

Dans le même temps, M. le marquis de Cadignan menait
au même lieu la vie d'un roi sans royaume. Tenu au courant
des grandes affaires par les "Mondanités" du *Gaulois* et la
Chronique politique de la *Revue des Deux Mondes*, il nourrissait encore l'ambition de restaurer en France le sport oublié
de la chasse au vol. Malheureusement, les problématiques
faucons de Norvège, achetés à grands frais, de race illustre,
ayant trompé son espoir et pillé ses garde-manger, il avait
tordu le cou à tous ces chevaliers teutoniques, et dressait plus
modestement des émouchets au vol de l'alouette et de la pie.
Entre temps, il courait les filles; on le disait au moins, la mali-
gnité publique devant se contenter de médisances et de menus
propos, car le bonhomme braconnait pour son compte, muet
sur la voie comme un loup.

II

Malorthy le père eut de sa femme une fille, qu'il voulut d'abord appeler Lucrèce, par dévotion républicaine. Le maître d'école, tenant de bonne foi la vertueuse dame pour la mère des Gracches, fit là-dessus un petit discours, et rappela que Victor Hugo avait célébré avant lui cette grande mémoire. Les registres de l'état civil s'ornèrent donc pour une fois de ce nom glorieux. Malheureusement le curé, pris de scrupule, parla d'attendre un avis de l'archevêque, et, bon gré, mal gré, le fougueux brasseur dut souffrir que sa fille fût baptisée sous le nom de Germaine.

— Je n'aurais pas cédé pour un garçon dit-il, mais une demoiselle...

La demoiselle atteignit seize ans.

Un soir, Germaine entra dans la salle, à l'heure du souper, portant un seau plein de lait frais... A deux pas du seuil, elle s'arrêta net, fléchit sur ses jambes et pâlit.

— Mon Dieu! s'écria Malorthy, la petite tombe faible!

La pauvrette appuya ses deux mains sur son ventre, et fondit en larmes. Le regard aigu de la mère Malorthy rencontra celui de sa fille.

— Laisse-nous un moment, papa, dit-elle.

Comme il arrive, après mille soupçons confus, à peine avoués, l'évidence éclatait tout à coup, faisait explosion. Prières, menaces, et les coups même, ne purent tirer de la fille obstinée autre chose que des larmes d'enfant. La plus bornée manifeste en de telles crises un sang-froid lucide, qui n'est sans doute que le sublime de l'instinct. Où l'homme s'embarrasse, elle se tait. En surexcitant la curiosité, elle sait bien qu'elle désarme la colère.

Huit jours plus tard, cependant, Malorthy dit à sa femme entre deux bouffées de sa bonne pipe :

— J'irai demain chez le marquis. J'ai mon idée. Je me doute de tout.

— Chez le marquis! fit-elle... Antoine, l'orgueil te perdra, tu ne sais rien de sûr; tu vas te faire moquer.

— On verra, répondit le bonhomme. Il est dix heures; couche-toi.

Mais, quand il fut assis, le lendemain, au fond d'un grand fauteuil de cuir, et dans l'antichambre de son redoutable adversaire, il mesura d'un coup son imprudence. La colère tombée : " J'irais trop loin... ", se dit-il.

Car il s'était cru capable de traiter cette affaire, comme beaucoup d'autres, en paysan finaud, sans amour-propre. Pour la première fois, la passion parlait plus haut, et dans une langue inconnue.

Jacques de Cadignan avait alors atteint son neuvième lustre. De taille médiocre, et déjà épaissie par l'âge, il portait en toute saison un habit de velours brun qui l'alourdissait encore. Tel quel, il charmait cependant, par une espèce de bonne grâce et de politesse rustique dont il usait avec un sûr génie. Comme beaucoup de ceux qui vivent dans l'obsession du plaisir, et dans la présence réelle ou imaginaire du compagnon féminin, quelque soin qu'il prît de paraître brusque, volontaire et même un peu rude, il se trahissait en parlant; sa voix était la plus riche et nuancée, avec des éclats d'enfant gâté, pressante et tendre, secrète. Et il avait aussi d'une mère irlandaise des yeux bleu pâle, d'une limpidité sans profondeur, pleins d'une lumière glacée.

— Bonsoir, Malorthy, dit-il, asseyez-vous.

Malorthy s'était levé en effet. Il avait préparé son petit discours et s'étonnait de n'en plus retrouver un mot. D'abord il parla comme en rêve, attendant que la colère le délivrât.

— Monsieur le marquis, fit-il, il s'agit de notre fille.

— Ah!... dit l'autre.

— Je viens vous parler d'homme à homme. Depuis cinq jours qu'on s'est aperçu de la chose, j'ai réfléchi, j'ai pesé le pour et le contre; il n'est que de parler pour s'entendre, et j'aime mieux vous voir avant d'aller plus loin. On n'est pas des sauvages, après tout!

— Aller où?... demanda le marquis.

Puis il ajouta tranquillement, du même ton :

— Je ne me moque pas de vous, Malorthy, mais, nom d'une pipe! vous me proposez une charade! Nous sommes, vous et moi, trop grands garçons pour ruser et tourner autour du pot. Voulez-vous que je parle à votre place? Hé bien! la petite est enceinte, et vous cherchez au petit-fils un papa... Ai-je bien dit?

— L'enfant est de vous! s'écria le brasseur, sans plus tarder.

Le calme du gros homme lui faisait froid dans le dos. Des arguments qu'il avait repassés un par un, irréfutables, il n'en trouvait pas qu'il eût osé seulement proposer. Dans sa cervelle, l'évidence se dissipait comme une fumée.

— Ne plaisantons pas, reprit le marquis. Je ne vous ferai pas d'impolitesse avant d'avoir entendu vos raisons. Nous nous connaissons, Malorthy. Vous savez que je ne crache pas sur les filles; j'ai eu mes petites aventures, comme tout le monde. Mais, foi d'honnête homme! il ne se fait pas un enfant dans le pays sans que vos sacrées commères ne me cherchent des *si* et des *mais*, des *il paraît* et des *peut-être*... Nous ne sommes plus au temps des seigneurs : le bien que je prends, on me l'a librement laissé prendre. La République est pour tous, mille noms d'un chien!

"La République!" pensait le brasseur, stupéfait. Il prenait cette profession de foi pour une bravade, bien que le marquis parlât sans fard, et qu'en vrai paysan il se sentît porté vers un gouvernement qui préside aux concours agricoles et prime les animaux gras. Les idées du châtelain de Campagne sur la politique et l'histoire étant d'ailleurs, à peu de chose près, celles du dernier de ses métayers.

— Alors?... fit Malorthy, attendant toujours un oui ou un non.

— Alors, je vous pardonne de vous être laissé, comme on dit, monter le coup. Vous, votre satané député, enfin tous les mauvais gars du pays m'ont fait une réputation de Barbe-bleue. Le marquis par-ci, le marquis par-là, le servage, les droits féodaux — des bêtises. Tout marquis que je suis, j'ai droit à la justice, je pense? Voulez-vous être juste, Malorthy, et loyal? Dites-moi franchement quel est l'imbécile qui vous a conseillé de venir ici, chez moi, pour me raconter une histoire désagréable, et m'accuser par-dessus le marché?... Il y a une femme là-dessous, hein? Ah! les garces!

Il riait maintenant d'un bon rire large, d'un rire de cabaret. Pour un peu, le brasseur eût ri à son tour, comme après un marché longtemps débattu, et dit : " Tope là! Monsieur le marquis, allons boire!... " Car le Français naît cordial.

— Voyons, monsieur de Cadignan, soupira-t-il, quand je n'aurais pas d'autre preuve, tout le pays sait que vous faisiez la cour à la petite, et depuis longtemps. Tenez! il y a un mois encore, passant le chemin de Wail, je vous ai vus tous les deux, au coin de la pâture Leclercq, là, assis au bord du fossé, côte à côte. Je me disais : c'est un peu de coquetterie, ça passera. Et puis elle s'était promise au gars Ravault; elle a tant d'amour-propre! Enfin le mal est fait. Un homme riche comme vous, un noble, ça ne badine pas sur la question de l'honneur... Bien entendu, je ne vous demande pas de l'épouser; je ne suis pas si bête. Mais il ne faut pas non plus nous traiter comme des gens de rien, prendre votre plaisir, et nous planter là, pour faire rire de nous.

En prononçant ces derniers mots, il avait repris, sans y penser, le ton habituel au paysan qui transige, et parlait avec une insinuante bonhomie, un peu geignarde. " Il n'ose pas nier, se disait-il, il a une offre à faire... il la fera. " Mais son dangereux adversaire le laissait parler dans le vide.

Le silence se prolongea une minute ou deux, pendant lesquelles on n'entendit plus qu'un tintement d'enclume, au loin... C'était un bel après-midi d'août qui siffle et bourdonne.

— Hé bien? dit enfin le marquis.

Pendant ce court répit, le brasseur avait rassemblé ses forces. Il répondit :

— A vous de proposer, monsieur.

Mais l'autre suivait son idée; il demanda :

— Ce Ravault, l'a-t-elle revu depuis longtemps?

— Est-ce que je sais!

— On peut trouver là un indice, répondit paisiblement le marquis, c'est un renseignement intéressant... Mais les papas sont si bêtes! En deux heures, je vous aurais livré le coupable, moi, pieds et poings liés!

— Par exemple! s'écria Malorthy, foudroyé.

Il ne connaissait pas grand-chose à cette forme supérieure de l'aplomb que les beaux esprits nomment cynisme.

— Mon cher Malorthy, continuait l'autre sur le même ton, je n'ai pas de conseil à vous donner : d'ailleurs, dans un mauvais cas, un homme tel que vous n'en reçoit point. Je vous dis simplement ceci : revenez dans huit jours; d'ici là, calmez-vous, réfléchissez, n'ébruitez rien, n'accusez personne; vous pourriez trouver moins patient que moi. Vous n'êtes plus un enfant, que diable! Vous n'avez ni témoins, ni lettres, rien. Huit jours, c'est assez pour entendre parler les gens et faire d'une petite chose un grand profit; on voit venir... M'avez-vous compris, Malorthy? conclut-il d'un ton jovial.

— Peut-être bien, répondit le brasseur.

A ce moment, le tentateur hésita; une seconde sa voix avait fléchi. "Il voudrait que je vide mon sac, pensa Malorthy, attention!..." Ce signe de faiblesse lui rendit courage. Et d'ailleurs, il s'enivrait à mesure de sentir monter sa colère.

— Renseignez-vous, dit encore Cadignan, et laissez la petite fille en paix. Au surplus, vous n'en tirerez rien. Ce joli gibier-là, voyez-vous, c'est comme un râle de genêt dans la luzerne, ça vous piète sous le nez du meilleur chien, ça rendrait fou un vieil épagneul.

— C'est ce que je voulais dire, justement, déclara Malorthy, en appuyant chaque mot d'un hochement de tête. J'ai fait ce que j'ai pu, moi; j'attendrai bien huit jours, quinze jours, autant qu'on voudra... Malorthy ne doit rien à personne, et si la fille tourne mal, elle en aura tout le reproche. Elle est assez grande pour fauter, elle peut bien aussi se défendre...

— Allons! Allons! pas de paroles en l'air, s'écria le marquis. Mais l'autre n'hésita plus; il croyait faire peur.

— On ne se débarrasse pas d'une jolie fille aussi aisément que d'un vieux bonhomme, monsieur de Cadignan, tout le monde sait ça... Vous êtes bien connu, voyez-vous, et elle vous dira elle-même son fait, mille diables! Les yeux dans les yeux, en public, car elle a du sang sous les ongles, la petite!... Au pis aller, nous aurons les rieurs pour nous...

— Je voudrais voir ça, ma foi, dit l'autre.

— Vous le verrez, jura Malorthy.

— Allez le lui demander, s'écria Cadignan, allez le lui demander vous-même, l'ami!

Le brasseur revit un instant le pâle petit visage résolu, indéchiffrable, et cette bouche si fière qui, depuis huit jours, refusait son secret... Alors il cria :

— Malin des malins!... Elle a tout dit à son père!

Et il recula de deux pas.

Le regard du marquis hésita une seconde, le toisa de la tête aux pieds, puis tout à coup se durcit. Le bleu pâle des prunelles verdit. A ce moment, Germaine eût pu y lire son destin.

Il alla jusqu'à la fenêtre, la ferma, revint vers la table, toujours silencieux. Puis il secoua ses fortes épaules, s'approcha de son visiteur à le toucher, et dit seulement :

— Jure-le, Malorthy!

— C'est juré! répondit le brasseur.

Ce mensonge lui parut sur-le-champ une ruse honnête. De plus, il eût été bien embarrassé de se dédire. Une idée seulement traversa toutefois sa cervelle, mais qu'il ne put fixer, et dont il ne sentit que l'angoisse. Entre deux routes offertes, il eut cette impression vague d'avoir choisi la mauvaise et de s'y être engagé à fond, irréparablement.

Il s'attendait à un éclat; il l'eût souhaité. Cependant le marquis dit avec calme :

— Allez-vous-en, Malorthy. Mieux vaut s'en tenir là pour aujourd'hui. Vous dans un sens, moi dans l'autre, nous sommes dupes d'une petite gueuse qui mentait avant de savoir parler. Attention!... Les gens qui vous conseillent sont peut-être assez malins pour vous éviter deux ou trois bêtises, dont la plus grosse serait de vouloir m'intimider. Qu'on pense de moi ce qu'on voudra, je m'en fiche! En somme, les tribunaux ne sont pas faits pour les chiens, si le cœur vous en dit... Bien le bonjour!

— Qui vivra verra! répondit noblement le brasseur.

Et, comme il méditait une autre réponse, il se retrouva dehors, seul et quinaud.

— Ce diable d'homme, dit-il plus tard, il donnerait de la drèche pour de l'orge, qu'on lui dirait encore merci...

Il repassait en marchant tous les détails de la scène, se composant à mesure, comme il est d'usage, un rôle avantageux. Mais, quoi qu'il fît, son bon sens devait convenir d'un fait accablant pour son amour-propre; cette entrevue de puissance à puissance, dont il espérait tant, n'avait rien conclu. Les dernières paroles de Cadignan, toutes pleines d'un sens mystérieux, ne cessaient pas non plus de l'inquiéter pour l'avenir... "Vous dans un sens, moi dans l'autre, nous avons été gentiment dupés... " Il semblait que cette petite fille les eût renvoyés dos à dos.

Levant les yeux, il vit dans les arbres sa belle maison de briques rouges, les bégonias de la pelouse, la fumée de la brasserie verticale dans l'air du soir, et ne se sentit plus malheureux. " J'aurai ma revanche, murmurait-il, l'année sera bonne. " Depuis vingt ans, il avait fait ce rêve d'être un jour le rival du châtelain : il l'était. Incapable d'une idée générale, mais doué d'un sens aigu des valeurs réelles, il ne doutait plus d'être le premier dans sa petite ville, d'appartenir à la race des maîtres, dont les lois et les usages de chaque siècle reflètent l'image et la ressemblance — demi-commerçant, demi-rentier, possesseur d'un moteur à gaz pauvre, symbole de la science et du progrès modernes, — également supérieur au paysan titré et au médecin politique, qui n'est qu'un bourgeois déclassé. Il décida d'envoyer sa fille à Amiens, pour y faire ses couches. Faute de mieux, il était au moins sûr de la discrétion du marquis. Et d'ailleurs les notaires de Wadicourt et de Salins ne faisaient plus mystère de la vente prochaine du château

L'ambitieux brasseur escomptait cette revanche. Il ne rêvait pas mieux, n'ayant pas assez d'imagination pour souhaiter la mort d'un rival. Il était de ces bonnes gens qui savent porter la haine, mais que la haine ne porte pas.

**

... C'était un matin du mois de juin; au mois de juin un matin si clair et sonore, un clair matin.

— Va voir comment nos bêtes ont passé la nuit! avait commandé maman Malorthy (car les six belles vaches étaient au pré depuis la veille)... Toujours Germaine reverrait cette pointe de la forêt de Sauves, la colline bleue, et la grande plaine vers la mer, avec le soleil sur les dunes.

L'horizon qui déjà s'échauffe et fume, le chemin creux encore plein d'ombre, et les pâtures tout autour, aux pommiers bossus. La lumière aussi fraîche que la rosée. Toujours elle entendra les six belles vaches qui s'ébrouent et toussent dans le clair matin. Toujours elle respirera la brume à l'odeur de cannelle et de fumée, qui pique la gorge et force à chanter. Toujours elle reverra le chemin creux où l'eau des ornières s'allume au soleil levant... Et plus merveilleux encore, à la lisière du bois, entre ses deux chiens Roule-à-Mort et Rabat-Joie, son héros, fumant sa pipe de bruyère, dans son habit de velours et ses grosses bottes, comme un roi.

Ils s'étaient rencontrés trois mois plus tôt, sur la route de Desvres, un dimanche. Ils avaient marché côte à côte jusqu'à la première maison... Des paroles de son père lui revenaient à mesure en mémoire, et tant de fameux articles du *Réveil de l'Artois*, scandés de coups de poing sur la table, — le servage, les oubliettes — et encore l'histoire de France illustrée, Louis XI en bonnet pointu (derrière, un pendu se balance, on voit la grosse tour du Plessis)... Elle répondait sans pruderie, la tête bien droite, avec un gentil courage. Mais, au souvenir du brasseur républicain, elle frissonnait tout de même d'un frisson à fleur de peau, — un secret déjà, son secret!...

A seize ans, Germaine savait aimer (non point rêver d'amour, qui n'est qu'un jeu de société)... Germaine savait aimer, c'est-

à-dire qu'elle nourrissait en elle, comme un beau fruit mûris-
sant, la curiosité du plaisir et du risque, la confiance intrépide
de celles qui jouent toute leur chance en un coup, affrontent
un monde inconnu, recommencent à chaque génération
l'histoire du vieil univers. Cette petite bourgeoise au teint
de lait, au regard dormant, aux mains si douces, tirait l'aiguille
en silence, attendant le moment d'oser, et de vivre. Aussi
hardie que possible pour imaginer ou désirer, mais organi-
sant toutes choses, son choix fixé, avec un bon sens héroïque.
Bel obstacle que l'ignorance, lorsqu'un sang généreux, à chaque
battement du cœur, inspire de tout sacrifier à ce qu'on ne
connaît pas! La vieille Malorthy, née laide et riche, n'avait
jamais espéré pour elle-même d'autre aventure qu'un mariage
convenable, qui n'est affaire que de notaire, vertueuse par
état, mais elle n'en gardait pas moins le sentiment très vif de
l'équilibre instable de toute vie féminine, comme d'un édi-
fice compliqué, que le moindre déplacement peut rompre.

— Papa, disait-elle au brasseur, il faut de la religion pour
notre fille...

Elle eût été bien embarrassée d'en dire plus, sinon qu'elle
le sentait bien. Mais Malorthy ne se laissait pas convaincre :

— Qu'a-t-elle besoin d'un curé, pour apprendre en confesse tout ce qu'elle ne doit pas savoir? Les prêtres faussent
la conscience des enfants, c'est connu.

Pour cette raison, il avait défendu qu'elle suivît le cours
du catéchisme, et même "qu'elle fréquentât l'un quelconque
de ces bondieusards qui mettent dans les meilleurs ménages,
disait-il, la zizanie". Il parlait aussi, en termes sibyllins, des
vices secrets qui ruinent la santé des demoiselles, et dont elles
apprennent au couvent la pratique et la théorie. "Les nonnes
travaillent les filles en faveur du prêtre" était une de ses
maximes. "Elles ruinent d'avance l'autorité du mari", con-
cluait-il en frappant du poing sur la table. Car il n'entendait
pas qu'on plaisantât sur le droit conjugal, le seul que certains
libérateurs du genre humain veulent absolu.

Lorsque Mme Malorthy se plaignait encore que leur fille
n'eût point d'amies, et ne quittât guère le petit jardin aux
ifs taillés, funéraire :

— Laisse-la en paix, répondait-il. Les filles de ce sacré pays-ci sont pleines de malice. Avec son patronage, ses enfants de Marie et le reste, le curé les tient une heure chaque dimanche. Gare là-dessous! Si tu voulais lui apprendre la vie, tu devais m'obéir, et l'envoyer au lycée de Montreuil, elle aurait son brevet maintenant! Mais à son âge, des amitiés de fillette, ça ne vaut rien... Je sais ce que je dis...

Ainsi parlait Malorthy, sur la foi du député Gallet, que ces délicats problèmes d'éducation féminine ne laissaient pas indifférent. Le pauvre petit homme, en effet, nommé jadis médecin du lycée de Montreuil, en savait long sur les demoiselles, et ne le celait pas.

— Du point de vue de la science..., disait-il parfois avec le sourire d'un homme revenu de beaucoup d'illusions, plein d'indulgence pour le plaisir d'autrui, et qui ne le recherche plus lui-même.

. . . .

Dans le jardin aux ifs taillés, sous la véranda, toute nue, qui sent le mastic grillé, c'est là qu'elle s'est lassée d'attendre on ne sait quoi, qui ne vient jamais, la petite fille ambitieuse... C'est de là qu'elle est partie, et elle est allée plus loin qu'aux Indes... Heureusement pour Christophe Colomb, la terre est ronde; la caravelle légendaire, à peine eut-elle engagé son étrave, était déjà sur la route du retour... Mais une autre route peut être tentée, droite, inflexible, qui s'écarte toujours, et dont nul ne revient. Si Germaine, ou celles qui la suivront demain, pouvaient parler, elles diraient: " A quoi bon s'engager une fois dans votre bon chemin, qui ne mène nulle part?... Que voulez-vous que je fasse d'un univers rond comme une pelote? "

Tel semblait né pour une vie paisible, qu'un destin tragique attend. Fait surprenant, dit-on, imprévisible... Mais les faits ne sont rien : le tragique était dans son cœur.

**

Si son amour-propre eût été moins profondément blessé, Malorthy se fût décidé sans doute à rendre bon compte à sa

femme de sa visite au château. Il pensa mieux faire en dissi-
mulant quelque temps encore son inquiétude et son embarras,
dans un silence altier, plein de menaces. D'ailleurs, il voulait
sa revanche, et pensait l'obtenir aisément, par un coup de
théâtre domestique, dont sa fille eût fait les frais. Pour beaucoup de niais vaniteux que la vie déçoit, la famille reste une
institution nécessaire, puisqu'elle met à leur disposition,
et comme à portée de la main, un petit nombre d'êtres faibles,
que le plus lâche peut effrayer. Car l'impuissance aime refléter
son néant dans la souffrance d'autrui.

C'est pourquoi, sitôt le souper achevé, Malorthy, tout à
coup, de sa voix de commandement :

— Fillette, dit-il, j'ai à te parler...

Germaine leva la tête, reposa lentement son tricot sur la
table, et attendit.

— Tu m'as manqué, continua-t-il sur le même ton, gravement manqué... Une fille qui faute, dans la famille, c'est comme
un failli..., tout le monde peut nous montrer demain au doigt,
nous, des gens sans reproche, qui font honneur à leurs affaires,
et ne doivent rien à personne. Hé bien! au lieu de nous demander pardon, et d'aviser avec nous, comme ça se doit, qu'est-
ce que tu fais? Tu pleures à t'en faire mourir, tu fais des *oh!*
et des *ah!* voilà pour les jérémiades. Mais pour renseigner
ton père et ta mère, rien de fait. Silence et discrétion, bernique!
Ça ne durera pas un jour de plus, conclut-il en frappant du
poing sur la table, ou tu sauras comment je m'appelle! Assez
pleuré! Veux-tu parler, oui ou non?

— Je ne demande pas mieux, répondit la pauvrette, pour
gagner du temps.

La minute qu'elle attendait, en la redoutant, était venue,
elle n'en doutait pas; et voilà qu'à l'instant décisif les idées
qu'elle avait mûries en silence, depuis une semaine, se présentaient toutes à la fois, dans une confusion terrible.

— J'ai vu ton amant tout à l'heure, poursuivit-il; de mes
yeux vu... Mademoiselle s'offre un marquis; on rougit de
la bière du papa... Pauvre innocente qui se croit déjà dame et
châtelaine, avec des comtes et des barons, et un page pour
lui porter la queue de sa robe!... Enfin nous avons eu un

petit mot ensemble, lui et moi. Voyons si nous sommes d'accord : tu vas me promettre de filer droit, et d'obéir les yeux fermés.

Elle pleurait à petits coups, sans bruit, le regard clair à travers ses larmes. L'humiliation qu'elle avait crainte par avance ne l'effrayait plus. " J'en mourrai de honte, bien sûr! " se répétait-elle la veille encore, attendant d'heure en heure un éclat. *Et maintenant elle cherchait cette honte, et ne la trouvait plus.*

— M'obéiras-tu? répétait Malorthy.

— Que voulez-vous que je fasse? fit-elle.

Il réfléchit un moment :

— M. Gallet sera demain ici.

— Pas demain, interrompit-elle..., le jour du franc marché : samedi.

Malorthy la contempla une seconde, bouche bée.

— Je n'y pensais plus, en effet, dit-il. Tu as raison, samedi. Elle avait fait cette remarque d'une voix nette et posée que son père ne connaissait pas. Au coin du feu la vieille mère en reçut le choc, et gémit.

— Samedi... bon! Je dis samedi, continua le brasseur, qui perdait le fil de son discours. Gallet, c'est un garçon qui connaît la vie. Il a des scrupules et du sentiment... Garde tes larmes pour lui, ma fille! Nous irons le trouver ensemble.

— Oh! non..., fit-elle.

Parce que les dés étaient jetés, en pleine bataille, elle se sentait si libre, si vivante! Ce non, sur ses lèvres lui parut aussi doux et aussi amer qu'un premier baiser. C'était son premier défi.

— Par exemple! tonna le bonhomme.

— Voyons, Antoine! disait maman Malorthy, laisse-lui le temps de respirer! Que veux-tu qu'elle dise à ton député, cette jeunesse?

— La vérité, sacrebleu! s'écria Malorthy. D'abord mon député est médecin, une! Si l'enfant naît hors mariage, nous aurons un mot de lui pour une maison d'Amiens, deux! D'ailleurs un médecin, c'est l'instruction, c'est la science..., ce n'est pas un homme. C'est le curé du républicain. Et puis

vous me faites rire avec vos secrets! Crois-tu que le marquis
parlera le premier? La petite n'avait pas l'âge, à l'époque,
c'est peut-être un détournement, ça pourrait le mener loin!
On l'y traînera, en cour d'assises, tonnerre! Ça garde des
grands airs, ça vous prend pour un imbécile, ça nie l'évidence,
ça ment comme ça respire, un marquis en sabots!... Malheureuse! cria-t-il en se retournant vers sa fille, il a porté la main
sur ton père!

Il n'avait pas prémédité ce dernier mensonge, qui n'était
qu'un trait d'éloquence. Le trait, d'ailleurs, manqua son but.
Le cœur de la petite révoltée battit plus fort, moins à la pensée
de l'outrage fait à son seigneur maître, qu'à l'image entrevue
du héros, dans sa magnifique colère... Sa main! Cette terrible
main!... Et d'un regard perfide, elle en cherchait la trace sur
le visage paternel.

— Laisse-moi un moment, dit alors la vieille Malorthy,
quitte-moi parler!...

Elle prit la tête de sa fille entre ses deux mains.

— Pauvre sotte, fit-elle, à qui veux-tu avouer la vérité,
sinon à ton père et à ta mère? Quand je me suis doutée de la
chose, il était déjà trop tard, mais depuis! A présent, tu sais
ce qu'elles valent, les promesses des hommes? Tous des
menteurs, Germaine! La demoiselle Malorthy?... fi donc!
Je ne la connais pas! Et tu ne serais pas assez fière pour lui
faire rentrer son mensonge dans la gorge? Tu laisseras croire
que tu t'es donnée à un gars de rien, à un valet, à un chemineau?
Allons, avoue-le! Il t'a fait promettre de ne rien dire?... Il
ne t'épousera pas, ma fille! Veux-tu que je te dise, moi? Son
notaire de Montreuil a déjà l'ordre de vente de la ferme des
Charmettes, moulin et tout. Le château y passera comme le
reste. Un de ces matins, bernique! Plus personne! Et pour
toi, la risée d'un chacun?... Mais réponds-moi donc, tête de
bois! s'écria-t-elle.

... "Plus personne... " Des mots entendus, elle ne retenait
que ceux-là. Seule... Abandonnée, découronnée, retombée...
Seule dans le troupeau commun... repentie!... Que craindre
au monde, sinon la solitude et l'ennui? Que craindre, sinon
cette maison sans joie? Alors, en croisant les mains sur son,

cœur, elle cherchait naïvement ses jeunes seins, la petite poitrine profonde, déjà blessée. Elle y comprima ses doigts
sous l'étoffe légère, jusqu'à ce qu'une nouvelle certitude jaillît
de sa douleur, avec un cri de l'instinct.

— Maman! Maman! J'aime mieux mourir!

— Assez, dit Malorthy; tu choisiras entre lui ou nous.
Aussi vrai que je m'appelle Antoine de mon nom, je te donne
encore un jour..., entends-tu bien, mauvaise! Pas une heure de
plus!

Entre elle et son amant, elle voyait ce gros homme furieux,
le scandale irréparable, l'affaire conclue, la seule porte refermée
sur l'avenir et la joie... Certes, elle avait promis le silence,
mais il était aussi sa sauvegarde... Ce gros homme, à présent,
qu'elle détestait.

— Non! Non! dit-elle encore.

— Elle est folle, Seigneur Dieu! gémissait maman Malorthy,
en levant les bras au ciel, folle à lier!

— Je le deviendrai, bien sûr, reprit Germaine, pleurant
plus fort. Pourquoi me faites-vous du mal, à la fin! Décidez
ce qui vous plaira, battez-moi, chassez-moi, je me tuerai...
Mais je ne vous dirai rien, là, tout de même! Et pour
M. le marquis, c'est des mensonges; il ne m'a seulement pas
touchée.

— Garce! murmurait le brasseur entre ses dents.

— A quoi bon m'interroger, si vous ne voulez pas me croire?
répétait-elle, d'une voix d'enfant.

Elle affrontait son père, elle le bravait à travers ses larmes;
elle se sentait plus forte de toute sa jeunesse, de toute sa cruelle
jeunesse.

— Te croire? fit-il. Te croire? Il faut plus malicieuse que
toi pour rouler papa lapin... Veux-tu que je dise? Il a fini
par avouer, ton galant! Je lui ai poussé une botte, à ma façon :
" Niez si vous voulez, ai-je dit, la petite a tout raconté. "

— Oh! ma...man! maman, bégaya-t-elle, il a... osé...,
il a osé!

Ses beaux yeux bleus, tout à coup secs et brûlants, devin-
rent couleur de violette; son front pâlit, et elle remuait en
vain des mots dans sa bouche aride.

— Tais-toi, tu vas nous la tuer, répétait la mère Malorthy. Misère de nous!

Mais, à défaut de parole, les yeux bleus en avaient déjà trop dit. Le brasseur reçut ce regard chargé de mépris, furtif. Telle qui défend ses petits est moins terrible et moins prompte que celle-là qui se voit arracher la chair de sa chair, son amour, cet autre fruit.

— Sors d'ici, va-t'en! bégayait le père outragé!

Elle attendit un moment, les yeux baissés, la lèvre tremblante, retenant l'aveu prêt à s'échapper comme une suprême injure. Puis elle ramassa son tricot, l'aiguille et sa pelote, et passa le seuil d'un pas fier, plus rouge qu'une lieuse de gerbes, un jour de moisson.

Mais, sitôt libre, elle franchit l'escalier en deux bonds de biche, et referma sa porte en coup de vent. Par la fenêtre entrouverte, elle pouvait voir au bout de l'allée, entre deux hortensias, la grille de fonte peinte en blanc, qui fermait son petit univers, à la limite d'un champ de poireaux... Par-delà, d'autres maisonnettes de briques, à l'alignement, jusqu'au détour de la route, où fume un mauvais toit de chaume sur quatre murs de torchis tout crevés, séjour du bonhomme Lugas, dernier mendiant de la commune... Et ce chaume croulant, au milieu des belles tuiles vernies, c'est encore un autre mendiant, un autre homme libre.

Elle s'étendit sur son lit, la joue au creux de l'oreiller. Elle tâchait de rassembler ses idées, de les remettre au net, et n'entendait plus, dans sa cervelle confuse, que le bourdonnement de la colère... Ah! pauvrette! dont le destin se décide sur un lit d'enfant bien clair, qui sent l'encaustique et la toile fraîche!

Deux heures, Germaine remua dans sa tête assez de projets pour conquérir le monde, si le monde n'avait déjà son maître, dont les filles n'ont nul souci... Elle gémit, cria, pleura, sans pouvoir changer grand-chose à l'évidence inexorable. Son aventure connue, la faute avouée, quelle chance de revoir assez tôt son amant, de le revoir même? S'y prêterait-il, seulement? Il croit que j'ai trahi son secret, se disait-elle, il ne m'estimera plus. "Un de ces matins, bernique!" s'était écriée tout à l'heure la mère Malorthy... Chose étrange! pour la

première fois, elle avait ressenti quelque angoisse, non pas
à la pensée de l'abandon, mais de sa future solitude. La trahison ne lui faisait pas peur, elle n'y avait jamais rêvé. Cette
petite vie bourgeoise, respectable, l'honnête maison de briques, la brasserie bien achalandée avec le moteur à gaz pauvre
— la bonne conduite qui porte en elle sa récompense, — les
égards que se doit à soi-même une jeune personne, fille de
commerçant notable, — oui, la perte de tous ces biens ensemble ne l'inquiétait pas une minute. Pour la voir en robe du
dimanche, sagement peignée, pour entendre son rire vif et
frais, le père Malorthy ne doutait point que sa demoiselle
fût accomplie, "élevée comme une reine", disait-il parfois,
non sans fierté. Il disait encore : "J'ai ma conscience, cela
suffit." Mais il ne confronta jamais que sa conscience et son
grand livre.

Le vent fraîchit : au loin les fenêtres à petits carreaux
flambèrent une à une; l'allée sablée ne fut plus au-dehors
qu'une blancheur vague, et le ridicule petit jardin s'élargit
et s'approfondit soudain sans mesure, à la dimension de la
nuit... Germaine s'éveilla de sa colère, comme d'un rêve. Elle
sauta du lit, vint écouter à la porte, n'entendit plus rien que
l'habituel ronflement du brasseur et le solennel tic-tac de
l'horloge, revint vers la fenêtre ouverte, fit dix fois le tour
de sa cage étroite, sans bruit, souple et furtive, pareille à un
jeune loup... Hé quoi? Minuit déjà?

Un profond silence, c'est déjà le péril et l'aventure, un beau
risque; les grandes âmes s'y déploient comme des ailes. Tout
dort; nul piège... "Libre!" dit-elle tout à coup, de cette voix
basse et rauque que son amant n'ignorait pas, avec un gémissement de plaisir... Elle était libre, en effet.

Libre! Libre, répétait-elle, avec une certitude grandissante.
Et, certes, elle n'aurait su dire qui la faisait libre, ni quelles
chaînes étaient tombées. Elle s'épanouissait seulement dans
le silence complice... Une fois de plus, un jeune animal féminin, au seuil d'une belle nuit, essaie timidement, puis avec
ivresse, ses muscles adultes, ses dents et ses griffes.

Elle quittait tout le passé comme le gîte d'un jour.

Elle ouvrit sa porte à tâtons, descendit l'escalier marche

à marche, fit grincer la clef dans la serrure, et reçut en plein visage l'air du dehors, qui jamais ne lui parut si léger. Le jardin glissa comme une ombre..., la grille dépassée..., la route, et le premier détour de la route... Elle ne respira qu'au-delà, laissant le village derrière elle, dans les arbres, compact, obscur... Alors elle s'assit sur le talus, toute frémissante encore du plaisir de la découverte... Le chemin qu'elle avait fait lui parut immense. La nuit devant elle s'ouvrait comme un asile et comme une proie... Elle ne formait aucun projet, elle sentait dans sa tête un vide délicieux... "Hors d'ici! Va-t'en!" disait tout à l'heure le père Malorthy. Quoi de plus simple? Elle était partie.

III

— C'est moi, dit-elle.

Il se leva d'un bond, stupéfait. Un cri de tendresse, un mot de reproche eût sans doute fait éclater sa colère. Mais il la vit toute droite et toute simple, sur le seuil de la porte, en apparence à peine émue. Derrière elle, sur le gravier, remuait son ombre légère. Et il reconnut tout de suite le regard sérieux, imperturbable qu'il aimait tant, et cette autre petite lueur aussi, insaisissable, au fond des prunelles pailletées. Ils se reconnurent tous les deux.

— Après la visite du papa, la foudre suspendue sur ma tête — à une heure du matin chez moi — tu mériterais d'être battue!

— Dieu! que je suis fatiguée! fit-elle. Il y a une ornière dans l'avenue; je suis tombée deux fois dedans. Je suis mouillée jusqu'aux genoux... Donne-moi à boire, veux-tu?

Jusqu'alors, une parfaite intimité, et même quelque chose de plus, n'avait rien changé au ton habituel de leur conversation. " Monsieur ", disait-elle encore. Et parfois " monsieur le marquis ". Mais cette nuit elle le tutoyait pour la première fois.

— On ne peut pas nier, s'écria-t-il joyeusement, tu as de l'audace.

Elle prit gravement le verre tendu et s'efforça de le porter à sa bouche sans trembler, mais ses petites dents grincèrent sur le cristal, et ses paupières battirent sans pouvoir retenir une larme qui glissa jusqu'à son menton.

— Ouf! conclut-elle. Tu vois, j'ai la gorge serrée d'avoir
pleuré. J'ai pleuré deux heures sur mon lit. J'étais folle. Ils
auraient fini par me tuer, tu sais... Ah! oui, de jolis parents
j'ai là! Ils ne me reverront jamais.

— Jamais? s'écria-t-il, ne dis pas de bêtises, Mouchette
(c'était son nom d'amitié). On ne laisse pas les filles courir
à travers les champs, comme un perdreau de la Saint-Jean.
Le premier garde venu te rapportera dans sa gibecière.

— Pensez-vous? dit-elle. J'ai de l'argent. Qu'est-ce qui
m'empêche de prendre demain soir le train de Paris, par
exemple? Ma tante Eglé habite Montrouge — une belle
maison, avec une épicerie. Je travaillerai. Je serai très
heureuse.

— Petite sotte, es-tu majeure, oui ou non?

— Ça viendra, répondit-elle, imperturbable. Il n'est que
d'attendre.

Elle détourna les yeux un moment, puis, levant sur le marquis un regard tranquille :

— Gardez-moi? fit-elle.

— Te garder, par exemple! s'écria-t-il en marchant de long
en large pour mieux cacher son embarras. Te garder? Tu ne
doutes de rien. Où te garder? Crois-tu que je dispose ici d'une
oubliette à jolies filles? On ne voit ça que dans les romans,
finaude! Avant demain soir ils nous seront tombés sur le dos,
tous, ton père avec les gendarmes, la moitié du village, fourche
en main... Jusqu'au député Gallet, médecin du diable, ce
grand dépendeur d'andouilles!

Elle éclata de rire, en battant des mains; puis, s'arrêtant
brusquement, tout à coup sérieuse, elle remarqua d'une voix
douce :

— Ah oui! M. Gallet? Je devais aller le trouver demain,
avec papa. Une idée à lui.

— Une idée à lui! Une idée à lui! Comme elle dit ça! Je l'ai
répété cent fois, Mouchette; je ne suis pas un méchant homme,
je sais mon tort. Mais nom d'un chien de nom d'un chien!
Je n'ai plus le sou. En vendant ici jusqu'à la dernière barrique
il me restera de quoi ne pas crever de faim, une misère! J'ai
des parents riches, oui, ma tante Arnoult, d'abord, mais solide

à soixante ans comme un fond de basane, riche comme une pierre à fusil, une femme à m'enterrer... J'ai déjà trop d'aventures. Il faut jouer serré, cette fois, Mouchette; et d'abord gagner du temps.

— Oh! fit-elle, que c'est joli!... Dieu que c'est joli!

Elle lui tournait le dos, caressant des deux mains une petite commode Louis XV de laque à pagodes, ornée de bronzes dorés. Du bout des doigts, elle traçait des signes mystérieux, dans la poussière, sur le marbre de brèche violette.

— Laisse la commode tranquille, dit-il. De ces vieilleries-là, j'ai le grenier plein. Tu pourrais peut-être me faire l'honneur de me répondre?

— Répondre quoi?

Et elle le regardait en face, du même regard paisible.

— Répondre quoi!... commença-t-il. Mais il ne put s'empêcher de détourner les yeux.

— Ne plaisantons pas, ma fille, et mettons les points sur les i. D'ailleurs, je ne veux pas me fâcher. Tu dois comprendre que nous sommes intéressés tous les deux à laisser passer l'orage. Puis-je te conduire demain à la mairie, oui ou non? Alors? Tu ne prétends pas, j'imagine, rester ici à la barbe du papa? Ma foi, nous en verrions de belles! Il est une heure et demie, conclut-il en tirant sa montre; je m'en vas atteler Bob, et te mener grand train jusqu'au chemin des Gardes. Tu seras rentrée chez toi avant le jour. Ni vu ni connu. Et tu opposeras demain à Malorthy un front d'airain. Quand le moment sera venu nous aviserons. C'est promis. Allons! ouste!

— Oh! non! fit-elle. Je ne retournerai pas à Campagne ce soir.

— Où coucheras-tu, tête de bois?

— Ici. Sur la route. N'importe où. Qu'est-ce que cela me fait?

Cette fois il perdit patience, et commença de jurer à tort et à travers, mais vainement. Ainsi la tarasque grogne et grince au bout de la laisse de mousse.

Em un prim seden de moubo
L'embourgino, l'adus que broupo...

— Je suis bien bon d'espérer convaincre une entêtée.
Va donc, si tu veux, coucher avec les alouettes. Est-ce ma
faute après tout? J'aurais pu faire mieux, mais il fallait me
laisser le temps : un mois de plus, la vieille boîte était vendue,
j'étais libre. Aujourd'hui ton père tombe chez moi comme
une bombe, et me menace du gendarme; bref, un scandale
des mille diables. Demain, j'aurais tout le canton sur les bras;
il ne faut que cette vieille chouette pour rassembler cent cor-
beaux. Et pourquoi? A qui la faute? Parce qu'une petite fille
qui fait aujourd'hui l'entêtée a pris peur, et nous a livrés
pieds et poings liés, advienne que pourra! On a dit tout à
papa, comme à confesse... et puis, débrouille-toi, mon ami!
Je ne te reproche rien, ma belle, mais tout de même!... Allons!
Allons! ne pleure plus, ne pleure pas.

Elle appuyait son front sur la vitre et pleurait sans bruit.
Et, croyant l'avoir convaincue, il lui semblait déjà moins
difficile de s'apitoyer et de la plaindre. Car il est naturel à
l'homme de haïr sa propre souffrance dans la souffrance
d'autrui.

Il essaya de tourner vers lui la petite tête obstinée; il pressait des deux mains la nuque blonde.

— Pourquoi pleures-tu? Je ne pensais pas un mot de ce
que je disais... Après tout, je vois ça d'ici : le papa Malorthy
et son grand air de conseiller général, un jour de comice...
"Répondez-moi, malheureuse!... Dites la vérité à votre père..."
Il aurait fini par te battre... Il ne t'a pas battue, au moins?

— Oh! non, dit-elle entre deux sanglots.

— Mais lève donc le nez, Mouchette; c'est une affaire
enterrée.

— Il ne sait rien du tout, s'écria-t-elle en fermant les poings.
Je n'ai rien dit!

— Par exemple! fit-il.

Certes, il ne comprenait pas grand-chose à cette explosion
de l'orgueil blessé. Mais il voyait avec plus d'étonnement
encore se dresser devant lui une Germaine inconnue, les yeux
mauvais, le front barré d'un pli de colère viril, et la lèvre
supérieure un peu retroussée, laissant voir toutes les dents
blanches.

— Allons! conclut-il, tu devais le dire plus tôt.

— Vous ne m'auriez pas crue, répondit-elle, après un silence, la voix encore frémissante, mais le regard déjà clair et froid.

Il la regardait, non sans méfiance. Ce caprice, cette humeur vive et hardie, ces discours aussi brusques que le crochet d'un lièvre lui étaient devenus familiers. Mais, dans l'ardeur de la poursuite, il n'y avait vu bonnement, jusqu'alors, que les menues défenses d'une jolie fille rusée qu'un dernier scrupule entretient dans cette illusion d'être encore libre au moment qu'elle ne se refuse plus. La robuste maturité inspire aisément une confiance aveugle, et l'expérience la plus cynique est plus près qu'on ne pense, en amour, d'une naïveté presque candide. " La souris va et vient devant le chat, disait-il parfois, mais elle est bientôt rattrapée. " Il ne doutait pas de l'avoir, en effet, rattrapée. Que d'amants prennent ainsi entre leurs bras une étrangère, la parfaite et souple ennemie!

Un moment même le bonhomme tout simple et tout net eut, pour la première fois, le pressentiment d'un danger proche, inexplicable. La grande salle en désordre, pleine de meubles entassés, descendus récemment des combles où ils achevaient de pourrir, lui parut tout à coup démesurée, vide. Et il ouvrit les yeux pour apercevoir, hors du cercle de la lampe, la fine silhouette immobile, l'unique et silencieuse présence... Puis il éclata d'un rire heureux.

— Alors?... cette parole d'honneur du papa Malorthy? Une blague?

— Quelle parole? demanda-t-elle.

— Rien; une plaisanterie pour moi seul... Retourne-toi seulement, et ferme la fenêtre.

Derrière elle, la porte en effet, s'était brusquement ouverte, mais sans bruit. Une petite bise au goût de sel, venue de la haute mer, mais chargée en passant de toute la buée fade des étangs, fit voler jusqu'au plafond les feuillets épars sur une table, et tira du verre de la lampe une longue flamme rouge qui retomba en suie. Le vent fraîchissait encore. D'une seule voix, d'un bout du parc à l'autre bout, les sapins réveillés mugirent.

Elle tourna la clef dans la serrure, et revint, maussade.

— Approche-toi, voyons, fit Cadignan.

Mais, s'écartant de deux pas encore, elle mit par un détour adroit la table entre elle et son amant, puis s'assit au bord d'une chaise, en petite fille.

— Allons-nous passer la nuit comme ça, Mouchette? Fi! la boudeuse, s'écria-t-il avec un rire forcé.

Il prenait sans doute aisément son parti d'un entêtement dont il savait bien qu'il ne serait pas maître, mais plus que le désir d'une caresse, dont il était las, la pensée d'un risque à courir gonflait son cœur. " Demain viendra bien assez vite ", songeait-il avec une espèce de joie. Car le repos est bon, mais plus délicieux encore un court répit.

D'ailleurs, il était à cet âge où le tête-à-tête féminin devient vite intolérable.

— Un moment, veux-tu? dit froidement Mouchette, sans lever les yeux.

Il ne voyait d'elle que son front poli, obstinément baissé. Mais la petite voix aigre retentissait drôlement dans le silence.

— Je te donne cinq minutes! s'écria-t-il plaisamment, pour cacher son trouble, car cette froide impertinence avait déconcerté sa belle humeur. (Ainsi le chien cordial et pataud reçoit sur le nez une griffe alerte.)

— Tu ne me crois pas? reprit-elle, après avoir longuement médité, comme si elle donnait cette conclusion à un monologue intérieur.

— Je ne te crois pas?

— Ne cherche pas à me tromper, va! J'ai bien réfléchi depuis huit jours, mais depuis un quart d'heure il me semble que je comprends tout, la vie, quoi! Tu peux rire! D'abord, je ne me connaissais pas du tout moi-même — moi — Germaine. On est joyeux, sans savoir, d'un rien, d'un beau soleil... des bêtises... Mais enfin tellement joyeux, d'une telle joie à vous étouffer, qu'on sent bien qu'on désire autre chose en secret. Mais quoi? et, toutefois, déjà nécessaire. Ah! sans elle, le reste n'est rien! Je n'étais pas si bête que de te croire fidèle. Penses-tu! Filles et garçons, nous n'avons pas nos yeux dans nos poches; on apprend plus au long des haies qu'au catéchisme du curé! Nous disions de toi : " Ma chère, les plus belles, il les a!... " Je pensais : " Pourquoi pas moi! C'est bien mon tour... " Et de voir à présent que les gros yeux de papa t'ont fait peur... Oh! je te déteste!

— Ma parole, elle est à lier, s'écria Cadignan, stupéfait. Tu n'as pas un grain de bon sens, Mouchette, avec tes phrases de roman.

Il bourra lentement sa pipe, l'alluma, et dit :

— Procédons par ordre.

Quel ordre? Combien d'autres avant lui nourrirent cette illusion de prendre en défaut une jolie fille de seize ans, tout armée? Vingt fois vous l'aurez cru piper au plus grossier mensonge, qu'elle ne vous aura pas même entendu, seulement attentive aux mille riens que nous dédaignons, au regard qui l'évite, à telle parole inachevée, à l'accent de votre voix — cette voix de mieux en mieux connue, possédée, — patiente à s'instruire, faussement docile, s'assimilant peu à peu l'expérience dont vous êtes si fier, moins par une lente industrie que par un instinct souverain, tout en éclairs et illuminations soudaines, plus habile à deviner qu'à comprendre, et jamais satisfaite qu'elle n'ait appris à nuire à son tour.

— Procédons par ordre : Que me reproches-tu? T'ai-je jamais caché que dans ma vieille bicoque à poivrières je n'étais pas moins gueux qu'un croquant? Pouvons-nous tenir le coup, oui ou non? Qu'on ferme les yeux sur les embêtements futurs, rien de mieux, et, dans l'amourette, le chanteur n'est pas le dernier à se prendre à sa chanson. Mais promettre ce qu'on sait bien ne pouvoir tenir, c'est vraiment duperie de goujat. Vois-tu la tête du curé et celle de son grand diable de vicaire si nous nous présentions dimanche à la messe, la main dans la main? Mon moulin de Brimeux vendu, les dettes payées, il me restera bien quinze cents louis, nom d'une pipe! Voilà du solide. Concluons : quinze cents louis, deux tiers pour moi, le dernier pour toi. C'est dit. Topons là!

— Oh! là! là! fit-elle en riant (mais les yeux pleins de larmes), quel sermon!

Il rougit de désappointement, et fixa sur l'étrange fille à

travers la fumée de sa pipe un regard où la colère pointait déjà. Mais elle le soutint bravement.

— Vous pouvez les garder, vos cinq cents louis; ils vous font plus besoin qu'à moi!

Et certes, elle eût été bien embarrassée de justifier son singulier plaisir, et de donner un nom à tous les sentiments confus qui gonflaient son cœur intrépide. Mais à cet instant elle ne désira rien de plus que d'humilier son amant dans sa pauvreté, et le tenir à sa merci.

Avoir, une heure plus tôt, franchi la nuit d'un trait vers l'aventure, défié le jugement du monde entier, pour trouver au but, ô rage! un autre rustre, un autre papa lapin! Sa déception fut si forte, son mépris si prompt et si décisif qu'en vérité les événements qui vont suivre étaient déjà comme écrits en elle. Hasard, dit-on. Mais le hasard nous ressemble.

Qu'un niais s'étonne du brusque essor d'une volonté longtemps contenue et qu'une dissimulation nécessaire, à peine consciente, a déjà marquée de cruauté, revanche ineffable du faible, éternelle surprise du fort, et piège toujours tendu! Tel s'applique à suivre pas à pas, dans son capricieux détour, la passion, plus forte et plus insaisissable que l'éclair, qui se flatte d'être un observateur attentif, et ne connaît d'autrui, dans son miroir, que sa pauvre grimace solitaire! Les sentiments les plus simples naissent et croissent dans une nuit jamais pénétrée, s'y confondent ou s'y repoussent selon de secrètes affinités, pareils à des nuages électriques, et nous ne saisissons à la surface des ténèbres que les brèves lueurs de l'orage inaccessible. C'est pourquoi les meilleures hypothèses psychologiques permettent peut-être de reconstituer le passé, mais non point de prédire l'avenir. Et, pareilles à beaucoup d'autres, elles dissimulent seulement à nos yeux un mystère dont l'idée seule accable l'esprit.

Après un dernier effort, la brise essoufflée s'était tue. Les bosquets de lauriers qui faisaient à la vieille maison une triple ceinture s'étaient depuis longtemps rendormis qu'au fond du parc les puissants arbres au feuillage noir, les pins de soixante pieds, frémissaient encore de la cime, en grondant comme des ours. La lumière de la lampe brillait plus fort, tiède, familiale, au bout de la table de noyer, avec un grésillement monotone. Et si près de la nuit, vue dans les vitres d'un noir opaque, l'air tiède et un peu lourd semblait doux à respirer.

— Tiens! rage si tu veux, Mouchette, dit tranquillement le marquis; tu ne me mettras pas en colère ce soir. Parole d'honneur! c'est plaisir de te voir ci-dedans!

Il tassa les cendres de sa pipe d'un doigt minutieux, et reprit, mi-sérieux, mi-plaisant :

— On peut refuser cinq cents louis, mignonne. Mais on ne crache pas dans la main d'un pauvre diable qui offre loyalement le fond de sa bourse. De toi à moi, ce bout d'explication suffit. La misère ne me fait pas honte, petite...

Aux derniers mots, Germaine rougit.

— Je n'en ai pas honte non plus, fit-elle. Ai-je jamais rien demandé, d'abord?

— Non pas... non pas... Mouchette. Mais Malorthy, ton père...

Il s'arrêta net, ayant parlé sans malice, en voyant trembler la bouche de sa maîtresse, et le cou précieux, gonflé d'un sanglot d'enfant.

— Hé bien quoi! Malorthy, Malorthy? Qu'est-ce que cela me fait à la fin! C'est trop fort! Il est faux que je t'aie dénoncé, c'est un mensonge! Ah! quand hier soir... devant moi... il a osé dire... J'étais folle de rage! Tiens! Je me serais enfoncé mes ciseaux dans la gorge, je me serais égorgée devant lui, exprès, sur la nappe! Vous ne me connaissez pas, tous les deux. Va! les malheurs ne font que commencer!

Elle tâchait d'enfler sa voix frêle, frappant du poing sur la table, à petits coups secs et répétés, un peu risible dans sa colère, avec ce rien d'emphase dont les plus sincères des femmes s'étourdissent, avant d'oser prendre parti.

Cadignan, sans l'interrompre, l'admirait au contraire pour la première fois. Un autre sentiment que le désir, une espèce de sympathie paternelle jamais éprouvée jusqu'alors, l'inclinait vers l'enfant révoltée, plus âpre et plus fière que lui, son compagnon féminin... Quoi!... Peut-être un jour?... Il la regarda bien en face, et sourit. Mais elle se crut bravée.

— J'ai tort de me fâcher, dit-elle froidement. Cela devait

être. Oui, j'aurais fini par mourir dans leur maison de briques et leur jardin de poupée... Mais vous, Cadignan (lui jetant son nom comme un défi), je vous aurais cru un autre homme.

Elle se raidissait pour achever la phrase avant que sa voix ne se brisât. Si hardie et confiante qu'elle s'efforçât de paraître, elle ne voyait depuis un moment nulle autre issue que la trappe du logis paternel bientôt retombée, l'inévitable souricière qu'elle avait fuie deux heures plus tôt, dans un délire d'espérance. " Il m'a déçue ", songeait-elle. Mais en conscience, elle n'eût su dire comment ni pourquoi. Déjà la maîtresse et l'amant, encore face à face, ne se reconnaissent plus. Le bonhomme à son déclin croit faire assez en payant naïvement des félicités bourgeoises d'un dernier écu que la petite sauvage eût plus détesté que la misère et la honte... Qu'était-elle venue demander, à travers cette première libre nuit, à ce gaillard déjà bedonnant qui ne tenait que de sa race paysanne et militaire une énergie toute physique, et comme une espèce de grossière dignité? Elle s'était échappée, voilà tout; elle frémissait de se sentir libre. Elle avait couru à lui comme au vice, à l'illusion longtemps caressée de faire une fois le pas décisif, de se perdre pour tout de bon. Tel livre, telle mauvaise pensée, telle image entrevue les yeux clos, au ronron du poêle, les mains jointes sur l'ouvrage oublié, se représentaient tout à coup à son souvenir, avec une affreuse ironie. Le scandale qu'elle avait rêvé, un scandale à faire tourner les têtes, était ramené tout doucement aux proportions d'un coup de tête d'écolière. Le retour au logis, l'accouchement discret, des mois de solitude, l'honneur retrouvé au bras d'un sot,... et des années, des années encore, toutes grises, au milieu d'un peuple de marmots, elle vit cela dans un éclair et gémit.

Hélas! comme un enfant, parti le matin pour découvrir un nouveau monde, fait le tour du potager, et se retrouve auprès du puits, ayant vu périr son premier rêve, ainsi n'avait-elle fait que ce petit pas inutile hors de la route commune. " Rien n'est changé, murmurait-elle, rien de nouveau... " Mais contre l'évidence, une voix intérieure, mille fois plus nette et plus sûre, témoignait de l'écroulement du passé, d'un vaste horizon découvert, de quelque chose de délicieu-

sement inattendu, d'une heure irréparablement sonnée. A travers son bruyant désespoir, elle sentait monter la grande
joie silencieuse, pareille à un pressentiment. Qu'elle trouvât
quelque part, ici ou là, un asile, qu'importe! Qu'importe un
asile à qui sut franchir une fois le seuil familier et trouve la
porte à refermer derrière soi si légère? Ce débauché de marquis
craignait l'opinion du bourg, qu'elle affectait de braver? Tant
pis! Elle n'en sentait pas moins sa propre force, en ayant trouvé
la mesure dans la faiblesse d'autrui. Dès ce moment, son
proche destin se pouvait lire au fond de ses yeux insolents.

Ils s'étaient tus tous les deux. Au milieu de la haute fenêtre
sans rideaux la lune apparut tout à coup, à travers la vitre,
nue, immobile, toute vivante et si proche qu'on eût voulu
entendre le frémissement de sa lumière blonde.

Alors, par une plaisante rencontre, la même question
posée quelques heures plus tôt par Malorthy se retrouva sur
les lèvres de Cadignan :

— A toi de proposer, Mouchette.

Mais, comme elle l'interrogeait d'un battement de ses paupières, sans parler :

— Demande hardiment, fit-il.

— Emmène-moi, dit-elle.

Elle ajouta, après l'avoir mesuré des yeux, pesé, évalué
au plus juste, absolument comme une ménagère fait d'un poulet :

— A Paris... n'importe où!

— Ne parlons pas de ça encore, veux-tu? Ni oui, ni non...
Tes couches faites; le moutard au monde...

Déjà elle se dressait à demi, la bouche ouverte, avec un
geste de surprise d'une vraisemblance parfaite, irrésistible :

— Tes couches? Le moutard?...

Alors elle éclata de rire, les deux mains pressées sur sa gorge
nue, le col renversé en arrière, s'enivrant de son défi sonore,
jetant aux quatre coins de la vieille salle, comme un cri de
guerre, la seule note de cristal.

Le visage de Cadignan s'empourpra. Toujours riant, elle
dit, essoufflée :

— Mon père s'est moqué de vous... L'avez-vous cru?

L'audace du mensonge éloignait tout soupçon. L'invrai-semblable se passe de preuves. Le marquis ne douta pas qu'elle eût dit vrai. D'ailleurs la colère l'étranglait.

— Tais-toi! s'écria-t-il en frappant du poing sur la table. Mais elle riait encore à coups mesurés, prudemment, les paupières mi-closes, ses deux petits pieds rassemblés sous sa chaise, prête à s'échapper d'un bond.

— Tonnerre de nom d'un chien! Tonnerre! répétait la pauvre dupe, secouant la banderille invisible.

Un moment son regard rencontra celui de sa maîtresse, et tout de même il flaira le piège.

— Nous verrons bien qui dit vrai, conclut-il, bourru. Si son benêt de père s'est moqué de moi, je lui casse les reins! Et maintenant, la paix!

Mais elle ne désirait que le voir bien en face, l'épier sous ses longs cils, jouir de sa confusion, toute pâle de se sentir si dangereuse et si rusée, aussi forte qu'un homme.

Une minute, il tira nerveusement sa moustache, songeant : " L'histoire est singulière... lequel me trompe?... " D'ailleurs, jamais parole menteuse ne fut si aisément proférée, plus libre-ment, sans y songer, pareille à un geste de défense, aussi spon-tanée qu'un cri.

— Grosse ou non, je ne me dédis pas, Mouchette, dit-il enfin... Sitôt la bicoque vendue, je trouverai bien un coin pour deux, une maison de garde-chasse, à mi-chemin de la rivière et du bois, où vivre tranquille. Et mille noms d'une pipe, le mariage est peut-être au bout...

Le bonhomme s'attendrissait; elle répondit tranquillement :

— Allons-nous-en demain?

— Oh! la sotte, s'écria-t-il, vraiment ému. Tu parles de ça, ma parole! comme un dimanche soir d'un tour en ville... Tu es mineure, Mouchette, et la loi ne badine pas.

Aux trois quarts sincère, mais de trop vieille race paysanne pour s'engager imprudemment, il attendait un cri de joie, une étreinte, des larmes, enfin la scène émouvante qui l'eût tiré d'embarras. Mais la rusée le laissait dire, dans un silence moqueur.

— Oh! fit-elle, je n'attendrai pas si longtemps une maison

de garde-chasse... A mon âge! Une belle mine que je ferais
entre votre rivière et votre bois?... Si personne ne veut plus
de moi, je vais peut-être me gêner?

— Ça pourrait peut-être mal finir, riposta dédaigneusement
le marquis.

— Je me moque bien de finir, s'écria-t-elle en battant des
mains... Et d'ailleurs, j'ai mon idée... moi.

Mais, Cadignan ayant seulement haussé les épaules, elle
continua, piquée au vif :

— Un amant tout trouvé...

— Peut-on savoir?

— Qui ne me refusera rien, celui-là, et riche...

— Et jeune?

— Plus que vous... Allez! toujours assez jeune pour devenir
blanc comme la nappe, si je le touche seulement du pied sous
la table, là!

— Voyez-vous...

— Un homme instruit, savant même...

— J'y suis!... député...

— Tu l'as dit! s'écria-t-elle toute rose, et le regard anxieux.
Elle attendait un éclat, mais il se contenta de répondre, en
secouant sa pipe :

— Grand bien te fasse! Un beau parti, père de deux enfants,
et mari d'une femme long-jointée, qui le surveille de près...

Cependant, sa voix tremblait... Le persiflage ne trompa
point la prudente petite fille, qui suivait tous ses mouvements
d'un œil attentif — mesurant la largeur de la table qui la sépa-
rait de son amant — son cœur battant bien fort, et les paumes
moites et glacées. Mais elle se sentait légère comme une biche.

Certes, Cadignan eût fait bon marché jadis d'une maîtresse ou deux. La veille encore, il avait été plus sensible
à la honte d'être pris en flagrant délit de mensonge par un
ridicule adversaire qu'à la crainte de perdre une Mouchette
blonde. Il ne doutait point non plus qu'elle l'eût livré et, dans
son égoïsme ingénu, il lui reprochait cette faiblesse comme un
crime, et ne l'avait point pardonnée. Toutefois le nom de
l'homme qu'il haïssait le plus, d'une solide haine de rustre,
l'avait remué jusqu'au fond.

— Pour une gamine, dit-il, tu ne te laisses pas prendre sans vert. Bon sang ne peut mentir, après tout. Le papa vend de la mauvaise bière, et la fille... On vend ce qu'on a.

Elle essaya de secouer la tête d'un air de bravade; mais encore mal aguerrie, l'ignoble injure, frappée de près, la fit un instant plier : elle sanglota.

— Tu en entendras bien d'autres, si tu vis longtemps, continua paisiblement le marquis. La maîtresse de Gallet!... A la barbe du papa, sans doute?

— A Paris, quand je voudrai, bégaya-t-elle à travers ses larmes... oui! à Paris.

Les dix petites griffes grinçaient sur la table, où elle appuyait ses mains. La rumeur des idées dans sa cervelle l'étourdissait; mille mensonges, une infinité de mensonges y bourdonnaient comme une ruche. Les projets les plus divers, tous bizarres, aussitôt dissipés que formés, y déroulaient leur chaîne interminable, comme dans la succession d'un rêve. De l'activité de tous les sens jaillissait une confiance inexprimable, pareille à une effusion de la vie. Une minute, les limites mêmes du temps et de l'espace parurent s'abaisser devant elle, et les aiguilles de l'horloge coururent aussi vite que sa jeune audace... N'ayant jamais connu d'autre contrainte qu'un puéril système d'habitudes et de préjugés, n'imaginant pas d'autre sanction que le jugement d'autrui, elle ne voyait pas de bornes au merveilleux rivage où elle abordait en naufragée. Si longtemps qu'on en ait goûté la délectation amère et douce, la mauvaise pensée n'est point capable d'émousser par avance l'affreuse joie du mal enfin saisi, possédé — d'une première révolte pareille à une seconde naissance. Car le vice pousse au cœur une racine lente et profonde, mais la belle fleur pleine de venin n'a son grand éclat qu'un seul jour.

— A Paris? dit Cadignan.

Elle vit bien qu'il brûlait de pousser plus avant l'interrogatoire, sans l'oser.

— A Paris, répéta-t-elle, les joues encore luisantes, et les yeux secs. Oui... à Paris, chez moi — une jolie chambre — et libre... Tous ces messieurs députés ont ainsi leurs amies, ajouta-t-elle avec une gravité imperturbable... c'est connu...

Est-ce qu'ils ne la font pas, eux, la loi? Entre nous deux, allez, la chose est entendue... et depuis longtemps!

Il est vrai que le triste législateur de Campagne, dont une mauvaise bile travaillait la moelle, et qu'une femme austère, elle-même dévorée d'envie, épuisait sans l'assouvir, avait manifesté plus d'une fois, à la fille du brasseur, ces sentiments paternels sur le véritable sens desquels une fille avisée ne se trompe pas. C'était tout... Mais, sur ce pauvre thème, la perfide Mouchette se sentait de force à mentir jusqu'à l'aube. Chaque mensonge était un nouveau délice dont sa gorge était resserrée comme d'une caresse; elle eût menti cette nuit sous les injures, sous les coups, au péril même de sa vie; elle eût menti pour mentir. Elle se souvint plus tard de cet étrange accès comme de la plus folle dépense qu'elle eût jamais faite d'elle-même, un cauchemar voluptueux.

" Pourquoi pas? " pensait Cadignan. — Voyez-vous, cette niaise, conclut-il tout haut, la voyez-vous qui croit sur parole un jean-foutre de renégat, un marchand de phrases, la pire espèce d'arlequin! Il en fera de toi comme de ses électeurs, ma fille! Bonne amie d'un député, fichtre!

— Riez toujours, dit Mouchette, on a vu pis.

Le nez du rustre, ordinairement rose et jovial, était plus blême que ses joues. Un moment, remâchant sa colère, il marcha de long en large, les deux mains dans son ample vareuse de velours; puis il fit quelques pas vers sa maîtresse attentive qui, pour l'éviter, tournant à gauche, laissa prudemment la table entre elle et son dangereux adversaire. Mais il passa les yeux baissés, alla droit vers la porte, la ferma, et mit la clef dans sa poche.

Puis il regagna son fauteuil, et dit sèchement :

— Ne m'échauffe plus les oreilles, fillette. Tu l'as voulu; je te garde ici jusqu'à demain, pour rien, pour le plaisir... C'est à mon risque. Et maintenant sois sage, et réponds-moi, si tu peux. Des blagues, tout ça?

Elle était elle-même aussi pâle que son petit col. Elle répondit : non! les dents jointes.

— Allons! reprit-il... veux-tu me faire croire?...

— Il est mon amant, là!

Elle se délivrait de ce nouveau mensonge, ainsi qu'on crache une liqueur âpre et brûlante. Et quand elle n'entendit plus l'écho de sa propre voix, elle sentit son cœur défaillir, comme à la descente de l'escarpolette. Pour un peu, son accent l'eût trompée elle-même et, tandis qu'elle jetait au marquis ce mot d'amant, elle croisa les deux bras sur les seins, d'un geste à la fois naïf et pervers, comme si ces deux syllabes magiques l'eussent dépouillée, montrée nue.

— Nom de Dieu! s'écria Cadignan.

Il s'était levé d'un bond, et si vite que le premier élan de la pauvrette, mal calculé, la porta presque dans ses bras. Ils se rencontrèrent au coin de la salle et restèrent un moment face à face, sans rien dire.

Déjà elle échappait, sautait sur une chaise qui s'effondrait, puis de là sur la table; mais ses hauts talons glissèrent sur le noyer ciré; en vain elle étendit les mains. Celles du marquis l'avaient saisie à la taille, la tiraient vivement en arrière. La violence du choc l'étourdit; le gros homme l'emportait comme une proie. Elle se sentit rudement jetée sur le canapé de cuir. Puis une minute encore elle ne vit plus que deux yeux d'abord féroces, où peu à peu montait l'angoisse, puis la honte.

. . . .

De nouveau, elle était libre; debout, en pleine lumière, les cheveux dénoués, un pli de sa robe découvrant son bas noir, cherchant en vain du regard le maître détesté. Mais elle distinguait à peine un grand trou d'ombre et le reflet de la lampe sur le mur, aveuglée par une rage inouïe, souffrant dans son orgueil plus que dans un membre blessé, d'une souffrance physique, aiguë, intolérable... Lorsqu'elle l'aperçut enfin, le sang rentra comme à flots dans son cœur.

— Allons! Mouchette, allons! disait le bonhomme inquiet.

Parlant toujours, il s'approchait à petits pas, les bras tendus, cherchant à la reprendre, sans violence, ainsi qu'il eût fait d'un de ses farouches oiseaux. Mais cette fois elle échappa.

— Qu'est-ce qui te prend, Mouchette? répétait Cadignan, d'une voix mal assurée.

Elle l'épiait de loin, sa jolie bouche déformée par un rictus

sournois. "Rêve-t-elle?" pensait-il encore... Car ayant cédé
à un de ces emportements de colère, d'où naît soudain le
désir, il se sentait moins de remords que de confusion, n'ayant
jamais beaucoup plus épargné ses maîtresses qu'un loyal
compagnon qui tient sa partie dans un jeu brutal. Il ne la
reconnaissait plus.

— Répondras-tu! s'écria-t-il, exaspéré par son silence.

Mais elle reculait devant lui, à pas lents. Comme elle fuyait
vers la porte, il essaya de lui barrer la route en poussant son
fauteuil à travers l'étroit passage, mais elle évita l'obstacle
d'un saut léger avec un cri de frayeur si vive qu'il en demeura
sur place, haletant. Une seconde plus tard, alors qu'il se
retournait pour la suivre, il la vit dans un éclair, à l'autre
extrémité de la salle, dressée sur la pointe de ses petits pieds,
s'efforçant d'atteindre quelque chose au mur, de ses bras
tendus.

— Hé là! à bas les pattes! enragée!

En deux bonds il l'eût sans doute rejointe et désarmée,
mais une fausse honte le retint. Il s'approchait d'elle sans
hâte et du pas d'un homme qu'on n'arrêtera pas aisément.
Car il voyait son propre hammerless — un magnifique Anson
— entre les mains de sa maîtresse.

— Essaie voir! disait-il en avançant toujours et comme
on menace un chien dangereux.

La folle Mouchette ne répondit que par une espèce de gémissement de terreur et de colère; en même temps elle levait
l'arme à bout de bras.

— Imbécile! il est chargé! voulut-il dire encore... Mais
le dernier mot fut comme écrasé sur ses lèvres par l'explosion.
La charge l'avait atteint sous le menton, faisant voler la mâchoire
en éclats. Le coup avait été tiré de si près que la bourre de
feutre suiffée traversa le cou de part en part, et fut retrouvée
dans sa cravate.

Mouchette ouvrit la fenêtre et disparut.

IV

M. le docteur Gallet, sa lettre achevée, traçait l'adresse sur l'enveloppe, de son écriture menue, aux jambages adroits. Alors, derrière lui, son jardinier Timoléon :

— Mlle Germaine fait dire à Monsieur...

Mlle Malorthy apparut alors sur le seuil, sanglée dans l'étroit manteau noir, et son parapluie à la main. Elle était entrée si vite que l'écho de son pas rapide sur les dalles n'était pas encore, derrière elle, retombé.

Elle éclata de rire, au nez du jardinier, qui rit aussi. La fenêtre entrouverte laissait passer l'odeur du soir, toujours complice ; et la lueur fauve, au bord du fauteuil, dans le même instant, s'éteignit.

— Que puis-je pour votre service, mademoiselle Germaine? demanda le docteur Gallet.

Il se hâtait de fermer l'enveloppe.

— Papa devait vous annoncer lui-même que la prochaine réunion du Conseil est remise au 9 courant ; alors... puisque je passais par ici... répondit-elle avec son calme habituel, en appuyant si drôlement sur les mots " conseil " et " remise au 9 courant " que Timoléon rit encore sans savoir pourquoi.

— Allez! Allez! fit rudement M. Gallet, en lui tendant la lettre.

Il le suivit des yeux jusqu'à ce que la porte se fût refermée. Puis :

— Qu'est-ce que cela signifie? dit-il.

— Tu veux le savoir tout de suite? répondit-elle en posant en travers du fauteuil son parapluie. Hé bien, je suis enceinte, voilà tout!

— Tais-toi, Mouchette, finit-il par murmurer, d'une voix déjà étranglée, ou parle plus bas.

— Je te défends de m'appeler Mouchette, répliqua sèchement Mlle Malorthy. Mouchette, non!

Elle jeta son manteau sur une chaise et se tint debout devant lui.

— Tu peux te rendre compte, dit-elle. On ne croit jamais ça d'emblée.

— Depuis... depuis quand?

— Environ trois mois. (Elle commençait de dégrafer tranquillement sa jupe, une épingle entre les dents.)

— Et tu ne m'as... tu avoues maintenant...

— Oh! Oh! avouer! fit-elle en essayant de rire sans lâcher l'épingle. Tu as des mots!

Les lèvres closes, ses yeux riaient d'un rire d'enfant.

— Tu ne vas pas te dévêtir ici, voyons! remarqua le docteur de Campagne, faisant un grand effort pour rattraper son sang-froid; passe au moins dans mon cabinet.

— Qu'est-ce que ça fait? dit Germaine Malorthy. Donne seulement un tour de clef. Dans ton cabinet, je grelotte.

Il haussa dédaigneusement les épaules mais déjà l'observait de biais, la gorge sèche. Elle, une de ses jambes sur l'accoudoir du fauteuil, l'autre repliée, délaçait tranquillement sa bottine.

— Je profite de l'occasion, remarqua-t-elle, vois-tu? Elles me font un mal horrible; j'ai couru tout le jour avec. Tu me donneras les petits souliers de daim que j'ai laissés ici mardi, oui! sur la planche du cabinet de toilette, derrière la caisse. Et puis, sais-tu? Je ne m'en irai pas ce soir. J'ai dit à papa que j'irais sans doute à Caulaincourt, chez ma tante Malvina... Ta femme rentre demain, je pense?

Il l'écoutait bouche bée, sans remarquer dans l'étonnante mobilité du petit visage quelque chose d'immobile et de contracté, un pli de fatigue et d'obsession, qui grimaçait jusque dans le sourire.

— Tu finiras par tout casser avec tes imprudences, reprit-il d'un ton plaintif. Au début, je ne te voyais qu'à Boulogne ou Saint-Pol, et maintenant tu ne sais qu'inventer... As-tu vu Timoléon? Pour moi...

— Qui ne risque rien n'a rien, conclut-elle gravement. Va toujours chercher mes souliers, veux-tu? Et prends garde de refermer la porte derrière toi.

Elle suivit des yeux son étrange amant glissant sur ses pantoufles de feutre, serré dans sa jaquette aux pauvres basques, au col étroit, luisante aux coudes.

A quoi songeait-elle? Ou ne songeait-elle à rien? Le ridicule et l'odieux de ce cafard à dents jaunes ne l'étonnaient même plus. *Pis, elle l'aimait.* Autant qu'elle pouvait aimer, elle l'aimait. Depuis qu'une nuit, d'un geste irréparable, elle avait tué, en même temps que l'inoffensif marquis, sa propre image trompeuse, la petite Malorthy, Mlle Malorthy, se débattait vainement contre son ambition déçue. Fuir, échapper, l'eût accusée trop clairement; elle avait dû reprendre sa place dans la maison, mendier le pardon paternel avec un front d'airain et, plus humble et plus silencieuse que jamais sous les regards de l'intolérable pitié, tramer autour d'elle le mensonge, fil à fil. " Demain, se disait-elle, le cœur dévoré, demain l'oubli sera fait, je serai libre. " Mais demain ne venait jamais. Lentement, les liens autrefois brisés resserraient autour d'elle leurs nœuds. Par une amère dérision, la cage était devenue un asile, et elle ne respirait plus que derrière les barreaux, jadis détestés. Le personnage qu'elle affectait d'être détruisait l'autre peu à peu, et les rêves qui l'avaient portée tombaient un par un, rongés par le ver invisible : l'ennui. L'obscure petite ville qu'elle avait bravée l'avait reprise, se refermait sur elle, la digérait.

Jamais chute fut moins prompte, ni plus irrévocable. Et repassant dans sa mémoire chaque incident de la nuit criminelle, Mouchette n'y voyait rien qui justifiât le souvenir qu'elle en avait gardé comme d'un effort immense, tout à coup délié, d'un trésor anéanti. Ce qu'elle avait voulu, la proie visée, manquée du premier bond, disparue à jamais, elle ne savait plus quel nom lui donner. L'avait-elle d'ailleurs jamais

nommée? Ah! ce n'était pas ce gros bonhomme étendu... Mais
quelle proie?

Que d'autres filles rampent et meurent sous les tilleuls,
dont la vie n'a duré qu'une heure ou cent ans! La vie un
moment ouverte, déployée de toute l'envergure, le vent de
l'espace frappant en plein..., puis repliée, retombant à pic
comme une pierre.

Mais celles-là n'ont point commis le meurtre, ou peut-être
en rêve. Elles n'ont aucun secret. Elles peuvent dire : " Que
j'étais folle! " en lissant leurs bandeaux gris sous le bonnet
à ruches. Elles ignoreront toujours qu'étirant leurs jeunes
griffes, un soir d'orage, elles auraient pu tuer en jouant.

Après son crime, l'amour de Gallet était pour Germaine
un autre secret, un autre silencieux défi. Elle s'était d'abord
jetée aux bras du goujat sans âme et se cramponnait à cette
autre épave. Mais l'enfant révoltée, d'une ruse très sûre, eut
vite fait d'ouvrir ce cœur, comme un abcès. Autant par délectation du mal, certes, que par un jeu dangereux, elle avait
fait d'un ridicule fantoche une bête venimeuse, connue d'elle
seule, couvée par elle, pareille à ces chimères qui hantent
le vice adolescent, et qu'elle finissait par chérir comme l'image
même et le symbole de son propre avilissement.

Toutefois de ce jeu, déjà, elle était lasse.

— Voilà, dit-il, en jetant sur la carpette les deux souliers.

Et il fut aussitôt étonné du silence. D'un regard, toujours
coulé de biais, il entrevit dans l'ombre le petit corps étendu
sur le fauteuil, les genoux repliés, la tête inclinée sur l'épaule,
un coin des lèvres imperceptiblement retroussé vers le haut,
les joues pâlies.

— Mouchette, appela-t-il, Mouchette!

En même temps, il s'approchait vivement, caressait des
doigts les paupières closes. Elles s'entrouvrirent lentement,
mais sur un regard encore sans pensée. Puis elle tourna la
tête, et gémit.

— Je ne sais ce qui m'a pris, dit-elle; j'ai froid...

Alors, il vit qu'elle était nue dans son léger manteau de
laine.

— Hé bien? dit-il. Dors-tu? Quoi de neuf?

Il restait debout, la tête penchée en avant, riant toujours de son rire aigre.

— La crise est terminée, fit-il encore... (il lui prit la main). Le pouls un peu vif; c'est l'habitude. Rien de grave. Tu ne sais pas vivre... tu vas... tu vas... Quelle pitié! Tousses-tu?

Il s'assit à son côté, écartant vivement le col à demi clos. L'incomparable épaule fuyante, d'une grâce animale, un instant découverte, frémit. Mais elle le repoussait sans rudesse.

— Quand tu voudras, fit-il. Avoue cependant que je ne puis me prononcer sans une exploration préalable des voies respiratoires. C'est ton point faible. D'ailleurs ton hygiène est déplorable.

Il poursuivit quelque temps encore. Alors seulement il s'aperçut qu'elle pleurait. Les yeux grands ouverts et fixes, son petit visage aussi calme, l'arc de sa bouche toujours tendu, elle pleurait, sans même un soupir.

Un moment, il resta bouche bée. Une curiosité bien au-dessus de sa nature, la recherche et l'effroi, dans un autre si près de lui-même, d'un sentiment inaccessible l'ennoblit pour un instant. Mais l'exclamation attendue resta sur ses lèvres; il rougit, détourna les yeux, et se tut.

— M'aimes-tu? dit-elle tout à coup d'une voix où la plainte se faisait étrangement grave et dure.

Puis elle ajouta aussitôt :

— Je te demande ça à cause d'une idée que j'ai dans la tête.

— Quelle idée?

— M'aimes-tu? reprit-elle soudain de la même voix.

En même temps, elle se levait, toute vibrante, ridiculement nue dans son manteau entrouvert, nue et menue, et dans les yeux ce même regard d'où l'orgueil était tombé.

— ... Réponds-moi! dit-elle encore, réponds-moi vite!

— Voyons... Germaine...

— Rien de ça! s'écria-t-elle... Pas de ça! Dis-moi seulement : je t'aime!... oui... Comme ça!

Elle renversait la tête, en fermant les yeux. Entre les lèvres tremblantes, il voyait les dures dents blanches, et l'haleine y faisait un léger sifflement, encore perceptible, dans le silence.

— Hé bien quoi? fit-elle, c'est tout? Tu n'oses pas dire?
Elle se laissa glisser à ses pieds et réfléchit une minute,
le menton dans ses deux mains jointes... Puis elle leva vers lui,
de nouveau, ses yeux pleins de ruse.

— ... Va... va... va toujours, dit-elle en hochant la tête...
Je sais que tu me hais... Moins que moi! fit-elle encore gravement.

Et elle ajouta aussitôt :

— Seulement, toi... tu ne sais même pas ce que c'est.

— Ce que c'est, quoi?

— Haïr et mépriser, dit-elle.

Alors elle commença de parler avec une volubilité extrême,
comme elle faisait chaque fois qu'un mot jeté au hasard réveil-
lait au fond d'elle-même ce désir élémentaire, non pas la joie
ou le tourment de cette petite âme obscure, mais cette âme
même. Et dans la vibration de ce corps frêle et déjà flétri
sous son éclatant linceul de chair, dans le rythme inconscient
des mains ouvertes et refermées, dans l'élan retenu des épaules
et des hanches infatigables, respirait quelque chose de la
majesté des bêtes.

— Vraiment? tu n'as jamais senti... comment dire? Cela
vous vient comme une idée... comme un vertige... de se laisser tomber, glisser... d'aller jusqu'en bas, — tout à fait,
jusqu'au fond, — où le mépris des imbéciles n'irait même
pas vous chercher... Et puis, mon vieux, là encore, rien ne
vous contente... quelque chose vous manque encore... Ah!
jadis... que j'avais peur! — d'une parole... d'un regard... de
rien. Tiens! cette vieille dame Sangnier... (mais si! tu la connais : c'est la voisine de M. Rageot) ... m'a-t-elle fait du mal,
un jour! — un jour que je passais sur le pont de Planques
— en écartant de moi, bien vite, sa petite nièce Laure... Hé
quoi! suis-je donc la peste, je me disais... Ah! maintenant!
Maintenant... maintenant... maintenant, son mépris : je voudrais aller au-devant! Quel sang ont-elles dans les veines ces
femmes qu'un regard fait hésiter — oui — dont un regard
empoisonnerait le plaisir, et qui se donnent l'illusion d'être
d'honnêtes nitouches jusque dans les bras de leur amant...
On a honte? Bien sûr, si tu veux, on a honte! Mais, entre

nous, depuis le premier jour, est-ce qu'on cherche autre chose? Cela qui vous attire et vous repousse... Cela qu'on redoute et qu'on fuit sans hâte — qu'on retrouve chaque fois avec la même crispation du cœur — qui devient comme l'air qu'on boit — notre élément — la honte! C'est vrai que le plaisir doit être recherché pour lui-même... lui seul! Qu'importe l'amant! Qu'importe le lieu ou l'heure! Quelquefois... quelquefois... la nuit... A deux pas de ce gros homme qui ronfle, seule... seule dans ma petite chambre la nuit... Moi que tous accusent! (m'accuser de quoi, je te demande?) Je me lève... j'écoute... je me sens si forte! — Avec ce corps de rien du tout, ce pauvre petit ventre si plat, ces seins qui tiennent dans le creux des mains, j'approche de la fenêtre ouverte, comme si on m'appelait du dehors; j'attends... je suis prête... Pas une voix seulement m'appelle, tu sais! Mais des cent! des mille! Sont-ce là des hommes? Après tout, vous n'êtes que des gosses — pleins de vices, par exemple! — mais des gosses! Je te jure! Il me semble que ce qui m'appelle — ici ou là, n'importe!.. dans la rumeur qui roule... un autre... Un autre se plaît et s'admire en moi... Homme ou bête... Hein, je suis folle?... Que je suis folle!... Homme ou bête qui me tient... Bien tenue... Mon abominable amant!

Son rire à pleine gorge se brisa tout à coup et, le regard qu'elle tenait fixé sur les yeux de son compagnon se vidant de toute lumière, elle resta debout par miracle, semblable à une morte. Puis elle plia les genoux.

— Mouchette, dit gravement l'homme de l'art, qui s'était levé, une dernière fois, ton hyperémotivité m'effraie. Je te conseille le calme.

Il aurait pu poursuivre longtemps sur le même ton, car Mouchette ne l'entendait plus. D'un mouvement presque insensible, son buste s'était incliné en avant, ses épaules avaient roulé sur le divan et, lorsqu'il prit la petite tête entre ses deux mains, il vit d'abord un pâle visage de pierre.

— Sapristi! fit-il.

En vain il tenta de desserrer les mâchoires, faisant grincer sur les dents jointes une spatule d'ivoire. La lèvre retroussée saigna.

Il alla vers sa pharmacie, ouvrit la porte, tâtonna parmi les flacons, choisit, flaira, cependant l'oreille attentive et le regard inquiet, gêné par cette présence silencieuse, derrière lui, attendant sans se l'avouer un cri, un soupir, un signe dans le reflet des vitres, on ne sait quoi qui romprait le charme... Enfin il se retourna.

La tête droite à présent, sagement assise sur le tapis, Mouchette le regardait venir, avec un sourire triste. Il ne lisait rien, dans ce sourire, qu'une inexplicable pitié, dispensée de si haut, d'une suavité surhumaine. La lumière de la lampe tombant à plein sur le front blanc, le bas du visage dans l'ombre, ce sourire, à peine deviné, demeurait étrangement immobile et secret. Et d'abord il crut qu'elle dormait. Mais elle dit, tout à coup, de sa voix tranquille :

— Qu'est-ce que tu fais, tout droit, avec cette bouteille dans la main? Pose-la! Non, pose-la, je t'en prie! Écoute-moi : j'ai été malade? Évanouie? Non! C'est vrai? Vois-tu, quand même, si j'étais morte, là, chez toi!... Ne me touche pas! Ne me touche pas surtout!

Il s'assit drôlement au bord d'une chaise, son flacon tenu toujours entre ses fortes mains. Cependant son visage reprenait peu à peu son expression habituelle d'entêtement sournois, parfois féroce. Il finit par hausser les épaules.

— Tu peux te moquer, reprit-elle de sa voix toujours calme : c'est comme ça. Quand je me suis emballée... emballée... emballée..., j'ai horriblement peur qu'on me touche..., il me semble que je suis en verre. Oui, c'est bien ça... une grande coupe vide.

— Hyperesthésie, c'est normal après un choc nerveux.

— Hyper... quoi? Quel drôle de mot! Ainsi tu connais ça? Tu as soigné des femmes comme moi?

— Des centaines, répondit-il avec fierté, des centaines... Au lycée de Montreuil j'ai vu des cas autrement graves. Ces crises ne sont pas rares chez des jeunes filles qui vivent en commun. De bons observateurs vont même jusqu'à soutenir...

— Ainsi, fit-elle, tu penses avoir connu des femmes comme moi?

Elle se tut. Puis tout à coup :

— Hé bien! tu mens! tu as menti!

Elle se pencha vers lui, prit ses deux mains, inclina doucement la joue... et dans la même seconde il sentit à son poignet,
et jusqu'à son cœur, la morsure aiguë des dents. Mais déjà
la souple petite bête roulait avec lui sur les coussins de cuir,
et il ne voyait plus au-dessus de sa tête renversée que le regard
immense où mûrissait sa propre joie... Avant lui, elle était
debout.

— Lève-toi donc, disait-elle en riant. Lève-toi donc! Si
tu te voyais? Tu souffles comme un chat. Tes yeux ne sont
pas encore d'aplomb... Des femmes comme moi, mon vieux!...
Il n'y en a pas une — pas une autre — capable de faire de toi
un amant...

Elle couvait du regard ce vice épanoui. Depuis des semaines,
en effet, réchauffant dans ses bras le législateur de Campagne,
elle lui avait donné une autre vie. "Notre député profite",
disaient les bonnes gens. Car le pauvre diable, de mine si
plate, eût découragé jadis la hargne de toute autre compagne
que la sienne; *mais il prenait du ventre*. La volupté, la jubilation
du plaisir, loin de l'apaiser, lui faisait cette graisse neuve, et,
dans la nécessité de tenir secrète sa joie d'avare, il s'en gavait,
n'en perdant rien en paroles vaines, la digérant tout entière.
Sa dissimulation constante, quotidienne, étonnait jusqu'à sa
maîtresse. Sans connaître peut-être pleinement l'étendue de son
pouvoir, elle en trouvait la mesure dans la profondeur, la
ténacité, la minutie du mensonge. Dans ce mensonge le malheureux se délectait; le pusillanime en était à chercher parfois le
risque, à le tâter; il y goûtait son âpre revanche. La longue
humiliation de sa vie conjugale y crevait comme une bulle
de boue. La pensée, jadis haïe ou redoutée, de son impitoyable
compagne était devenue un des éléments de sa joie. La malheureuse allait, venait, glissait de la cave au grenier, verte d'un
soupçon chronique. Elle semblait encore reine et maîtresse
entre ces quatre murs détestés. ("Je suis maîtresse chez moi,
peut-être!" était un de ses défis.) Mais qu'importe! Elle ne
l'était plus... L'air même qu'elle respirait, il le lui avait bien
volé: c'était *leur* air qu'elle respirait.

— Je t'aime, dit l'homme de l'art. Avant de t'aimer, je
ne savais rien.

— Parle pour toi, fit-elle. (Et elle riait de nouveau, de ce rire, hélas! chaque jour plus tendu, plus dur.) Moi, tu sais, je n'ai jamais eu beaucoup d'appétit... un petit appétit... Oh! je sais bien... (Car il l'écoutait d'un air de reproche et d'ironie, voulu léger.) Tu es si bête! Tu me prends pour une dévergondée! Quelle blague!

Elle avait beau rire : un animal orgueil respirait dans sa voix qu'elle avait haussée à peine. Son regard, encore un coup, déviait vers le dedans, s'échappait. Et il ne gardait vraiment d'humain qu'une expression, à peine sensible, de vanité, d'entêtement, d'un rien de sottise candide qui était un tribut à son sexe.

— Cependant... voulut-il objecter.

Elle lui ferma la bouche. Il sentit sur les lèvres ses cinq doigts :

— Oh! qu'il est plaisant d'être belle! L'homme qui nous recherche est toujours beau. Mais mille fois plus beau celui-là dont nous sommes la faim et la soif de chaque jour. Et toi, mon vieux, tu as les yeux de cet homme-là.

Elle lui renversa la tête en arrière pour plonger son regard jusque sous les paupières molles. Jamais cette flamme unique ne brilla plus visiblement, ne monta plus haut, follement vaine. Un moment, le législateur de Campagne se crut vraiment un autre homme. La tragique volonté de sa maîtresse fut comme visible et palpable, et c'est vers elle qu'il tendit les bras, avec une espèce de gémissement.

— Mou... Mouchette, supplia-t-il... ma petite Mouchette!

Elle se laissa saisir. Mais du creux de son giron elle dardait son regard des mauvais jours.

— Bon... Bon... tu m'aimes...

— Voyons, fit-il, tout à l'heure...

— Attends un moment, dit-elle, je vais me rhabiller. Je gèle.

Quand elle parla de nouveau, il la vit, déjà blottie, son manteau boutonné, les pieds sagement joints, les mains croisées sur les genoux.

— Après tout ça, mon vieux, tu ne m'as seulement pas examinée?

— Quand tu voudras.

— Non! Non! s'écria-t-elle. A quoi bon? Ce sera pour une autre fois. D'ailleurs, j'en sais là-dessus plus long que personne; dans six mois je serai mère, comme on dit. Jolie mère!

M. Gallet suivait des yeux le dessin du tapis.

— La nouvelle me surprend, fit-il enfin avec une gravité comique. J'allais tout à l'heure m'expliquer. Cette grossesse est invraisemblable. Laisse-moi t'avouer, non sans graves raisons... Mais tu vas t'emporter de nouveau.

— Non, dit Germaine.

— Nous n'avons, toi et moi, dans les choses de l'amour, ni préjugés, ni scrupules. Comment croire à une morale qu'une science aussi exacte que la mathématique — l'hygiène — dément chaque jour? L'institution du mariage évolue, comme le reste, et le terme de cette évolution, nous l'appelons, nous autres médecins, l'Union libre. Je ne ferai donc aucune allusion indiscrète, respectant en toi la femme libre et maîtresse de ses destinées. Je parlerai du passé avec toute la réserve possible. Mais j'ai de graves raisons de diagnostiquer une grossesse plus ancienne. Je suis persuadé que l'examen — si tu le permettais — confirmerait ce diagnostic *a priori*. Je te demande seulement cinq minutes.

— Non! fit-elle. J'ai changé d'avis.

— Bien. J'en resterai donc là, provisoirement.

Il attendit vainement un cri de colère, une protestation, ou même une moue de dépit. Mais, une fois de plus, un long silence acheva de le déconcerter. L'ayant écouté, impassible, sa maîtresse réfléchissait à présent de tout son cœur, et, dans ces moments-là, le visage de Mouchette était candide.

— C'est beau, la science, déclara-t-elle enfin. On ne pourrait rien vous cacher. Cependant je n'ai pas menti... Regarde toi-même; ça ne se voit pas encore... Ainsi! En tout cas, tu ne me laisseras pas dans l'embarras, je suis sûre.

— Qu'est-ce que tu racontes là? fit-il.

— Je n'accoucherai ni dans trois mois, ni dans six. Je n'accoucherai jamais.

Il dit en riant :

— Tu m'étonnes!

Mais elle leva de nouveau vers lui son regard aigu :

— Je ne suis pas si bête, va! Je sais comme ça vous est aisé, à vous autres. Une, deux, trois, pfutt! fini, envolé, plus rien...

— Ce que tu me demandes là de commettre, mon petit, est un acte grave, réprimé par la loi. Comme d'habitude, j'ai là-dessus mon franc parler. Mais un homme dans ma situation doit tenir compte d'opinions — ou, si tu veux, de préjugés — peut-être respectables, certainement puissants... La loi est la loi.

Car il pensait bien dès lors que la démarche imprudente de Mouchette l'avait trahie. Qu'une amante est plus légère, quand elle a livré son secret!

— Tu ne saurais m'apprendre mon métier, petite, ajouta-t-il, complaisant. L'amour ne me fera jamais perdre la tête au point d'en oublier des précautions élémentaires... D'ailleurs peut-être interprètes-tu de travers des symptômes que tu connais mal. Mais si tu es enceinte, Mouchette, tu ne l'es pas de moi.

— N'en parlons plus, s'écria-t-elle en riant. J'irai jusqu'à Boulogne, voilà tout. Croirait-on pas que je te demande la lune?

— La simple honnêteté m'impose encore un devoir...
— Lequel?
— Je dois t'avertir qu'une intervention chirurgicale est toujours dangereuse, parfois mortelle... Voilà.

— Voilà! fit-elle.

Puis s'étant levée, elle gagna la porte, d'un pas discret, presque humble. Mais c'est en vain qu'elle tourna la poignée, d'un geste d'abord hésitant, puis de plus en plus nerveux, puis affolé. Par distraction sans doute, Gallet l'avait refermée à double tour. Elle fit quelques pas en arrière, jusqu'au bureau, où elle s'arrêta, toute pâle. Elle se parlait à elle-même; elle répéta plusieurs fois d'une voix blanche :

— *Cela me rappelle quelque chose, mais quoi?*

Fut-ce le bruit de la pluie sur les vitres? Ou l'ombre tout à coup épaissie? Ou quelque cause plus secrète? Gallet courut à la porte, la tira, l'ouvrit toute grande. Il l'ouvrit. Et moins à sa maîtresse qu'à sa peur, à son propre péril — il ne savait quoi — qui était dans son air, à sa portée — la parole qui allait être dite et qu'il ne fallait pas entendre, — à l'aveu mystérieux que les lèvres — déjà tremblantes — ne retiendraient plus longtemps. Et son geste fut si brusque, si instinctif, que, dans l'ombre du corridor, se retournant vers la lumière, il s'étonnait d'être là, face à sa maîtresse immobile.

La peur du ridicule lui rendit cependant la voix :

— Si tu es si pressée de partir, ma fille, je ne te retiens pas. Excuse-moi seulement d'avoir tout à l'heure bouclé la serrure, ajouta-t-il par un raffinement de politesse dont il se sut gré. Je l'ai fait sans y penser, par distraction.

Elle l'écoutait les yeux baissés, sans sourire. Puis elle passa devant lui, et s'éloigna, du même pas humble, tête basse.

Cette soumission si peu attendue acheva de déconcerter le médecin de Campagne. Pareil à beaucoup d'imbéciles qui, dans un cas grave, ont toujours quelque chose à dire et s'en avisent trop tard, un simple et silencieux dénouement de leur querelle était fait pour l'écœurer. Dans le temps si court que Mlle Malorthy mit à gagner la porte de la rue, la petite cervelle de Gallet ne put achever de mûrir la phrase décisive, habile et ferme à la fois, qui, sans compromettre sa dignité, eût ramené Mouchette compatissante jusqu'au fauteuil de reps vert. Mais quand la petite main bien-aimée toucha la poignée, quand il vit la noire silhouette déjà dressée sur le seuil, tout son pauvre corps n'eut qu'un cri :

— Germaine !

Il la saisit sous les bras, la tint pliée sur sa poitrine et, repoussant violemment la porte du pied, la jeta dans le fauteuil vide.

Puis aussitôt, comme si ce grand effort eût dissipé en un moment tout son courage, il s'assit au hasard sur la première chaise rencontrée, blême. Et déjà, elle rampait vers lui, ses cheveux dénoués, ses mains jetées en avant, plus suppliante encore que ses yeux pâlis d'angoisse.

— Ne me laisse pas, répétait-elle. Ne me laisse pas. Ne me mets pas dehors aujourd'hui... J'ai fait tout à l'heure un rêve... Oh ! quel rêve...

— On a fermé la porte de la cuisine. Timoléon eſt sorti...
Il y a là quelqu'un..., murmura, en écartant doucement sa
maîtresse, le héros vaincu.

Mais elle liait ses bras autour de sa poitrine.

— Garde-moi! Je suis folle! Je n'ai jamais peur. C'eſt la
première fois. C'eſt fini.

Il l'écarta de nouveau, l'étendit sur le divan. Elle se redressa
tout de suite. Ses joues étaient déjà roses. Elle répétait machinalement : " C'eſt fini... C'eſt fini... " mais d'un autre accent.

Cependant Gallet avait quitté la place. Il revint presque
aussitôt, soucieux.

— Je n'y comprends rien, fit-il. La porte de la buanderie
eſt ouverte, et la fenêtre de la cuisine aussi. Cependant Timoléon n'eſt pas rentré; j'ai vu ses deux sabots sur les marches...

Il haussa le ton pour dire à sa maîtresse avec une affreuse
grimace :

— Quelles folies tu me fais faire!

Elle sourit.

— C'eſt la dernière. Je vais être sage.

— Sacré Timoléon! La maison eſt comme un moulin, ma
parole!

— De qui as-tu peur?

— J'ai cru un moment que c'était ma femme, répondit
naïvement le grand homme de Campagne.

Il crut plus digne d'ajouter aussitôt :

— Elle rentre ainsi quelquefois sans crier gare.

— Laisse ta femme en paix, répondit Mouchette, décidément calmée. Nous l'aurions vue. Je veux aussi te demander
pardon : j'ai été si désagréable, mon pauvre chat! Tu aurais
bien fait de me laisser partir. Je serais revenue. J'ai besoin
de toi, mon minet... Oh! pas pour ce que tu penses, s'écria-
t-elle en lui prenant la main; nous n'allons pas nous brouiller
pour un gosse de rien du tout, et qui ne viendra jamais au
monde, je t'en donne ma parole! Je ne veux pas de scandale
ici. Pour le risque, je m'en fiche! Non. J'ai besoin de toi,
parce que tu es le seul homme à présent auquel je puis parler
sans mentir.

Comme il haussait les épaules :

— Tu crois que ça n'est rien, reprit Mouchette. (Elle parlait vite, vite, avec une fièvre charmante.) Hé bien! mon chéri, on voit que tu ne me ressembles guère! Quand j'étais petite, je mentais souvent sans plaisir. A présent, c'est plus fort que moi. Devant toi, je suis ce que je veux. La sale crampe, non pas de jouer son rôle, mais justement le rôle qui dégoûte! Pourquoi ne sommes-nous pas comme les bêtes qui vont, viennent, mangent, meurent sans jamais penser au public? A la porte de la boucherie centrale, tu vois des bœufs manger leur foin à deux pas du mandrin, devant le boucher aux bras rouges, qui les regarde en riant. J'envie ça, moi! Et même, je te dirai plus...

— Ta-ra-ta-ta! interrompit le médecin de Campagne. Dis-moi plutôt, là, franchement, pourquoi, tout à l'heure?... Voyons! tu parais te rendre très sagement, loyalement, à mes raisons; tu parais résignée à demander à d'autres — je ne veux pas les connaître, je ne veux pas savoir leurs noms — l'acte dangereux, discutable, dont je ne puis accepter la responsabilité; tu t'en vas sans colère, avec une mine de chien battu, mais docile... et soudain... — oh! oh! je te parais curieux, mais tu ne peux pas savoir : c'est ce que nous appelons un cas, un cas très intéressant... — soudain pour une serrure fermée, une porte qui ne cède pas tout de suite, voilà que tu fais une crise de délire, de véritable délire!... (L'imitant :) " J'ai fait tout à l'heure un rêve... Oh! quel rêve...! " Je t'ai rattrapée au vol. Tu avais une mine si singulière! Où allais-tu?

— Tu veux le savoir? Mais tu ne me croiras pas.

— Dis toujours.

— J'allais me tuer, répondit tranquillement Mouchette. Il frappa violemment ses genoux du plat de la main.

— Tu te moques de moi!

— Ou si tu veux, poursuivit-elle, imperturbable, je voyais comme je te vois un coin de la mare du Vauroux, près de la ferme, sous deux saules, où j'allais me jeter. Derrière, entre les arbres, on aperçoit les ardoises du château. Que veux-tu que je te dise? Ce sont des bêtises. Je sais bien..., j'étais folle.

— Sacrebleu! s'écria le médecin de Campagne, en se précipitant vers la porte, cette fois-ci on a marché là-haut! C'est *son* pas!

Et, comme elle éclatait de rire, il la menaça du regard si terriblement, qu'elle crut devoir étouffer le reste de sa gaieté dans son petit mouchoir.

Elle entendit glisser ses savates jusqu'à l'escalier; les premières marches grincèrent, puis le silence retomba. Il était de nouveau devant elle.

— C'est Zéléda, dit-il. J'ai vu son sac de voyage dans le couloir du premier. Elle aura pris le train de 20 h. 30, pour épargner la dépense d'une nuit d'hôtel. Comment n'ai-je pas prévu! Elle est là depuis dix minutes, vingt minutes peut-être, sait-on?... File!

Il trépignait d'impatience, bien que dans l'excès de son humiliation il essayât de se composer une attitude. Mais Mouchette lui répondit froidement :

— C'est ton tour d'être fou! Que crains-tu? C'est papa qui m'envoie. Je ne puis me sauver comme une voleuse, ce serait trop bête. D'ailleurs, la fenêtre de ta chambre donne sur la rue des Égraulettes; elle me verra. Après trois jours d'absence, grimper sans mot dire, ça n'est pas naturel, ça. Nous a-t-elle entendus? Tant mieux. On n'entend jamais rien de précis à travers la porte. Ne discute pas. Ris-lui au nez! Quand elle viendra, nous lui dirons gentiment bonjour...

Il l'écoutait, convaincu. En un instant, sous les mains agiles de Mouchette, chaque objet reprit sa place accoutumée. Les coussins retrouvèrent leur rondeur élastique, les fauteuils tournèrent sagement le dos au mur, la pharmacie ferma ses porte, la lampe brilla tranquille, sous son bonhomme d'abat-jour vert. Lorsque Mlle Malorthy se rassit, les murs eux-mêmes mentaient.

— Attendons maintenant, dit-elle.

— Attendons, répéta Gallet.

Son regard fit une dernière fois le tour de la pièce, et il le reporta, rassuré, sur sa maîtresse. A distance respectueuse de l'homme de science dans l'exercice de son sacerdoce, la jeune malade, attentive, se tenait prête à recevoir l'oracle infaillible.

—Comment ose-t-elle croiser si haut les genoux? remarqua seulement Gallet, perplexe.

A présent qu'elle s'était tue, il sentait bien qu'il avait été tout à l'heure sensible, moins aux raisons de sa maîtresse qu'à sa voix et à son accent.

— C'est enfantin, se répétait-il, enfantin. Sa présence ici peut se justifier cent fois!...

Mais à la pensée de suivre bientôt la capricieuse enfant dans son mensonge, de tenir son rôle devant l'ennemie sceptique et sournoise, sa langue collait au palais.

C'est alors que tout à coup, cherchant encore le regard de Mouchette, il ne le trouva plus. Les yeux perfides considéraient le mur au-dessus de lui, déjà mûrs d'un nouveau secret. Il eut le pressentiment, la certitude d'un malheur désormais inévitable. Son vice était là, devant lui, en pleine lumière, évident, éclatant, et il avait voulu près de lui ce témoin irrécusable! Si la peur ne l'eût cloué sur place, il eût sans doute, à ce moment, jeté Mouchette par la fenêtre. Il eût sauté dessus, comme on piétine une mèche allumée, près de la soute aux poudres. Mais il était trop tard. L'affreuse résignation du lâche le livrait sans défense à sa familière ennemie. Et, avant qu'elle eût prononcé une parole, il l'entendit (pourtant la voix qui rompit le silence fut claire et suave) :

— Crois-tu à l'enfer, mon chat?

— C'est bien le moment de parler de bêtises, répondit-il, conciliant; je t'en prie : garde au moins pour une meilleure occasion tes incompréhensibles plaisanteries.

— Ah! là là! voyez-vous! Non! La crise est passée; rassure-toi. Tu finiras par m'enrager avec tes airs d'attendre le bourreau. Que risques-tu maintenant? Rien du tout.

— Je ne crains que toi, dit Gallet. Oui, tu n'es pas un compagnon très sûr...

Elle dédaigna de répondre, et sourit. Puis, après un long silence, la même voix calme et suave redit encore :

— Réponds-moi tout de suite, mon chat : Crois-tu à l'enfer?

— Bien sûr que non! s'écria-t-il, exaspéré.

— Jure-le.

Il se résigna.

— Oui, je le jure.

— Je savais bien, fit-elle. Tu ne crains pas l'enfer et tu crains ta femme! Es-tu bête!

— Mouchette, tais-toi, supplia-t-il, ou va-t'en...

— Ou va-t'en! Hein? tu regrettes bien de l'avoir, tout à l'heure, retenue, Mouchette? Elle y serait à présent, dans la mare aux grenouilles, sa chère petite bouche pleine de boue, bien muette... Ne pleure pas, gros bébé. Tu vois bien; je parle tout bas, exprès. Vilain lâche d'homme! Tu as peur d'elle, et tu n'as pas peur de moi!

Il supplia :

— Quel intérêt prends-tu à faire du mal?

— Aucun, en vérité, aucun. Je ne te veux absolument aucun mal. Seulement pourquoi n'as-tu pas peur de moi?

— Tu es une bonne fille, Mouchette.

— Sans doute; une bonne fille. Avec elle, tu ne partageras que le plaisir. L'as-tu prouvé tout à l'heure, oui ou non? Un enfant de Mouchette, fi donc!

— Il n'est pas de moi, s'écria-t-il, hors de lui.

— Supposons-le. Je ne te demande pas de le reconnaître.

— Non (ils parlaient bas), tu exigeais seulement de moi un acte que ma conscience réprouve.

— Nous parlerons de ta conscience dans un moment, répondit Mouchette. En refusant de me rendre service, tu as fini de m'ouvrir les yeux. N'attends pas que je te cherche querelle. Je ne t'aime ni pour ta beauté — regarde-toi — ni pour ta générosité; sans reproche, tu es plutôt rat! Qu'est-ce que j'aime donc en toi? Ne me regarde pas avec ces yeux ronds! Ton vice... Tu vas dire : c'est une phrase de roman?... Si tu savais... ce que tu *sauras* bientôt..., tu comprendrais que j'étais justement tombée tout en bas, à ton niveau... Nous sommes au fond du même trou... Pour toi, je n'ai pas besoin de mentir... Non! tu ne lis pas dans mon cœur; tu crois que je me venge... Non! mon petit. Mais je puis être aujourd'hui tout à fait, tout à fait sincère. Hé bien! voilà le moment de parler ou jamais. Je te tiens dans l'angle du mur, mon pauvre chat, tu ne peux m'échapper. Je te défie même d'élever la voix... Ainsi!

Elle parlait elle-même si bas qu'il penchait machinalement la tête, d'un geste ingénu. L'éloquence familière, ce demi-silence, le pas tranquille de Zéléda au-dessus d'eux, la voix de Timoléon fredonnant à ses casseroles le refrain d'une chanson bête, achevaient de le rassurer. Toutefois, il n'osait pas encore lever les yeux vers le regard qu'il sentait posé sur lui... " Quel embêtement! " songeait-il.

Mais le signe fatal était déjà écrit au mur.

Mouchette respira fortement et reprit :

— Si je parle à présent, d'ailleurs, c'est pour toi, c'est pour ton bien... Vois : nous nous aimons depuis des semaines, et personne ne sait, personne... Mlle Germaine par-ci... M. le député par-là... hein? Sommes-nous bien cachés? bien clos? M. Gallet fait l'amour avec une fille de seize ans. Qui s'en doute? Et ta femme elle-même? Avoue-le, vieux scélérat, tu la trompes ici, à son nez, à sa moustache (elle en a!), c'est la moitié de ton bonheur. Je te connais. Tu n'aimes pas l'eau claire. Ainsi, dans ma fameuse mare de Vauroux, je vois des bêtes très drôles, très singulières; ça ressemble un peu à des mille-pattes, mais plus longs... Un instant tu les verras flotter à la surface limpide de l'eau. Puis ils s'enfoncent tout à coup et, à leur place, monte un nuage de boue. Hé bien! ils nous ressemblent. Entre les imbéciles et nous, il y a aussi ce petit nuage. Un secret. Un gros secret... Quand tu le sauras, comme on s'aimera!

Elle se rejeta aussitôt en arrière, riant d'un rire silencieux.

— Cocasse! dit Gallet.

Elle fit du bout des lèvres une grimace enfantine, et le fixa un moment, d'un air inquiet. Puis son visage s'éclaira de nouveau :

— C'est vrai que je parle trop, avoua-t-elle; par peur, au fond. Je parle pour ne rien dire. Si Zéléda entrait maintenant, serais-je seulement contente, ou fâchée? Attends! Attends! Écoute-moi bien d'abord : Le papa, ce n'est pas toi. Non! Devine?... C'est le marquis... oui... oui... M. le marquis de Cadignan...

— Cocasse! répéta Gallet.

Les lèvres de Mouchette tremblèrent.

— Baise-moi la main, dit-elle tout à coup... Oui... embrasse-moi la main... je veux que tu me baises la main!

Sa voix avait fléchi, exactement comme celle d'un acteur qui manque l'effet prévu, perd pied, s'entête. En même temps elle appuyait sa paume sur la bouche de son amant. Puis elle s'écarta brusquement, et dit avec une extraordinaire emphase :

— Tu viens de baiser la main qui l'a tué.

— Tout à fait cocasse! répéta, pour la troisième fois, M. Gallet.

Mouchette essaya d'un rire de mépris; mais l'éclat contenu en fut si cruel et si déchirant qu'elle se tut.

— C'est de la démence, dit posément le docteur de Campagne. Un autre que moi en reconnaîtrait ici les symptômes. Mais tu es une fille nerveuse, d'hérédité alcoolique, pubère depuis deux ou trois ans, souffrant d'une grossesse précoce : en un tel cas, ces accidents ne sont pas rares. Excuse-moi de parler ainsi : je m'adresse à ta raison, à ton bon sens, parce que je sais que ces sortes de malades ne sont jamais absolument dupes de leur propre délire. Conviens-en : c'est une plaisanterie? Seulement un peu poussée, une plaisanterie comme tout le monde peut en faire? Une mauvaise plaisanterie.

— Une plaisanterie, finit-elle par bégayer...

Une colère énorme battait à grands coups dans sa poitrine, mais elle l'étouffa. Le feu de l'orgueil déçu acheva de consumer ce qui restait en elle de la folle et cruelle adolescence; elle se sentit tout à coup, dans son sein, le cœur insurmontable et, dans sa tête, l'intelligence froide et positive d'une femme, sœur tragique de l'enfant.

— Ne va pas me manquer en un pareil moment, s'écria-t-elle, ou ce sera ton tour de pleurer. Crois ce que tu veux; peut-être suis-je lasse de retenir ce secret, peut-être le remords? ou simplement la peur... Pourquoi n'aurais-je pas peur comme tout le monde? Crois ce que tu veux, *mais ne refuse pas ta part*. D'ailleurs, j'en ai trop dit maintenant. Oui! C'est moi qui l'ai tué. Quel jour? Le 27... Quelle heure? Trois quarts passé minuit. (Je vois encore l'aiguille...) ... J'ai décroché son fusil, il était pendu au mur, sous la glace... Non! Je n'étais peut-être pas absolument sûre qu'il fût chargé. Il l'était. J'ai tiré quand le bout du canon l'a touché. Il a failli tomber sur moi. Mes souliers étaient pleins de sang; je les ai lavés dans la mare. J'ai aussi lavé mes bas, à la maison, dans ma cuvette... Voilà! Es-tu sûr maintenant? conclut-elle avec une assurance naïve. Veux-tu encore *d'autres* preuves? (Elle n'en avait donné aucune.) Je t'en donnerai. Interroge-moi seulement.

Chose incroyable! Pas un instant, Gallet ne douta qu'elle eût dit vrai. Dès les premiers mots, il l'avait crue, tant le regard en dit plus long que les lèvres. Mais la première surprise fut si forte qu'elle paralysa jusqu'à ces manifestations de la terreur que Mouchette épiait déjà sur le visage de son amant. La détresse du lâche, à son paroxysme, si elle n'éclate au-dehors, surexcite au-dedans toutes les forces de l'instinct, donne à la brute à demi lucide une puissance presque illimitée de dissimulation, de mensonge. Ce n'était pas l'horreur du crime qui clouait Gallet sur place, mais en un éclair il s'était vu lié pour toujours à son affreuse amie, complice non de l'acte, mais du secret. Comment livrer ce secret, sans se livrer? Puisqu'il était trop tard pour en arrêter l'aveu, il dirait non! Quelle autre ressource?... Non et non! à l'évidence même. Non! Non! Non! Non! hurlait la peur. Et déjà il eût voulu assener ce non! comme un poing fermé sur la terrible bouche accusatrice... Seulement... Seulement... L'enquête était close; le non-lieu rendu... Seulement : savait-il tout? Mouchette gardait-elle quelque preuve? Qu'elle se livrât, il était capable de détourner le coup : l'entêtement ordinaire aux juges, la bizarrerie du crime, l'oubli qui déjà recouvrait la mémoire d'un homme, jadis craint ou détesté, l'autorité de la famille Malorthy — par-dessus tout le témoignage du médecin parlementaire — c'en était assez pour emporter les scrupules défaillants d'un magistrat. L'exaltation de Mouchette, et les probables divagations de sa colère rendaient vraisemblable l'hypothèse d'une crise de démence dont Gallet ne doutait point d'ailleurs qu'elle éclatât bientôt pour de bon... Mais encore, lucide ou folle, que dirait la perfide avant que ne se fût refermée sur elle la porte capitonnée du cabanon? Si rapidement que se succédassent ces hypothèses contradictoires dans la pensée du malheureux, il retrouva sa finesse paysanne pour dire sans ironie :

— Je ne voulais pas te mettre en colère... Je ne juge pas ton acte, s'il a été toutefois commis. Le métier de séducteur d'enfant de quinze ans a ses risques... Mais je t'interrogerai, puisque tu m'en pries. Tu parles à un ami... à un confesseur. (Il baissait la voix malgré lui, avec l'accent de l'angoisse.)

— ... Tu n'as donc point couché chez toi dans la nuit du 26 au 27?

— Cette question!

— Alors, ton père?

— Il dormait, bien sûr! répondit Mouchette. De sortir sans être vue, ça n'est pas malin!

— Et de rentrer?

— De rentrer aussi, dame! A trois heures du matin, il n'entendrait pas Dieu tonner.

— Mais le lendemain, ma chérie, quand ils ont su?...

— Ils ont cru au suicide, comme tout le monde. Papa m'a embrassée. Il avait vu M. le marquis la veille. M. le marquis n'avait rien avoué. "Il a pris peur tout de même", a dit papa... Il a dit aussi : "Pour le mioche, on s'arrangera; Gallet a le bras long." Car ils voulaient te demander conseil. Mais je n'ai pas voulu.

— Tu n'as donc rien avoué non plus?

— Non!

— Et sitôt le... l'acte commis... tu t'es sauvée?

— J'ai couru seulement jusqu'à la mare pour laver mes souliers.

— Tu n'as rien pris, rien emporté?

— Qu'est-ce que j'aurais pris?

— Et qu'as-tu fait de tes souliers?

— Je les ai brûlés, avec mes bas, dans notre four.

— J'ai vu le... j'ai examiné le cadavre, dit encore Gallet. Le suicide semblait évident. Le coup avait été tiré si près!

— Sous son menton, oui, dit Mouchette. J'étais tellement plus petite que lui, et il avançait tout droit... Il n'avait pas peur.

— Le... le défunt avait-il en sa possession des objets... des lettres?...

— Des lettres! fit Mouchette en haussant dédaigneusement les épaules. Pour quoi faire?

— Cela paraît vraisemblable, pensa Gallet. Et il entendit avec surprise sa propre voix répéter tout haut sa pensée.

— Tu vois! triompha Mouchette. Ça pesait vraiment trop dans ma tête! Elle peut venir maintenant, ta Zéléda, tu vas voir! Je serai sage comme une image. " Bonjour, Germaine. " (Elle se levait pour faire devant la glace une révérence.) Bonjour, madame...

Mais le médecin de Campagne ne sut pas dissimuler plus longtemps. Contracté par la peur, il se détendit tout à coup, et laissa échapper sa ruse, comme un animal pressé par les chiens, enfin libre, lâche l'urine.

— Ma fille, tu es folle, dit-il dans un long soupir.

— Hein? Quoi? s'écria Mouchette. Tu...

— Je ne crois pas un mot de cette histoire-là.

— Ne le répète pas deux fois, dit-elle entre ses dents.

Il agitait la main en souriant, comme pour l'apaiser.

— Écoute, Philogone, reprit-elle d'une voix suppliante (et l'expression de son visage changeait plus vite même que la voix). J'ai menti tout à l'heure; je faisais la brave. C'est vrai que je ne peux plus vivre, ni respirer, ni voir seulement le jour à travers cet affreux mensonge. Voyons! J'ai tout dit maintenant! Jure-moi que j'ai tout dit?

— Tu as fait un vilain rêve, Mouchette.

Elle supplia de nouveau :

— Tu me rendras folle. Si je doute de cela aussi, que croirai-je? Mais qu'est-ce que je dis, reprit-elle, d'une voix cette fois perçante. Depuis quand refuse-t-on de croire la parole d'un assassin qui s'accuse, et qui se repent? Car je me repens!... Oui... oui... Je te ferai ce tour de me repentir, moi qui te parle. Et, si tu m'en défies, j'irai leur raconter à tous mon rêve, ce fameux rêve! Ton rêve!

Elle éclata de rire. Gallet reconnut ce rire, et blêmit.

— J'ai été trop loin, bégaya-t-il. C'est bon, Mouchette, c'est bon, n'en parlons plus.

Elle consentit à baisser le ton :

— Je t'ai fait peur, dit-elle.

— Un peu, fit-il. Tu es en ce moment si nerveuse, si impulsive... Laissons cela. J'ai mon opinion faite, à présent.

Elle tressaillit.

— En tout cas, tu n'as rien à craindre. Je n'ai rien vu, rien
entendu. D'ailleurs, ajouta-t-il imprudemment, moi, ni personne...

— Cela signifie?

— Que, vraie ou fausse, ton histoire ressemble à un rêve...

— C'est-à-dire?

— Qui t'a vue sortir? Qui t'a vue rentrer? Quelle preuve
a-t-on? Pas un témoin, pas une pièce à conviction, pas un
mot écrit, pas même une tache de sang... Suppose que je
m'accuse moi-même. Nous serions manche à manche, ma
petite. Pas de preuves!

Alors... Alors il vit Mouchette se dresser devant lui, non
pas livide, mais au contraire le front, les joues et le cou même
d'un incarnat si vif que, sous la peau mince des tempes, les
veines se dessinèrent, toutes bleues. Les petits poings fermés
le menaçaient encore, quand le regard de la misérable enfant
n'exprimait déjà plus qu'un affreux désespoir, comme un
suprême appel à la pitié. Puis cette dernière lueur s'éteignit,
et le seul délire vacilla dans ses yeux. Elle ouvrit la bouche et
cria.

Sur une seule note, tantôt grave et tantôt aiguë, cette
plainte surhumaine retentit dans la petite maison, déjà pleine
d'une rumeur vague et de pas précipités. D'un premier mouvement le médecin de Campagne avait rejeté loin de lui le
frêle corps roidi, et il essayait à présent de fermer cette bouche,
d'étouffer ce cri. Il luttait contre ce cri, comme l'assassin lutte
avec un cœur vivant, qui bat sous lui. Si ses longues mains
eussent rencontré par hasard le cou vibrant, Germaine était
morte, car chaque geste du lâche affolé avait l'air d'un meurtre.
Mais il n'étreignait en gémissant que la petite mâchoire et
nulle force humaine n'en eût desserré les muscles... Zéléda
et Timoléon entrèrent en même temps.

— Aidez-moi! supplia-t-il... Mlle Malorthy..., une crise
de démence furieuse..., en pleine crise... Aidez-moi, nom de
Dieu!...

Timoléon prit les bras de Mouchette et les maintint en croix
sur le tapis. Après une courte hésitation, Mme Gallet saisit

les jambes. Le médecin de Campagne, les mains enfin libres, jeta sur le visage de la folle un mouchoir imbibé d'éther. L'affreuse plainte, d'abord assourdie, finit par s'éteindre tout à fait. L'enfant, vaincue, s'abandonna.

— Cours chercher un drap, dit Gallet à sa femme.

On y roula Mlle Malorthy, désormais inerte. Timoléon courut prévenir le brasseur. Le soir même, elle était transportée en automobile à la maison de santé du docteur Duchemin. Elle en sortit un mois plus tard, complètement guérie, après avoir accouché d'un enfant mort.

PREMIÈRE PARTIE

LA TENTATION DU DÉSESPOIR

I

— Mon cher chanoine, mon vieil ami — conclut l'abbé
Demange — que vous dire encore? Il m'est difficile de tenir
aujourd'hui vos scrupules pour légitimes, et néanmoins ce
désaccord me pèse... Je dirais volontiers que votre finesse
s'exerce ici sur des riens, si je ne connaissais assez votre prudence et votre fermeté... Mais c'est donner beaucoup d'importance à un jeune prêtre mal léché.

L'abbé Menou-Segrais ramena frileusement sur ses genoux
la couverture, et tendit de loin ses mains vers l'âtre sans
répondre. Puis il dit après un long silence, et non pas sans
une malice secrète qui fit un instant briller ses yeux :

— De tous les embarras de l'âge, l'expérience n'est pas le
moindre, et je voudrais que la prudence dont vous parlez
n'eût jamais grandi aux dépens de la fermeté. Sans doute,
il n'y a pas de terme aux raisonnements et aux hypothèses,
mais vivre d'abord, c'est choisir. Avouez-le, mon ami : les
vieilles gens craignent moins l'erreur que le risque.

— Comme je vous retrouve! dit tendrement l'abbé
Demange; que votre cœur a peu changé! Il me semble que je
vous écoute encore dans notre cour de Saint-Sulpice, lorsque
vous discutiez l'histoire des mystiques bénédictins — sainte
Gertrude, sainte Meltchilde, sainte Hildegarde... — avec le

pauvre P. de Lantivy. Vous souvenez-vous? "Que me parlez-vous du troisième état mystique? vous disait-il... De tous
ces messieurs, vous êtes, d'abord, le plus friand au réfectoire
et le mieux vêtu! "

— Je me souviens, dit le curé de Campagne... Et tout à
coup sa voix si calme eut un imperceptible fléchissement.
Tournant la tête avec peine, dans l'épaisseur des coussins,
vers la grande pièce déjà pleine d'ombre, et montrant d'un
regard les meubles chéris :

— Il fallait s'échapper, dit-il. Il faut toujours s'échapper.

Mais aussitôt sa voix se raffermit et, de ce même ton d'impertinence dont il aimait à se railler lui-même, à déconcerter sa
grande âme, il ajouta :

— Rien de meilleur qu'une crise de rhumatisme pour vous
donner le sens et le goût de la liberté.

— Revenons à notre protégé, dit soudain l'abbé Demange,
avec brusquerie, et sans d'abord oser lever les yeux sur son
vieil ami. Je dois vous quitter à cinq heures. Je le reverrais
volontiers.

— A quoi bon? répondit tranquillement l'abbé Menou-
Segrais. Nous l'avons bien vu assez pour un jour! Il a crotté
mon pauvre vieux Smyrne, et failli briser les pieds de la chaise
qu'il a choisie la plus précieuse et la plus fragile, avec son
ordinaire à-propos... Que vous faut-il de plus? Voulez-vous
encore le peser, le toiser comme un conscrit?... Voyez-le,
d'ailleurs, si cela vous plaît. Dieu sait pourtant quel souci me
donne, au long d'une semaine, à travers mes bibelots si sottement aimés, ce grand pataud tout en noir!

Mais l'abbé Demange connaît trop le compagnon de sa
jeunesse pour s'étonner de son humeur. Jadis, jeune secré-
taire particulier de Mgr de Targe, il n'a rien ignoré de certaines
épreuves qu'a surmontées, une par une, le clair et lucide génie
de l'abbé Menou-Segrais. Un esprit d'indépendance farouche,
un bon sens pour ainsi dire irrésistible, mais dont l'exercice
ne va pas toujours sans une apparente cruauté, rendue plus
sensible aux délicats par le raffinement de la courtoisie, le
dédain des solutions abstraites, un goût très vif de la spiritua-
lité la plus haute, mais difficile à satisfaire par la seule spécu-

lation, éveillèrent d'abord la méfiance de l'évêque. L'influence discrète du jeune Demange, et surtout l'irréprochable distinction du futur doyen de Campagne, alors vicaire à la cathédrale, lui valurent trop tard les bonnes grâces de celui qui se laissait appeler volontiers le dernier prélat gentilhomme, et qui mourut l'année suivante, laissant à Mgr Papouin, candidat favori du ministre des cultes, une succession délicate. L'abbé Menou-Segrais fut d'abord poliment tenu à l'écart, puis franchement disgracié après le premier échec, aux élections législatives, du député libéral pour lequel il avait sans doute montré peu de zèle. Le triomphe du docteur radical Gallet porta le dernier coup à cette carrière sacerdotale. Nommé à la cure, d'ailleurs enviée, de Campagne, il se résigna dès lors à servir paisiblement la paix religieuse dans le diocèse, les deux partis ayant accoutumé de s'entendre à ses dépens, tour à tour dénoncé par le ministre et désavoué par l'évêque. Ce jeu l'amusait, et il en goûtait mieux que personne l'agréable balancement.

Héritier d'une grande fortune, qu'il administrait avec sagesse, la destinant tout entière à ses nièces Segrais, vivant de peu, non pas sans noblesse, grand seigneur exilé qui rapporte, au fond de la province, quelque chose des façons et des mœurs de la Cour, curieux de la vie d'autrui, et pourtant le moins médisant, habile à faire parler chacun, tâtant les secrets d'un regard, d'un mot en l'air, d'un sourire — puis le premier à demander le silence, à l'imposer, — toujours admirable de tact et de spirituelle dignité, convive exquis, gourmand par politesse, bavard à l'occasion par condescendance et charité, si parfaitement poli que les simples curés de son doyenné, pris au piège, le tinrent toujours pour le plus indulgent des hommes, d'un rapport agréable et sûr, d'une perspicacité sans tranchant, tolérant par goût, même sceptique, et peut-être un peu suspect.

— Mon ami, répondit doucement l'abbé Demange, je vous vois venir; vous tournez contre votre vicaire un coup qui m'était destiné. Secrètement, vous m'accusez d'incompréhension, de parti pris, que sais-je? Arrière-pensée bien charitable un jour de Noël, et contre un pauvre compagnon

mis à la retraite qui fera trois lieues ce soir avant de retrouver
son lit, et pour l'amour de vous! Suis-je vraiment capable de
juger légèrement d'un scrupule que vous m'avez confié?...
Mais, comme jadis, votre conviction veut tout forcer, emporte d'assaut les gens; vous y mettez seulement plus de
grâces... Vous me sommez de statuer, et les éléments dont je
dispose...

— Qui vous parle d'éléments! interrompit le doyen de
Campagne. Pourquoi pas une enquête et des dossiers? Quand
il s'agit de gagner ou de perdre une bataille, on manœuvre
avec ce qu'on a sous la main. Je ne vous ai pas appelé tout le
temps que j'ai moi-même pesé le pour et le contre, mais dès
lors que ma certitude...

— Bref, vous attendez de moi que je vous approuve?

— Exactement, répondit le vieux prêtre, imperturbable.
Une certaine audace est dans ma nature, et ma vertu est si
petite, ma vieillesse si lâche, je suis si bêtement attaché à mes
habitudes, à mes manies, à mes infirmités même, que j'ai grand
besoin, à l'instant décisif, du regard et de la voix d'un ami.
Vous m'avez donné l'un et l'autre. Tout va bien. Le reste
me regarde.

— Ô tête obstinée! fit l'abbé Demange. Vous voudriez
me faire taire. Quand je serai de nouveau loin de vous, cette
nuit même, je prierai à vos intentions, en aveugle, et je n'aurai
jamais prié de si bon cœur. En attendant, devriez-vous me
battre, je résumerai, pour le repos de ma conscience, notre
entretien; j'en chercherai la conclusion. Laissez-moi dire!
Laissez-moi dire! s'écria-t-il sur un geste d'impatience du curé
de Campagne, je ne vous tiendrai pas longtemps. J'en étais
aux éléments du dossier. J'y retourne. Sans doute, je n'attache
pas beaucoup d'importance aux notes du séminaire...

— A quoi bon y revenir? dit l'abbé Menou-Segrais. Elles
sont médiocres, franchement médiocres, mais Dieu sait dans
quel sens, et si c'est la médiocrité de l'élève qu'elles prouvent,
ou du maître!... Voici néanmoins le passage d'une lettre de
Mgr Papouin, que je ne vous ai point lue... Ayez seulement
l'obligeance de me donner mon portefeuille — là, au coin de
mon bureau — et d'approcher un peu la lampe.

Il parcourut d'abord la feuille du regard, en souriant, la tenant tout près de ses yeux myopes.

" *Je n'ose vous proposer*, commença-t-il, *je n'ose vous proposer le seul qui me reste, ordonné depuis peu, dont M. l'archiprêtre, à qui ie l'ai donné, ne sait que faire, plein de qualités sans doute, mais gâtées par une violence et un entêtement singuliers, sans éducation ni manières, d'une grande piété plus zélée que sage, pour tout dire encore assez mal dégrossi. Je crains qu'un homme tel que vous* — (ici un petit trait d'usage, d'ironie épiscopale)... *je crains qu'un homme tel que vous ne puisse s'accommoder d'un petit sauvage qui, vingt fois le jour, vous offensera malgré lui.* "

— Qu'avez-vous répondu? demanda l'abbé Demange?

— A peu près ceci : s'accommoder n'est rien, Monseigneur; il suffit que j'en puisse tirer parti, ou quelque chose d'approchant.

Il parlait sur le ton d'une déférence malicieuse, et son beau regard riait, avec une tranquille audace.

— Enfin, dit le vieux prêtre impatient, de votre propre aveu, le bonhomme répond au signalement qu'on vous en avait donné.

— Il est pire, s'écria le doyen de Campagne, mille fois pire! D'ailleurs, vous l'avez vu. Sa présence dans une maison si confortable est une offense au bon sens, certainement. Je vous fais juge : les pluies d'automne, le vent d'équinoxe qui réveille mes rhumatismes, le poêle surchauffé qui sent le suif bouilli, les semelles crottées des visiteurs sur mes tapis, les feux de salve des battues d'arrière-saison, c'est déjà bien assez pour un vieux chanoine. A mon âge, on attend le bon Dieu en espérant qu'il entrera sans rien déranger, un jour de semaine. Hélas! ce n'est pas le bon Dieu qui est entré, mais un grand garçon aux larges épaules, d'une bonne volonté ingénue à faire grincer des dents, plus assommant encore d'être discret, de dérober ses mains rouges, d'appuyer prudemment ses talons ferrés, d'adoucir une voix faite pour les chevaux et les bœufs... Mon petit setter le flaire avec dégoût, ma gouvernante est lasse de détacher ou de ravauder celle de ses deux

soutanes qui garde un aspect décent... D'éducation, pas
l'ombre. De science, guère plus qu'il n'en faut pour lire passa-
blement le bréviaire. Sans doute, il dit sa messe avec une piété
louable, mais si lentement, avec une application si gauche,
que j'en sue dans ma stalle, où il fait pourtant diablement
froid! Au seul penser d'affronter en chaire un public aussi
raffiné que le nôtre, il a paru si malheureux que je n'ose le
contraindre, et continue de mettre à la torture ma pauvre
gorge. Que vous dire encore? On le voit courir dans les
chemins boueux tout le jour, fait comme un chemineau,
prêter la main aux charretiers, dans l'illusion d'enseigner
à ces messieurs un langage moins offensant pour la majesté
divine, et son odeur, rapportée des étables, incommode les
dévotes. Enfin, je n'ai pu lui apprendre encore à perdre avec
bonne grâce une partie de trictrac. A neuf heures, il est déjà
ivre de sommeil, et je dois me priver de ce divertissement...
Vous en faut-il encore? Est-ce assez?

— Si c'est là les grandes lignes de vos rapports à l'évêché,
conclut simplement l'abbé Demange, je le plains.

Le sourire du doyen de Campagne s'effaça aussitôt et son
visage — toujours d'une extrême mobilité — se glaça.

— C'est moi qu'il faut plaindre, mon ami..., dit-il.

Sa voix eut un tel accent d'amertume, d'espérance inas-
souvie qu'elle exprima d'un coup toute la vieillesse, et la
grande salle silencieuse fut un moment visitée par la majesté
de la mort.

L'abbé Demange rougit.

— Est-ce si grave, mon ami? fit-il avec une touchante
confusion, une ferveur d'amitié vraiment exquise. Je crains
de vous avoir blessé, sans toutefois savoir comment.

Mais déjà M. Menou-Segrais :

— Me blesser, moi? s'écria-t-il. C'est moi qui sottement
vous fais de la peine. Ne mêlons pas nos petites affaires à
celles de Dieu.

Il se recueillit une minute sans cesser de sourire.

— J'ai trop d'esprit; cela me perd. J'aurais mieux à faire
que vous proposer des énigmes, et m'amuser de votre embarras. Ah! mon ami, Dieu nous propose aussi des énigmes...

Je menais une vie tranquille, ou plutôt je l'achevais tout doucement. Depuis que ce lourdaud eſt entré ci-dedans, il tire tout à lui sans y songer, ne me laisse aucun repos. Sa seule présence m'oblige à choisir. Oh! d'être sollicité par une magnifique aventure quand le sang coule si rare et si froid, c'eſt une grande et forte épreuve.

— Si vous présentez les choses ainsi, dit l'abbé Demange, je vous dirai seulement : votre vieux camarade réclame sa part de votre croix.

— Il eſt trop tard, continua le curé de Campagne, toujours souriant. Je la porterai seul.

— ... Mais à vous dire vrai, en conscience, reprit l'abbé Demange, je n'ai rien vu dans ce jeune prêtre qui vaille de jeter dans le trouble un homme tel que vous. Ce que j'en ai appris m'embarrasse sans me persuader. L'espèce eſt commune de ces vicaires au zèle indiscret, faits pour d'autres travaux plus durs, et qui, dans les premières années de leur sacerdoce, gaspillent un excès de forces physiques que la contrainte du séminaire...

— N'ajoutez rien! s'écria en riant M. Menou-Segrais; je sens que je vais vous déteſter. Doutez-vous que je me sois déjà proposé cette objection? J'ai tâché, bon gré, mal gré, de me payer d'une telle monnaie. On ne se soumet pas sans lutte à une force supérieure dont on ne trouve pas le signe en soi, qui vous reſte étrangère. La brutalité me rebute, et je serais le dernier à me laisser prendre à un appât si grossier. Certes, je ne suis pas une femmelette! Nous avons été rudes en notre temps, mon ami, bien que les sots n'en aient rien su... Mais il y a ici autre chose.

Il hésita, et lui aussi, ce vieux prêtre, il rougit.

— Je ne prononcerai pas le mot; je craindrais, de vous, je ne sais quoi qui, par avance, me serre le cœur. Oh! mon ami, j'étais en repos; je me résignais; la résignation m'était douce. Je n'ai jamais désiré les honneurs; mon goût n'eſt pas de l'adminiſtration, mais du commandement. J'aurais souhaité qu'on voulût bien m'utiliser. N'importe; c'était fini; j'étais trop las. Une certaine bassesse intellectuelle, la méfiance ou la haine du grand que ces malheureux appellent prudence m'avaient rempli d'amertume. J'ai vu poursuivre l'homme supérieur comme une proie; j'ai vu émietter les grandes âmes. Néanmoins j'ai l'horreur de la confusion, du désordre, le sens de l'autorité, de la hiérarchie. J'attendais qu'un de ces méconnus dépendît de moi, que j'en fusse comptable à Dieu. Cela m'avait été refusé; je n'espérais plus. Et soudain... quand la force me va manquer...

— La déception vous sera cruelle, dit lentement l'abbé Demange. D'un autre que vous, cette illusion serait sans danger, mais hélas! Je connais assez que vous ne vous engagez jamais à demi. Vous bouleverserez votre vie et, je le crains, celle d'un pauvre homme simple qui vous suivra sans vous comprendre... Toutefois la paix du Seigneur est dans vos yeux.

Il fit un geste d'abandon, marquant son désir de clore un singulier entretien. L'abbé Menou-Segrais le comprit.

— L'heure passe, dit-il en tirant sa montre. Je suis désolé que vous ne puissiez passer avec moi cette nuit de Noël... Vous trouverez dans la voiture la bonbonne de vieille eau-de-vie. Je l'ai fait emballer avec beaucoup de soin, mais le chemin est mauvais, et vous ferez sagement d'y veiller.

Il s'interrompit tout à coup. Les deux vieux prêtres se regardèrent en silence. On entendit sur la route un pas égal et pesant.

— Excusez-moi, fit enfin le curé de Campagne, avec un visible embarras. Je dois savoir si mon confrère d'Heudeline a terminé les confessions, et si tout est prêt pour la cérémonie de cette nuit... Voulez-vous seulement me prêter votre bras? Nous allons traverser la salle et j'irai vous mettre en voiture.

Il appuya sur un timbre, et sa gouvernante parut.

— Priez M. Donissan de venir prendre congé de M. l'abbé Demange, dit-il sèchement.

— Monsieur l'abbé — bégaya-t-elle — je pense... Je pense que M. l'abbé ne peut guère... au moins pour l'instant...

— Ne peut guère?

— C'est-à-dire... les couvreurs... Enfin, les couvreurs parlaient de laisser l'ouvrage en plan..., de revenir après les fêtes du nouvel an.

— Notre clocher a besoin de réparations, en effet, expliqua le doyen de Campagne. La charpente a failli céder, aux pluies d'automne; j'ai dû faire appel à l'entrepreneur de Maurevert et embaucher sur place des ouvriers sans expérience, pour un travail, en somme, dangereux. M. Donissan...

Il se tourna vers la gouvernante, et dit sur le même ton :

— Priez-le de descendre tel quel. Cela ne fait rien...

— M. Donissan, reprit-il dès que la vieille femme eut disparu, m'a demandé la permission de prêter la main... Oh! il ne la prête pas à demi! Je l'ai vu, la semaine dernière, un matin, au haut des échelles, sa pauvre culotte collée aux genoux par la pluie, guidant les madriers, criant des ordres à travers les rafales, et visiblement plus à l'aise sur son perchoir que dans sa stalle du grand séminaire, un jour d'examen trimestriel... Il a sans doute recommencé aujourd'hui.

— Pourquoi l'appelez-vous? dit l'abbé Demange. Pourquoi l'humilier? A quoi bon!

L'abbé Menou-Segrais éclata de rire et, posant la main sur le bras de son ami :

— J'aime à vous confronter, fit-il. J'aime à vous voir face à face. J'y mets probablement un peu de malice. Mais c'est la dernière fois peut-être, et d'ailleurs au bout de cette malice il y a un sentiment très vif et très tendre, que je vous dois, de la miséricorde de Dieu, de sa divine suavité. Qu'elle est donc forte et subtile, qu'elle embrasse donc étroitement la nature, cette grâce qui, par une voie si différente, sans les contraindre, rassemble doucement vos deux âmes à l'unité, à la réalité d'un seul amour! Que la ruse du diable paraît vaine, en somme, dans sa laborieuse complication!

— Je le crois avec vous, dit l'abbé Demange. Pardonnez-moi encore ceci, qui vous paraîtra bien commun. Je crois que le chrétien de bonne volonté se maintient de lui-même dans la lumière d'en haut, comme un homme dont le volume et le poids sont dans une proportion si constante et si adroitement calculée qu'il surnage dans l'eau s'il veut bien seulement y demeurer en repos. Ainsi — n'étaient certaines des-nées singulières — j'imagine nos saints ainsi que des géants puissants et doux dont la force surnaturelle se développe avec harmonie, dans une mesure et selon un rythme que notre ignorance ne saurait percevoir, car elle n'est sensible qu'à la hauteur de l'obstacle, et ne juge point de l'ampleur et de la portée de l'élan. Le fardeau que nous soulevons avec peine, en grinçant et grimaçant, l'athlète le tire à lui, comme une plume, sans que tressaille un muscle de sa face, et il apparaît à tous frais et souriant... Je sais que vous m'opposerez sans doute l'exemple de votre protégé...

— Me voici, monsieur le chanoine, dit derrière eux une voix basse et forte.

Ils se retournèrent en même temps. Celui qui fut depuis le curé de Lumbres était là debout, dans un silence solennel. Au seuil du vestibule obscur, sa silhouette, prolongée par son ombre, parut d'abord immense, puis, brusquement, — la porte lumineuse refermée, — petite, presque chétive. Ses gros souliers ferrés, essuyés en hâte, étaient encore blancs de mortier, ses bas et sa soutane criblés d'éclaboussures et ses larges mains, passées à demi dans sa ceinture, avaient aussi la couleur de la terre. Le visage, dont la pâleur contrastait avec la rougeur hâlée du cou, ruisselait de sueur et d'eau tout ensemble car, au soudain appel de M. Menou-Segrais, il avait couru se laver dans sa chambre. Le désordre, ou plutôt l'aspect presque sordide de ses vêtements journaliers, était rendu plus remarquable encore par la singulière opposition d'une douillette neuve, raide d'apprêt, qu'il avait glissée avec tant d'émotion qu'une des manches se retroussait risiblement sur un poignet noueux comme un cep. Soit que le silence prolongé du chanoine et de son hôte achevât de le déconcerter, soit qu'il eût entendu — à ce que pensa plus tard le doyen de Campagne — les derniers mots prononcés par M. Demange, son regard, naturellement appuyé ou même anxieux, prit soudain une telle expression de tristesse, d'humilité si déchirante, que le visage grossier en parut, tout à coup, resplendir.

— Vous ne deviez pas vous déranger, dit avec pitié M. Demange. Je vois que vous ne perdez pas votre temps, que vous ne boudez pas à la besogne... Je suis néanmoins content d'avoir pu vous dire adieu.

Ayant fait un signe amical de la tête, il se détourna aussitôt, avec une indifférence sans doute affectée. Le chanoine le suivit vers la porte. Ils entendirent, dans l'escalier, le pas pesant du vicaire, un peu plus pesant que d'habitude, peut-être... Dehors, le cocher, transi de froid, faisait claquer son fouet.

— Je suis fâché de vous quitter si tôt, dit l'abbé Demange, sur le seuil. Oui, j'aurais aimé, j'aurais *particulièrement* aimé passer cette nuit de Noël avec vous. Cependant, je vous laisse à plus puissant et plus clairvoyant que moi, mon ami. La mort n'a pas grand-chose à apprendre aux vieilles gens, mais un enfant, dans son berceau! *Et quel Enfant!*... Tout à l'heure, le monde commence.

Ils descendaient le petit perron côte à côte. L'air était sonore jusqu'au ciel. La glace craquait dans les ornières.

— Tout est à commencer, toujours! — jusqu'à la fin, dit brusquement M. Menou-Segrais, avec une inexprimable tristesse.

Le tranchant de la bise rougissait ses joues, cernait ses yeux d'une ombre bleue, et son compagnon s'aperçut qu'il tremblait de froid.

— Est-ce possible! s'écria-t-il. Vous êtes sorti sans manteau et tête nue, par une telle nuit!

Mieux qu'aucune parole, en effet, cette imprudence du curé de Campagne marquait un trouble infini. Et à la plus grande surprise encore de l'abbé Demange — ou, pour mieux dire, à son indicible étonnement — il vit, pour la première fois, pour une première et dernière fois, une larme glisser sur le fin visage familier.

— Adieu, Jacques, dit le doyen de Campagne, en s'efforçant de sourire. S'il y a des présages de mort, un manquement si prodigieux à mes usages domestiques, un pareil oubli des précautions élémentaires est un signe assez fatal...

Ils ne devaient plus se revoir.

II

L'abbé Donissan ne rentra que fort tard dans la nuit. Longtemps l'abbé Menou-Segrais, un livre à la main qu'il ne lisait point, entendit le pas régulier du vicaire, marchant de long en large à travers sa chambre. " L'heure ne saurait tarder, songeait le vieux prêtre, d'une explication capitale. " Il ne doutait pas que cette explication fût nécessaire, mais il avait jusqu'alors dédaigné de la provoquer, trop sage pour ne pas laisser au jeune prêtre le bénéfice et l'embarras tout ensemble d'un exorde décisif... Les derniers bruits s'étaient tus, hors ce pas monotone dans l'épaisseur du mur. " Pourquoi cette nuit plutôt que demain, ou plus tard? pensait l'abbé Menou-Segrais. La visite de l'abbé Demange a peut-être agacé mes nerfs. " Néanmoins, plus forte et pressante qu'aucune raison, la prévision d'un événement singulier, inévitable, l'agitait d'une attente dont chaque minute augmentait l'anxiété. Tout à coup la porte du couloir grinça.

Une main frappa deux coups. L'abbé Donissan parut.

— Je vous attendais, mon ami, dit simplement l'abbé Menou-Segrais.

— Je le savais, répondit l'autre d'une voix humble.

Mais il se redressa aussitôt, soutint le regard du doyen et dit fermement, tout d'un trait :

— Je dois solliciter de Monseigneur mon rappel à Tour-coing. Je voudrais vous supplier d'appuyer ma demande, sans rien cacher de ce que vous savez de moi, sans m'épargner en rien.

— Un moment... un moment..., interrompit l'abbé Menou-Segrais. *Je dois* solliciter, dites-vous? Je dois... pourquoi *devez-vous?*

— Le ministère paroissial, reprit l'abbé du même ton, est une charge au-dessus de mes forces. C'était l'avis de mon supérieur; je sens bien aussi que c'est le vôtre. Ici même, je suis un obstacle au bien. Le dernier paysan du canton rougirait d'un curé tel que moi, sans expérience, sans lumières, sans véritable dignité. Quelque effort que je fasse, comment puis-je espérer suppléer jamais à ce qui me manque?

— Laissons cela, interrompit le doyen de Campagne, laissons cela; je vous entends. Vos scrupules sont sans doute justifiés. Je suis prêt à demander votre rappel à Monseigneur, mais l'affaire n'en est pas moins délicate. On vous demandait ici, en somme, peu de chose. C'est trop encore, dites-vous?

L'abbé Donissan baissa la tête.

— Ne faites pas l'enfant! s'écria le doyen. Je vais sans doute vous paraître dur; je dois l'être. Le diocèse est trop pauvre, mon ami, pour nourrir une bouche inutile.

— Je l'avoue, balbutia le pauvre prêtre avec effort... En vérité, je ne sais encore... Enfin j'avais fait le projet... de trouver... de trouver dans un couvent une place, au moins provisoire...

— Un couvent!... Vos pareils, monsieur, n'ont que ce mot à la bouche. Le clergé régulier est l'honneur de l'Église, monsieur, sa réserve. Un couvent! Ce n'est pas un lieu de repos, un asile, une infirmerie!

— Il est vrai..., voulut dire l'abbé Donissan, mais il ne fit entendre qu'un bredouillement confus. Les joues écarlates, que l'extrême émotion n'arrivait pas à pâlir, tremblaient. C'était le seul signe extérieur d'une inquiétude infinie. Et même sa voix se raffermit pour ajouter :

— Alors, que veut-on que je fasse?

— Que veut-on? répondit le doyen de Campagne, voici le premier mot de bon sens que vous ayez prononcé. Vous avouant incapable de guider et de conseiller autrui, comment seriez-vous bon juge dans votre propre cause? Dieu et votre évêque, mon enfant, vous ont donné un maître : c'est moi.

— Je le reconnais, dit l'abbé, après une imperceptible hésitation... Je vous supplie cependant...

Il n'acheva pas. D'un geste impérieux, le doyen de Campagne lui imposait déjà silence. Et il regardait avec une curiosité pleine d'effroi ce vieux prêtre, à l'ordinaire si courtois, tout à coup roidi, imperturbable, le regard si dur.

— L'affaire est grave. Vos supérieurs vous ont laissé recevoir les Saints Ordres; je pense que leur décision n'a pas été prise légèrement. D'autre part, cette incapacité dont vous faisiez l'aveu tout à l'heure...

— Permettez-moi, interrompit de nouveau le malheureux prêtre, de la même voix sans timbre... Mon Dieu!... je ne suis pas absolument incapable d'aucun travail apostolique, proportionné à mon intelligence et à mes moyens. Ma santé physique heureusement...

Il se tut, honteux d'opposer à tant d'éloquentes raisons un argument si misérable, dans sa naïveté sublime.

— La santé est un don de Dieu, répliqua gravement l'abbé Menou-Segrais. Hélas! j'en sais le prix mieux que vous. La force qui vous a été départie, votre adresse même à certains travaux manuels, c'était là sans doute le signe d'une vocation moins haute, où la Providence vous appelait... Est-il jamais trop tard pour reconnaître, guidé par de sûrs avis, une erreur involontaire?... Devrez-vous tenter une nouvelle expérience... ou bien... ou bien...

— Ou bien?... osa demander l'abbé Donissan.

— Ou bien retourner à votre charrue? conclut le doyen d'un ton sec... Encore un coup, notez bien que je pose aujourd'hui la question sans y répondre. Vous n'êtes point, grâce à Dieu, de ces jeunes gens impressionnables qu'une parole un peu nette terrorise sans profit. Vous n'êtes menacé d'aucun vertige. Et, pour moi, j'ai fait mon devoir, bien qu'avec une apparente cruauté.

— Je vous remercie, reprit doucement l'abbé, d'une voix singulièrement raffermie. Depuis le début de cet entretien, Dieu m'a donné la force d'entendre de votre bouche des vérités bien dures. Pourquoi ne m'assisterait-il pas jusqu'au bout? C'est moi qui vous supplie de répondre à la question que vous avez posée. Qu'ai-je besoin d'attendre plus longtemps?

— Mon Dieu... murmura l'abbé Menou-Segrais, pris de court... J'avoue que quelques semaines de réflexion... J'aurais voulu vous laisser le loisir...

— A quoi bon, si je ne dois pas être juge dans ma propre cause et, en vérité, je ne puis l'être. C'est votre avis que je veux entendre, et le plus tôt sera le mieux.

— Il est possible que vous soyez prêt à l'entendre, mon ami, mais non pas sans doute à vous y conformer sans réserves, répliqua le doyen de Campagne avec une brutalité forcée. Dans un tel cas, provoquer ce qu'on redoute est moins signe de courage que de faiblesse.

— Je le sais, je l'avoue! s'écria l'abbé Donissan, vous ne vous trompez pas. Vous voyez clair en moi. C'est à votre charité que je fais appel... ah! monsieur, non pas même à votre charité, à votre pitié, pour me porter le dernier coup. Ce coup reçu, je le sens, je suis sûr que je trouverai la force nécessaire... Il n'y a pas d'exemple que Dieu n'ait relevé un misérable tombé à terre...

L'abbé Menou-Segrais le toisa d'un regard aigu.

— Êtes-vous si sûr que ma conviction soit faite, dit-il, et qu'il ne me reste aucun doute dans l'esprit?

L'abbé Donissan secoua la tête.

— Il ne faut pas longtemps pour juger un homme tel que moi, fit-il, et vous voulez seulement me ménager. Au moins, laissez-moi le mérite, devant Dieu, d'une obéissance entière, absolue : ordonnez! commandez! Ne me laissez pas dans le trouble!

— Je vous approuve, dit le doyen de Campagne, après un silence : je ne puis que vous approuver. Vos intentions sont bonnes, éclairées même. Je comprends votre impatience à vaincre la nature d'un coup décisif. Mais la parole que vous attendez de moi peut être une tentation au-dessus de vos forces. Vous voulez connaître l'arrêt, soit. L'exécuterez-vous?

— Je le crois, répondit l'abbé d'une voix sourde. Et, d'ailleurs, serai-je jamais mieux préparé que cette nuit à recevoir et porter une croix? Il est temps. Croyez-moi, mon Père, il est temps. Je ne suis pas seulement un prêtre ignorant,

grossier, impuissant à se faire aimer. Au petit séminaire,
je n'étais qu'un élève médiocre. Au grand séminaire, allez,
j'ai fini par lasser tout le monde. Il a fallu un miracle de charité du P. Delange pour convaincre les directeurs de m'admettre
au diaconat... Intelligence, mémoire, assiduité même, tout
me manque... Et cependant...

Il hésita, mais sur un signe de l'abbé Menou-Segrais :

— Et cependant, continua-t-il avec effort, je n'ai pu vaincre
encore tout à fait une obstination... un entêtement... Le juste
mépris d'autrui réveille en moi... des sentiments si âpres...
si violents... Je ne puis vraiment les combattre par des moyens
ordinaires...

Il s'arrêta, comme effrayé d'en avoir trop dit. Les petits
yeux du doyen fixaient son regard, avec une attention singulière. Il conclut d'une voix suppliante, presque désespérée :

— Ainsi ne remettez pas à plus tard... Il est temps... Cette
nuit, je vous assure... Vous ne pouvez pas savoir...

L'abbé Menou-Segrais se leva si vivement de son fauteuil
que le pauvre prêtre, cette fois, pâlit. Mais le vieux doyen
fit quelques pas vers la fenêtre, appuyé sur sa canne, l'air
absorbé. Puis, se redressant tout à coup :

— Mon enfant, dit-il, votre soumission me touche... J'ai
dû vous paraître brutal, je vais l'être de nouveau. Il ne m'en
coûterait pas beaucoup de tourner ceci de cent manières :
j'aime mieux encore parler net. Vous venez de vous remettre
entre mes mains... Dans quelles mains? Le savez-vous?

— Je vous en prie... murmura l'abbé, d'une voix tremblante.

— Je vais vous l'apprendre : vous venez de vous mettre
entre les mains *d'un homme que vous n'estimez pas.*

Le visage de l'abbé Donissan était d'une pâleur livide.

— *Que vous n'estimez pas,* répéta l'abbé Menou-Segrais.
La vie que je mène ici est en apparence celle d'un laïque bien
renté. Avouez-le! Ma demi-oisiveté vous fait honte. L'expérience dont tant de sots me louent est à vos yeux sans profit
pour les âmes, stérile. J'en pourrais dire plus long, cela suffit.
Mon enfant, dans un cas si grave, les petits ménagements de
politesse mondaine ne sont rien : ai-je bien exprimé votre sentiment?

Aux premiers mots de cette étrange confession, l'abbé Donissan avait osé lever sur le terrible vieux prêtre un regard plein de stupeur. Il ne le baissa plus.

— J'exige une réponse, continua l'abbé Menou-Segrais, je l'attends de votre obéissance, avant de me prononcer sur rien. Vous avez le droit de me récuser. Je puis être votre juge en cette affaire : je ne serai point votre tentateur. A la question que j'ai posée, répondez simplement par oui ou par non.

— Je dois répondre oui, répliqua tout à coup l'abbé Donissan, d'un air calme... L'épreuve que vous m'imposez est bien dure : je vous prie de ne pas la prolonger.

Mais les larmes jaillirent de ses yeux, et c'est à peine si l'abbé Menou-Segrais entendit les derniers mots, prononcés à voix basse. Le malheureux prêtre se reprochait avidement son timide appel à la pitié, comme une faiblesse. Après un court débat intérieur, il continua cependant :

— J'ai répondu par obéissance, et je ne devrais plus sans doute qu'attendre et me taire... mais... mais je ne puis... Dieu n'exige pas que je vous laisse croire... En conscience, c'était là une pensée... un sentiment involontaire... Je ne parle pas ainsi, reprit-il d'un ton plus ferme, pour me justifier : mon mauvais esprit vous est maintenant connu... Ainsi la Providence me découvre à vous tout entier... Et maintenant... Et maintenant...

Ses mains cherchèrent une seconde un appui, ses longs bras battant le vide. Puis ses genoux fléchirent, et il tomba tout d'une pièce, la face en avant.

— Mon petit enfant! s'écria l'abbé Menou-Segrais, avec l'accent d'un véritable désespoir.

Il traîna maladroitement le corps inerte jusqu'au pied du divan, et d'un grand effort l'y fit basculer. Au milieu des coussins de cuir roux, la tête osseuse était maintenant d'une pâleur livide.

— Allons... allons..., murmurait le vieux doyen, en s'efforçant de déboutonner la soutane de ses doigts raidis par la goutte; mais l'étoffe usée céda la première. Par l'échancrure du col la rude toile de la chemise apparut, tachée de sang.

Déjà la large et profonde poitrine s'abaissait et se soulevait de nouveau. D'un geste brusque, le doyen la découvrit.

— Je m'en doutais, fit-il avec un douloureux sourire.

Des aisselles à la naissance des reins, le torse était pris tout entier dans une gaine rigide du crin le plus dur, grossièrement tissé. La mince lanière qui maintenait par-devant l'affreux justaucorps était si étroitement serrée que l'abbé Menou-Segrais ne la dénoua pas sans peine. La peau apparut alors, brûlée par l'intolérable frottement du cilice comme par l'application d'un caustique; l'épiderme, détruit par places, soulevé ailleurs en ampoules de la largeur d'une main, ne faisait plus qu'une seule plaie, d'où suintait une eau mêlée de sang. L'ignoble bourre grise et brune en était comme imprégnée. Mais d'une blessure au pli du flanc, plus profonde, un sang vermeil coulait goutte à goutte. Le malheureux avait cru bien faire en la comprimant de son mieux d'un tampon de chanvre : l'obstacle écarté, l'abbé Menou-Segrais retira vivement ses doigts rougis.

Le vicaire ouvrit les yeux. Un moment son regard attentif épia chaque angle de cette chambre inconnue, puis, se reportant sur le visage familier du doyen, exprima d'abord une surprise grandissante. Tout à coup, ce regard tomba sur la large échancrure de la soutane et les linges ensanglantés. Alors, l'abbé Donissan, se rejetant vivement en arrière, cacha sa figure dans ses mains.

Déjà celles de l'abbé Menou-Segrais les écartait doucement, découvrant la rude tête, d'un geste presque maternel.

— Mon petit, Notre-Seigneur n'est pas mécontent de vous, fit-il à voix basse, avec un indéfinissable accent.

Mais reprenant aussitôt ce ton habituel de bienveillance un peu hautaine dont il aimait à déguiser sa tendresse :

— Vous jetterez demain au feu cette infernale machine, l'abbé : il faut trouver quelque chose de mieux. Dieu me garde de parler seulement le langage du bon sens : en bien comme en mal, il convient d'être un peu fou. Je fais ce reproche à vos mortifications d'être indiscrètes : un jeune prêtre irréprochable doit avoir du linge blanc.

... Levez-vous, dit encore l'étrange vieil homme, et approchez-vous un peu. Notre conversation n'est pas finie, mais le plus difficile est fait... Allons! Allons! asseyez-vous là. Je ne vous lâche pas.

Il l'installait dans son propre fauteuil et, comme par mégarde, parlant toujours, glissait un oreiller sous la tête douloureuse. Puis, s'asseyant sur une chaise basse, et ramenant frileusement autour de lui sa couverture de laine, il se recueillait une minute, le regard fixé sur le foyer, dont on voyait danser la flamme dans ses yeux clairs et hardis.

— Mon enfant, dit-il enfin, l'opinion que vous avez de moi est assez juste dans l'ensemble, mais fausse en un seul point : Je me juge, hélas! avec plus de sévérité que vous ne pensez. J'arrive au port les mains vides...

Il tisonnait les bûches flamboyantes avec calme.

— Vous êtes un homme bien différent de moi, reprit-il, vous m'avez retourné comme un gant. En vous demandant à Monseigneur, j'avais fait ce rêve un peu niais d'introduire chez moi... hé bien! oui... un jeune prêtre mal noté, dépourvu de ces qualités naturelles pour lesquelles j'ai tant de faiblesse, et que j'aurais formé de mon mieux au ministère paroissial... A la fin de ma vie, c'était une lourde charge que j'assumais là, Seigneur! Mais j'étais aussi trop heureux dans ma solitude pour y achever de mourir en paix. Le jugement de Dieu, mon petit, doit nous surprendre en plein travail... Le jugement de Dieu!...

... Mais c'est vous qui me formez, dit-il après un long silence.

A cette étonnante parole, l'abbé Donissan ne détourna même pas la tête. Ses yeux grands ouverts n'exprimaient aucune surprise; et le doyen de Campagne vit seulement au mouvement de ses lèvres qu'il priait.

— *Ils* n'ont pas su reconnaître le plus précieux des dons de l'Esprit, dit-il encore. *Ils* ne reconnaissent jamais rien. C'est Dieu qui nous nomme. Le nom que nous portons n'est qu'un nom d'emprunt... Mon enfant, l'esprit de force est en vous.

Les trois premiers coups de l'Angelus de l'aube tintèrent

au-dehors comme un avertissement solennel, mais ils ne l'entendirent pas. Les bûches croulaient doucement dans les cendres.

— Et maintenant, continua l'abbé Menou-Segrais, et maintenant j'ai besoin de vous. Non! un autre que moi, à supposer qu'il eût vu si clair, n'eût pas osé vous parler comme je fais ce soir. Il le faut cependant. Nous sommes à cette heure de la vie (elle sonne pour chacun) où la vérité s'impose par elle-même d'une évidence irrésistible, où chacun de nous n'a qu'à étendre les bras pour monter d'un trait à la surface des ténèbres et jusqu'au soleil de Dieu. Alors, la prudence humaine n'est que pièges et folies. La Sainteté! s'écria le vieux prêtre d'une voix profonde, en prononçant ce mot devant vous, pour vous seul, je sais le mal que je vous fais! Vous n'ignorez pas ce qu'elle est : une vocation, un appel. Là où Dieu vous attend, il vous faudra monter, monter ou vous perdre. N'attendez aucun secours humain. Dans la pleine conscience de la responsabilité que j'assume, après avoir éprouvé une dernière fois votre obéissance et votre simplicité, j'ai cru bien faire en vous parlant ainsi. En doutant, non pas seulement de vos forces, mais des desseins de Dieu sur vous, vous vous engagiez dans une impasse : à mes risques et périls, je vous remets dans votre route; je vous donne à ceux qui vous attendent, aux âmes dont vous serez la proie... Que le Seigneur vous bénisse, mon petit enfant!

A ces derniers mots, comme un soldat qui se sent touché, et se dresse d'instinct avant de retomber, l'abbé Donissan se mit debout. Dans son visage immobile, à la bouche close, aux fortes mâchoires, au front têtu, ses yeux pâles témoignaient d'une hésitation mortelle. Un long moment, son regard erra sans se poser. Puis ce regard rencontra la croix pendue au mur et, se reportant aussitôt sur l'abbé Menou-Segrais, en se fixant, parut s'éteindre tout à coup. Le doyen n'y lut plus qu'une soumission aveugle que le tragique désordre de cette âme, encore soulevée de terreur, rendait sublime.

— Je vous demande la permission de me retirer, dit simplement le futur curé de Lumbres d'une voix mal affermie. En vous écoutant j'ai cru vraiment tomber dans le trouble

et le désespoir, mais c'est fini maintenant... Je... je crois...
être tel... que vous pouvez le désirer... et... Et Dieu ne permettra pas que je sois tenté au-delà de mes forces.

Ayant dit, il disparut, et, derrière lui, la porte se refermait
déjà sans bruit.

* * *

Dès lors, l'abbé Donissan connut la paix, une étrange paix,
et qu'il n'osa d'abord sonder. Les mille liens qui retiennent
ou ralentissent l'action s'étaient brisés tous ensemble; l'homme
extraordinaire, que la défiance ou la pusillanimité de ses supérieurs avait renfermé des années dans un invisible réseau,
trouvait enfin devant lui le champ libre, et s'y déployait.
Chaque obstacle, abordé de front, pliait sous lui. En quelques
semaines l'effort de cette volonté que rien n'arrêtera plus
désormais commença d'affranchir jusqu'à l'intelligence. Le
jeune prêtre employait ses nuits à dévorer des livres, jadis
refermés avec désespoir et qu'il pénétrait maintenant, non
sans peine, mais avec une ténacité d'attention qui surprenait
l'abbé Menou-Segrais comme un miracle. C'est alors qu'il
acquit cette profonde connaissance des Livres saints qui
n'apparaissait pas d'abord à travers son langage, toujours
volontairement simple et familier, mais qui nourrissait sa
pensée. Vingt ans plus tard, il disait un jour à Mgr Leredu,
avec malice : " J'ai dormi cette année-là sept cent trente
heures... "

— Sept cent trente heures?

— Oui, deux heures par nuit... Et encore — de vous à
moi — je trichais un peu.

L'abbé Menou-Segrais pouvait suivre sur le visage de son
vicaire chaque péripétie de cette lutte intérieure dont il n'osait
prévoir le dénouement. Bien que le pauvre prêtre continuât
de s'asseoir à la table commune et s'y efforçât d'y paraître
aussi calme qu'à l'ordinaire, le vieux doyen ne voyait pas sans
une inquiétude grandissante les signes physiques, chaque jour
plus évidents, d'une volonté tendue à se rompre, et qu'un
effort peut briser. Si riche qu'il fût d'expérience et de sagacité,

ou peut-être par un abus de ces qualités mêmes, le curé de
Campagne ne démêlait qu'à demi les causes d'une crise morale
dont il n'espérait plus limiter les effets. Trop adroit pour user
son autorité en paroles vaines et en inutiles conseils de modé-
ration que l'abbé Donissan n'était plus sans doute en état
d'écouter, il attendait une occasion d'intervenir et ne la trouvait pas. Comme il arrive trop souvent, lorsqu'un homme
habile n'est plus maître des passions qu'il a suscitées, il craignait d'agir à contresens et d'aggraver le mal auquel il eût
voulu porter remède. D'un autre que son étrange disciple,
il eût attendu plus tranquillement la réaction naturelle d'un
organisme surmené par un travail excessif, mais ce travail
même n'était-il pas, à cette heure, un remède plutôt qu'un
mal et comme la distraction farouche d'un misérable prisonnier d'une seule et constante pensée?

D'ailleurs l'abbé Donissan n'avait rien changé, en apparence, aux occupations de chaque jour et menait de front
plus d'une entreprise. Tous les matins, on le vit gravir de son
pas rapide et un peu gauche le sentier abrupt qui, du presbytère, mène à l'église de Campagne. Sa messe dite, après
une prière d'actions de grâces dont l'extrême brièveté sur-
prit longtemps l'abbé Menou-Segrais, infatigable, son long
corps penché en avant, les mains croisées derrière le dos, il
gagnait la route de Brennes et parcourait en tous sens l'immense
plaine qui, tracée de chemins difficiles, balayée d'une bise
aigre, descend de la crête de la vallée de la Canche à la mer.
Les maisons y sont rares, bâties à l'écart, entourées de pâtu-
rages, que défendent les fils de fer barbelés. A travers l'herbe
glacée qui glisse et cède sous les talons, il faut parfois che-
miner longtemps pour trouver à la fin, au milieu d'un petit lac
de boue creusé par les sabots des bêtes, une mauvaise barrière
de bois qui grince et résiste entre ses montants pourris. La
ferme est quelque part, au creux d'un pli de terrain, et l'on ne
voit dans l'air gris qu'un filet de fumée bleue, ou les deux
brancards d'une charrette dressés vers le ciel, avec une poule
dessus. Les paysans du canton, race goguenarde, regardaient
en dessous avec méfiance la haute silhouette du vicaire, la
soutane troussée, debout dans le brouillard, et qui s'effor-

çait de tousser d'un ton cordial. A sa vue la porte s'ouvrait chichement, et la maisonnée attentive, pressée autour du poêle, attendait son premier mot, lent à venir. D'un regard, chacun reconnaît le paysan infidèle à la terre, et comme un frère prodigue : au ton de respect et de courtoisie s'ajoute une nuance de familiarité protectrice, un peu méprisante, et le petit discours est écouté tout au long, dans un affreux silence... Quels retours, la nuit tombée, vers les lumières du bourg, lorsque l'amertume de la honte est encore dans la bouche et que le cœur est seul, à jamais!... " Je lui fais plus de mal que de bien ", disait tristement l'abbé Donissan, et il avait obtenu de cesser pour un temps ces visites dont sa timidité faisait un ridicule martyre. Mais maintenant il les prodiguait de nouveau, ayant même obtenu de l'abbé Menou-Segrais qu'il se déchargeât sur lui de la plus humiliante épreuve, la quête de carême, que les malheureux appellent, avec un cynisme navrant, leur tournée... " Il ne rapportera pas un sou ", pensait le doyen, sceptique... Et chaque soir, au contraire, le singulier solliciteur posait au coin de la table le sac de laine noire gonflé à craquer. C'est qu'il avait pris peu à peu sur tous l'irrésistible ascendant de celui qui ne calcule plus les chances et va droit devant. Car l'habile et le prudent ne ménagent au fond qu'eux-mêmes. Le rire du plus grossier est arrêté dans sa gorge, lorsqu'il voit sa victime s'offrir en plein à son mépris.

— Quel drôle de corps! se disait-on, mais avec une nuance d'embarras. Autrefois, prenant sa place au coin le plus noir et pétrissant son vieux chapeau dans ses doigts, le malheureux cherchait longtemps en vain une transition adroite, heureuse, inquiet de placer le mot, la phrase méditée à loisir, puis partait sans avoir rien dit. A présent, il a trop à faire de lutter contre soi-même, de se surmonter. En se surmontant, il fait mieux que persuader ou séduire; il conquiert; il entre dans les âmes comme par la brèche. Ainsi que jadis il traverse la cour du même pas rapide, parmi les flaques de purin et le vol effarouché des poules. Comme autrefois le même marmot barbouillé, un doigt dans la bouche, l'observe du coin de l'œil tandis qu'il frotte à grand bruit ses souliers crottés. Mais déjà, quand il paraît sur le seuil, chacun se lève en silence.

Nul ne sait le fond de ce cœur à la fois avide et craintif, que le plus petit obstacle va toucher jusqu'au désespoir, mais que rien ne saurait rassasier. C'est toujours ce prêtre honteux qu'un sourire déconcerte aux larmes et qui arrache à grand labeur chaque mot de sa gorge aride. Mais, de cette lutte intérieure, rien ne paraîtra plus au-dehors, jamais. Le visage est impassible, la haute taille ne se courbe plus, les longues mains ont à peine un tressaillement. D'un regard, de ce regard profond, anxieux, qui ne cède pas, il a traversé les menues politesses, les mots vagues. Déjà il interroge, il appelle. Les mots les plus communs, les plus déformés par l'usage reprennent peu à peu leur sens, éveillent un étrange écho. "Quand il prononçait le nom de Dieu presque à voix basse, mais avec un tel accent, disait vingt ans après un vieux métayer de Saint-Gilles, l'estomac nous manquait, comme après un coup de tonnerre... "

Nulle éloquence, et même aucune de ces naïvetés savoureuses dont les blasés s'émerveilleront plus tard, et presque toutes, d'ailleurs, d'authenticité suspecte. La parole du futur curé de Lumbres est difficile; parfois même elle choppe sur chaque mot, bégaie. C'est qu'il ignore le jeu commode du synonyme et de l'à peu près, les détours d'une pensée qui suit le rythme verbal et se modèle sur lui comme une cire. Il a souffert longtemps de l'impuissance à exprimer ce qu'il sent, de cette gaucherie qui faisait rire. Il ne se dérobe plus, il va quand même. Il n'esquive plus l'humiliant silence, lorsque la phrase commencée arrive à bout de course, tombe dans le vide. Il la rechercherait plutôt. Chaque échec ne peut plus que bander le ressort d'une volonté désormais infléchissable. Il entre dans son sujet d'emblée, à la grâce de Dieu. Il dit ce qu'il a à dire, et les plus grossiers l'écouteront bientôt sans se défendre, ne se refuseront pas. C'est qu'il est impossible de se croire une minute la dupe d'un tel homme : où il vous mène on sent qu'il monte avec vous. La dure vérité, qui tout à coup d'un mot longtemps cherché court vous atteindre en pleine poitrine, l'a blessé avant vous. On sent bien qu'il l'a comme arrachée de son cœur. Hé non! il n'y a rien ici pour les professeurs, aucune rareté. Ce sont des histoires toutes simples;

celui-là, il faut qu'on l'écoute, voilà tout... La bouilloire
tremble et chante sur le poêle, le chien avachi dort, le nez
entre ses pattes, le grand vent du dehors fait crier la porte
dans ses gonds et la noire corneille appelle à tue-tête dans le
désert aérien... Ils l'observent de biais, répondent avec embarras, s'excusent, plaident l'ignorance ou l'habitude et, quand
il se tait, se taisent aussi.

— Mais que leur contez-vous donc, à nos bonnes gens?
demande l'abbé Menou-Segrais. Les voilà tout retournés.
Quand je parle de vous, pas un qui ose me regarder en face.

Car il évite de poser à l'abbé Donissan de ces questions
directes qui exigent un oui ou un non... Pourquoi?... Par prudence, sans doute, mais aussi par une crainte secrète... Quelle
crainte? Le travail de la grâce dans ce cœur déjà troublé a
un caractère de violence, d'âpreté, qui le déconcerte. Depuis
cette nuit de Noël où il a parlé avec tant d'audace, le curé de
Campagne n'a jamais voulu reprendre un entretien auquel il ne
pense plus sans un certain embarras. Son vicaire, d'ailleurs,
n'est-il pas toujours simple, aussi docile, et d'une déférence
aussi parfaite, irréprochable?... Aucun des confrères qui
l'approchent n'a remarqué en lui de changement. On le traite
avec la même indulgence, un peu méprisante; on loue son
zèle et sa piété. Le curé de Larieux, son directeur, bon
vieillard nourri de la moelle sulpicienne et qui le confesse
chaque jeudi, ne manifeste aucune surprise, aucune inquiétude. Le dernier trait, fait pour le rassurer, déçoit au contraire
l'abbé Menou-Segrais, jusqu'au malaise.

Sans doute plus d'une fois, il a cru raffermir, par un détour
ingénieux, son autorité défaillante. Alors il propose, suggère,
ordonne, avec le désir à peine avoué d'être un peu contredit.
Dût-il se rendre à de meilleures raisons, au moins se trouverait
rompu cet insupportable silence! Mais l'humble soumission
de l'abbé Donissan rend cette dernière ruse inutile. Qu'il propose, il est aussitôt obéi. C'est en vain qu'il éprouve tour à tour
la patience et la timidité du pauvre prêtre, avec une sagacité
cruelle, et que, par exemple, après l'avoir longtemps dispensé
du sermon dominical, il le lui impose un jour, à l'improviste.
Le malheureux, au jour dit, sans un reproche, rassemble en

hâte quelques feuillets couverts de sa grosse écriture paysanne,
monte en chaire, et pendant vingt mortelles minutes, les yeux
baissés, livide, commente l'évangile du jour, hésite, bredouille,
s'anime à mesure, lutte désespérément jusqu'au bout, et finit
par atteindre à une espèce d'éloquence élémentaire, presque
tragique... Il recommence à présent chaque dimanche, et,
lorsqu'il se tait, il court un murmure de chaise en chaise,
qu'il est seul à ne pas entendre, le profond soupir, comparable
à rien, d'un auditoire tenu un moment sous la contrainte
souveraine, et qui se détend...

— Cela va un peu mieux, dit au retour le doyen, mais c'est
encore si vague... si confus...

— Hélas! fait l'abbé, avec une moue d'enfant qui va pleurer.
Au déjeuner, ses mains tremblent encore.

Entre-temps, d'ailleurs, l'abbé Menou-Segrais prit une
résolution plus grave, ayant ouvert toutes grandes, à son
vicaire, les portes du confessionnal. Le doyen d'Hauburdin
fit cette année les frais d'une retraite, prêchée par deux Frères
Maristes. L'un de ceux-ci, pris d'une mauvaise grippe, dut
regagner Valenciennes au premier jour de la semaine sainte.
A ce moment, le doyen pria son confrère de Campagne de
lui prêter l'abbé Donissan.

— Il est jeune, ne craint point sa peine, est à toutes fins...

Jusqu'à ce jour, sur les conseils du Père Denisanne, qui
l'avait longuement entretenu de son élève, le doyen de Campagne avait assez chichement mesuré à celui-ci l'exercice du
ministère de la pénitence. Mal averti, et par un malentendu
bien excusable, le Père missionnaire se déchargea d'une partie
de sa besogne sur le futur curé de Lumbres, qui, du jeudi au
samedi saint, ne quitta pas le confessionnal. Le canton d'Hauburdin est vaste, à la lisière du pays minier, mais le succès
de la retraite, pourtant, fut immense. Certes, aucun de ces prêtres qui le jour de Pâques prirent leur place au chœur, en beau
surplis frais, et virent s'agenouiller à la table de communion
une foule innombrable, ne leva seulement le regard vers
le jeune vicaire silencieux qui venait de s'offrir pour la première fois, dans les ténèbres et le silence, à l'homme pécheur,
son maître, qui ne le lâchera plus vivant. Jamais l'abbé Donis-

san ne s'ouvrit à personne des angoisses de cette entrevue décisive, ou peut-être de sa suprême suavité... Mais, lorsque l'abbé Menou-Segrais le revit, le soir de Pâques, il fut si frappé de son air distrait, absorbé, qu'il l'interrogea aussitôt avec une rudesse inaccoutumée, et la simple réponse du pauvre prêtre ne le rassura point assez.

Un mot toutefois, échappé beaucoup plus tard à l'abbé Donissan, éclaire d'une étrange lueur cette période obscure de sa vie. " Quand j'étais jeune, avoua-t-il à M. Groselliers, je ne connaissais pas le mal : je n'ai appris à le connaître que de la bouche des pécheurs. "

Ainsi les semaines succédaient aux semaines, la vie reprenait paisible, monotone, sans que rien ne justifiât une inquiétude singulière. Depuis le dernier entretien de la nuit de Noël, le silence gardé par l'abbé Donissan l'avait douloureusement déçu et l'obéissance, la douceur contrainte et passive du futur curé de Lumbres n'avait pas dissipé l'amertume d'une espèce de malentendu dont il ne pénétrait pas les causes. Etait-ce un malentendu seulement? De jour en jour ce vieillard d'expérience et de savoir, si bien défendu contre la tyrannie des apparences, sent peser sur ses épaules une crainte indéfinissable. Le grand enfant qui, chaque soir, se met humblement à genoux et reçoit sa bénédiction avant de regagner sa chambre connaît son secret, et lui, il ne connaît pas le sien. Pour si obstinément qu'il l'observât, il ne pouvait surprendre en lui un de ces signes extérieurs qui marquent l'activité de l'orgueil et de l'ambition, la recherche anxieuse, les alternatives de confiance et de désespoir, une inquiétude qui ne trompe pas... Et pourtant... " Ai-je point troublé ce cœur pour toujours, se disait-il en cherchant parfois le regard qui l'évitait, ou le feu qui le consume est-il pur? Sa conduite est parfaite, irréprochable; son zèle ardent, efficace, et déjà son ministère porte du fruit... Que lui reprocher? Combien d'autres seraient heureux de vieillir assistés d'un tel homme! Son extérieur est d'un saint, et quelque chose en lui, pourtant, repousse, met sur la défensive... Il lui manque la joie... "

*

Or, l'abbé Donissan connaissait la joie.

Non pas celle-là, furtive, instable, tantôt prodiguée, tantôt refusée — mais une autre joie plus sûre, profonde, égale,
incessante, et pour ainsi dire inexorable — pareille à une autre
vie dans la vie, à la dilatation d'une nouvelle vie. Si loin qu'il
remontât dans le passé, il n'y trouvait rien qui lui ressemblât,
il ne se souvenait même pas de l'avoir jamais pressentie, ni
désirée. A présent même il en jouissait avec une avidité craintive, comme d'un périlleux trésor que le maître inconnu va
reprendre, d'une minute à l'autre, et qu'on ne peut déjà laisser sans mourir.

Aucun signe extérieur n'avait annoncé cette joie et il semblait qu'elle durât comme elle avait commencé, soutenue
par rien, lumière dont la source reste invisible, où s'abîme
toute pensée, comme un seul cri à travers l'immense horizon
ne dépasse pas le premier cercle de silence... C'était la nuit
même que le doyen de Campagne avait choisie pour l'extraordinaire épreuve, à la fin de cette nuit de Noël, dans la chambre où le pauvre prêtre s'était enfui, le cœur plein de trouble,
à la première pointe de l'aube. Quelque chose de gris, qu'on
peut à peine appeler le jour, montait dans les vitres, et la terre
grise de neige, à l'infini, montait avec elle. Mais l'abbé Donissan ne la voyait pas. A genoux devant son lit découvert,
il repassait chaque phrase du singulier entretien, s'efforçant
d'en pénétrer le sens, puis tournait court, lorsqu'un des mots
entendus, trop précis, trop net, impossible à parer, surgis-
sait tout à coup dans sa mémoire. Alors il se débattait en aveugle
contre une tentation nouvelle plus dangereuse. Et son angoisse
était de ne pouvoir la nommer.

La Sainteté! Dans sa naïveté sublime, il acceptait d'être
porté d'un coup du dernier au premier rang, par ordre. Il
ne se dérobait pas.

"Là où Dieu vous appelle, il faut monter", avait dit
l'autre. Il était appelé. "Monter ou se perdre!" Il était perdu.

La certitude de son impuissance à égaler un tel destin blo-

quait jusqu'à la prière sur ses lèvres. Cette volonté de Dieu
sur sa pauvre âme l'accablait d'une fatigue surhumaine. Quelque chose de plus intime que la vie même était comme suspendu en lui. L'artiste vieillissant qu'on trouve mort devant
l'œuvre commencée, les yeux pleins du chef-d'œuvre inaccessible — le fou bégayant qui lutte contre les images dont il
n'est plus maître, pareilles à des bêtes échappées — le jaloux
bâillonné et qui n'a plus que son regard pour haïr, devant la
précieuse chair profanée, ouverte, — n'ont pas senti plus
profonde la fine et perfide pointe, la pénétration du désespoir.
Jamais le malheureux ne s'est vu lui-même (il le croit) aussi
clair, aussi net. Ignorant, craintif, ridicule, lié à jamais par la
contrainte d'une dévotion étroite, méfiante, renfermé en
soi, sans contact avec les âmes, solitaire, d'intelligence et de
cœur stériles, incapable de ces excès dans le bien, des magnifiques imprudences des grandes âmes, le moins héroïque des
hommes. Hélas! ce que son maître distingue en lui, n'est-ce
pas ce qui subsiste encore des dons jadis reçus, dissipés! La
semence étouffée ne lèvera plus. Elle a été jetée pourtant.
Mille souvenirs lui reviennent de son enfance si étrangement
unie à Dieu et ces rêves, ces rêves-là même — ô rage! — dont
il a craint la dangereuse suavité et que dans son âpre zèle
il a peu à peu recouverts... C'était donc la voix inoubliable
qui n'est que peu de jours entendue, avant que le silence ne
se refermât jamais. Il a fui sans le savoir la divine main tendue
— la vision même du visage plein de reproche — puis le dernier cri au-dessus des collines, le suprême appel lointain, aussi
faible qu'un soupir. Chaque pas l'enfonce plus avant dans la
terre d'exil : mais il est toujours marqué du signe que le serviteur de Dieu reconnaissait tout à l'heure sur son front.

J'aurais pu... j'aurais dû... mots effroyables! Et s'il les sur-
montait une minute, il serait maître de nouveau; ainsi le héros
vaincu dicte à ses familiers son Mémorial, refait éternellement
ses calculs et ressuscite le passé, pour étouffer l'avenir qui
remue encore dans son cœur. Les plus forts ne s'abandonnent
jamais à demi. Un ferme bon sens, sitôt certaines bornes franchies, va jusqu'au bout de son délire. Cet homme qui regar-
dera quarante ans le pécheur avec le regard de Jésus-Christ,

dont les plus rebelles ne lasseront pas l'espérance, et qui, comme sainte Scholastique, obtint tant parce qu'il avait aimé davantage, n'eut même pas la force, en ce tragique moment, de lever les yeux vers la Croix, par laquelle tout est possible. Cette simple pensée, la première dans une âme chrétienne, et qui paraît inséparable du sentiment de notre impuissance et de toute véritable humilité, ne lui vint pas.

"Nous avons dissipé la grâce de Dieu, répétait au-dedans de lui une voix étrangère, mais avec son propre accent, nous sommes jugés, condamnés... Déjà je ne suis plus : j'aurais pu être!"

Vingt ans plus tard, au P. de Charras, futur abbé de la Trappe d'Aiguebelle, qui se plaignait amèrement à lui de la solitude intérieure où il était tombé, doutant même de son salut, le curé de Lumbres disait, les yeux pleins de larmes :

— Je vous en prie, taisez-vous... Vous ne savez pas combien certains mots me sollicitent, et même sur mon lit de mort, et dans la main du Seigneur, je ne pourrais les entendre impunément.

Mais, comme le Père insistait, suppliait qu'on l'écoutât jusqu'au bout, en appelant à sa charité pour les âmes, il le vit se dresser tout à coup, le regard égaré, la bouche dure, la main convulsivement serrée sur le dossier de sa chaise de paille.

— N'ajoutez rien! s'écria-t-il d'une voix qui cloua sur place son pénitent stupéfait. Je vous l'ordonne!... Puis, après une minute de silence, encore tout pâle et frémissant, il attira sur sa poitrine la tête du P. de Charras, la pressa de ses deux mains tremblantes et lui dit avec une émouvante confusion :

— Mon enfant, je me montre parfois tel que je suis... Pauvres âmes qui viennent à plus pauvre qu'elles!... Il y a telle et telle épreuve que je n'ose révéler à personne de peur que l'incompréhensible indulgence qu'on a pour moi ne fasse de mes misères une gloire de plus... J'ai tant besoin de prières, et ce sont des louanges qu'on me donne!... Mais ils ne veulent pas être détrompés.

Le jour se leva tout à fait. La petite chambre nue, sous la triste matinée de décembre, apparut dans son humble désordre :

la table de bois blanc sous ses livres éparpillés, le lit de sangle poussé contre le mur, un de ses draps traînant à terre, et l'affreux papier pâli... Une minute, le pauvre prêtre regarda ces quatre murs si proches, et il en crut sentir la pression sur sa poitrine. L'intolérable sensation d'être pris au piège, de trouver dans la fuite un couloir sans issue, le mit soudain debout, le front glacé, les bras mollis, dans une inexprimable terreur.

Et tout à coup le silence se fit.

C'était comme, au travers d'une foule innombrable, ce bourdonnement qui prélude à l'étouffement total du bruit, dans la suspension de l'attente... Une seconde encore la vague profonde de l'air oscille lentement, se retire. Puis l'énorme masse vivante, tout à l'heure pleine de cris, retombe d'un bloc dans le silence.

Ainsi les mille voix de la contradiction qui grondaient, sifflaient, grinçaient au cœur de l'abbé Donissan, avec une rage damnée, se turent ensemble. La tentation ne s'apaisait pas : elle n'était plus. La volonté de l'abbé Donissan, à la limite de son effort, sentit l'obstacle se dérober, et cette détente fut si brusque que le pauvre prêtre crut la ressentir jusque dans ses muscles, comme si le sol eût manqué sous lui. Mais cette dernière épreuve ne dura qu'un instant, et l'homme qui tout à l'heure se débattait sans espoir, sous un poids sans cesse accru, s'éveilla plus léger qu'un petit enfant, perdit la conscience même de vivre, dans un vide délicieux.

Ce n'était pas la paix, car la véritable paix n'est que l'équilibre des forces et la certitude intérieure en jaillit comme une flamme. Celui qui a trouvé la paix n'attend rien d'autre, et lui, il était dans l'attente d'on ne sait quoi de nouveau qui romprait le silence. Ce n'était pas la lassitude d'une âme surmenée, lorsqu'elle trouve le fond de la douleur humaine et s'y repose, car il désirait au-delà.

Et non plus ce n'était pas l'anéantissement d'un grand amour, car dans le déliement de tout l'être le cœur encore veille et veut donner plus qu'il ne reçoit... Mais lui ne voulait rien : il attendait.

. . . .

Ce fut d'abord une joie furtive, insaisissable, comme venue du dehors, rapide, assidue, presque importune. Que craindre ou qu'espérer d'une pensée non formulée, instable, du désir léger comme une étincelle?... Et pourtant, ainsi que dans le déchaînement de l'orchestre le maître perçoit la première et l'imperceptible vibration de la note fausse, mais trop tard pour en arrêter l'explosion, ainsi le vicaire de Campagne ne douta pas que cela qu'il attendait sans le connaître était venu.

. . . .

A travers la buée des vitres, l'horizon sous le ciel n'offrait qu'un contour vague, presque obscur et tout le jour d'hiver, au contraire, était dans la petite chambre une clarté laiteuse, immobile, pleine de silence, comme vue au travers de l'eau. Et, d'une certitude absolue, l'abbé Donissan connut que cette insaisissable joie était une présence.

L'angoisse évanouie, surgissent peu à peu dans son souvenir les pensées qui l'avaient plus tôt suscitée, mais ces pensées-là mêmes étaient maintenant sans force pour le déchirer. Après un premier mouvement d'effroi, sa mémoire craintive les effleurait une à une, avec prudence — puis elle s'en empara. Il s'enivrait à mesure de les sentir domptées, inoffensives, devenues les humbles servantes de sa mystérieuse allégresse. Dans un éclair, tout lui parut possible, et le plus haut degré déjà gravi. Du fond de l'abîme où il s'était cru à jamais scellé, voilà qu'une main l'avait porté d'un trait si loin qu'il y retrouvait son doute, son désespoir, ses fautes mêmes transfigurées, glorifiées. Les bornes étaient franchies du monde où chaque pas en avant se paie d'un effort douloureux, et le but venait à lui avec la rapidité de la foudre. Cette vision intérieure fut brève, mais éblouissante. Lorsqu'elle cessa, tout parut s'assombrir de nouveau, mais il vivait et respirait dans la même lumière douce, et l'image entrevue, puis reperdue, laissait derrière elle, au lieu d'une certitude dont il sentait bien que la volupté eût brisé son cœur, un pressentiment ineffable. La main qui l'avait porté s'écartait à peine, se tenait prête, à sa portée, ne le laisserait plus... Et le sentiment de cette mystérieuse présence fut si vif qu'il tourna brusquement la tête, comme pour rencontrer le regard d'un ami.

Pourtant, au sein même de la joie, quelque chose subsiste encore, que l'extase n'absorbe pas. Cela le gêne, l'irrite, pareil à un dernier lien qu'il n'ose rompre... Ce lien brisé, où le flot l'entraînerait-il?... Parfois ce lien se relâche, et, comme un navire qui chasse sur ses ancres, son être est ébranlé jusqu'au fond... Est-ce un lien seulement, un obstacle à vaincre?... Non : cela qui résiste n'est pas une force aveugle. Cela sent, observe, calcule. Cela lutte pour s'imposer... *Cela*, n'est-ce pas lui-même? N'est-ce pas la conscience engourdie qui lentement s'éveille?... La dilatation de la joie a été, selon l'extraordinaire parole de l'apôtre, jusqu'à la division de l'âme et de l'esprit. Il n'est pas possible d'aller plus loin sans mourir.

Non! En détournant la tête, l'abbé Donissan ne rencontre aucun regard ami — mais seulement, dans la glace, son visage pâle et contracté. En vain il baisse aussitôt les yeux : il est trop tard. Il s'est surpris lui-même dans ce geste instinctif, il essaie d'en pénétrer le sens. Que cherchait-il? Ce signe matériel d'une inquiétude jusqu'alors vague, indécise, l'effraie presque autant qu'une présence réelle, visible. De cette présence, il a maintenant plus que le sentiment, une sensation nette, indicible. Il n'est plus seul... Mais avec qui?

Le doute, à peine formulé dans son esprit, s'en rend maître. D'un premier mouvement, il a voulu se jeter à genoux, prier. Pour la seconde fois, la prière s'arrête sur ses lèvres. Le cri de l'humble détresse ne sera pas poussé : le suprême avertissement aura été donné en vain. La volonté déjà cabrée échappe à la main qui la sollicite : une autre s'en empare, dont il ne faut attendre pitié ni merci.

Ah! que l'autre est fort et adroit, qu'il est patient quand il faut et, lorsque son heure est venue, prompt comme la foudre! Le saint de Lumbres, un jour, connaîtra la face de son ennemi. Il faut, cette fois, qu'il subisse en aveugle sa première entreprise, reçoive son premier choc. La vie de cet homme étrange, qui ne fut qu'une lutte forcenée, terminée par une mort amère, qu'eût-elle été si, de ce coup, la ruse déjouée, il se fût abandonné sans effort à la miséricorde — s'il eût appelé au secours?

Fût-il devenu l'un de ces saints dont l'histoire ressemble à un conte, de ces doux qui possèdent la terre, avec un sourire d'enfant-roi?... Mais à quoi bon rêver? Au moment décisif, il accepte le combat, non par orgueil, mais d'un irrésistible élan. À l'approche de l'adversaire, il s'emporte non de crainte, mais de haine. Il est né pour la guerre; chaque détour de sa route sera marqué d'un flot de sang.

Cependant la joie mystérieuse, comme à la pointe de l'esprit, veille encore, à peine troublée, petite flamme claire dans le vent... Et c'est contre elle, ô folie! qu'il va se tourner à présent. L'âme aride, qui ne connut jamais d'autre douceur qu'une tristesse muette et résignée, s'étonne, puis s'effraie, enfin s'irrite contre cette inexplicable suavité. À la première étape de l'ascension mystique, le cœur manque au misérable pris de vertige, et de toutes ses forces il essaiera de rompre ce recueillement passif, le silence intérieur dont l'apparente oisiveté le déconcerte... Comme l'autre, qui s'est glissé entre Dieu et lui, se dérobe avec art! Comme il avance et recule, avance encore, prudent, sagace, attentif... Comme il met ses pas dans les pas!

Le pauvre prêtre croit flairer le piège tendu, lorsque déjà les deux mâchoires l'étreignent, et chaque effort les va resserrer sur lui. Dans la nuit qui retombe, la frêle clarté le défie... Il provoque, il appelle presque la plénière angoisse, miraculeusement dissipée. Toute certitude, même du pire, n'est-elle pas meilleure que la halte anxieuse, au croisement des routes, dans la nuit perfide? Cette joie sans cause ne peut être qu'une illusion. Une espérance si secrète, au plus intime, au plus profond, née tout à coup — qui n'a pas d'objet — indéfinie, ressemble trop à la présomption de l'orgueil... Non! Le mouvement de la grâce n'a pas cet attrait sensuel... *Il lui faut déraciner cette joie!*

Sitôt sa résolution prise, il n'hésite plus. L'idée du sacrifice à consommer ici même — dans un instant — pointe en lui cette autre flamme du désespoir intrépide, force et faiblesse de cet homme unique, et son arme que tant de fois Satan lui retournera dans le cœur. Son visage, maintenant glacé, reflète dans le regard sombre la détermination d'une violence calculée.

Il s'approche de la fenêtre, l'ouvre. A la barre d'appui, jadis brisée, la fantaisie d'un prédécesseur de l'abbé Menou-Segrais a substitué une chaîne de bronze, trouvée au fond de quelque armoire de sacristie. De ses fortes mains, l'abbé Donissan l'arrache des deux clous qui la fixent. Une minute plus tard, l'étrange discipline tombait en sifflant sur son dos nu.

Un mot surpris par hasard, le témoignage de quelques visiteurs familiers, de rares confidences faites en termes obscurs permettent seulement de rêver aux mortifications rares et singulières du curé de Lumbres, car il s'appliquait à les celer à tous, avec un soin minutieux. Plus d'une fois sa malice même égara la curiosité, et tel écrivain célèbre, amateur d'âmes (comme ils disent...), venu pour un si beau cas, s'en retourna mystifié. Mais, si certaines de ces mortifications, et par exemple les jeûnes dont l'effrayante rigueur passe la raison, nous sont à peu près connues, il a emporté le secret d'autres châtiments plus rudes. Sa dernière prière fut pour obtenir de la pitié d'un ami qu'aucun médecin ne le visitât. La pauvre fille qui l'assistait, devenue Mère Marie des Anges, alors servante au bourg de Bresse, a rapporté que la naissance de son cou et ses épaules étaient couvertes de cicatrices, quelques-unes formant bourrelet, de l'épaisseur du petit doigt. Déjà le docteur Leval, au cours d'une première crise, avait relevé sur ses flancs les traces profondes d'anciennes brûlures et, comme il s'en étonnait discrètement devant lui, le saint, rouge de confusion, garda le silence...

— J'ai fait aussi dans mon temps quelques folies, disait-il un soir à l'abbé Dargent, qui lui faisaient lecture d'un chapitre de la vie des Pères du Désert... Et comme l'autre l'interrogeait du regard, il reprit avec un sourire plein d'embarras, mais aussi d'innocente malice :

— Voyez-vous, les jeunes gens ne doutent de rien : il faut bien qu'ils jettent leur gourme.

A présent, debout au pied du petit lit, il frappait et frappait sans relâche, d'une rage froide. Aux premiers coups, la chair soulevée laissa filtrer à peine quelques gouttes de sang. Mais il jaillit tout à coup, vermeil. Chaque fois la chaîne sifflante, un instant tordue au-dessus de sa tête, venait le mordre au flanc, et s'y reployait comme une vipère : il l'en arrachait du même geste, et la levait de nouveau, régulier, attentif, pareil à un batteur sur l'aire. La douleur aiguë, à laquelle il avait répondu d'abord par un gémissement sourd, puis seulement de profonds soupirs, était comme noyée dans l'effusion du sang tiède qui ruisselait sur ses reins et dont il sentait seulement la terrible caresse. A ses pieds une tache brune et rousse s'élargissait sans qu'il l'aperçut. Une brume rose était entre son regard et le ciel livide, qu'il contemplait d'un œil ébloui. Puis cette brume disparut tout à coup, et avec elle le paysage de neige et de boue, et la clarté même du jour. Mais il frappait et frappait encore dans ces nouvelles ténèbres, il eût frappé jusqu'à mourir. Sa pensée, comme engourdie par l'excès de la douleur physique, ne se fixait plus et il ne formait aucun désir, sinon d'atteindre et de détruire, dans cette chair intolérable, le principe même de son mal. Chaque nouvelle violence en appelait une autre plus forte, impuissante encore à la rassasier. Car il en était à ce paroxysme où l'amour trompé n'est plus fort que pour détruire. Peut-être croyait-il atteindre et détester cette part de lui-même, trop pesante, le fardeau de sa misère, impossible à tirer jusqu'en haut; peut-être croyait-il châtier ce corps de mort dont l'apôtre souhaitait aussi d'être délivré, mais la tentation était dès lors plus avant dans son cœur, et il se haïssait tout entier. Ainsi l'homme qui ne peut survivre à son rêve, il se haïssait... Mais il n'avait dans la main qu'une arme inoffensive, dont il se déchirait en vain.

Cependant il frappait sans relâche, trempé de sueur et de sang, les yeux clos, et seule le tenait debout, sans doute, sa mystérieuse colère. Un bourdonnement aigu remplissait maintenant ses oreilles, comme s'il eût glissé à pic dans une eau profonde. A travers ses paupières serrées, deux fois, trois fois, une flamme brève et haute jaillit, puis ses tempes battirent à coups si rapides que sa tête douloureuse vibra. La chaîne était entre ses doigts raidis à chaque coup plus souple et plus vive, étrangement agile et perfide, avec un bruissement léger. Jamais celui qu'on appela le saint de Lumbres n'osa depuis forcer la nature d'un cœur si follement téméraire. Jamais il ne lui porta tel défi. La chair de ses reins n'était qu'une plaie ardente, cent fois mâchée et remâchée, baignée d'un sang écumant, et cependant toutes ces morsures ne faisaient qu'une seule souffrance — indéterminée, totale, enivrante — comparable au vertige du regard dans une lumière trop vive lorsque l'œil ne discerne plus rien que sa propre douleur éblouissante... Tout à coup, la chaîne trop tôt brandie, se repliant sur elle-même, faillit échapper à sa main et le frappa rudement à la poitrine. Le dernier maillon l'atteignit au-dessous du sein droit avec une telle force qu'il y fit voler un lambeau de chair comme un copeau sous la varlope. La surprise, plutôt que la souffrance même, lui arracha un cri aigu, vite étouffé, tandis qu'il levait encore la discipline de bronze. Le feu qui brûlait dans ses yeux n'était plus de ce monde. La haine aveugle qui l'animait contre lui-même était de celles que rien n'apaise ici-bas, et pour lesquelles tout le sang de la race humaine, s'il pouvait couler d'un seul coup, ne serait qu'une goutte d'eau sur un fer rouge... Mais, comme il abaissait le bras, ses doigts s'ouvrirent d'eux-mêmes, et il sentit sa main retomber. En même temps ses reins fléchirent et tous ses muscles se relâchèrent à la fois. Il glissa sur les genoux, fit pour se relever un effort immense, chancela de nouveau, les bras étendus, à tâtons, secoué par un tremblement convulsif. En vain il tenta de regagner la fenêtre, vers la pâle clarté du dehors, entrevue sans la reconnaître, à travers ses yeux mi-clos. L'affreuse lutte soutenue n'était déjà plus qu'un souvenir vague, indéterminé, comme d'un rêve. Ainsi l'anxiété survit au cauchemar, présence invisible, inexplicable, dans la paix et le recueillement de l'aube... Il s'assit au pied du lit, laissa retomber sa tête et s'endormit.

Quand il s'éveilla, le soleil remplissait la chambre, il entendit sonner les cloches dans le ciel limpide. Sa montre marquait neuf heures. Un long moment le reflet au mur suffit à occuper sa pensée, puis ses yeux firent lentement le tour de la chambre, et il s'étonna de la large tache luisante sur le parquet de sapin, de la chaîne jetée en travers. Alors il sourit d'un sourire d'enfant. Ainsi la terrible besogne était achevée : elle était achevée, voilà tout. Elle était faite. Son délire passé ne lui laissait aucune amertume : à mesure que les détails se représentaient à son esprit, il les écartait un par un, sans curiosité, sans colère. A présent, sa pensée flottait au-delà, dans une lumière si douce! Il la sentait plus calme, plus lucide, qu'à aucun autre moment de sa vie, mais inexprimablement détachée du passé. Ce n'était déjà plus l'accablement, la demi-torpeur du réveil. Les derniers voiles étaient effacés, il se retrouvait lui-même, s'observant d'une conscience claire et active, mais avec un désintéressement surhumain.

Le soleil était déjà haut. La diligence de Beaugrenant passait sur la route en grinçant. La voix familière de l'abbé Menou-Segrais s'élevait dans le petit jardin, à laquelle une autre voix répondait, plus aiguë, celle de la gouvernante Estelle... L'abbé Donissan prêta l'oreille et entendit son nom prononcé deux fois. D'un geste instinctif, il voulut se jeter au bas du lit. Mais à peine ses pieds touchaient terre qu'une douleur atroce le ceignit, et il s'arrêta debout, au milieu de la pièce, la gorge pleine de cris. L'enchantement cessa tout à coup. Qu'avait-il fait?...

<center> *
*
</center>

Une minute encore, immobile, replié sur lui-même, il tenta de se reprendre pour un nouvel effort, — un second pas — dont toute sa chair hérissée attendait l'arrachement. La glace posée sur sa table lui renvoyait de lui-même une image de cauchemar... Ses flancs nus, sous la chemise en lambeaux, n'étaient qu'une plaie. Au-dessous du sein, la blessure saignait encore. Mais les déchirures plus profondes de son dos et de ses reins l'investissaient d'une flamme intolérable, et, comme il tentait de lever le bras, il lui sembla que l'extrême pointe de cette flamme poussait jusqu'au cœur... "Qu'ai-je fait? répétait-il tout bas, qu'ai-je fait?... " La pensée de comparaître tout à l'heure, dans un instant, devant l'abbé Menou-Segrais, l'imminence du scandale, les soins à subir, cent autres images encore achevaient de l'accabler. Pas une minute cet homme incomparable n'osa d'ailleurs songer, pour sa défense, à ceux des serviteurs de Dieu qu'une même terreur sacrée arma parfois contre leur propre chair... "Un pas de plus, se disait-il seulement, et les plaies vont s'ouvrir... il faudra sans doute appeler. "

Baissant les yeux, il vit ses gros souliers dans une flaque de sang.

— L'abbé? fit à travers la porte une voix tranquille, l'abbé?...

— Monsieur le doyen?... répondit-il sur le même ton.

— Le dernier coup de la messe va sonner, mon petit : il est temps, grand temps... N'êtes-vous pas souffrant, au moins?

— Une minute, s'il vous plaît, reprit l'abbé Donissan avec calme.

Sa résolution était prise, le sort était jeté.

Comment fit-il en serrant les dents un nouveau pas, un pas décisif, jusqu'à la cuvette, où il trempa aussitôt la serviette de grosse toile bise? Par quel autre miracle subit-il sans un soupir la morsure de l'eau glacée sur son dos et sur ses flancs? Comment réussit-il à rouler autour de lui, sur la peau vive, deux de ses pauvres chemises? Il fallut encore les serrer avec force pour que la lente hémorragie cessât et, à chaque mouvement, les plis entraient plus profond. Il lava soigneusement le parquet, fit une cachette aux linges rougis, brossa ses souliers, mit tout en ordre, descendit l'escalier, ne respira que sur la route — libre — car il n'eût pu cacher à l'abbé Menou-Segrais le frisson de la fièvre qui faisait trembler ses mâchoires... A présent, le vent d'hiver fouettait en plein ses joues, et il sentait ses yeux brûler dans leurs orbites comme deux charbons. A travers l'air coupant, irisé d'une poussière de neige, il tenait âprement son regard fixé sur le clocher plein de soleil. Les couples endimanchés le saluaient en passant; il ne les voyait point. Pour parcourir ces trois cents mètres, il dut se reprendre vingt fois, sans que rien dénonçât, dans son pas toujours égal, les péripéties de la lutte intérieure où il prodiguait, jetait à pleines mains ces forces profondes, irréparables, dont chaque être vivant n'a que sa juste mesure. Au seuil du petit cimetière, les clous de ses souliers glissèrent sur le silex et il dut faire, pour se redresser, un effort surhumain. La porte n'était plus qu'à vingt pas. Il l'atteignit encore. Et encore cette autre porte basse de la sacristie, au-

delà de l'échiquier vertigineux des dalles noires et blanches,
où le reflet des vitraux danse à ses yeux éblouis... Et la sacristie
même, pleine de l'âcre odeur de résine, d'encens et de vin
répandu... Tout autour, les enfants de chœur, rouges et blancs,
tournent et bourdonnent comme un essaim. Il passe, un par
un, les ornements, d'un geste machinal, les yeux clos, remâchant les prières d'usage dans sa bouche, amère. En nouant
les cordons de la chasuble, il gémit, et jusqu'au pied de l'autel
le même gémissement imperceptible ne cessa pas, roulait dans
sa gorge... Derrière lui, mille bruits divers rebondissent jusqu'aux voûtes, pour s'y confondre en un seul murmure — ce
vide sonore auquel il devra faire face, à l'introït, les bras
étendus... Il monte à tâtons les trois marches, s'arrête. Alors
il regarde la Croix.

O vous, qui ne connûtes jamais du monde que des couleurs
et des sons sans substance, cœurs sensibles, bouches lyriques
où l'âpre vérité fondrait comme une praline — petits cœurs,
petites bouches — ceci n'est point pour vous. Vos diableries
sont à la mesure de vos nerfs fragiles, de vos précieuses cervelles, et le Satan de votre étrange rituaire n'est que votre
propre image déformée, car le dévot de l'univers charnel est
à soi-même Satan. Le monstre vous regarde en riant, mais il n'a
pas mis sur vous sa serre. Il n'est pas dans vos livres radoteurs,
et non plus dans vos blasphèmes ni vos ridicules malédictions.
Il n'est pas dans vos regards avides, dans vos mains perfides,
dans vos oreilles pleines de vent. C'est en vain que vous le
cherchez dans la chair plus secrète que votre misérable désir
traverse sans s'assouvir, et la bouche que vous mordez ne rend
qu'un sang fade et pâli... Mais il est cependant... Il est dans
l'oraison du Solitaire, dans son jeûne et sa pénitence, au creux
de la plus profonde extase, et dans le silence du cœur... Il empoisonne l'eau lustrale, il brûle dans la cire consacrée, respire
dans l'haleine des vierges, déchire avec la haire et la discipline,
corrompt toute voie. On l'a vu mentir sur les lèvres entrou-
vertes pour dispenser la parole de vérité, poursuivre le
juste, au milieu du tonnerre et des éclairs du ravissement
béatifique, jusque dans les bras même de Dieu... Pourquoi

disputerait-il tant d'hommes à la terre sur laquelle ils rampent comme des bêtes, en attendant qu'elle les recouvre demain? Ce troupeau obscur va tout seul à sa destinée... Sa haine s'est réservé les saints.

Alors il regarde la Croix. Depuis la veille il n'a pas prié, et peut-être ne prie-t-il pas encore. En tout cas, ce n'est pas une supplication qui monte à ses lèvres. Dans le grand débat de la nuit, c'était bien assez de tenir tête et de rendre coup pour coup : l'homme qui défend sa vie dans un combat désespéré tient son regard ferme devant lui, et ne scrute pas le ciel d'où tombe la lumière inaltérable sur le bon et sur le méchant. Dans l'excès de sa fatigue, ses souvenirs le pressent, mais groupés au même point de la mémoire, ainsi que les rayons lumineux au foyer de la lentille. Ils ne font qu'une seule douleur. Tout l'a déçu ou trompé. Tout lui est piège et scandale. De la médiocrité où il se désespérait de languir, la parole de l'abbé Menou-Segrais l'a porté à une hauteur où la chute est inévitable. L'ancienne déréliction n'était-elle point préférable à la joie qui l'a déçu! O joie plus haïe d'avoir été, un moment, tant aimée! O délire de l'espérance! O sourire, ô baiser de la trahison! Dans le regard qu'il fixe toujours — sans un mot des lèvres, sans même un soupir — sur le Christ impassible, s'exprime en une fois la violence de cette âme forcenée. Telle la face entrevue du mauvais pauvre, à la haute fenêtre resplendissante, dans la salle du festin. Toute joie est mauvaise, dit ce regard. Toute joie vient de Satan. Puisque je ne serai jamais digne de cette préférence dont se leurre mon unique ami, ne me trompe pas plus longtemps, ne m'appelle plus! Rends-moi à mon néant. Fais de moi la matière inerte de ton œuvre. Je ne veux pas de la gloire! Je ne veux pas de la joie! Je ne veux même plus de l'espérance! Qu'ai-je à donner? Que me reste-t-il? Cette espérance seule. Retire-la-moi. Prends-la! Si je le pouvais, sans te haïr, je t'abandonnerais mon salut, je me damnerais pour ces âmes que tu m'as confiées par dérision, moi, misérable!

Et il défiait ainsi l'abîme, il l'appelait d'un vœu solennel, avec un cœur pur...

III

Le vicaire de Campagne prit la route de Beaulaincourt et descendit vers Étaples à travers la plaine.

— C'est une promenade, trois lieues au plus, avait dit M. Menou-Segrais, en souriant. Allez à pied, puisque c'est votre plaisir.

Il n'ignorait pas le goût naïf du pauvre prêtre pour les voyages en chemin de fer. Mais cette fois l'abbé Donissan ne rougit pas comme à l'ordinaire... Même il sourit, non sans malice.

Le doyen de Campagne l'envoyait à son confrère d'Étaples, à qui les derniers exercices d'une retraite donnaient beaucoup de souci. Les deux rédemptoristes qui, depuis plus d'une semaine, trois fois le jour, retentissaient, à bout de souffle, demandaient grâce à leur tour. Il semblait impossible d'imposer aux malheureux la suprême épreuve d'un jour et d'une nuit passés au confessionnal : "Votre jeune collaborateur voudra bien nous apporter le secours de son zèle ", avait écrit l'archiprêtre. Et l'abbé Donissan accourait à cet innocent appel.

Il allait, sous une pluie de novembre, à grands pas, au milieu des prés déserts. A sa gauche la mer se devinait, invisible, à la limite de l'horizon pressé d'un ciel mouvant, couleur de cendre. A sa droite, les dernières collines. Devant lui, la muette étendue plate. Le vent d'ouest plaquait sa soutane aux genoux, soulevant par intervalles une poussière d'eau glacée, au goût de sel. Il avançait pourtant d'un pas régulier, sans dévier d'une ligne, son parapluie de coton roulé sous le bras. Qu'eût-il osé deman-

der de plus? Chaque pas le rapprochait de la vieille église, déjà
reconnue, si étrangement casquée dans sa détresse solitaire.
Il y devine, autour du confessionnal, le petit peuple féminin,
habile à gagner la première place, querelleur, à mines dévotes,
regards à double et triple détente, lèvres saintement jointes ou
pincées d'un pli mauvais — puis, auprès du troupeau murmu-
rant, si gauches et si roides !... les hommes. Chose singulière,
et l'on voudrait pouvoir dire, en un tel sujet, exquise ! Le rude
jeune prêtre, à cette pensée, s'émeut d'une tendresse inquiète ;
il hâte le pas sans y songer, avec un sourire si doux et si
triste qu'un roulier qui passe lui tire son chapeau sans savoir
pourquoi... On l'attend. Jamais mère sur le chemin du retour,
et qui rêve au merveilleux petit corps qui tiendra bientôt tout
entier dans sa caresse, n'eut dans le regard plus d'impatience
et de candeur... Et déjà se creuse, à travers le sable, le lit du
fleuve amer, déjà la colline aride et la haute silhouette du phare
blanc dans les sapins noirs.

Depuis des semaines, l'abbé Menou-Segrais n'espère plus
lire dans un cœur si secret. Le sombre silence du vicaire semblait jadis moins impénétrable que sa présente humeur, toujours égale, presque enjouée. Vingt fois il a interrogé l'abbé
Chapdelaine, curé de Larieux, qui chaque jeudi confesse l'abbé
Donissan. Le vieux prêtre se défend de rien trouver d'extraordinaire dans les propos de son pénitent, et s'amuse bonnement des scrupules de son confrère. " Un enfant, répète-t-il,
un véritable enfant, une très bonne pâte. (Il rit aux larmes.)
Mais vous voyez partout, cher ami, des cas de conscience
singuliers !... (Sérieux :) Je voudrais que vous entendiez ses
confessions. Voyons ! nous avons tous passé par là, au début
de notre ministère : un peu d'inquiétude, des rêveries, un goût
exagéré de l'oraison... (Tout à fait grave :) L'oraison est une
très bonne chose, excellente. N'en abusons pas. Nous ne
sommes pas des Chartreux, cher ami, nous avons affaire à de
bonnes gens, très simples, et qui, pour la plupart, ont oublié
leur catéchisme. Il ne faut pas voler trop haut, perdre contact.
(Riant de nouveau :) Imaginez ça ! Il se donnait la discipline.
Je ne vous décrirai pas l'instrument : vous ne me croiriez point.

Je lui ai interdit ces sévérités absurdes. Il a, d'ailleurs, cédé tout de suite, sans discussion. Il m'obéit, j'en suis sûr. Je n'ai jamais rencontré de sujet plus docile : une très bonne pâte. "

L'abbé Menou-Segrais juge inopportun de prolonger la discussion et, toujours prudent, feint de se rendre à de si bons arguments. Mais il se demande avec curiosité : " Pourquoi diable l'enfant a-t-il choisi, entre tant, cet imbécile?... " Il finit par perdre le fil de ses déductions subtiles. La vérité, toutefois, est si simple! L'abbé Donissan, de tous, a tranquillement choisi le plus vieux. Non par bravade ou dédain, comme on pourrait le croire; mais parce que cette promotion à l'ancienneté lui semble admirablement judicieuse, équitable. Mêmement, chaque jeudi, il écoute le petit discours de M. Chapdelaine. Il est seul au monde capable de recueillir une si pauvre parole, et avec tant d'amour que le bonhomme, surpris et flatté, finit par trouver lui-même un sens à son bredouillement confus.

... Oserait-il s'avouer, pourtant, ce jeune prêtre audacieux, qu'il recherche pour elle-même la pieuse sottise? Peut-être, il l'oserait. Mais il sait si peu de chose du grand débat dont il est l'enjeu! Il soutient une gageure impossible, et ne s'en doute pas. Sans doute l'avertissement solennel de l'abbé Menou-Segrais l'a troublé pour un temps, puis un autre travail a tellement endurci son cœur qu'il est comme physiquement insensible à l'aiguillon du désespoir. Au plein du combat le plus téméraire qu'un homme ait jamais livré contre lui-même, il ne délibère pas de le livrer seul : littéralement, il n'éprouve le besoin d'aucun appui. Ce qui pourrait être présomption n'est ici que simplicité; il est dupe de sa force, comme un autre de sa faiblesse; il ne croit rien entreprendre que de commun, d'ordinaire. Il n'a rien à dire de lui.

Sous ses yeux, la petite ville s'assombrit, semble descendre sous l'horizon. Il hâte le pas. Que ne peut-il atteindre, inaperçu, le coin sombre où, jusqu'au souper, puis dans la nuit, il restera seul — seul derrière la frêle muraille de bois, l'oreille penchée vers les bouches invisibles! Mais il s'inquiète des visages inconnus qu'il lui faudra d'abord affronter. L'archiprêtre, seulement entrevu à la dernière Pentecôte, les deux missionnaires — d'autres peut-être?... Depuis quelques mois le futur curé de Lumbres s'étonne de certains regards, de certaines paroles dont il n'entend pas encore le sens, d'une curiosité que sa naïveté a prise d'abord pour méfiance ou mépris, mais qui, peu à peu, crée autour de lui une atmosphère étrange, dont il a honte. En vain il s'efface, se fait plus humble, fuit toute amitié nouvelle, sa solitude même a l'air de tenter les plus indifférents, sa timidité un peu farouche les défie, sa tristesse les attire. Parfois c'est lui-même qui rompt le silence, lorsqu'un mot échappé par hasard a, tout à coup, sollicité sa grande âme. Et jusqu'à ce que la surprise muette de tous l'ait rappelé à lui-même et qu'il se taise de nouveau il parle, parle avec cette éloquence embarrassée, bégayante, d'une pensée qui semble traîner la parole après elle, comme un fardeau... Mais le plus souvent, il écoute, avec une attention extrême, le regard avide et douloureux, tandis que la secrète prière de ses lèvres surprend les vieux prêtres futiles dans leur innocent bavardage. Son étrangeté frappe d'abord. Nul, un seul excepté, n'a le pressentiment de ce magnifique destin. C'est assez s'il trouble et divise.

Et d'ailleurs que peut-on reconnaître dans cet homme singulier? On l'observe en vain. On pourrait l'épier. Sur l'ordre de l'abbé Chapdelaine, il a renoncé sans débat aux mortifications dont le crédule vieux prêtre soupçonne à peine l'effrayante cruauté, encore que l'abbé Donissan ait répondu à toutes les questions avec sa franchise habituelle. Mais cette franchise même fait illusion. Pour le vicaire de Campagne ce sont là des faits du passé, des épisodes. Il les avoue sans embarras. Il accorde volontiers que c'est peu pour dompter la nature qu'une étrivière bien tranchante. Le curé de Lumbres dira plus tard : " Notre pauvre chair consomme la souffrance, comme le plaisir, avec une même avidité sans mesure. " Nous avons pu lire, écrit de sa main, en marge d'un chapitre des *Exercices* de saint Ignace, cet ordre étrange : " Si tu crois devoir te châtier, frappe fort, et peu de temps. " Il disait aussi à ses sœurs du Carmel d'Aire : " Souvenons-nous que Satan sait tirer parti d'une oraison trop longue, ou d'une mortification trop dure. "

" Notre bonhomme est maintenant tout à fait raisonnable ",

affirme le curé de Larieux. Il est vrai. Sa tête reste froide et
lucide. Jamais il ne fut dupe des mots. Son imagination est
plutôt courte. Le cœur consume jusqu'à sa cendre.

Au crépuscule, le vent s'apaise, une brume légère monte
du sol saturé. Pour la première fois depuis son départ, le
vicaire de Campagne sent la fatigue. Il a d'ailleurs dépassé
Verlimont et, jusqu'à l'église, à présent prochaine, le chemin
est facile et sûr. Pourtant il s'arrête, et finit par s'asseoir sur la
terre, au croisement des deux routes de Campreneux et de
Verton. Une paysanne le vit, tête nue, ses mains croisées sur
l'énorme parapluie, le chapeau posé près de lui. " Quel drôle
de corps ", dit-elle.

C'est ainsi que parfois il pliait sous le fardeau, et la nature
vaincue criait vainement sa détresse. Car il ne se défendait
point de l'entendre : il ne l'entendait plus. Il agissait en toutes
choses comme si la somme de son énergie fût constante —
et peut-être l'était-elle en effet. A certaines heures, et quand
tout lui va manquer, le seul repos qu'il imagine est de descendre en lui-même, et de s'examiner avec une rigueur accrue.
Pour cet homme unique, la fatigue n'est qu'une mauvaise
pensée.

Il repasse donc dans sa mémoire les faits de ces derniers
mois. C'est vrai qu'il n'éprouve aucun regret de mortifications
qui, pour un temps, ont exalté son courage. Avant que l'abbé
Chapdelaine lui en eût demandé le sacrifice, il les avait déjà
condamnées dans son cœur. Ne l'avaient-elles point consolé,
allégé? N'avaient-elles point rouvert en lui cette source de
joie, qu'il eût voulu tarir? A présent, il est plus fidèle que
jamais à la promesse faite un jour devant la Croix, tout à coup
révélée, à la minute inoubliable. La part qu'il a choisie ne lui
sera pas disputée. Nul autre audacieux n'a fait avant lui ce
pacte avec les ténèbres.

Si nous n'avions reçu de la bouche même du saint de Lumbres l'aveu si simple et si déchirant de ce qu'il lui a plu d'appeler
la période effroyable de sa vie, on se refuserait sans doute à
croire qu'un homme ait commis délibérément, avec une
entière bonne foi, comme une chose simple et commune,

une sorte de suicide moral dont la cruauté raisonnée, raffinée, secrète, donne le frisson. On ne peut en douter pourtant. Des jours et des jours, celui dont la tendre et sagace charité devait relever l'espérance au fond de tant de cœurs, qui paraissaient vides à jamais, entreprit d'arracher de lui-même cette espérance. Son subtil martyre, si parfaitement mêlé à la trame de la vie, finissait par se confondre avec elle.

Ce fut les premiers jours comme une fureur de se contredire et de se renier. Les lectures, dans lesquelles il avait trouvé jusqu'alors non pas seulement sa joie, mais sa force, furent abandonnées, reprises, de nouveau abandonnées. Prenant pour prétexte un reproche affectueux de l'abbé Menou-Segrais, il commença d'annoter et commenter le *Traité de l'Incarnation*. Il faut avoir tenu entre ses mains ce livre d'une édition assez rare du dix-huitième siècle, l'un des joyaux de la bibliothèque du curé de Campagne, dont la grosse écriture de l'abbé Donissan remplit les marges! La gaucherie de ces notes, le soin naïf que le pauvre prêtre a pris de renvoyer aux textes par des indications d'une précision un peu comique — tout, jusqu'aux solécismes de son élémentaire latin, est la preuve d'un tel effort que le plus cruel n'oserait sourire. Encore savons-nous que ces remarques ne font que résumer un travail beaucoup plus important — assurément aussi vain — aujourd'hui perdu, et qui moisit sans doute au fond de quelque tiroir, témoin tragique et bégayant des divagations d'une grande âme. D'abord seulement rebutante, cette besogne devint vite une insupportable corvée. Le curé de Lumbres fut toujours un médiocre métaphysicien et l'expérience seule peut faire connaître le minutieux supplice qu'inflige à l'intelligence, dépourvue des éléments de connaissance indispensables, l'obsession d'un texte obscur. L'entreprise, déjà téméraire, fut bientôt rendue plus difficile par des complications ridicules. Retenu tout le jour, l'abbé Donissan ne se trouvait libre qu'à minuit passé, ayant alors perdu la partie de bésigue quotidienne de M. Menou-Segrais. Il fallut peu de temps au rusé doyen pour pénétrer ce nouveau secret. Il y trouva, selon sa coutume, la matière de quelques allusions discrètes dont s'émut la simplicité de son vicaire. Le malheureux s'imposa de travailler à la lueur d'une veilleuse et souffrit bientôt de névralgies oculaires qui achevèrent de l'épuiser, sans le réduire pourtant. Car cette dernière épreuve lui fut un prétexte à de nouvelles folies.

Jusqu'à ce moment le curé de Campagne n'avait trouvé quelque repos et relâchement que dans la prière qu'il aimait, l'humble prière vocale. Longtemps la simplicité du saint de Lumbres lui fit douter qu'il fût capable d'oraison, alors qu'il la pratiquait quotidiennement et on peut dire à toute heure du jour. Il résolut de se vaincre une fois encore.

On a honte de rapporter des faits si nus, si dépourvus d'intérêt, enfin d'une vérité commune. Après une nuit de travail, voilà le pauvre prêtre marchant de long en large à travers la chambre, les mains derrière le dos, la tête basse, retenant son haleine comme un lutteur qui ménage ses forces, s'appliquant à penser de son mieux, pensant dans les règles... Le sujet choisi d'avance, soigneusement repéré, selon les meilleures méthodes, proprement sulpiciennes, il ne le laissait point qu'il ne l'eût épuisé tout de bon. D'ailleurs, il s'aidait dans cette nouvelle entreprise d'une sorte de manuel, écrit par un prêtre anonyme, l'an de grâce 1849. " *L'oraison enseignée en vingt leçons, à l'usage des âmes pieuses* ", annonce le titre. Chacune des leçons se divise en trois paragraphes : *Réflexion. Elévation. Conclusion*, suivie d'un bouquet spirituel. Quelques poésies (mises en musique par un religieux, affirme la préface...) terminent ce recueil, et chantent, sur un rythme cher à Mme Deshoulières, les délices et ferveurs de l'amour divin.

On peut tenir, presser entre ses doigts l'affreux petit livre. La reliure en est protégée par une enveloppe de drap noir, soigneusement cousue. Les pages souvent feuilletées gardent encore une odeur fade et rance. Une méchante gravure polychrome porte au coin gauche, tracée d'une écriture menue et perfide, à l'encre pâlie, cette phrase mystérieuse : " A ma chère Adoline, pour la consoler de l'ingratitude de certaines personnes... " Suprême témoignage sans doute d'une rancune dévote... Quoi ! c'est le livre, le vil petit compagnon de celui-là dont les plus fiers ne peuvent dire qu'ils ont soutenu sans embarras le regard posé sur leur propre pensée — son compagnon — son confident, le confident du saint de Lumbres! Que cherchait-il à travers ces pages toutes pareilles, où l'énorme ennui d'un prêtre oisif s'est peu à peu délivré?

Que cherchait-il, et par-dessus tout, qu'a-t-il trouvé? Sans doute l'abbé Donissan ne nous a laissé aucun ouvrage de doctrine ou de mystique, mais nous possédons quelques-uns de ses sermons, et le souvenir de ses extraordinaires confidences est encore trop vivant au cœur de certains. Aucun de ceux qui l'approchèrent ne mirent en doute son sens aigu du réel, la netteté de son jugement, la souveraine simplicité de ses voies. Nul ne montra plus de défiance aux beaux esprits, ou ne les marqua même à l'occasion d'un trait plus ferme et plus dur. Si délaissé qu'on le suppose à cette époque de sa vie, comment croire que ces pieux calembours aient nourri son oraison? A-t-il prononcé vraiment sans dégoût ces prières ostentatoires, respiré la détestable chimie des bouquets spirituels, pleuré ces larmes de théâtre? Priait-il ou, croyant prier, ne priait-il déjà plus?

On referme ce petit livre avec dégoût : le frôlement du drap malpropre agace encore les doigts. On voudrait connaître, chercher dans un regard humain le secret de la force dérisoire dont la plus claire des âmes fut un moment obscurcie. Hé quoi? La grâce même de Dieu peut-elle être ainsi dupée? Chacun verra-t-il toujours, s'il tourne la tête, derrière lui son ombre, son double, la bête qui lui ressemble et l'observant en silence? Comme ce petit livre est lourd!

C'est ainsi que la malice qui le poursuivit d'ailleurs sans relâche jusqu'au dernier jour, réussit alors contre le misérable prêtre la plupart de ses entreprises. Après l'avoir engagé dans des travaux à la fois accablants et absurdes, perfidement présentés à sa conscience comme un système ingénieux de sacrifice et de renoncement, l'ayant ainsi dépouillé de toute consolation du dehors, elle s'attaquait maintenant à l'homme intérieur.

De jour en jour le cruel travail est plus facile et plus prompt. Enragé de se détruire, le paysan têtu finit par devenir contre lui-même un raisonneur assez subtil. Nul acte dans son humble

vie dont il ne scrute les mobiles, où il ne découvre l'intention
d'une volonté pervertie, nul repos qu'il ne méprise et repousse,
nulle tristesse qu'il n'interprète aussitôt comme un remords,
car tout en lui et hors de lui porte le signe de la colère.

. . . .

Mais l'heure était venue sans doute où l'œuvre cruelle
porterait son fruit, développerait sa pleine malice. O fous que
nous sommes de ne voir dans notre propre pensée, que la
parole incorpore pourtant sans cesse à l'univers sensible,
qu'un être abstrait dont nous n'avons à craindre aucun péril
proche et certain! O l'aveugle qui ne se reconnaît pas dans
l'étranger rencontré face à face, tout à coup, déjà ennemi par
le regard et le pli haineux de la bouche, ou dans les yeux de
l'étrangère!

L'abbé Donissan se leva et, fixant un moment le paysage,
aux trois quarts englouti dans l'ombre, il se sentit troublé par
une espèce d'inquiétude, qu'il surmonta d'abord aisément.
Devant lui, la route plongeait maintenant vers la vallée, entre
deux hauts talus, semés d'une herbe courte et rare. Soit qu'ils
le protégeassent tout à fait du vent (qui, le soleil couché, s'était
élevé de nouveau), soit pour toute autre cause, le profond,
l'épais silence n'était plus traversé d'aucun bruit. Et bien que
la ville fût proche, et l'heure peu avancée, il n'entendait, en
prêtant l'oreille, que le vague frémissement de la terre, perceptible à peine, et si monotone que l'extraordinaire silence s'en
trouvait accru. D'ailleurs, ce murmure même cessa.

Il se mit à marcher — ou plutôt il lui sembla depuis qu'il
avait marché très vite, sur une route irréprochablement unie,
à pente très douce, au sol élastique. Sa fatigue avait disparu et
il se retrouvait, à la fin de sa longue course, remarquablement
libre et léger. Surtout, la liberté de sa pensée l'étonna. Certaines
difficultés qui l'obsédaient depuis des semaines s'évanouirent,
sitôt qu'il essaya seulement de les formuler. Des chapitres
entiers de ses livres, si péniblement lus et commentés, qu'il
arrachait ordinairement comme par lambeaux de sa mémoire,
se présentaient tout à coup dans leur ordre, avec leurs titres,
leurs sous-titres, l'alignement de leurs paragraphes et jusqu'à

leurs notes marginales. Toujours marchant, courant presque,
il s'avisa de quitter la grande route pour couper au court par les
sentiers de la Ravenelle qui, longeant le cimetière, débouche
au seuil même de l'église. Il s'y engagea sans seulement ralentir
son pas. Habituellement creusé jusqu'au plein de l'été par de
profondes ornières, où dort une eau chargée de sel, le chemin
n'est guère suivi que par les pêcheurs et les bouviers. A la
grande surprise de l'abbé Donissan, le sol lui en parut uni et
ferme. Il s'en réjouit. Bien que l'extraordinaire activité, la
libre effervescence de sa pensée l'eût comme enivré, son regard
attendait au passage quelques détails familiers, à travers la
nuit, la tache d'un buisson, un détour brusque, l'abaissement
du talus dans sa course vers le ciel noir, la cabane du canton-
nier. Mais, après avoir marché assez longtemps, il fut surpris
de sentir, au contraire de ce qu'il attendait, sous ses pas une
pente légère, soudain plus roide, puis l'herbe drue d'un pré.
Levant les yeux, il reconnut la route quittée un instant plus tôt.
Peut-être s'était-il engagé, sans le voir, dans un chemin de
traverse qui l'avait insensiblement ramené au point de départ,
le dos à la ville? Car il vit très nettement (pourquoi si nettement dans la nuit close?...) les premières maisons du faubourg.

" Quel contretemps ", pensa-t-il, mais sans déception ni
colère.

Il se remit en marche aussitôt, bien décidé à ne plus quitter
la grande route. Il marchait cette fois lentement, tenant son
regard fixé devant lui, sentant à chaque pas, sous ses grosses
semelles, grincer le sable trempé de pluie. Les ténèbres étaient
si épaisses que, si loin que portât son regard, il ne découvrait
non seulement aucune clarté, mais aucun reflet, aucun de ces
frémissements visibles qui sont, dans la nuit la plus profonde,
comme le rayonnement de la terre vivante, la lente corruption,
jusqu'au jour, du jour détruit. Il avançait cependant avec une
assurance accrue, enveloppé, pressé dans cette nuit noire qui
s'ouvrait et se refermait derrière lui si étroitement qu'elle semblait peser. Mais il n'en ressentait toutefois aucune angoisse.
Il marchait d'un pas sûr et ralenti. Bien qu'ordinairement il ne
s'approchât du confessionnal qu'avec beaucoup de crainte et
de scrupule, il ne s'étonnait pas de ne sentir cette fois qu'un

mouvement d'impatience presque joyeux. L'agilité de sa
réflexion était telle qu'il en éprouvait comme une impression
physique, cette excitation à fleur de peau, le besoin de dépenser
en activité musculaire un trop-plein de pensées et d'images,
la légère fièvre que connaissent bien les raisonneurs et les
amants. Il presse le pas, de nouveau, sans s'en douter. Et
toujours la nuit s'ouvre et se referme. La route s'allonge et
glisse sous lui, comme si elle le portait — droite et facile, d'une
pente si douce... Il est alerte, dispos, léger, ainsi qu'après un
bon sommeil dans la fraîcheur du matin. Voici le dernier tournant. D'un regard rapide il cherche la petite maison de briques
roses, au croisement de la grande route et du chemin qu'il a
sans doute dépassé tout à l'heure sans le voir. Mais il ne
découvre rien de distinct, ni chemin ni maison — et, dans la
ville proche, pas une lueur. Il s'arrête, non pas inquiet, mais
curieux... Alors — mais alors seulement — dans le silence,
il entendit son cœur battre à coups rapides et durs. Et il s'aperçut qu'il ruisselait de sueur.

En même temps, l'illusion qui l'avait soutenu jusqu'alors se
dissipant tout à coup, il se sentit recru de fatigue, les jambes
raides et douloureuses, les reins brisés. Ses yeux, qu'il avait
tenus grands ouverts dans les ténèbres, étaient maintenant
pleins de sommeil.

" J'escaladerai le talus, se disait-il; il est impossible que je
ne trouve pas là-haut ce que je cherche. Le moindre signe
me permettra bien de m'orienter... "

Il répétait mentalement la même phrase avec une insistance
stupide. Et il souffrit étrangement dans tout son corps lorsque,
se décidant enfin, il se hissa des mains et des genoux dans
l'herbe glacée. Se dressant debout, en gémissant, il fit encore
quelques pas, cherchant à deviner la ligne de l'horizon, tournant sur lui-même. Et à sa profonde surprise il se retrouva au
bord d'un champ inconnu dont la terre, récemment retournée,
luisait vaguement. Un arbre, qui lui parut immense, tendait
au-dessus de lui ses rameaux invisibles dont il entendait seulement le bruissement léger. Au-delà d'un petit fossé qu'il
franchit, le sol plus ferme et plus clair, entre deux lignes
sombres, décelait la route. Du talus gravi, plus trace. De tous

côtés la plaine immense, devinée plutôt qu'entrevue, confuse,
à la limite de la nuit, vide.

Il ne sentait pas la peur; il était moins inquiet qu'irrité. Toutefois sa fatigue était si grande que le froid l'avait saisi : il
grelottait dans sa soutane trempée de sueur. Il se laissa glisser,
au hasard, incapable de rester debout plus longtemps. Puis il
ferma les yeux. Soudain, jusque dans l'accablement du sommeil,
une certaine inquiétude le sollicita. Avant que de pouvoir être
formulée, elle s'empara de lui tout entier. Elle était comme un
cauchemar lucide, qui rongeait peu à peu son sommeil, l'éveil-
lant par degrés. Cependant, plus qu'à demi conscient, il n'osait
ouvrir les yeux. Il avait la certitude absolue que le premier
regard jeté autour de lui donnerait à sa crainte vague et confuse
un objet. Lequel? Écartant enfin les mains, dont il tenait les
paumes sur ses paupières serrées, il se tint une seconde prêt à
soutenir le choc d'une vision imprévue et terrible. Regardant
brusquement devant lui, il s'aperçut simplement qu'il était
revenu, pour la deuxième fois, à son point de départ, exactement.

Sa surprise fut si grande, si prompte la déception même de
sa crainte, qu'il resta une seconde encore ridiculement accroupi
dans la boue froide, incapable d'aucun mouvement, d'aucune
pensée. Puis il s'avisa d'inspecter le terrain autour de lui. Il
marchait de long en large, courbé en deux, tâtant parfois le
sol de ses mains, s'efforçant de retrouver sa propre trace, de la
suivre pas à pas jusqu'au point mystérieux où il avait dû quitter
la bonne voie pour, insensiblement, lui tourner le dos. Bien
qu'il dominât sa crainte, déjà il en était à ne pouvoir continuer
sa route sans avoir trouvé le mot de l'énigme — et il fallait
qu'il le trouvât. Vingt fois il tenta de rompre le cercle, vainement. A quelque distance toute trace cessait et il dut convenir
qu'il avait marché dans l'herbe du bas côté — assez drue pour
que son passage n'y eût laissé aucun indice. Il remarqua aussi
que dans un rayon de quelques mètres le sol était littéralement
piétiné. Un découragement absurde, un désespoir presque
enfantin lui fit monter les larmes aux yeux.

Nul, moins que le saint de Lumbres ne fut ce que les modernes appellent, dans leur jargon, un émotif. Peu à peu les

illusions et les tromperies de cette nuit n'apparaissent à sa
simplicité que comme des obstacles à vaincre. Une fois de
plus il s'engage dans le chemin, descend la pente, d'abord
lentement, puis plus vite, et plus vite encore, enfin tout courant. Il se croit encore maître de lui, et ce n'est déjà plus vers
son but qu'il se hâte, c'est à la nuit, à sa terreur qu'il tourne le
dos : son dernier effort est une fuite inconsciente. Depuis longtemps n'eût-il déjà pas dû atteindre la petite ville inaccessible? Chaque minute de retard est donc une minute inexplicable.

De nouveau les deux talus noirs surgissent, s'abaissent, se
relèvent et, lorsqu'ils disparaissent tout à fait, à peine s'il
devine la plaine invisible, tandis qu'un vent froid et glacé,
sans aucun bruit, le frappe au visage... Il est sûr d'être déjà
hors du chemin, sans qu'il puisse comprendre à quel instant
il l'a quitté. Il court plus fort, d'ailleurs poussé en avant par
la pente, le dos arrondi, sa soutane drôlement troussée sur ses
jambes maigres — ridicule fantôme, si drôlement actif et gesticulant, à travers les choses immobiles. Tête basse, il s'écroule
enfin sur une muraille molle et froide, que ses mains pressent;
il glisse doucement sur le côté, dans la boue, en fermant les
yeux. Et, avant de les ouvrir, il sait déjà qu'il est *revenu*.

Il ne se révolte pas encore. Il se relève, avec un profond
soupir et, d'un geste des épaules, comme pour assujettir son
fardeau, se remet en marche, tournant décidément le dos. Il
avance d'un pas régulier, docile, dans la terre qui colle à ses
semelles, enjambe des haies basses, une clôture en fil de fer,
évite d'autres obstacles, à tâtons, sans tourner la tête, de
nouveau infatigable. Il ne délire pas du tout; il ne se propose
aucun but singulier; il accepte comme une aventure ordinaire
ce voyage si étrangement interrompu et ne songe bonnement
qu'à rentrer le plus vite possible là-bas, au presbytère de
Campagne, avant le jour. Il a décidé simplement de refaire,
à rebours, son long voyage. Si l'abbé Menou-Segrais se dressait tout à coup devant lui, nul doute qu'après l'avoir poliment salué il lui conterait l'affaire en peu de mots, comme on
rend compte d'un contretemps seulement fâcheux.

Après un dernier fossé franchi, le voilà maintenant sur un chemin de terre, fort étroit, à peine tracé, au milieu des labours. Il se souvient de l'avoir suivi, peut-être, — une heure ou deux plus tôt. Mais *alors il était seul*, semble-t-il...

Car depuis un moment (pourquoi ne l'avouerait-il point?) *il n'est plus seul*. Quelqu'un marche à ses côtés. C'est sans doute un petit homme, fort vif, tantôt à droite, tantôt à gauche, devant, derrière, mais dont il distingue mal la silhouette — et qui trotte d'abord sans souffler mot. Par une nuit si noire, ne pourrait-on s'entraider? A-t-on besoin de se connaître pour aller de compagnie, à travers ce grand silence, cette grande nuit?

— Une grande nuit, hein? dit tout à coup le petit homme.

— Oui, monsieur, répond l'abbé Donissan. Nous sommes encore loin du jour.

C'est certainement un jovial garçon, car sa voix, sans aucun éclat, a un accent de gaieté secrète, véritablement irrésistible. Elle achève de rassurer le pauvre prêtre. Même il craint que sa brève réponse n'ait fâché le joyeux compagnon, plein de bonne humeur. Qu'une parole humaine peut être agréable à entendre ainsi, à l'improviste, et qu'elle est douce! L'abbé Donissan se souvient qu'il n'a pas d'ami.

— J'estime, prononce alors le noir petit marcheur, que l'obscurité rapproche les gens. C'est une bonne chose, une très bonne chose. Quand il n'y voit goutte, le plus malin n'est pas fier. Une supposition que vous m'ayez rencontré en plein midi : vous passiez sans seulement tourner la tête... Et ainsi donc, vous venez d'Étaples?

Sans attendre la réponse, il précède rapidement son compagnon, empoigne le fil barbelé d'une clôture invisible, le tient poliment levé à bout de bras pour faciliter le passage. Puis il reprend, de sa joyeuse voix un peu sourde :

— Ainsi, vous venez d'Étaples, et vous allez sans doute à Cumières?... ou Chalindry?... ou Campagne?...

— A Campagne, répond le vicaire, qui évite ainsi de mentir.

— Je ne vous accompagnerai pas jusque-là, reprend-il en riant à petits coups, d'un rire amical... Nous coupons au court, à travers champs, vers Chalindry : je connais les clôtures; j'irais les yeux fermés.

— Je vous remercie, dit l'abbé Donissan, débordant de reconnaissance. Je vous remercie de votre obligeance et de votre charité. Tant d'étrangers m'eussent laissé sans secours : il y a de bonnes gens auxquels ma pauvre soutane fait peur.

Le petit homme siffle avec dédain :

— Des nigauds, fait-il, des ignorants, des culs-terreux qui ne savent pas lire. J'en rencontre assez souvent, sur les marchés, dans les foires de Calais jusqu'au Havre. Que de bêtises on entend! Que de misères! J'ai un frère de ma mère prêtre, moi qui vous parle.

Il se pencha de nouveau vers une haie épaisse et courte, hérissée d'épines; après l'avoir tâtée, reconnue de ses longs bras agiles, entraînant le vicaire sur la droite, avec une vivacité singulière, il découvrit une large brèche et, s'effaçant pour le laisser passer :

— Constatez vous-même, fit-il, je n'ai pas besoin d'y voir. Un autre que moi, par une nuit pareille, tournerait en rond jusqu'au matin. Mais ce pays-ci m'est connu.

— L'habitez-vous? demanda presque timidement le vicaire de Campagne (car, à mesure qu'il s'éloignait de la ville dont l'avait détourné une succession d'événements inexplicables, une terreur comme apaisée, sourde, mêlée de honte — pareille au souvenir d'un rêve impur — pénétrait profondément son cœur et la pointe enfin détournée, le laissait faible, hésitant, avec le désir enfantin d'une présence secourable, certaine, d'un bras à serrer).

— Je n'habite nulle part, autant dire, avoua l'autre. Je voyage pour le compte d'un marchand de chevaux du Boulonnais. J'étais à Calais avant-hier : je serai jeudi à Avranches. Oh! la vie est dure, et je n'ai pas le temps de prendre racine nulle part.

— Êtes-vous marié? interrogea de nouveau l'abbé Donissan.

Il éclata de rire :

— Marié avec la misère. Où voulez-vous que je trouve le loisir de penser sérieusement à tout ça? On va, on vient, on ne s'attache pas. On prend son plaisir en passant.

Il se tut, puis reprit avec embarras :

— Je vous demande pardon : ça n'est pas des choses à dire à un homme comme vous. Appuyez franchement sur la droite : il y a près d'ici un fond plein d'eau.

Cette sollicitude émeut de nouveau l'abbé Donissan. Il marche à présent d'un pas très rapide, presque sans fatigue. Mais à mesure que la fatigue se dissipe une autre faiblesse s'insinue en lui, prend possession, pénètre sa volonté d'un attendrissement si lâche, si poignant! Des paroles montent à ses lèvres que sa conscience contrôle vaguement.

— Le bon Dieu vous récompensera de votre peine, dit-il. C'est lui qui vous a mis sur mon chemin, en un moment où le courage m'abandonnait. Car cette nuit a été pour moi une dure et longue nuit, plus dure et plus longue que vous ne pouvez l'imaginer.

C'est tout juste s'il retient encore le récit naïf, insensé, de sa dernière aventure. Il voudrait parler, se confier, contempler dans un regard, même inconnu, mais amical, compatissant, sa propre inquiétude, le doute qui déjà l'assaille, l'horrible rêve. Toutefois, le regard qu'il rencontre, en levant les yeux, est plus étonné que compatissant.

— Voyager par une nuit sans lune n'est jamais bien agréable, répond évasivement l'étranger. D'Étaples à Campagne, je pense, il y a bien quatre lieues de mauvaise route. Et sans moi l'étape était forcément plus longue encore. Le raccourci nous fait gagner deux kilomètres au moins. Mais nous voici sur la route de Chalindry.

(La route, blême dans la nuit, s'enfonce toute droite à travers la plaine informe.)

— Je vous laisserai continuer seul tout à l'heure, ajouta-t-il, comme avec regret. Êtes-vous d'ailleurs si pressé de regagner Campagne?

— J'ai déjà trop tardé, répond le futur curé de Lumbres. Beaucoup trop.

— Je vous aurais demandé... il eût été possible... préférable même... d'attendre le jour chez moi, dans une petite bicoque que je connais bien — en lisière du bois de la Saugerie

— une forte cabane de charbonniers avec un âtre, et tout ce qu'il faut pour faire du feu.

Mais l'invitation est formulée du bout des lèvres. Et l'hésitation de la voix jusqu'alors si claire et si franche surprend l'abbé Donissan.

— Il redoute bien que je n'accepte, pense-t-il avec tristesse. Qu'il a hâte de m'écarter de son chemin, lui aussi!

Cette humble évidence verse tout à coup dans son cœur un flot d'amertume. Sa déception est de nouveau si grande, son désespoir si soudain, si véhément qu'une telle disproportion de l'effet à la cause inquiète tout de même ce qui lui reste encore de bon sens ou de raison, à travers son délire grandissant.

(Mais s'il peut retenir telle parole imprudente, comment tarir ce flot de larmes?)

— Arrêtons-nous un moment, propose le maquignon, détournant discrètement les yeux du pauvre prêtre secoué de sanglots. Ne vous gênez pas : c'est la fatigue, vous êtes rendu. Je connais ça : d'une manière ou d'une autre, il faut que ça crève.

Mais il ajoute aussitôt, riant à demi :

— Sans reproche, monsieur le curé, vous venez de loin! vous avez quelques lieues dans les jambes!...

Il étend par terre, à la crête d'un talus, son manteau de gros drap. Il y couche presque de force son compagnon.

Que le geste de ce rude Samaritain est attentif, délicat, fraternel! Quel moyen de résister tout à fait à cette tendresse inconnue? Quel moyen de refuser à ce regard ami la confidence qu'il attend?

Et toutefois le misérable prêtre, si étrangement humilié, résiste encore, rassemble ses dernières forces. Si épaisse que soit la nuit qui l'enveloppe, au-dehors et au-dedans, il se juge avec sévérité, s'estime puéril et lâche, déplore ce ridicule scandale, l'odieux de ces larmes stupides. Qu'il le veuille ou non, il est difficile de ne point rattacher cette aventure, à peine moins mystérieuse, à l'égarement qui, quelques heures plus tôt, l'arrêtait en chemin, l'écartait incompréhensiblement de son but... Et cependant, d'autre part, pourquoi cette dernière rencontre ne serait-elle point un secours, une rémission? Ne peut-il attendre humblement conseil de l'homme de bonne volonté qui, en l'assistant, pratique, sans la pouvoir nommer peut-être, la charité de l'Évangile?... Ah! il est trop dur de se taire, de repousser une main tendue!

Il la prend, cette main, il la presse, et aussitôt son cœur s'échauffe étrangement dans sa poitrine. Ce qui lui paraissait encore, une minute avant, naïf ou dangereux, lui semble à présent judicieux, nécessaire, indispensable. L'humilité dédaigne-t-elle aucun secours?

— Je ne sais, commença le vicaire de Campagne, je ne sais comment vous faire comprendre... excuser... Mais à quoi bon?... Vous jugerez mieux ainsi de ma misère... Hélas! Monsieur, il est dur de penser qu'un pauvre prêtre tel que moi — si lâche — si aisément terrassé, n'en a pas moins la mission d'éclairer le prochain, de relever son courage... Quand Dieu me délaisse...

Il secoua la tête, fit un effort pour se dresser debout et, pesamment, retomba.

— Vous êtes allé jusqu'au bout de vos forces, répliqua paisiblement l'étranger. Il faut seulement patienter. Un bon remède, la patience, l'abbé... Moins brutal que bien d'autres, mais tellement plus sûr!

— La patience..., commença l'abbé Donissan d'une voix déchirante. La patience...

Il inclinait presque malgré lui la tête sur l'épaule de son singulier compagnon. Sa main n'avait point lâché non plus le bras déjà familier. Le vertige ceignait sa tête d'une couronne souple, et pourtant resserrée peu à peu, inflexible. Puis il défaillit, les yeux grands ouverts, parlant en rêve...

— Non! ce n'est pas la fatigue qui m'eût accablé à ce point : je suis fort, robuste, capable de lutter longtemps — mais pas contre certains — pas de cette manière, en vérité...

Il lui sembla qu'il glissait dans le silence, d'une chute oblique, très douce. Puis tout à coup, la durée même de ce glissement l'effraya; il en mesura la profondeur. D'un geste instinctif, prompt comme sa crainte, il se hissa des deux mains vers l'épaule qui ne plia point.

La voix, toujours amicale, mais qui sonna terriblement à ses oreilles, disait :

— Ce n'est qu'un étourdissement... là... rien de plus... Appuyez-vous sur moi : ne craignez rien! Ah! vous avez rudement marché! Que vous êtes las! Il y a longtemps que je vous suis, que je vous vois faire, l'ami! J'étais sur la route, derrière vous, quand vous la cherchiez à quatre pattes... votre route... Ho! Ho!...

— Je ne vous ai pas vu, murmura l'abbé Donissan... Est-ce possible? Étiez-vous là vraiment? Sauriez-vous me dire...?

Il n'acheva pas. Le glissement reprit d'une chute sans cesse accélérée, perpendiculaire. Les ténèbres où il s'enfonçait sifflaient à ses oreilles comme une eau profonde.

Écartant les mains, il étreignit des deux bras les solides épaules, il s'y cramponna de toutes ses forces. Le torse qu'il pressait ainsi était dur et noueux comme un chêne. Sous le choc, il ne vacilla pas d'une ligne. Et le visage du pauvre prêtre sentit le relief et la chaleur d'un autre visage inconnu.

En une seconde, pour une fraction presque imperceptible de temps, toute pensée l'abandonna — seulement sensible à l'appui rencontré — à la densité, à la fixité de l'obstacle qui le retenait ainsi au-dessus d'un abîme imaginaire. Il y pesait de tout son poids avec une sécurité accrue, délirante. Son vertige, comme dissous au creux de sa poitrine par un feu mystérieux, s'écoulait lentement de ses veines.

C'est alors, c'est à ce moment même, et tout à coup, bien qu'une certitude si nouvelle ne s'étendît que progressivement dans le champ de la conscience, c'est alors, dis-je, que le vicaire de Campagne connut que, ce qu'il avait fui tout au long de cette exécrable nuit, il l'avait enfin rencontré.

Était-ce la crainte? Était-ce la conviction désespérée que ce qui devait être était enfin, que l'inévitable était accompli? Était-ce cette joie amère du condamné qui n'a plus rien à espérer ni à débattre? Ou n'était-ce pas plutôt le pressentiment de la destinée du curé de Lumbres? En tout cas, il fut à peine surpris d'entendre la voix qui disait :

— Calez-vous bien... ne tombez pas, jusqu'à ce que ce

petit accès soit passé. Je suis vraiment votre ami — mon camarade — je vous aime tendrement.

Un bras ceignait ses reins d'une étreinte lente, douce, irrésistible. Il laissa retomber tout à fait sa tête, pressée au creux
de l'épaule et du cou, étroitement. Si étroitement qu'il sentait
sur son front et sur ses joues la chaleur de l'haleine.

— Dors sur moi, nourrisson de mon cœur, continuait la
voix sur le même ton. Tiens-moi ferme, bête stupide, petit
prêtre, mon camarade. Repose-toi. Je t'ai bien cherché, bien
chassé. Te voilà. Comme tu m'aimes! Mais comme tu m'aimeras
mieux encore, car je ne suis pas près de t'abandonner, mon
chérubin, gueux tonsuré, vieux compagnon pour toujours!

C'était la première fois que le saint de Lumbres entendait,
voyait, touchait celui-là qui fut le très ignominieux associé
de sa vie douloureuse, et, si nous en croyons quelques-uns
qui furent les confidents ou les témoins d'une certaine épreuve
secrète, que de fois devra-t-il l'entendre encore, jusqu'au
définitif élargissement! C'était la première fois, et pourtant il
le reconnut sans peine. Il lui fut même refusé de douter à
cette minute de ses sens ou de sa raison. Car il n'était pas de
ceux qui prêtent naïvement au bourreau familier, présent à
chacune de nos pensées, nous couvant de sa haine, bien qu'avec
patience et sagacité, le port et le style épiques... Tout autre que
le vicaire de Campagne, même avec une égale lucidité, n'eût
pu réprimer, dans une telle conjoncture, le premier mouvement
de la peur, ou du moins la convulsion du dégoût. Mais lui,
contracté d'horreur, les yeux clos, comme pour recueillir au-
dedans l'essentiel de sa force, attentif à s'épargner une agitation vaine, toute sa volonté tirée hors de lui ainsi qu'une épée
du fourreau, il tâchait d'épuiser son angoisse.

Toutefois, lorsque, par une dérision sacrilège, la bouche
immonde pressa la sienne et lui vola son souffle, la perfection
de sa terreur fut telle que le mouvement même de la vie s'en
trouva suspendu, et il crut sentir son cœur se vider dans ses
entrailles.

— Tu as reçu le baiser d'un ami, dit tranquillement le
maquignon, en appuyant ses lèvres au revers de la main. Je
t'ai rempli de moi, à mon tour, tabernacle de Jésus-Christ,

cher nigaud! Ne t'effraie pas pour si peu : j'en ai baisé d'autres que toi, beaucoup d'autres. Veux-tu que je te dise? Je vous baise tous, veillants ou endormis, morts ou vivants. Voilà la vérité. Mes délices sont d'être avec vous, petits hommes-dieux, singulières, singulières, si singulières créatures! A parler franc, je vous quitte peu. Vous me portez dans votre chair obscure, moi dont la lumière fut l'essence — dans le triple recès de vos tripes — moi, Lucifer... Je vous dénombre. Aucun de vous ne m'échappe. Je reconnaîtrais à l'odeur chaque bête de mon petit troupeau.

Il écarta le bras dont il étreignait encore les reins de l'abbé Donissan, et s'écarta légèrement, comme pour lui laisser la place où tomber. Le visage du saint de Lumbres avait la pâleur et la rigidité du cadavre. Par sa bouche, relevée aux coins d'une grimace douloureuse qui ressemblait à un effrayant sourire, par ses yeux durement clos, par la contraction de tous ses traits, il exprimait sa souffrance. Mais c'est à peine néanmoins s'il s'inclina légèrement sur le côté. Il restait assis sur le pan du manteau, dans une immobilité sinistre.

L'ayant observé d'un regard oblique, aussitôt détourné, le compagnon fit un imperceptible mouvement de surprise. Puis, reniflant avec bruit, il tira de sa poche un large mouchoir et, le plus simplement du monde, s'essuya le cou et les joues.

— Trêve de plaisanterie, monsieur l'abbé, fit-il. La nuit, à sa fin, est rudement fraîche, dans cette sacrée saison!

Il lui donna sur l'épaule une bourrade amicale, ainsi qu'on pousse par jeu un objet en état d'équilibre instable, ou les enfants cet homme de neige qui s'effondre aussitôt sous leurs huées. Cependant le vicaire de Campagne ne chancela point, mais il ouvrit lentement les yeux. Et, sans qu'aucun des traits de son visage ne se détendît, commença de couler entre ses paupières un regard noir et fixe.

— L'abbé! Monsieur l'abbé! Hé! l'abbé!... appela le maquignon d'une voix forte. Vous passez, l'ami! Vous êtes froid... Hé là!

Il lui prit les deux mains dans une seule de ses larges paumes, et de l'autre il frappait sur elles à petits coups.

— Levez-vous, sacrebleu! Mettez-vous debout, nom de nom! Il y a de quoi se geler le sang, ma parole!

Il glissa les doigts sous la soutane et tâta le cœur. Puis, par une succession de gestes plus rapides, et pour ainsi dire instantanés, il lui toucha le front, les yeux, la bouche. Puis, encore, il reprit les mains entre les siennes, et il souffla dedans son haleine. Chacun de ses mouvements trahissait une hâte un peu fébrile, celle de l'ouvrier qui achève un travail délicat, et craint d'être surpris par la tombée du jour, ou par quelque visite importune. Enfin, tout à coup, ramenant ses mains sur sa propre poitrine, et agité d'un grand frisson, comme s'il eût plongé lentement dans une eau profonde et glacée, il se mit brusquement debout.

— Je résiste au froid, dit-il : je résiste *merveilleusement* au froid et au chaud. Mais je m'étonne de vous voir encore là, sur cette boue glacée, immobile, assis. Vous devriez être mort, ma parole... Il est vrai que vous vous êtes bien agité tout à l'heure, sur la route, mon cher ami... Pour moi, j'ai froid, je l'avoue... J'ai toujours froid... Ce sont là des choses que vous ne me ferez pas aisément dire... Elles sont vraies pourtant... Je suis le Froid lui-même. L'essence de ma lumière est un froid intolérable... Mais laissons cela... Vous voyez devant vous un pauvre homme, avec les qualités et les défauts de son état... un courtier en bidets normands et bretons... un maquignon, qu'ils disent... Laissons cela encore! Ne considérez que l'ami, le compagnon de cette nuit sans lune, un bon copain... N'insistez pas! Ne pensez point obtenir beaucoup d'autres renseignements sur cette rencontre inattendue. Je ne désire que vous rendre service, et que vous m'oubliiez aussitôt. Je ne vous oublierai pas, moi. Vos mains m'ont fait beaucoup de mal... et aussi votre front, vos yeux et votre bouche... Je ne les réchaufferai jamais : elles m'ont littéralement glacé la moelle, gelé les os; ce sont les onctions, sans doute, votre sacré barbouillage d'huiles consacrées — des sorcelleries. N'en parlons plus... Laissez-moi aller... J'ai encore un long ruban de route. Je ne suis pas rendu. Quittons-nous ici. Tirons chacun de notre côté.

Il marchait de long en large, avec agitation, avec colère, gesticulant, mais sans s'écarter de plus de quelques pas. C'est

que l'abbé Donissan le suivait çà et là de son regard ténébreux.
Et maintenant les lèvres ne remuaient plus dans sa face immobile.

Ce que le visage exprimait désormais, c'était d'ailleurs moins
la crainte qu'une curiosité sans bornes. On eût pu dire la
haine, mais la haine suscite une flamme dans le regard humain.
L'horreur, mais l'horreur est passive, et aucun cri d'angoisse
ou de dégoût n'eût desserré les mâchoires refermées sur une
résolution farouche. Le vain appétit de savoir n'a pas non
plus cette dignité souveraine. Encore humble dans son triomphe, à chaque instant plus complet et plus sûr, le vicaire de
Campagne ne doutait point qu'une victoire sur un tel adversaire est toujours précaire, fragile, de peu de durée. Qu'importe de voir un instant l'ennemi à ses pieds, à sa merci ? Mais
c'est là le tueur d'âmes, auquel il faut arracher quelqu'un
de ses secrets.

Tout à coup l'étrange marcheur s'arrêta net, comme s'il
eût, dans ses gesticulations, resserré d'invisibles liens, tel
un taureau garrotté. Sa voix, un moment plus tôt montée
jusqu'au ton le plus aigu, reprit son habituel accent, et il
prononça les paroles suivantes, avec une certaine simplicité :

— Laisse-moi. Ton expérience est finie. Je ne te savais
pas si fort. Nous nous reverrons plus tard sans doute. Même,
si tu le désires, nous ne nous reverrons plus du tout. Depuis
une minute, je n'ai plus aucun pouvoir sur toi.

Il retira de sa poche le large mouchoir, et s'essuya fréné-
tiquement le visage et les mains. La respiration faisait entre
ses lèvres un sifflement douloureux.

— Ne bredouille pas tes prières. Tais-toi. Ton exorcisme
ne vaut pas un clou. C'est ta volonté que je n'ai pu forcer.
O singulières bêtes que vous êtes !

Il regardait à droite et à gauche avec une inquiétude grandissante. Même il se retourna subitement, et scruta l'ombre,
derrière lui.

— Cette guenille commence à me peser, fit-il encore, en
agitant violemment les épaules. Je me sens mal dans ma gaine
de peau... Donne un ordre, et tu ne trouveras plus rien de
moi, pas même une odeur...

Il resta un long moment, le visage entre ses paumes, comme pour recueillir des forces. Quand il releva la tête, l'abbé Donissan, pour la première fois, vit ses yeux, et gémit.

Celui qui, noué des deux mains à la pointe extrême du mât, perdant tout à coup l'équilibre gravitationnel, verrait se creuser et s'enfler sous lui, non plus la mer, mais tout l'abîme sidéral, et bouillante à des trillions de lieues l'écume des nébuleuses en gestation, au travers du vide que rien ne mesure et que va traverser sa chute éternelle, ne sentirait pas au creux de sa poitrine un vertige plus absolu. Son cœur battit deux fois plus furieusement contre ses côtes, et s'arrêta. Une nausée souleva ses entrailles. Les doigts, d'une étreinte désespérée, seuls vivants dans son corps pétrifié d'horreur, grattèrent le sol comme des griffes. La sueur ruissela entre ses épaules. L'homme intrépide, comme ployé et arraché de terre par l'énorme appel du néant, se vit cette fois perdu sans retour. Et pourtant, à cet instant même, sa suprême pensée fut encore un obscur défi.

Aussitôt, d'une seule poussée, la vie suspendue reprit sa course dans ses veines, ses tempes battirent de nouveau. Le regard, toujours fixé sur le sien, ressemblait à n'importe quel autre regard, et la même voix parlait à ses oreilles, comme si elle ne s'était jamais tue.

— Je vais te quitter, disait-elle. Tu ne me reverras jamais. On ne me voit qu'une fois. Demeure dans ton entêtement stupide. Ah! si vous saviez le salaire que ton maître vous réserve, tu ne serais pas si généreux, car nous seuls — nous, dis-je! — nous seuls ne sommes point ses dupes et, de son amour ou sa haine, nous avons choisi — par une sagacité magistrale, inconcevable à vos cervelles de boue — sa haine... Mais pourquoi t'éclairer là-dessus, chien couchant, bête soumise, esclave qui crée chaque jour son maître!

Se baissant avec une agilité singulière, il prit au hasard un caillou du chemin, le leva vers le ciel entre ses doigts, prononça les paroles de la consécration, qu'il termina par un joyeux hennissement... D'ailleurs, tout se fit avec la rapidité de l'éclair. L'écho du rire parut retentir jusqu'à l'extrême horizon. La pierre rougit, blanchit, éclata soudain d'une

lueur furieuse. Et, toujours riant, il la rejeta dans la boue, où
elle s'éteignit avec un sifflement terrible.

— Cela n'est qu'un jeu, fit-il, un jeu d'enfant. Cela ne vaut
même pas la peine d'être vu. Néanmoins, voici l'heure où
nous devons nous quitter pour toujours.

— Va-t'en! dit le saint de Lumbres. Qui te retient?...

Sa voix était basse et tranquille, avec on ne sait quel frémissement de pitié.

— On nous accueille avec effroi, répondit l'autre d'une
voix également basse, mais on ne nous quitte pas sans
péril.

— Va-t'en, répondit doucement le vicaire de Campagne.

L'affreuse créature fit un bond, tourna plusieurs fois sur
elle-même avec une incroyable agilité, puis fut violemment
lancée, comme par une détente irrésistible, à quelques pas, les
deux bras étendus, ainsi qu'un homme qui chercherait en vain
à rattraper son équilibre. Si grotesque que fût cette cabriole
inattendue, la succession des mouvements, leur violence
calculée, plus encore leur brusque arrêt avaient je ne sais
quelle singularité qui ne prêtait pas à rire. L'obstacle invisible
contre lequel le noir lutteur s'était tout à coup heurté n'était
certes pas ordinaire, car, bien qu'il eût paru en esquiver le
choc avec une souplesse infinie, dans le grand silence, imperceptiblement, mais jusque dans ses profondeurs, le sol trembla
et gémit.

Il recula lentement, tête basse, et s'assit sans bruit, comme
humblement.

— Vous me tenez donc, dit-il en haussant les épaules.
Jouissez de votre pouvoir tout le temps qui vous est
donné.

— Je n'ai aucun pouvoir, répondit l'abbé Donissan, avec
tristesse : pourquoi me tenter? Non! cette force ne vient pas
de moi, et tu le sais. Cependant je t'observe depuis un moment
avec quelque profit. Ton heure est venue.

— Cela n'a pas beaucoup de sens, repartit l'autre, doucement. De quelle heure parlez-vous? Est-il encore une heure
pour moi?

— Il m'est donné de te voir, prononça lentement le saint

de Lumbres. Autant que cela est possible au regard de l'homme, je te vois. Je te vois écrasé par ta douleur, jusqu'à la limite de l'anéantissement — qui ne te sera point accordé, ô créature suppliciée!

A ce dernier mot, le monstre roula de haut en bas du talus sur la route, et se tordit dans la boue, tiré par d'horribles spasmes. Puis il s'immobilisa, les reins furieusement creusés, reposant sur la tête et sur les talons, ainsi qu'un tétanique. Et sa voix s'éleva enfin, perçante, aiguë, lamentable :

— Assez! Assez! chien consacré, bourreau! Qui t'a appris que de tout au monde la pitié est ce que nous redoutons le plus, bête ointe! Fais de moi ce qu'il te plaira... Mais si tu me pousses à bout...

Quel homme n'eût entendu avec effroi cette plainte proférée avec des mots — et cependant hors du monde? Quel homme n'eût au moins douté de sa raison? Mais le saint de Lumbres, son regard fixé vers le sol, ne songeait qu'à celles des âmes que celui-ci avait perdues...

Tout le temps que dura l'oraison, l'autre continua de gémir et de grincer, mais avec une force décroissante. Lorsque le vicaire de Campagne se releva, il se tut tout à fait. Il gisait, pareil à une dépouille.

— Que me voulais-tu, cette nuit? demanda l'abbé Donissan, avec autant de calme que s'il se fût adressé à quelqu'un de ses familiers.

De la dépouille immobile une nouvelle voix monta :

— Il nous est permis de t'éprouver, dès ce jour et jusqu'à l'heure de ta mort. D'ailleurs, qu'ai-je fait moi-même, sinon obéir à un plus puissant? Ne t'en prends pas à moi, ô juste, ne me menace plus de ta pitié.

— Que me voulais-tu? répéta l'abbé Donissan. N'essaie pas de mentir. J'ai le moyen de te faire parler.

— Je ne mens pas. Je te répondrai. Mais relâche un peu ta prière. A quoi bon, si j'obéis? Il m'a envoyé vers toi pour t'éprouver. Veux-tu que je te dise de quelle épreuve? Je te le dirai. Qui te résisterait, ô mon maître?

— Tais-toi, répondit l'abbé Donissan, avec le même calme.

L'épreuve vient de Dieu. Je l'attendrai, sans en vouloir rien apprendre, surtout d'une telle bouche. C'est de Dieu que je reçois à cette heure la force que tu ne peux briser.

Au même instant, ce qui se tenait devant lui s'effaça, ou plutôt les lignes et contours s'en confondirent dans une vibration mystérieuse, ainsi que les rayons d'une roue qui tourne à toute vitesse. Puis ces traits se reformèrent lentement.

Et le vicaire de Campagne vit soudain devant lui son double, une ressemblance si parfaite, si subtile, que cela se fût comparé moins à l'image reflétée dans un miroir qu'à la singulière, à l'unique et profonde pensée que chacun nourrit de soi-même.

Que dire? C'était son visage pâli, sa soutane souillée de boue, le geste instinctif de sa main vers le cœur; c'était là son regard, et, dans ce regard, il lisait la crainte. Mais jamais sa propre conscience, dressée pourtant à l'examen particulier, ne fût parvenue, à elle seule, à ce dédoublement prodigieux. L'observation la plus sagace, tournée vers l'univers intérieur, n'en saisit qu'un aspect à la fois. Et ce que découvrait le futur saint de Lumbres, à ce moment, c'était l'ensemble et le détail, ses pensées, avec leurs racines, leurs prolongements, l'infini réseau qui les relie entre elles, les moindres vibrations de son vouloir, ainsi qu'un corps dénudé montrerait dans le dessin de ses artères et de ses veines le battement de la vie. Cette vision, à la fois une et multiple, telle que d'un homme qui saisirait du regard un objet dans ses trois dimensions, était d'une perfection telle que le pauvre prêtre se reconnut, non seulement dans le présent, mais dans le passé, dans l'avenir, qu'il reconnut toute sa vie... Hé quoi! Seigneur, sommes-nous ainsi transparents à l'ennemi qui nous guette? Sommes-nous donnés si désarmés à sa haine pensive?...

Un moment, ils restèrent ainsi, face à face. L'illusion était trop subtile pour que l'abbé Donissan ressentît proprement de la terreur. Quelque effort qu'il fît, il ne lui était pas tout à fait possible de se distinguer de son double, et pourtant il gardait à demi le sentiment de sa propre unité. Non : ce n'était point de la terreur, mais une angoisse, d'une pointe si aiguë, que l'entreprise de sommer cette apparence, ainsi qu'un ennemi revêtu de sa propre chair, lui parut presque insensée. Il l'osa cependant.

— Retire-toi, Satan! dit-il, les dents serrées...

Mais les mots s'étranglèrent dans sa gorge et sa main tremblait encore quand il la dressa contre lui-même. Il saisit pourtant cette épaule, il en sentit l'épaisseur sans mourir d'effroi, il la serra pour la briser, il la pétrit dans ses doigts avec une fureur soudaine. Son visage était devant lui, devant lui son propre regard, son souffle sur sa joue, sa chaleur sous sa paume. Puis tout disparut.

De la lamentable dépouille, encore gisante dans la boue, la voix s'éleva de nouveau.

— Tu me brises, tu me mâches, tu me dévores, geignait-elle. Quel homme es-tu donc pour anéantir une vision si précieuse avant de l'avoir seulement contemplée?

— Ce n'est pas *cela* dont j'ai besoin, continua l'abbé Donissan. Que m'importe de me connaître? L'examen particulier, sans autre lumière, suffit à un pauvre pécheur.

Il parlait ainsi, bien que le regret de la vision perdue blessât toutes ses fibres. Le vertige d'une curiosité surnaturelle, désormais sans effet, à jamais, le laissait haletant, vide. Mais il croyait toucher au but.

— Tu es au bout de tes ruses, dit-il à la chose frémissante que son pied repoussait hors de la route. Qui sait le temps dont je dispose encore? Hâtons-nous! Hâtons-nous!

Il se pencha très bas, moins pour prêter l'oreille que par un geste instinctif du zèle qui le dévorait :

— Réponds donc! (Il traça le signe de la croix, non sur l'objet, mais sur sa propre poitrine.) Dieu t'a-t-il donné ma vie? Dois-je mourir ici même?

— Non, dit la voix, du même accent déchirant. Nous ne disposons pas de toi.

— En ce cas, que je vive un jour, ou vingt ans, je devrai t'arracher ton secret. Je te l'arracherai, dussé-je te suivre où sont les tiens. Je ne te crains pas! je n'ai pas peur! Sans doute, tu m'es de nouveau obscur, mais je t'ai vu tout à l'heure, ô supplicié. N'as-tu pas perdu assez d'âmes? Te faut-il encore d'autres proies? Tu es entre mes mains. J'essaierai ce que Dieu m'inspirera. Je prononcerai des paroles dont tu as horreur. Je te clouerai au centre de ma prière comme une chouette. Ou tu renonceras à tes entreprises contre les âmes qui me sont confiées.

A sa grande surprise, et à l'instant même où il croyait donner toute sa force, irrésistiblement, il vit la dépouille s'agiter, s'enfler, reprendre une forme humaine, et ce fut le jovial compagnon de la première heure qui lui répondit :

— Je vous crains moins, toi et tes prières, que celui... (Commencée dans un ricanement, sa phrase s'achevait sur le ton de la terreur.) Il n'est pas loin... Je le flaire depuis un instant... Ho! Ho! que ce maître est dur!

Il trembla de la tête aux pieds. Puis sa tête s'inclina sur l'épaule, et son visage s'éclaira de nouveau, comme s'il entendait décroître le pas ennemi. Il reprit :

— Tu m'as pressé, mais je t'échappe. M'arrêter dans mes entreprises! Fou que tu es! je n'ai pas fini de m'emplir de sang chrétien! Aujourd'hui une grâce t'a été faite. Tu l'as payée cher. Tu la paieras plus cher!

— Quelle grâce? s'écria l'abbé Donissan.

Il eût voulu retenir cette parole, mais l'autre s'en empara aussitôt. La bouche impure eut un frisson de joie.

— Ainsi que tu t'es vu toi-même tout à l'heure (pour la première et dernière fois), ainsi tu verras... tu verras... hé! hé!...

— Qu'entends-tu par là, menteur? cria le vicaire de Campagne.

Comme si le cri de la curiosité, en dépit de l'outrage, l'eût tout à fait rétabli dans son équilibre, remis d'aplomb, l'être étrange se dressa lentement, s'assit avec un calme affecté, boutonna posément sa veste de cuir. Le maquignon picard était à la même place, comme s'il ne l'eût jamais quittée. La main du futur saint de Lumbres retomba. Chose étrange! Après avoir soutenu tant de visions singulières ou farouches, il osait à peine lever les yeux sur cette apparence inoffensive, ce bonhomme si prodigieusement semblable à tant d'autres. Et le contraste de cette bouche à l'accent familier, au pli canaille, et des paroles monstrueuses était tel que rien n'en saurait donner l'idée.

— Ne t'échappe pas si vite. Ne sois pas trop gourmand de nos secrets. Un prochain avenir prouvera si j'ai menti ou non. D'ailleurs, si tu t'étais donné la peine, il n'y a qu'un instant, de voir ce que je te mettais sous les yeux, tu pourrais te dispenser de m'injurier. (Il employa un autre mot.) Tel tu t'es vu toi-même, te dis-je, tel tu verras quelques autres... Quel dommage qu'un don pareil à un lourdaud comme toi!

Il souffla dans ses deux mains jointes, en faisant vibrer les lèvres, ainsi qu'un homme saisi d'un grand froid. Ses yeux riaient dans sa face rougeaude, et leur extrême mobilité, sous les paupières demi-closes, pouvait aussi bien exprimer la joie que le mépris. Mais la joie l'emporta.

— Ho! Ho! Ho! quel embarras! quel silence! disait-il en bégayant... Vous étiez plus fringant tout à l'heure, terrible aux démons, exorciste, thaumaturge, saint de mon cœur!

A chaque éclat de ce rire, l'abbé Donissan tressaillait, pour retomber aussitôt dans une immobilité stupide, son cerveau engourdi ne formant plus aucune pensée.

L'autre se frottait vigoureusement les paumes.

— Quelle grâce?... Quelle grâce?... répétait-il en imitant comiquement sa victime... Dans le combat que tu nous livres, il est facile de faire un faux pas. Ta curiosité te donne à moi pour un moment.

Il s'approcha, confidentiel :

— Vous ignorez tout de nous, petits dieux pleins de suffisance. Notre rage est si patiente! Notre fermeté si lucide! Il est vrai *qu'Il* nous a fait servir ses desseins, car sa parole est irrésistible. Il est vrai — pourquoi le nierais-je? — que notre entreprise de cette nuit paraît tourner à ma confusion... (Ah! quand je t'ai pressé tout à l'heure, sa pensée s'est fixée sur toi et ton ange lui-même tremblait dans la giration de l'éclair!) Cependant, tes yeux de boue n'ont rien vu.

Il s'ébroua dans un rire hennissant :

— Hi! Hi! Hi! De tous ceux que j'ai vus marqués du même signe que toi, tu es le plus lourd, le plus obtus, le plus compact!... Tu creuses ton sillon comme un bœuf, tu bourres sur l'ennemi comme un bouc... De haut en bas, une bonne cible!

Et toujours l'abbé Donissan, secoué de brusques frissons,

le suivait du regard, avec une frayeur muette. Toutefois, quelque chose comme une prière — mais hésitante, confuse, informe — errait dans sa mémoire, sans que sa conscience pût la saisir encore. Et il semblait que son cœur contracté s'échauffait un peu sous ses côtes.

— Nous te travaillerons avec intelligence, poursuivait l'autre. Aie souci de nous nuire. Nous te tarauderons à notre tour. Il n'est pas de rustre dont nous ne sachions tirer parti. Nous te dégraisserons. Nous t'affinerons.

Il approchait sa tête ronde, toute flambante d'un sang généreux.

— Je t'ai tenu sur ma poitrine; je t'ai bercé dans mes bras. Que de fois encore, tu me dorloteras, croyant presser *l'autre* sur ton cœur! Car tel est ton signe. Tel est sur toi le sceau de ma haine.

Il mit les deux mains sur ses épaules, le força à plier les genoux, lui fit toucher le sol des genoux... Mais, tout à coup, d'une poussée, le vicaire de Campagne se rua sur lui. Et il ne rencontra que le vide et l'ombre.

*
* *

De nouveau la nuit s'était faite autour de lui, en lui. Il ne se sentait capable d'aucun mouvement. Il ne vivait que par l'ouïe. Car il entendait des paroles, proférées alentour, mais sans consistance, comme suspendues en l'air, dans l'irréalité d'un rêve. Puis, par un grand effort, il parvint à les rapporter à des êtres vivant et marchant, tout proches. L'un de ces personnages — imaginaires ou non — s'éloigna. Il écouta sa voix décroître, décroître aussi le grincement de ses semelles sur le sable. Enfin il se sentit soulevé, retenu par un bras replié dont la forte étreinte était douloureuse à son épaule. Quelque chose lui meurtrit encore les lèvres et les dents. Un jet de flamme traversa sa gorge et sa poitrine. Le noir où se heurtait son regard s'entrouvrit. Une lueur diffuse naquit lentement dans ses yeux, se précisa lentement. Et il reconnut, posée sur le sol, à quelque distance, une de ces fortes lanternes comme en portent les pêcheurs par les nuits de grand vent. Un inconnu le soutenait d'une main et le faisait boire au goulot d'un bidon de soldat.

— Monsieur l'abbé, dit cet homme, ce n'est pas trop tôt...
— Que me voulez-vous? balbutia l'abbé Donissan.

Il parlait le plus lentement possible et le plus posément. Mais la vision était encore dans son regard et l'homme eut un mouvement de surprise ou d'effroi qui parut incompréhensible au pauvre prêtre accablé.

— Je suis Jean-Marie Boulainville, carrier à Saint-Pré, le frère de Germaine Duflos, de Campagne. Je vous connais bien. Êtes-vous mieux?

Il détournait les yeux d'un air d'embarras mais plein de pitié.

— Je vous ai trouvé sur le chemin, évanoui. Un brave gars de Marelles, un marchand de bidets, retour de la foire d'Étaples, vous avait trouvé avant moi. A nous deux, on vous a porté là.

— Vous l'avez vu? cria l'abbé Donissan. Il est là!

Il s'était levé si brusquement que Jean-Marie Boulainville, heurté, chancela. Mais, interprétant à sa manière un empressement si singulier :

— Avez-vous quelque chose à lui demander? dit cet homme simple. Voulez-vous que je le hèle? Il n'est pas loin, sûrement.

— Non, mon ami, dit le vicaire de Campagne, ne le rappelez pas. Je me sens bien mieux, d'ailleurs. Laissez-moi faire seul quelques pas.

Il s'éloigna en chancelant. Son pas se raffermissait à mesure. Quand il s'approcha de nouveau, il était calme.

— Vous le connaissez? demanda-t-il.
— Qui ça? répondit l'autre, surpris.

Et, se reprenant aussitôt :

— Le gars de Marelles! s'écria-t-il joyeusement. Si je le connais! Le mois passé, à la foire de Fruges, il m'a vendu deux pouliches. Ainsi!... Mais, si vous m'en croyez, monsieur l'abbé, nous ferons côte à côte un bout de chemin. De marcher, ça vous remettra plutôt. Je vais de ce pas aux carrières d'Ailly, où je travaille. D'ici là, vous vous tâterez. Si vous vous sen-

tez plus mal, vous trouverez une voiture, chez Sansonnet, au
cabaret de la Pie voleuse.

— Avançons donc, répondit le futur saint de Lumbres.
J'ai repris mes forces. Tout va très bien, mon ami.

Ils marchèrent ensemble un moment. Et c'est alors que
l'abbé Donissan connut le véritable sens d'une certaine parole
entendue : " Un prochain avenir prouvera si j'ai menti ou non."

Ils allaient, d'abord lentement, puis plus vite, par un chemin
assez dur, si plein d'ornières dès l'automne que les équipages
ne l'empruntaient plus, en hiver, que par les fortes gelées.
Tel quel, il devint bientôt impossible d'y marcher de front.
La carrier prit les devants. Le vicaire de Campagne le suivait
les yeux baissés, attentif aux obstacles, posant bien à plat ses
gros souliers, tout au soin de ne pas retarder la marche de
son compagnon. Son corps tremblait encore de froid, de
fatigue et de fièvre, que sa tragique simplicité oubliait déjà
plus qu'à demi les noirs prodiges de cette extraordinaire
nuit. Ce n'était pas légèreté, sans doute, ni l'hébétude d'un
épuisement extrême. Il en écartait volontairement, bien que
sans grand effort, la pensée. Il en remettait naïvement l'examen à un moment plus favorable, sa prochaine confession,
par exemple. Que d'autres se fussent partagés entre la double
angoisse d'avoir été les jouets de leur folie ou terriblement
marqués pour de grandes et surnaturelles épreuves! Lui,
la première terreur surmontée, attendait avec soumission
une nouvelle entreprise du mal, et la grâce nécessaire de Dieu.
Possédé ou fou, dupe de ses rêves ou des démons, qu'importe,
si cette grâce est due, et sera sûrement donnée?... Il attendait
la visite du consolateur avec la sécurité candide d'un enfant
qui, l'heure venue du repas, lève les yeux sur son père et dont
le petit cœur, même dans l'extrême dénuement, ne peut douter
du pain quotidien.

Ils avaient fait ensemble, en une heure, vers les carrières
d'Ailly, plus que les trois quarts du chemin. La route lui était
inconnue, et il prenait bien garde de ne s'en écarter soit à
droite, soit à gauche. Parfois son pied glissait : la fange limo-
neuse sautait jusqu'à sa face et l'aveuglait. Cette continuelle
tension de l'esprit, jointe à une espèce de résistance intérieure,

la mise en garde instinctive d'une imagination déjà surmenée, détournait sa pensée d'une certaine sensation nouvelle, indéfinissable, qu'il eût été bien en peine d'analyser, même s'il en eût éprouvé le goût. Peu à peu cette sensation devint si vive — ou, pour mieux dire (car elle le sollicitait avec une particulière douceur), si persistante, si continue, qu'il en fut enfin troublé. Venait-elle du dehors ou de lui-même? C'était, au creux de sa poitrine, une chaleur comme immatérielle, une dilatation du cœur. Et c'était aussi quelque chose de plus, d'une réalité si proche, si pressante, qu'il crut un moment que le jour s'était levé, ou encore le clair de lune. Pourquoi n'osait-il cependant lever les yeux?

Car il marchait toujours le regard fixé à terre, les paupières presque closes, ne découvrant aucune lueur, aucun reflet que l'imperceptible miroitement de l'eau boueuse. Et pourtant il eût juré qu'il traversait à mesure une lumière douce et amie, une poussière dorée. Sans se l'avouer, ni le croire peut-être, il redoutait, en levant la tête, de voir se dissiper à la fois son illusion et sa joie. Il ne craignait pas cette joie, il sentait qu'il n'eût pu la fuir avant de l'avoir reconnue, comme il en avait fui tant d'autres. Il était sollicité, non contraint, appelé. Il se défendait mollement, sans remords, sûr de céder tôt ou tard à la force impérieuse, mais bienfaisante. " Je ferai encore dix pas, se disait-il. J'en ferai encore dix autres, les yeux baissés. Puis dix autres encore... " Les talons du carrier sonnaient joyeusement sur un sol plus ferme, asséché. Il les écoutait avec un attendrissement extrême. Il s'avisait peu à peu que cet homme était sûrement un ami, qu'une étroite amitié, une amitié céleste, d'une céleste lucidité, les liait ensemble, les avait sans doute toujours liés. Des larmes lui vinrent aux yeux. Ainsi se rencontraient deux élus, nés l'un pour l'autre, un clair matin, dans les jardins du Paradis.

Ils étaient arrivés au croisement de deux routes; l'une, en pente douce, rejoint le village; l'autre, défoncée par les charrois, descend vers les carrières. On entendait au loin l'appel d'un coq, et des voix d'hommes : d'autres carriers sans doute, se hâtant vers le travail avant le jour... Ce fut à ce moment que l'abbé Donissan leva les yeux.

Était-ce devant lui son compagnon? Il ne le crut pas d'abord. Ce qu'il avait sous les yeux, ce qu'il saisissait du regard, avec une certitude fulgurante, était-ce un homme de chair? A peine si la nuit eût permis de découvrir dans l'ombre la silhouette immobile, et pourtant il avait toujours l'impression de cette lumière douce, égale, vivante, réfléchie dans sa pensée, véritablement souveraine. C'était la première fois que le futur saint de Lumbres assistait au silencieux prodige qui devait lui devenir plus tard si familier, et il semblait que ses sens ne l'acceptaient pas sans lutte. Ainsi l'aveugle-né à qui la lumière se découvre tend vers la chose inconnue ses doigts tremblants, et s'étonne de n'en saisir la forme ni l'épaisseur. Comment le jeune prêtre eût-il été introduit sans lutte à ce nouveau mode de connaissance, inaccessible aux autres hommes? Il voyait devant lui son compagnon, il le voyait à n'en douter pas, bien qu'il ne distinguât point ses traits, qu'il cherchât vainement son visage ou ses mains... Et néanmoins, sans rien craindre, il regardait l'extraordinaire clarté avec une confiance sereine, une fixité calme, non point pour la pénétrer, mais sûr d'être pénétré par elle. Un long temps s'écoula, à ce qu'il lui parut. Réellement, ce ne fut qu'un éclair. Et tout à coup il comprit.

"Ainsi que tu t'es vu toi-même tout à l'heure", avait dit l'affreux témoin. C'était ainsi. Il voyait. Il voyait de ses yeux de chair ce qui reste caché au plus pénétrant — à l'intuition la plus subtile — à la plus ferme éducation : une conscience humaine. Certes, notre propre nature nous est, partiellement, donnée; nous nous connaissons sans doute un peu plus clairement qu'autrui, mais chacun doit *descendre* en soi-même et à mesure qu'il descend les ténèbres s'épaississent jusqu'au tuf obscur, au moi profond, où s'agitent les ombres des ancêtres, où mugit l'instinct, ainsi qu'une eau sous la terre. Et voilà... et voilà que ce misérable prêtre se trouvait soudain transporté au plus intime d'un autre être, sans doute à ce point même où porte le regard du juge. Il avait conscience du prodige, et il était dans le ravissement que ce prodige fût si simple, et sa révélation si douce. Cette effraction de l'âme, qu'un autre que lui n'eût point imaginée sans éclairs et sans tonnerre, à présent qu'elle était accomplie, ne l'effrayait plus. Peut-être s'étonnait-il que la révélation en fût venue si tard. Sans pouvoir l'exprimer (car il ne sut l'exprimer jamais), il sentait que cette connaissance était selon sa nature, que l'intelligence et les facultés dont s'enorgueillissent les hommes y avaient peu de part, qu'elle était seulement et simplement l'effervescence, l'expansion, la dilatation de la charité. Déjà, incapable de se juger digne d'une grâce singulière, exceptionnelle, dans la sincérité de son humble pensée, il était près de s'accuser d'avoir retardé par sa faute cette initiation, de n'avoir pas encore assez aimé les âmes, puisqu'il les avait méconnues. Car l'entreprise était si simple, au fond, et le but si proche, dès que la route était choisie! L'aveugle, quand il a pris possession du nouveau sens qui lui est rendu, ne s'étonne pas plus de toucher du regard le lointain horizon qu'il n'atteignait jadis qu'avec tant de labeur, à travers les fondrières et les ronces.

Toujours le carrier le précédait de son pas tranquille. Un instant, par surprise, l'abbé Donissan fut tenté de le joindre, de l'appeler. Mais ce ne fut qu'un instant. Cette âme tout à coup découverte l'emplissait de respect et d'amour. C'était une âme simple et sans histoire, attentive, quotidienne, occupée de pauvres soucis. Mais une humilité souveraine, ainsi qu'une lumière céleste, le baignait de son reflet. Quelle leçon, pour ce pauvre prêtre tourmenté, obsédé par la crainte, que la découverte de ce juste ignoré de tous et de lui-même, soumis à sa destinée, à ses devoirs, aux humbles amours de sa vie, sous le regard de Dieu! Et une pensée lui vint spontanément, ajoutant au respect et à l'amour une sorte de crainte : *n'était-ce pas devant celui-là, et celui-là seul, que l'autre avait fui?*

Il eût voulu s'arrêter, sans risquer de rompre la délicate et magnifique vision. Il cherchait vainement la parole qui devait être dite. Mais il lui semblait que toute parole était indigne. Cette majesté du cœur pur arrêtait les mots sur ses lèvres. Était-ce possible, était-ce possible qu'à travers la foule humaine, mêlé aux plus grossiers, témoin de tant de vices que sa simplicité ne jugeait point; était-ce possible que cet ami de Dieu, ce pauvre entre les pauvres, se fût gardé dans la droi-

ture et dans l'enfance, qu'il suscitât l'image d'un autre artisan,
non moins obscur, non moins méconnu, le charpentier villageois, gardien de la reine des anges, le juste qui vit le Rédemp-
teur face à face, et dont la main ne trembla point sur la varlope
et le rabot, soucieux de contenter la clientèle et de gagner honnêtement son salaire?

Hélas! pour une part, cette leçon serait vaine. La paix qu'il
ne connaîtra jamais, ce prêtre est nommé pour la dispenser
aux autres. Il est missionné pour les seuls pécheurs. Le saint
de Lumbres poursuit sa voie dans les inquiétudes et dans les
larmes.

Ils étaient arrivés au croisement des chemins avant que
l'abbé Donissan trouvât une parole. Il savourait cette douceur;
il l'épuisait dans le pressentiment qu'elle serait une des rares
étapes de sa misérable vie. Et néanmoins il était déjà prêt à la
laisser comme il l'avait reçue, à la quitter en silence.

Le carrier fit halte, et lissant sa casquette :

— Nous sommes rendus, monsieur l'abbé, dit-il. Votre
route est toute droite : une lieue et demie. Êtes-vous d'attaque
à présent? Sinon, j'irai avec vous chez Sansonnet.

— C'est inutile, mon ami, répondit le vicaire de Campagne.
La marche au contraire m'a fait du bien. Je m'en vais donc
vous dire adieu.

Un instant, il médita de le revoir, mais il lui parut aussitôt
préférable de s'en rapporter, pour une nouvelle rencontre, à
la même volonté qui avait préparé la première. Il eût aussi
voulu le bénir. Puis il n'osa.

Il le considérait une dernière fois. Il mit dans ce regard
tout l'amour qu'il allait dispenser à tant d'autres. Et, ce regard,
l'humble compagnon ne le vit point. Ils se serrèrent la main,
à tâtons.

*
* *

La route s'ouvrait de nouveau devant lui. Il la reconnut. Il
allait vite, très vite. D'abord, il remerciait Dieu, sans une
parole, de ce qui lui avait été permis de voir. Il marchait
comme environné encore de cette lumière qu'il avait connue.
Ce n'était pas la présence, et c'était quelque chose de plus que

le souvenir. Ainsi l'on s'écarte d'un chant qui longtemps vous suit.

Hélas! c'était bien l'écho allant s'affaiblissant d'une mystérieuse harmonie, qu'il n'ouïrait plus jamais, jamais! Le prolongement de sa joie dura peu. Chaque pas semblait d'ailleurs l'en éloigner, mais, quand par un geste naïf il s'arrêta, la fuite parut s'en accélérer encore. Il courba le dos, et s'en fut.

Peu à peu le paysage encore indécis à la toute première heure de l'aube lui devenait plus familier. Il le retrouvait avec tristesse. Chaque objet reconnu, des habitudes reprises une à une, rendaient plus incertaine et plus vague la grande aventure de la nuit. Bien plus vite encore qu'il n'eût pensé, elle perdait ses détails et ses contours, reculait dans le rêve. Il traversa ainsi le village de Pomponne, dépassa le hameau de Brême, gravit la dernière côte. Enfin il aperçut au-dessous de lui, dans le creux de la colline, le signal tout à coup si proche, la lumière de la petite gare de Campagne.

Il s'arrêta debout, haletant, tête nue, grelottant dans sa soutane raide de boue, ne sachant tout à coup si c'était de froid ou de honte, et les oreilles pleines de rumeur.

A ce moment, la vie quotidienne le reprit avec tant de force, et si brusquement, qu'une minute il ne resta rien, absolument rien dans son esprit d'un passé pourtant si proche. Ce brutal effacement fut surtout ressenti comme une douloureuse diminution de son être.

" Ai-je donc rêvé? " se dit-il. Ou plutôt il s'efforça de prononcer les syllabes, de les articuler dans le silence. C'était pour faire taire une autre voix qui, beaucoup plus nettement, avec une terrible lenteur, au-dedans de lui, demandait : " Suis-je fou? "

Ah! l'homme qui sent fuir, comme à travers un crible, sa volonté, son attention, puis sa conscience, tandis que son dedans ténébreux, comme la peau retournée d'un gant, paraît tout à coup au-dehors, souffre une agonie très amère, en un instant que nul balancier ne mesure. Mais celui-ci — pauvre prêtre! — s'il doute, ne doute pas seulement de lui mais de son unique espérance. En se perdant, il perd un bien plus précieux, divin, Dieu même. Au dernier éclair de sa raison, il mesure la nuit où s'en va se perdre son grand amour.

Il n'oubliera pas le lieu du nouveau combat. Parvenue à la dernière crête, la route tourne brusquement, découvre une étroite bande de terrain, où se dresse un orme centenaire. Le village est à droite, au dernier pli de la colline, en contrebas. Aux lumières de la gare, rouges et vertes, répond la vague lueur dans le ciel du four de Josué Thirion, le boulanger. La pâle lumière du jour traîne encore dans les fonds, insaisissable.

A gauche de l'abbé Donissan, s'amorce aussi un chemin de terre, à la pente rapide, qui mène aux communs du château de Cadignan. Il s'enfonce tout de suite, à travers de maigres broussailles, et ressemble ainsi plutôt à un ravin, ou un trou d'eau. C'est une tache d'ombre dans l'ombre. Le vicaire de Campagne y plonge involontairement son regard. Le vent fait entre les ronces un bruit de soie fripée, avec des silences soudains. De la terre détrempée, parfois une pierre s'échappe et roule. Et subitement, dans ce murmure... un bruit, reconnaissable entre tous les autres, dans ce solitaire matin — le frémissement d'un corps vivant, qui se met debout, s'approche...

— Hé là! dit une voix de femme, très jeune, mais assourdie, un peu tremblante. Allez! je vous entends depuis un moment. *Êtes-vous donc revenu, enfin?*

— Qui êtes-vous donc vous-même? demanda doucement l'abbé Donissan.

Debout, au bord du talus, sa haute silhouette à peine visible sur le fond plus pâle et mouvant du ciel, il suivait d'un regard triste et comme intérieur la petite ombre au-dessous de lui, entre les murailles d'argile. De cette ombre mystérieuse, à quelques pas, et se rapprochant sans cesse, il ne connaissait rien, bien qu'il sût déjà d'une certitude calme, absolue, pleine de silence, que *cela* qui montait et clapotait doucement dans la boue était le dernier et suprême acteur de cette inoubliable nuit...

— Ah! ce n'est donc que vous! dit Mlle Malorthy, avec une espèce de grimace douloureuse.

Pour le voir, elle s'était dressée sur la pointe des pieds, à la hauteur de son épaule. Le petit visage crispé ne reflétait qu'une affreuse déception. En un éclair, la colère, le défi, un désespoir cynique s'y tracèrent tour à tour et avec une telle netteté, un tel approfondissement des traits, que cette figure d'enfant n'avait plus d'âge. C'est alors que ses yeux rencontrèrent le regard étrange fixé sur elle. Ils le soutinrent à peine. Et ils gardaient encore leur flamme, que l'arc détendu de la bouche n'exprimait plus qu'une anxiété pleine de rage.

Car ce regard ne s'était pas détourné un instant. Toujours prudente, même dans l'égarement de la folie, elle en épiait l'expression, avec sa méfiance ordinaire. Jusqu'alors le jeune prêtre qui, selon l'expression du docteur Gallet, "tournait les têtes faibles de Campagne", avait été son moindre souci. A le rencontrer en tel lieu, à telle heure, sa surprise était grande. Pour *d'autres raisons*, sa déception n'était pas moindre. Mais un moment plus tôt elle n'eût pas douté de l'effrayer, au moins de provoquer sa colère. Et maintenant, elle lisait dans son regard une immense pitié.

Non pas cette pitié qui n'est que le déguisement du mépris, mais une pitié douloureuse, ardente, bien que calme et attentive. Rien ne trahissait l'effroi, ni même la surprise, ou le moindre étonnement dans le visage incliné vers elle, un peu penché sur l'épaule, car elle ne pouvait épier que le visage. Le regard se dérobait à demi sous les paupières et, lorsqu'elle voulut le rencontrer, elle s'aperçut qu'elle s'était abaissée peu à peu sur sa poitrine, comme si l'homme de Dieu, dédaignant les vaines lueurs de la prunelle humaine, eût regardé battre les cœurs.

Elle ne se trompait qu'à demi. De nouveau il avait entendu l'appel doux et fort. Puis, comme le rayonnement d'une lueur secrète, comme l'écoulement à travers lui d'une source inépuisable de clarté, une sensation inconnue, infiniment subtile et pure, sans aucun mélange, atteignait peu à peu jusqu'au principe de la vie, le transformait dans sa chair même. Ainsi qu'un homme mourant de soif s'ouvre tout entier à la fraîcheur aiguë de l'eau, il ne savait si ce qui l'avait comme transpercé de part en part était plaisir ou douleur.

Connaissait-il en cet instant le prix du don qui lui était fait, ou ce don même? Celui qui, toute sa vie, à travers tant de débats

tragiques où sa volonté parfois parut fléchir garda ce pouvoir
d'une lucidité souveraine, n'en eut sans doute jamais la claire
conscience. C'est que rien ne ressemblait moins à la lente
investigation de l'expérience humaine, quand elle va du fait
observé au fait observé, hésitant sans cesse, et presque toujours arrêtée en chemin, lorsqu'elle n'est pas dupe de sa propre
sagacité. La vision intérieure de l'abbé Donissan, précédant
toute hypothèse, s'imposait par elle-même ; mais, si cette
soudaine évidence eût accablé l'esprit, l'intelligence déjà
conquise ne retrouvait que lentement, et par un détour, la
raison de sa certitude. Ainsi l'homme qui s'éveille devant un
paysage inconnu, tout à coup découvert, à la lumière de midi,
alors que son regard s'est déjà emparé de tout l'horizon, ne
remonte que par degrés de la profondeur de son rêve.

— Que me voulez-vous ? dit brutalement Mlle Malorthy.
Est-ce l'heure d'arrêter les gens ?

Elle riait d'un rire méchant, mais ce rire était menteur, et
il le savait bien. Ou, plutôt, peut-être ne l'entendait-il même
pas. Car plus haut qu'aucune voix humaine criait vers lui la
douleur sans espérance, dont elle était consumée.

— Je venais par la route de Sennecourt, poursuivit-elle
avec volubilité, mais j'ai fait un détour vers Corzargues.
Cela vous étonne, c'est très naturel : je ne puis dormir la nuit...
Je n'ai pas d'autre raison... Mais vous, reprit-elle, avec une
soudaine colère, un saint homme du bon Dieu, ça ne va pas
s'embusquer au coin des haies pour surprendre les filles...
A moins que...

Elle cherchait sur le visage paisible la moindre trace d'irri-
tation ou d'embarras qui pût déchaîner de nouveau son rire,
mais ce rire s'éteignit dans sa gorge, car elle n'y vit rien, absolument rien qui lui permît de croire d'avoir été seulement
entendue. En sorte que, reprenant la parole, son regard démentait déjà sa voix, qui — elle encore — raillait :

— Je vois que la plaisanterie ne vous va pas, dit-elle. Que
voulez-vous ? j'aime rire... Est-ce défendu ? J'ai déjà tant ri !

Elle soupira, puis reprit, d'un autre accent :

— C'est bon. Nous n'avons plus grand-chose à nous dire,
j'espère ?

Pour descendre un creux du chemin, elle passa devant lui et, glissant sur la pente, rattrapa son équilibre en posant ses cinq petites griffes sur la manche noire.

Pourquoi s'arrêta-t-elle de nouveau? Quel doute la retint un moment encore immobile? Et surtout pourquoi prononça-t-elle d'autres paroles, qu'en elle-même, au même instant, elle désavouait?

— Hein? vous pensez : elle vient de quitter son amant; elle rentre avant l'aube?... Vous ne vous trompez pas tout à fait.

Ses yeux, à la dérobée, firent le tour de l'horizon. A leur droite, les grands pins de Norvège, au feuillage noir, faisaient une masse sombre et grondante, sur le ciel oriental, déjà pâli. Ce n'était pas la première fois qu'elle entendait leur âpre voix.

L'abbé Donissan posa doucement la main sur son épaule, et dit simplement :

— Voulez-vous que nous fassions ensemble un peu de chemin?

Il descendit le talus et prit, sans hésiter, la direction du hameau de Tiers, tournant le dos au château de Cadignan et au village même. Le chemin se rétrécissant peu à peu, il leur était impossible de marcher de front.

Jamais le petit cœur de Mouchette ne sauta plus fort dans sa poitrine qu'à l'instant où, sans force encore pour résister ou même ruser, elle entendit derrière elle piétiner les gros souliers ferrés. Ils firent ainsi quelques pas, en silence. A chacune de ses larges enjambées, le vicaire de Campagne, marchant littéralement sur ses talons, la forçait à se hâter. Au bout d'un instant cette contrainte parut si insupportable à Mouchette que l'espèce de crainte qui la paralysait tomba. Sautant légèrement sur le talus, elle lui fit signe de passer.

— Vous n'avez rien à craindre, dit l'abbé Donissan, et je ne vous contraindrai pas. Aucune curiosité ne me pousse. Je suis seulement heureux de vous avoir rencontrée aujourd'hui, après tant de jours perdus. Mais il n'est pas trop tard.

— Il est même un peu trop tôt, répondit Mlle Malorthy, en affectant de contenir un rire aigu.

— Je ne vous ai pas cherchée, reprit le vicaire de Campagne :

je vous demande pardon. Pour vous rencontrer j'ai fait un long détour, un très long détour, un détour bien singulier. Pourquoi me refuseriez-vous ce que je vous demande : un moment d'entretien, qui sera sans doute plein de consolations pour moi et pour vous?

Elle haussa les épaules, et ne fit aucun geste pour le suivre. Toutefois elle hésitait à prendre parti, retenue là par une inquiétude dont elle ne savait pas encore qu'elle était une espérance secrète.

Elle avait quitté la veille ses cousins de Remangey. La voiture l'avait conduite jusqu'à Faulx, où elle avait demandé qu'on la laissât, vers sept heures du soir. Elle devait dîner chez son amie, Suzanne Rabourdin, à l'estaminet de la " Jeune France ", et ferait à pied, disait-elle, après souper, les quatre ou cinq kilomètres qui la séparaient de Campagne. Depuis sa dernière maladie, bien que son accouchement eût été tenu secret, quelques-uns de ses parents n'ignoraient pas qu'elle avait gravement souffert d'une " maladie noire ". La " maladie noire " est, pour ces bonnes gens, inguérissable, et ceux qui en sont atteints se trouvent décidément classés dans la catégorie des pauvres diables qui, selon l'amer et touchant dicton, " n'ont pas tout ". Pour cette raison, il était rare depuis quelques mois qu'on s'opposât à ses fantaisies. Elle avait donc quitté l'estaminet de la " Jeune France ", ayant refusé la compagnie du gars Rabourdin. Si tard qu'elle se fût mise en route, elle aurait pu aisément regagner Campagne avant dix heures du soir, mais, traversant la grand-route d'Étaples, elle s'était *selon une habitude déjà ancienne*, un peu détournée pour longer le parc de Cadignan. Combien de temps, sans nulle crainte, mais remâchant seulement ses souvenirs, les deux poings sous le menton, accotée à la haie, ses pieds dans la boue, elle avait pesé le pour et le contre, comme toujours, d'une cervelle froide et d'un cœur ardent? Vaincue, jetée hors de son rêve, tenue à jamais pour une pauvre fille obsédée de vains fantômes — condamnée à la pitié perpétuelle — dépouillée de tout, même de son crime... Et la seule consolation de sa petite âme farouche était encore de revoir, à la même heure inoubliable, cette route, qu'elle avait parcourue au cours d'une nuit

unique, la barrière à présent close, le détour mystérieux de
l'avenue, et là-bas — tout au fond — les grands murs pleins
de silence, où veillait le mort inutile, son muet témoin.

Le vicaire de Campagne attendit la réponse une longue
minute, sans donner signe d'impatience, mais sans paraître
douter non plus d'être obéi. Par contraste, sa voix se faisait
de plus en plus humble et douce, presque timide, tandis
que son attitude exprimait une autorité grandissante. Et
tout à coup, sans changer de ton, il ajouta ces paroles
inattendues que Mlle Malorthy sentit comme éclater dans
son cœur :

— Je voulais simplement vous éloigner d'abord, car vous
savez bien que le mort que vous attendez ici *n'y est plus.*

La stupeur de Mouchette ne se marqua que par un grand
frisson, qu'elle réprima d'ailleurs à l'instant. Et ce n'était
pas la peur qui fit trembler sur ses lèvres les premiers mots
qu'elle prononça, presque au hasard :

— Un mort? Quel mort?

Il reprit, avec le même calme, tout en la devançant pour
poursuivre son chemin, tandis qu'elle trottait docilement
derrière lui :

— Nous sommes mauvais juges en notre propre cause,
et nous entretenons souvent l'illusion de certaines fautes,
pour mieux nous dérober la vue de ce qui en nous est tout à
fait pourri et doit être rejeté à peine de mort.

— Quel mort? reprit Mouchette. De quel mort parlez-
vous?

Et elle serrait machinalement le pan de sa soutane, tandis
que chaque pas de son compagnon la repoussait, essoufflée
et bégayante, sur le bord du talus. Le ridicule de cette poursuite, l'humiliation d'interroger à son tour, d'implorer presque,
étaient amers à sa fierté. Mais elle sentait aussi quelque
chose comme une joie obscure. Elle parlait encore qu'ils sortirent
du chemin, et débouchèrent dans la plaine. Elle reconnut la
place aussitôt.

C'était, à deux cents mètres des premières maisons de Trilly,
le petit carrefour cerné de haies vives, planté de maigres tilleuls, à la mode ancienne. Au premier dimanche d'août, à la

ducasse, les forains y installent leurs pauvres boutiques roulantes, et des amateurs y font parfois danser les filles.

Ils se trouvèrent de nouveau face à face, comme au premier moment de leur rencontre. La triste aurore errait dans le ciel, et la haute silhouette du vicaire parut à Mlle Malorthy plus haute encore, lorsque, d'un geste souverain, d'une force et d'une douceur inexprimables, il s'avança vers elle et, tenant levée sur sa tête sa manche noire :

— Ne vous étonnez pas de ce que je vais dire : n'y voyez surtout rien de capable d'exciter l'étonnement ou la curiosité de personne. Je ne suis moi-même qu'un pauvre homme. Mais, quand l'esprit de révolte était en vous, j'ai vu le nom de Dieu écrit dans votre cœur.

Et, baissant le bras, il traça du pouce, sur la poitrine de Mouchette, une double croix.

Elle fit un bond léger en arrière, sans trouver une parole, avec un étonnement stupide. Et quand elle n'entendit plus en elle-même l'écho de cette voix dont la douceur l'avait transpercée, le regard paternel acheva de la confondre.

Si paternel !... (Car il avait lui-même goûté le poison et savouré sa longue amertume.)

La langue humaine ne peut être contrainte assez pour exprimer en termes abstraits la certitude d'une présence réelle, car toutes nos certitudes sont déduites, et l'expérience n'est pour la plupart des hommes, au soir d'une longue vie, que le terme d'un long voyage autour de leur propre néant. Nulle autre évidence que logique ne jaillit de la raison, nul autre univers n'est donné que celui des espèces et des genres. Nul feu, sinon divin, qui force et fonde la glace des concepts. Et pourtant ce qui se découvre à cette heure au regard de l'abbé Donissan n'est point signe ou figure : c'est une âme vivante, un cœur pour tout autre scellé ! Pas plus qu'à l'instant de leur extraordinaire rencontre, il ne serait capable de justifier par des mots la vision extérieure d'un éclat toujours égal, et qui se confond avec la lumière intérieure dont il est lui-même saturé. La première vision de l'enfant est mêmement si pleine et si pure que l'univers dont il vient de s'emparer ne saurait se distinguer d'abord du frémissement de sa propre joie. Toutes les couleurs et toutes les formes s'épanouissent à la fois dans son rire triomphal.

Quand on l'interrogeait plus tard sur ce don de lire dans les âmes, il niait d'abord et presque toujours obstinément. Parfois aussi, craignant de mentir, il s'en expliqua plus clairement, mais avec un tel scrupule, une recherche de précision si naïve que sa parole était souvent pour les curieux une déception nouvelle. Ainsi quelque dévot villageois interpréterait l'extase et l'union en Dieu de sainte Thérèse ou de saint Jean de la Croix. C'est que la vie n'est confusion et désordre que pour qui la contemple du dehors. Ainsi l'homme surnaturel est à l'aise si haut que l'amour le porte et sa vie spirituelle ne comporte aucun vertige sitôt qu'il reçoit les dons magnifiques, sans s'arrêter à les définir et sans chercher à les nommer.

Que voyez-vous? demandait-on au saint homme. Quand voyez-vous? Quel avertissement? Quel signe? Et il répétait, d'une voix d'enfant studieux auquel échappe le mot du rudiment : " J'ai pitié... J'ai seulement pitié!... " Quand il avait rencontré Mlle Malorthy sur le bord du chemin, ne voyant devant lui qu'une ombre presque indiscernable, une violente pitié était déjà dans son cœur. N'est-ce point ainsi qu'une mère s'éveille en sursaut, sachant de toute certitude que son enfant est en péril? La charité des grandes âmes, leur surnaturelle compassion semblent les porter d'un coup au plus intime des êtres. La charité, comme la raison, est un des éléments de notre connaissance. Mais si elle a ses lois, ses déductions sont foudroyantes, et l'esprit qui les veut suivre n'en aperçoit que l'éclair.

Le regard que l'homme de Dieu tenait baissé sur Mouchette, à toute autre, peut-être, eût fait plier les genoux. Et il est vrai qu'elle se sentit, pour un moment, hésitante et comme attendrie. Mais alors un secours lui vint — jamais vainement attendu — d'un maître de jour en jour plus attentif et plus dur; rêve jadis à peine distinct d'autres rêves, désir plus âpre à peine, voix entre mille autres voix, à cette heure réelle et vivante; compagnon et bourreau, tour à tour plaintif, languissant, source des larmes, puis pressant, brutal, avide de con-

traindre, puis encore, à la minute décisive, cruel, féroce, tout
entier présent dans un rire douloureux, amer, jadis serviteur,
maintenant maître.

Cela jaillit d'elle tout à coup. Une colère aveugle, une rage
de défier ce regard, de lui fermer son âme, d'humilier la pitié
qu'elle sentait sur elle suspendue, de la flétrir, de la souiller.
Son élan la jeta, toute frémissante, non pas aux pieds, mais en
face au juge, dans son silence souverain.

Elle ne trouvait d'abord aucun mot; en était-il pour exprimer
ce transport sauvage? Elle repassait seulement dans son esprit,
mais avec une rapidité et une netteté surhumaine, les décep-
tions capitales de sa courte vie, comme si la pitié de ce prêtre
en était le terme et le couronnement... Elle put articuler enfin,
d'une voix presque inintelligible :

— Je vous hais!

— N'ayez pas honte, dit-il.

— Gardez vos conseils, cria Mouchette. (Mais il avait
frappé si juste que sa colère en fut comme trompée.) Je ne sais
même pas ce que vous voulez dire!

— Assurément, d'autres épreuves vous attendent, continua-t-il, plus rudes... Quel âge avez-vous? demanda-t-il après
un silence.

Depuis un moment le regard de Mouchette trahissait une
surprise, déjà déçue. A ce dernier mot, par un violent effort,
elle sourit.

— Vous devez le savoir, vous qui savez tant de choses...

— Jusqu'à ce jour vous avez vécu comme une enfant. Qui
n'a pas pitié d'un petit enfant? Et ce sont les pères de ce
monde! Ah! voyez-vous, Dieu nous assiste jusque dans nos
folies. Et, quand l'homme se lève pour le maudire, c'est Lui
seul qui soutient cette main débile!

— Un enfant, fit-elle, un enfant! Des enfants de chœur
comme moi, vous n'en rencontrerez pas beaucoup dans vos
sacristies : ils n'useront pas votre eau bénite. Les chemins où
j'ai passés, souhaitez ne les connaître jamais.

Elle prononça ces derniers mots avec une emphase un peu
comique. Il répondit tranquillement :

— Qu'avez-vous donc trouvé dans le péché qui valût tant

de peine et de tracas? Si la recherche et la possession du mal comporte quelque horrible joie, soyez bien sûre qu'un autre l'exprima pour lui seul, et la but jusqu'à la lie.

L'abbé Donissan fit encore un pas vers elle. Rien dans son attitude n'exprimait une émotion excessive, ni le désir d'étonner. Et pourtant les paroles qu'il prononça clouèrent Mouchette sur place, et retentirent dans son cœur.

— Laissez cette pensée, dit-il. Vous n'êtes point devant Dieu coupable de ce meurtre. Pas plus qu'en ce moment-ci votre volonté n'était libre. Vous êtes comme un jouet, vous êtes comme la petite balle d'un enfant, entre les mains de Satan.

Il ne lui laissa pas le temps de répondre et d'ailleurs elle ne trouvait pas un mot. Il l'entraînait déjà, tout en parlant, sur la route de Desvres, à grands pas, dans les champs déserts. Elle le suivait. Elle devait le suivre. Il parlait, comme il n'avait jamais parlé, comme il ne parlerait plus jamais, même à Lumbres et dans la plénitude de ses dons, car elle était sa première proie. Ce qu'elle entendait, ce n'était pas l'arrêt du juge, ni rien qui passât son entendement de petite bête obscure et farouche, mais avec une terrible douceur, sa propre histoire, l'histoire de Mouchette non point dramatisée par le metteur en scène, enrichie de détails rares et singuliers — mais résumée au contraire, réduite à rien, vue du dedans. Que le péché qui nous dévore laisse à la vie peu de substance! Ce qu'elle voyait se consumer au feu de la parole, c'était elle-même, ne dérobant rien à la flamme droite et aiguë, suivie jusqu'au dernier détour, à la dernière fibre de chair. A mesure que s'élevait ou s'abaissait la voix formidable, reçue dans les entrailles, elle sentait croître ou décroître la chaleur de sa vie, cette voix d'abord distincte, avec les mots de tous les jours, que sa terreur accueillait comme un visage ami dans un effrayant rêve, puis de plus en plus confondue avec le témoignage intérieur, le murmure déchirant de la conscience troublée dans sa source profonde, tellement que les deux voix ne faisaient plus qu'une plainte unique, comme un seul jet de sang vermeil.

Mais quand il fit silence, elle se sentit vivre encore.

. . . .

Ce silence se prolongea longtemps, ou du moins un temps impossible à mesurer, indiscernable. Puis la voix — mais venue de si loin! — parvint de nouveau à ses oreilles.

— Remettez-vous, disait-elle. N'abusez pas de vos forces. Vous en avez assez dit.

— Assez dit? Qu'ai-je dit? Je n'ai rien dit.

— Nous avons parlé, reprit la voix. Et même nous avons parlé longtemps. Voyez comme le ciel s'éclaircit : la nuit s'achève.

— Ai-je parlé? répéta-t-elle, d'un ton suppliant.

Et tout à coup (ainsi qu'au réveil surgit de la mémoire, avec une brutale évidence, l'acte accompli) :

— J'ai parlé! s'écria-t-elle. J'ai parlé!

Dans le gris de l'aube, elle reconnut le visage du vicaire de Campagne. Il exprimait une lassitude infinie. Et ses yeux, où la flamme s'était à présent effacée, semblaient comme rassasiés de la vision mystérieuse.

Elle se sentait si faible, si désarmée qu'elle n'aurait pu faire alors un pas, semblait-il, ni pour le joindre, ni pour l'éviter. Elle hésita.

— Cela est-il possible? dit-elle encore... De quel droit?...

— Je n'ai aucun droit sur vous, répondit-il avec douceur. Si Dieu...

— Dieu! commença-t-elle... Mais il lui fut impossible d'achever. L'esprit de révolte était en elle comme engourdi.

— Comme vous vous débattez dans Sa main, fit-il tristement. Lui échapperez-vous de nouveau? Je ne sais...

D'une voix très humble, après un nouveau silence, il ajouta :

— Épargnez-moi, ma fille!

Sa pâleur était effrayante. La main qu'il levait vers elle retomba gauchement, et son regard se détourna.

Et déjà, elle serrait avec impatience ses petits poings.

Il la vit, telle qu'il l'avait entrevue dans l'ombre, une heure plus tôt, avec ce visage d'enfant vieillie, contracté, méconnaissable. L'inutilité de son grand effort, la vaine dispersion des grâces sublimes qui venaient d'être prodiguées, là, à cette place, l'inexorable prévision lui serra le cœur.

— Dieu! s'écriait-elle, avec un rire dur...

L'aube livide s'élevait à mesure autour d'eux et ils n'en voyaient que le reflet pathétique sur leurs visages. A leur droite le hameau, à peine émergé de la brume, au creux des collines, faisait un paysage de désolation. Dans l'immense plaine, à l'infini, seul, vivait un mince filet de fumée, au-dessus d'un toit invisible.

Alors, le rire de Mouchette se tut. La flamme instable de son regard s'éteignit. Et soudain, lamentable, exténuée, obstinée, elle implora de nouveau :

— Je ne voulais pas vous offenser... N'est-ce pas que vous m'avez menti tout à l'heure? Je n'ai rien dit. Que vous aurais-je dit? Il me semble que je dormais. Ai-je dormi?

Il semblait ne pas l'entendre. Elle redoubla :

— Ne me refusez pas... Vous ne pouvez refuser de répondre... Pour l'apprendre, je me soumettrai à ce que vous jugerez bon de m'ordonner.

Jamais la voix de l'étrange fille ne s'était faite si humble, si suppliante.

Il ne répondit pas encore.

Elle recula de quelques pas, le dévisagea longuement, ardemment, les sourcils froncés, le front bas, et soudain :

— J'ai tout avoué! dit-elle. Vous savez tout!

Mais, se reprenant aussitôt :

— Et quand cela serait? Je ne crains rien. Que m'importe?... Mais dites-moi... Ah! dites-moi, qu'avez-vous fait? Ai-je vraiment parlé en songe?

Dans son extrême épuisement, sa curiosité indomptable la jetait déjà vers une nouvelle aventure. Le sang montait à ses joues. Ses yeux retrouvaient leur flamme sombre. Et lui, il la contemplait avec pitié, ou peut-être avec mépris.

Car, à sa grande surprise, la vision s'était effacée, anéantie. Le souvenir en était trop vif, trop précis pour qu'il doutât. Les paroles échangées sonnaient encore à ses oreilles. Mais les ténèbres étaient retombées. Pourquoi n'obéit-il pas alors au mouvement intérieur qui lui commandait de se dérober sans retard? Devant lui, ce n'était qu'une pauvre créature reformant en hâte la trame un instant déchirée de ses mensonges... Mais n'avait-il pas été une minute — une éternité! — par un

effort presque divin, affranchi de sa propre nature? Fut-ce
le désespoir de cette puissance perdue? Ou la rage de la recon-
quérir? Ou la colère de retrouver rebelle la misérable enfant
tout à l'heure à sa merci? Il eut un geste des épaules, d'une
énorme brutalité.

— Je t'ai vue! (A ce tu, elle frémit de rage.) Je t'ai vue
comme peut-être aucune créature telle que toi ne fut vue ici-
bas! Je t'ai vue de telle manière que tu ne peux m'échapper,
avec toute ta ruse. Penses-tu que ton péché me fasse horreur?
A peine as-tu plus offensé Dieu que les bêtes. Tu n'as porté
que de faux crimes, comme tu n'as porté qu'un fœtus. Cherche!
Remue ton limon : le vice dont tu te fais honneur y a pourri
depuis longtemps, à chaque heure du jour ton cœur se crevait de dégoût. De toi, tu n'as tiré que de vains rêves, toujours
déçus. Tu crois avoir tué un homme... Pauvre fille! tu l'as
délivré de toi. Tu as détruit de tes mains l'unique instrument
possible de ton abominable libération. Et, quelques semaines
après, tu rampais aux pieds d'un autre qui ne le valait pas.
Celui-là t'a mis la face contre terre. Tu le méprises et il te
craint. Mais tu ne peux lui échapper.

— ... Je ne puis... lui... échapper, bégaya Mouchette. Sa
terreur et sa rage étaient telles que sur son visage, d'une
excessive mobilité, à présent durci, se peignit comme une
sérénité sinistre.

— Je sais que je le puis, dit-elle enfin. Quand je le voudrai.
On m'a crue folle : qu'ai-je fait pour les détromper tous?
J'attendais d'être prête, voilà tout.

Il appuya si violemment la main sur son épaule qu'elle
chancela.

— Tu ne seras jamais prête. Tu ne dérobes à Dieu que le
pire : la boue dont tu es faite, Satan! Te crois-tu libre? Tu ne
l'aurais été qu'en Dieu. Ta vie...

Il respira profondément, pareil à un lutteur qui va donner
son effort. Et déjà montait dans ses yeux la même lueur de
lucidité surhumaine, cette fois dépouillée de toute pitié. Le
don périlleux, il l'avait donc conquis de nouveau, par force,
dans un élan désespéré, capable de faire violence, même au
ciel. La grâce de Dieu s'était faite visible à ses yeux mortels :

ils ne découvraient plus maintenant que l'ennemi, vautré dans sa proie. Et déjà aussi la pâle figure de Mouchette, comme rétrécie par l'angoisse, chavirait dans le même rêve, dont leur double regard échangeait le reflet hideux.

— Ta vie répète d'autres vies, toutes pareilles, vécues à plat, juste au niveau des mangeoires où votre bétail mange son grain. Oui! chacun de tes actes est le signe d'un de ceux-là dont tu sors, lâches avares, luxurieux et menteurs. Je les vois. Dieu m'accorde de les voir. C'est vrai que je t'ai vue en eux, et eux en toi. Oh! que notre place est ici-bas dangereuse et petite! que notre chemin est étroit!

Et il commença de tenir des propos plus singuliers encore, mais en baissant la voix, avec une grande simplicité.

Comment les rapporterait-on ici? C'était encore l'histoire de Mouchette, merveilleusement confondue avec d'autres vieilles histoires oubliées depuis longtemps, à moins qu'elles n'eussent été jamais connues. Avant qu'elle en comprît le sens, Mouchette sentit son cœur se serrer, comme à une brusque descente, et cette surprise qui fait hésiter le plus étourdi, au seuil d'une demeure profonde et secrète. Puis ce fut des noms entendus, familiers, ou seulement pleins d'un souvenir vague, de plus en plus nombreux, s'éclairant l'un par l'autre, jusqu'à ce que la trame même du récit apparût en dessous. Humbles faits de la vie quotidienne, sans aucun éclat, pris dans la malice la plus commune — comme des cailloux dans leur gaine de boue, — mornes secrets, mornes mensonges, mornes radotages du vice, mornes aventures qu'un nom soudain prononcé illuminait comme un phare, puis retombant dans des ténèbres où l'esprit n'eût rien distingué encore mais qu'une espèce d'horreur sacrée dénonçait comme un grouillement de vies obscures. Tandis que Mouchette, une fois de plus, se sentait entraînée malgré sa volonté et sa raison, c'était cette horreur même qui vivait et pensait pour elle. Car, à la frontière du monde invisible, l'angoisse est un sixième sens, et douleur et perception ne font qu'un. Ces noms, que prononçait l'un après l'autre la voix redevenue souveraine, elle les reconnaissait au passage, mais pas tous. C'étaient ceux des Malorthy, des Brissaut, des Paully, des Pichon, aïeux et aïeules,

négociants sans reproche, bonnes ménagères, aimant leur
bien, jamais décédés intestats, honneur des Chambres de commerce et des études de notaires. (Ta tante Suzanne, ton oncle
Henri, tes grand-mères Adèle et Malvina ou Cécile...) Mais
ce que la voix racontait, d'un accent tout uni, peu d'oreilles
l'entendirent jamais — l'histoire saisie du dedans — la plus
cachée, la mieux défendue, et non point telle quelle, dans
l'enchevêtrement des effets et des causes, des actes et des intentions, mais rapportée à quelques faits principaux, aux fautes
mères. Et certes l'intelligence de Mouchette, à elle seule,
n'eût saisi que peu de choses d'un tel récit, dont l'effrayante
ellipse eût déçu de plus lucides. Où la voix trouvait son écho,
n'était-ce pas dans sa chair même, que chacune de ces fautes
avait marquée, affaiblie à l'instant même qu'elle fut conçue?
A voir peu à peu ces morts et ces mortes sortir tout nus de
leur linceul, elle ne sentait même rien qu'on pût appeler surprise. Elle écoutait cette révélation surhumaine, d'un cœur
abîmé d'angoisse, toutefois sans véritable curiosité ni stupeur.
Il semblait qu'elle l'eût déjà entendue, *ou mieux encore*. Mensonges calomnieux, haines longuement nourries, amours honteuses, crimes calculés de l'avarice et de la haine, tout se refor-
mait en elle à mesure, comme se reforme, à l'état de veille,
une cruelle image du rêve. Jamais, non jamais! morts ne furent
si brutalement tirés de leur poussière, jetés dehors, ouverts.
A un mot, à un nom soudain prononcé, ainsi qu'à la surface
une bulle de boue, quelque chose remontait du passé au présent — acte, désir, ou parfois, plus profonde et plus intime,
une seule pensée (car elle n'était pas morte avec le mort),
mais si intime, si profonde, si sauvagement arrachée que Mouchette la recevait avec un gémissement de honte. Elle ne distinguait plus la voix impitoyable de sa propre révélation intérieure, mille fois plus riche et plus ample. D'ailleurs plus rapides qu'aucune parole humaine, ces fantômes innombrables
qui se levaient de toutes parts n'eussent pu seulement être
nommés; pourtant, comme à travers un orage de sons monte
la dominante irrésistible, une volonté active et claire achevait
d'organiser ce chaos. En vain Mouchette, dans un geste de
défense naïve, levait vers l'ennemi ses petites mains. Tandis

qu'un autre songe, sitôt fixé de sang-froid, se dérobe et se
disperse, celui-ci se rapprochait d'elle, ainsi qu'une troupe qui
se rassemble pour charger. La foule, un instant plus tôt si
grouillante, où elle avait reconnu tous les siens, se rétrécissait
à mesure. Des visages se superposaient entre eux, ne faisaient
plus qu'un visage, qui était celui même d'un vice. Des gestes
confus se fixaient dans une attitude unique, qui était le geste
du crime. Plus encore : parfois le mal ne laissait de sa proie
qu'un amas informe, en pleine dissolution, gonflé de son venin,
digéré. Les avares faisaient une masse d'or vivant, les luxurieux
un tas d'entrailles. Partout le péché crevait son enveloppe,
laissait voir le mystère de sa génération : des dizaines d'hommes
et de femmes liés dans les fibres du même cancer, et les affreux
liens se rétractant, pareils aux bras coupés d'un poulpe, jusqu'au noyau du monstre même, la faute initiale, ignorée de
tous, dans un cœur d'enfant... Et, soudain, Mouchette se vit
comme elle ne s'était jamais vue, pas même à ce moment où
elle avait senti se briser son orgueil : quelque chose fléchit
en elle d'un plus irréparable fléchissement, puis s'enfonça d'une
fuite obscure. La voix, toujours basse, mais d'un trait vif et
brûlant, l'avait comme dépouillée, fibre à fibre. Elle doutait
d'être, d'avoir été. Toute abstraction, dans son esprit, prend
une forme, et peut être serrée sur la poitrine ou repoussée.
Que dire de ce fléchissement de la conscience même! Elle
s'était reconnue dans les siens et, au paroxysme du délire,
ne se distinguait plus du troupeau. Quoi! pas un acte de sa
vie qui n'eût ailleurs son double? Pas une pensée qui lui
appartînt en propre, pas un geste qui ne fût dès longtemps
tracé? Non point semblables, mais les mêmes! Non point
répétés, mais uniques. Sans qu'elle pût retracer en paroles
intelligibles aucune des évidences qui achevaient de la détruire,
elle sentait dans sa misérable petite vie l'immense duperie,
le rire immense du dupeur. Chacun de ces ancêtres dérisoires,
d'une monotone ignominie, ayant reconnu et flairé en elle
son bien, venait le prendre; elle abandonnait tout. Elle livrait
tout et c'était comme si ce troupeau était venu manger dans
sa main sa propre vie. Que leur disputer? Que reprendre?
Ils avaient jusqu'à sa révolte même.

Alors elle se dressa, battant l'air de ses mains, la tête jetée
en arrière, puis d'une épaule à l'autre, absolument comme un
noyé qui s'enfonce. La sueur ruisselait sur son visage, ainsi
qu'un torrent de larmes, tandis que ses yeux, que dévorait la
vision intérieure, n'offraient au vicaire de Campagne qu'un
métal refroidi. Aucun cri ne sortait de ses lèvres, bien qu'il
parût vibrer dans sa gorge muette. Ce cri, qu'on n'entendait
pas, imposait pourtant sa forme à la bouche contractée, au
col ployé, aux maigres épaules, aux reins creusés, au corps
tout entier comme tiré en haut pour un appel désespéré...
Enfin elle s'enfuit.

. . . .

Jusqu'au premier tournant de la route elle crut ne pas hâter
son pas, quand déjà elle courait presque. Au bas de la descente, lorsque les haies dégarnies et les troncs pressés de pommiers lui furent un abri, elle se mit à fuir de toute la vitesse de
ses jambes. A l'entrée de Campagne, cependant, elle quitta la
grande route et prit d'instinct le sentier désert à cette heure
et qui lui permit d'atteindre, sans être vue, son jardin. Elle
ne pensait clairement à rien, ne désirait rien que se trouver
seule, derrière une porte bien close, à l'abri, seule. Le dehors,
l'horizon familier, le ciel même appartenaient à son ennemi.
Sa frayeur ou, pour mieux dire, son désordre était tel que, si
l'occasion s'en fût seulement présentée, elle eût appelé à l'aide
n'importe qui, son père même.

Mais l'occasion ne se présenta pas. La cuisine était vide. Elle
grimpa l'escalier quatre à quatre, poussa le verrou, se jeta en
travers de son lit, puis se redressa aussitôt comme mordue,
se jeta vers la fenêtre, ouvrit les rideaux et, découvrant son
regard dans la glace, fit en arrière un bond de bête surprise.

— Est-ce toi, Germaine? demandait à travers la cloison
Mme Malorthy.

La glace connut seule ce nouveau regard de Mouchette,
la grimace frénétique de ses lèvres. Elle répondit d'une voix
basse et calme :

— C'est moi, maman.

Et, avant que la vieille femme eût placé encore un mot, elle

trouva sans hésiter, sans y penser même, le seul mensonge qui
ne fût pas tout à fait invraisemblable :

— Cousin Georges m'a reconduite en voiture jusqu'au
hameau de Viel. Il allait au marché de Viel-Aubin.

— A ct'heure?

— Il est parti très tôt, parce qu'il embarquait des porcs. Il
fallait profiter de l'occasion, ou revenir à pied.

— T'as pas dîné, répondit la vieille. Je vas te faire un peu
de café.

— Justement parce que je n'ai pas dormi, je me couche, fit
Mouchette. Laisse-moi.

— Ouvre donc, répéta Mme Malorthy.

— Non! cria farouchement Mouchette. Mais, se reprenant
aussitôt, de sa petite voix sèche et dure, qui faisait trembler
sa mère :

— Je n'ai besoin que de dormir. Bonsoir.

Et quand elle entendit décroître, au tournant de l'escalier,
le bruit des sabots, ses genoux fléchirent : elle s'accroupit dans
le coin sombre, sans parole, sans regard.

Le péril présent n'engendre que la crainte, qui frappe de
stupeur le lâche. Elle endort avant que de tuer. La terreur
s'éveille plus tard, lorsque la conscience engourdie prend peu
à peu connaissance et possession de son hôte sinistre. Le jugement touche le condamné comme la pierre d'une fronde, et
le chiourme qui le reconduit à sa cellule ne jette sur le lit qu'une
espèce de cadavre. Mais, quand il ouvre les yeux, dans la nuit
profonde et douce, le misérable connaît tout à coup qu'il est
étranger parmi les hommes.

Rarement Mouchette prit le temps de s'observer avec
quelque sollicitude : elle n'y trouve aucun plaisir. Sur un tel
sujet, son inexpérience est grande : elle ressemble à la candeur.
Si loin qu'elle remonte dans le passé, elle n'a connu des scrupules
et des remords que cette gêne vague — la crainte du péril,
ou son défi, — la conscience obscure d'être pour un moment
hors la loi, l'instinct tout entier en éveil de l'animal loin de son
gîte, sur une route inconnue. A cette minute même rien ne
l'occupe que le danger mystérieux entrevu quelques instants
plus tôt, la volonté qui a brisé la sienne, le prêtre ridicule

connu de tous, salué dans la rue, familier, qui lui a vu plier les genoux.

Ce souvenir est encore si fort qu'il écarte tous les autres : elle s'est heurtée à un obstacle, et l'obstacle, c'est ce prêtre. Jadis une telle évidence eût réveillé sa colère et tendu les mille réseaux de sa ruse. Ce qui la tient cette fois face contre terre, c'est la cruelle surprise de ne sentir au fond de son cœur humilié qu'un amer dégoût.

Un moment — un seul moment — l'idée lui vient (mais si embarrassée de se formuler seulement) : briser l'obstacle, répéter le geste meurtrier. Elle l'écarte aussitôt : elle lui paraît vaine et grotesque, pareille à ces entreprises poursuivies dans les rêves. On ne tue pas pour quelques paroles obscures. Telle est la raison qu'elle se donne; mais il est plus vrai qu'en l'atteignant dans son orgueil le rude adversaire a rompu le seul ressort de sa vie.

Le danger l'exciterait plutôt; l'odieux ne l'arrêterait pas. Elle craint seulement quelque chose qui pourrait être le ridicule ou la pitié. Comme il arrive parfois, les mots qui lui viennent tout à coup aux lèvres, sans qu'elle les cherche, expriment sa crainte profonde : " Ils me croiraient tout à fait folle ", murmura-t-elle.

Folle!... Elle arrête ici un long moment sa pensée. Jusqu'alors, même à l'hospice de Campagne, elle n'a pas douté de sa raison. Dès le premier instant de lucidité, elle écoutait discuter son cas avec une ironique curiosité. — Que savaient-ils, ces messieurs, de la terrible aventure? — Presque rien, l'essentiel demeurant son secret. Elle était, au milieu de ces nouveaux spectateurs, ce qu'elle avait désiré d'être, toujours semblable à son personnage favori, une fille dangereuse et secrète, au destin singulier, une héroïne parmi les couards et les sots... Toutefois, aujourd'hui, à cet instant...

Qui justifiait sa terreur? Au tournant de la route déserte, elle ne laissait derrière elle qu'un jeune prêtre, rencontré déjà bien des fois, inoffensif en apparence, et même un peu sot. Sans doute il a parlé. Qu'a-t-il donc dit de tellement grave? A ce point, l'effort qu'elle fait pour se reprendre, se dominer, ne peut se poursuivre. De minute en minute, il lui paraît cependant plus

clair qu'elle s'est trouvée dupe en quelque façon. Elle a pris
peur pour un certain nombre de phrases vagues, d'allusions
en apparence perfides — peut-être innocentes, maladroitement interprétées. Lesquelles encore? Un mot dit en passant
sur le crime déjà si ancien, presque oublié, un mot fait plutôt
pour la rassurer : " Vous n'êtes pas devant Dieu coupable de
ce meurtre... " (Elle a beau répéter ces mêmes mots, elle ne
retrouve pas la rage humiliée qui alors lui travaillait si puis-
samment le cœur.) Puis quoi? Des reproches, des exhortations
à quitter la voie mauvaise... (elle ne se souvient nettement
d'aucune) et enfin... (là, sa mémoire tourne court) certaine
révélation singulière qui l'a troublée au point que, l'angoisse
seule survivant à sa cause, elle ne saurait dire pourquoi elle
se blottit dans l'angle du mur, le visage sur ses genoux, toute
hérissée de frissons, claquant des dents. Là! *Là est le secret.*
C'est alors seulement qu'elle a fui. Ce vide affreux s'est alors
creusé en elle. Est-il possible? Est-il possible pourtant qu'elle
ait fui d'une telle fuite désespérée de vagues récits empruntés
sans doute à la chronique du bourg, sur elle et les siens? C'est
vrai qu'elle les a crus, et elle en sait encore assez pour être
sûre qu'à un certain moment elle ne pouvait pas ne pas les
croire. Nul doute que la même présence et la même parole
la convaincraient de nouveau. Et puis après? A-t-elle jamais
redouté la haine des sots? Mais qu'a-t-il pu donc rapporter
de neuf, ce prêtre? La terreur qui l'a comme tirée hors d'elle-
même pour la jeter ici tremblante ne vient pas de lui. Elle n'est
dupe que d'un rêve... et ce rêve qu'elle emporte engourdi peut
ressusciter tout à coup... Oh! oh! voilà que déjà son cœur bat
et sonne, tandis que la sueur ruisselle entre ses épaules. La
houle d'angoisse l'agite, l'affreuse caresse glacée la saisit durement à la gorge. Le hurlement qu'elle pousse s'entend jusqu'à
l'extrémité de la place, et le mur même en a frémi.

Elle se retrouve couchée à plat ventre au pied de son lit.
L'édredon a glissé par-dessous et elle y a enfoncé ses crocs, en
sorte que sa bouche est pleine de duvet. Rien ne trouble plus
le silence, et elle s'avise tout à coup qu'elle n'a crié qu'en songe.
A présent, de toutes les forces qui lui restent, elle repousse,
elle refoule un nouveau cri. Car, en un éclair, elle s'est vue

reconduite à l'hospice, la porte refermée sur elle, cette fois décidément folle — folle à ses propres yeux — de son aveu même... D'abord elle gémit à petits coups, puis se tut.

Parfois, lorsque l'âme même fléchit dans son enveloppe de chair, le plus vil souhaite le miracle et, s'il ne sait prier d'instinct au moins, comme une bouche à l'air respirable, s'ouvre à Dieu. Mais c'est en vain que la misérable fille userait, à résoudre l'énigme qu'elle se propose, ce qui lui reste de vie. Comment s'élèverait-elle par ses propres forces à la hauteur où l'a portée tout à coup l'homme de Dieu, et d'où elle est présentement retombée? De la lumière qui l'a percée de part en part — pauvre petit animal obscur — il ne reste que sa douleur inconnue, dont elle mourrait sans la comprendre. Elle se débat, l'arme éblouissante en plein cœur, et la main qui l'a poussée ne connaît pas sa cruauté. Pour la divine miséricorde, elle l'ignore et ne saurait même pas l'imaginer... Que d'autres se débattent ainsi, vainement serrés sur la poitrine de l'ange dont ils ont entrevu, puis oublié la face! Les hommes regardent curieusement s'agiter tel d'entre eux marqué de ce signe, et s'étonnent de le voir tour à tour frénétique dans la recherche du plaisir, désespéré dans sa possession, promenant sur toutes choses un regard avide et dur, où le reflet même de ce qu'il désire s'est effacé!

Deux longues heures, tantôt repliée sur elle-même, sans mouvement, tantôt se tordant à terre dans une rage convulsive et muette, puis encore assommée d'un affreux sommeil, elle crut vraiment perdre la raison, descendre une à une les marches noires. Son destin se retraçait ligne par ligne : elle en parcourait les étapes. C'était comme une suite de tableaux fulgurants. Elle en comptait les personnages imaginaires, elle scrutait leurs visages, entendait leurs voix. A chaque image recherchée, suscitée, volontairement épuisée, elle sentait littéralement frémir ses sens et sa raison, ainsi qu'un frêle navire dans le vent; toujours sa douleur lucide reprenait le dessus. Elle en était à soulever délibérément en elle les puissances de désordre, appelant la folie ainsi que d'autres appellent la mort. Mais par un instinct profond à peine conscient elle s'interdisait la seule manifestation extérieure qui risquât de briser ses forces : elle ne poussait aucun cri, elle étouffait même sa plainte : un seul témoin de son délire, et c'était assez pour qu'elle perdît pied. Cela elle le savait : elle n'appelait point. A mesure que la résistance intérieure, en dépit d'elle-même, s'affermissait, ses gestes devenaient une agitation factice, sa rage s'exténuait par sa violence même. Elle redevenait par degrés spectatrice de sa propre folie. Quand elle se vit de nouveau respirant fortement ainsi qu'au retour d'un grand rêve, un calme affreux rétabli dans son âme, sa déception fut totale, absolue. C'était comme la chute brusque du vent, sur une mer démontée, dans une nuit noire.

La même chose ignorée lui manquait toujours, manquait à sa vie. Mais quoi? Mais laquelle? Vainement elle essuyait ses joues déchirées à coups d'ongle, ses lèvres mordues; vainement elle regardait à travers les vitres la lumière de l'aube; vainement elle répétait de sa triste voix sans timbre : " C'est fini... c'est fini!... " La vérité lui apparaissait; l'évidence serrait son cœur; même la folie lui refusait son asile ténébreux. Non! elle n'était pas folle, ne le serait jamais. Cette chose lui manquait, qu'elle avait tenue — mais où? mais quand! De quelle manière? Et il était sûr à présent qu'elle s'était joué depuis quelques instants la comédie de la démence pour masquer, pour oublier — à quelque prix que ce fût — son mal réel, inguérissable, inconnu.

(Ah! parfois Dieu nous appelle d'une voix si pressante et si douce! Mais, quand il se retire tout à coup, le hurlement qui s'élève de la chair déçue doit étonner l'enfer!)

C'est alors qu'elle appela — du plus profond, du plus intime — d'un appel qui était comme un don d'elle-même, Satan.

D'ailleurs, qu'elle l'eût nommé ou non, il ne devait venir qu'à son heure et par une route oblique. L'astre livide, même imploré, surgit rarement de l'abîme. Aussi n'eût-elle su dire, à demi consciente, quelle offrande elle faisait d'elle-même, et à qui. Cela vint tout à coup, monta moins de son esprit que de sa pauvre chair souillée. La componction, que l'homme de Dieu

avait en elle suscitée un moment, n'était plus qu'une souffrance
entre ses souffrances. La minute présente était toute angoisse.
Le passé un trou noir. L'avenir un autre trou noir. Le chemin
où d'autres vont pas à pas, elle l'avait déjà parcouru : si petit
que fût son destin, au regard de tant de pécheurs légendaires,
sa malice secrète avait épuisé tout le mal dont elle était capable
— à une faute près — la dernière. Dès l'enfance, sa recherche
s'était tournée vers lui, chaque désillusion n'ayant été que prétexte à un nouveau défi. Car elle l'aimait.

Où l'enfer trouve sa meilleure aubaine, ce n'est pas dans le
troupeau des agités qui étonnent le monde de forfaits reten-
tissants. Les plus grands saints ne sont pas toujours les saints
à miracles, car le contemplatif vit et meurt le plus souvent
ignoré. Or l'enfer aussi a ses cloîtres.

La voilà donc sous nos yeux, cette mystique ingénue, petite
servante de Satan, sainte Brigitte du néant. Un meurtre excepté,
ri n ne marquera ses pas sur la terre. Sa vie est un secret entre
elle et son maître, ou plutôt le seul secret de son maître. Il ne
l'a pas cherchée parmi les puissants, leurs noces ont été
consommées dans le silence. Elle s'est avancée jusqu'au but,
non pas à pas mais comme par bonds, et le touche, quand elle
ne s'en croyait pas si proche. Elle va recevoir son salaire.
Hélas ! il n'est pas d'homme qui, sa décision prise et le remords
d'avance accepté, ne se soit, au moins une minute, rué au mal
avec une claire cupidité, comme pour en tarir la malédiction,
cruel rêve qui fait geindre les amants, affole le meurtrier,
allume une dernière lueur au regard du misérable décidé à
mourir, le col déjà serré par la corde et lorsqu'il repousse la
chaise d'un coup de pied furieux... C'est ainsi, mais d'une force
multipliée, que Mouchette souhaite dans son âme, sans le
nommer, la présence du cruel Seigneur.

Il vint, aussitôt, tout à coup, sans nul débat, effroyablement
paisible et sûr. Si loin qu'il pousse la ressemblance de Dieu,
aucune joie ne saurait procéder de lui, mais, bien supérieure
aux voluptés qui n'émeuvent que les entrailles, son chef-
d'œuvre est une paix muette, solitaire, glacée, comparable à
la délectation du néant. Quand ce don est offert et reçu, l'ange
qui nous garde détourne avec stupeur sa face.

Il vint et, sitôt venu, l'agitation de Mouchette cessa par miracle, son cœur battit lentement, la chaleur revint par degrés, son corps et son âme ne furent qu'attente ferme et calculée — sans impatience inutile — d'un événement désormais certain. Presque en même temps, son cerveau l'imagina, le réalisa pleinement. Et elle comprit que l'heure était venue de se tuer, sans aucun délai surtout! *à l'instant même.*

Avant que ses membres n'eussent fait un mouvement, son esprit fuyait déjà sur la route de la délivrance. Après lui elle s'y jeta. Chose étrange : son regard seul restait trouble et hésitant. Toute sa vie sensible était à l'extrémité de ses doigts, dans la paume de ses mains agiles. Elle ouvrit la porte sans faire crier l'huis, poussa celle de la chambre de son père (à cette heure toujours vide), prit le rasoir à sa place ordinaire, l'ouvrit tout grand. Déjà elle était de nouveau chez elle, face à la glace, dressée sur la pointe de ses petits pieds, le menton jeté en arrière, sa gorge tendue, offerte... Quelle que fût son envie, elle n'y jeta pas la lame, elle l'y appliqua férocement, consciemment et l'entendit grincer dans sa chair. Son dernier souvenir fut le jet de sang tiède sur sa main et jusqu'au pli de son bras.

IV

C'est à l'église, dans la sacristie dont il avait toujours la clef dans sa poche, que l'abbé Donissan attendit l'heure de sa messe, qu'il célébra comme d'habitude. Depuis quelques jours, M. Menou-Segrais gardait la chambre, souffrant d'une crise plus violente d'asthme. Vers dix heures et demie, regardant la route, il aperçut son vicaire et s'étonna. Mais déjà les gros souliers résonnaient sur les dalles du vestibule, puis dans l'escalier. Enfin, derrière la porte, la voix, toujours ferme et calme, demanda :

— Puis-je entrer, monsieur le doyen?

— Volontiers, s'écria le curé de Campagne, intrigué. Tout de suite.

Il tourna malaisément la tête, calée entre deux énormes oreillers au dossier du grand fauteuil. Le visage de l'abbé lui apparut mal distinct dans la chambre obscure (les rideaux étaient encore à demi tirés). Ce qu'il en vit démentait suffisamment le calme affecté de la voix. D'ailleurs il n'exprima son étonnement que par un battement des paupières, sur son regard aigu.

— Quelle surprise! commença-t-il avec beaucoup de douceur. Comment êtes-vous déjà de retour?

Il se gardait bien de montrer un siège, sachant par expérience que, debout devant lui, les bras ballants, la gaucherie du pauvre prêtre doublait sa timidité naturelle, le tenait mieux à sa merci.

— J'ai été ridicule, comme toujours, répondit l'abbé Donissan... Enfin, je me suis perdu...

— De sorte que vous êtes arrivé trop tard à Étaples, les confessions terminées?

— Je n'ai pas encore tout dit, avoua le vicaire piteusement.

— Par exemple! s'écria l'abbé Menou-Segrais, en frappant violemment l'accoudoir de son fauteuil avec une vivacité bien différente de ses manières habituelles. Et que vont dire ces messieurs, je vous le demande? Arriver en retard, soit. Mais ne pas arriver du tout!

Si peu soucieux qu'il fût à l'ordinaire de l'opinion d'autrui, il craignait le ridicule d'une crainte nerveuse, qui était comme l'élément féminin d'une nature pourtant assez mâle. Et de quelle moquerie ne serait-il pas l'objet, par un détour, dans la personne de son vicaire, déjà assez brocardé! Toutefois, rencontrant le regard de l'abbé Donissan, d'une magnifique loyauté, il rougit de sa faiblesse et continua paisiblement :

— Ce qui est fait est fait. J'écrirai ce soir au chanoine, pour *nous* excuser. A présent, dites-moi...

Pitoyable, il montrait une chaise de sa main tendue. A sa grande surprise son vicaire resta debout.

— Dites-moi, répéta-t-il sur un ton bien différent de sollicitude et d'autorité, comment vous vous êtes perdu dans un pays qui n'est tout de même pas un désert sauvage?

La tête de l'abbé Donissan restait penchée sur son épaule, et son attitude exprimait un humble respect. Pourtant sa réponse tomba de haut :

— Dois-je vous dire ce que je crois être la vérité?

— Vous le devez, répliqua M. Menou-Segrais.

— Je le dirai donc, poursuivit le vicaire de Campagne. Son pâle visage, encore creusé par les terreurs et les fatigues de la nuit, témoignait d'une résolution déjà prise et qui serait infailliblement accomplie. La seule marque de sa honte fut qu'il détourna la tête. Il parla, les yeux baissés et avec un peu de hâte, peut-être...

D'ailleurs, la netteté de certains propos, leur hardiesse, le visible souci de ne rien ménager eussent découvert, même à un observateur moins sagace, le secret espoir sans doute

d'une interruption, d'une contradiction violente qui eût
secouru le pauvre prêtre sans le faire manquer à sa promesse.
Mais il fut écouté dans un profond silence.

— Je ne me suis pas égaré, commença-t-il. Au pis aller,
j'aurais pu me perdre à mi-chemin, dans la plaine. C'est pourquoi j'ai pris la grande route : je ne l'ai quittée qu'un instant.
Je n'avais qu'à marcher droit devant moi. Même en pleine
nuit (car la nuit était noire, je l'avoue), il était impossible de
manquer le but. Si je ne l'ai pas atteint, d'autres que moi en
porteront la peine.

Il s'arrêta pour reprendre haleine :

— Si étrange, si fou que cela vous paraisse, reprit-il, il
y a plus étrange et plus fou. Il y a pis. Une autre épreuve
m'était préparée.

A ce point, sa voix frémit, et il fit de la main le geste involontaire d'un homme surpris au cours d'un récit par une
objection capitale. Son regard se fixa cette fois humblement
sur le visage du doyen.

— Je vous demanderai... n'y a-t-il aucune faute à rapporter une aventure comme celle-ci — même absurde — à l'interpréter comme il me paraît convenable (il hésita encore) :
...en m'attribuant involontairement un rôle... et des lumières?...

— Allez! Allez! coupa court l'abbé Menou-Segrais.

Il obéit, car, après un silence pendant lequel il parut plutôt
s'efforcer d'éviter tout détour inutile, toute tentation de
respect humain :

— Dieu m'a permis deux fois, et sans aucun doute possible,
de voir de mes yeux une âme, à travers l'obstacle charnel.
Et ceci non par des moyens ordinaires, par étude et réflexion,
mais par une grâce particulière, merveilleuse, dont je dois le
témoignage à vous, quoi qu'il m'en puisse coûter...

— Que vous tenez pour un miracle? demanda l'abbé
Menou-Segrais de son ton le plus ordinaire.

— Je le crois ainsi, dit-il.

— Vous en rendrez compte à votre évêque, répondit
simplement le doyen de Campagne.

Il n'y avait, d'ailleurs, aucune surprise dans le regard dont
il enveloppa — littéralement — l'étrange silhouette de son

vicaire; aucune surprise, mais une attention tranquille, indifférente à la personne, à peine curieuse des faits, avec une nuance de pitié hautaine. Le vicaire rougit jusqu'au front.

— Qu'avez-vous donc rencontré, en plein champ, en pleine nuit?

— Un homme d'abord, dont j'ignore le nom.

— Oh! fit seulement M. Menou-Segrais.

— Comprenez-moi, répéta l'abbé Donissan, avec un frémissement douloureux des lèvres. Il m'a abordé le premier... Je ne pensais à rien de pareil... Je ne voyais même pas son visage... Je ne connaissais pas sa voix! Nous avons fait route ensemble un moment. Nous parlions de choses insignifiantes... le temps... la nuit... que sais-je?...

Il s'arrêta, pris du remords de celer une partie de la vérité à son juge. Et, brusquement, pour en finir :

— C'est à ce moment que j'ai reçu cette grâce, cette illumination dont j'ai parlé. Pour l'autre rencontre...

— J'en sais assez... momentanément du moins, interrompit le doyen. Le détail importe peu.

Il renversa la tête sur l'oreiller, prit, avec une grimace douloureuse, sa tabatière tout au fond de sa poche, huma sa prise, et, levant mollement les mains comme pour s'excuser poliment d'interrompre une conversation ordinaire :

— Voulez-vous sonner Mme Estelle? C'est l'heure où je dois prendre ma potion de salicylate et j'ignore où elle a placé le flacon.

Le flacon fut retrouvé à sa place habituelle. Il but lentement, s'essuya les lèvres avec beaucoup de soin, puis congédia la gouvernante d'un regard affectueux. Lorsque la porte se fut refermée :

— On va vous prendre pour un fou, mon garçon, dit-il.

Mais il avait devant lui (il n'en doutait pas) un de ces hommes dont l'expérience est tout intérieure, comme formés par le dedans et dont l'équilibre n'est pas aisément rompu. A peine une légère contraction des traits accusa-t-elle plus de surprise que de crainte. Il répliqua posément :

— Je vous devais cet aveu. Dieu m'est témoin que je désire l'oubli de tout ceci, et le silence.

— Comptez sur moi, continua le doyen de Campagne, pour cacher tout ce qui peut être celé sans mensonge. Car enfin je suis votre supérieur direct, mon ami, mais j'ai mes supérieurs, moi aussi!

Après un temps :

— Je vais écrire... non! j'irai plutôt, j'irai voir le chanoine Couvremont, l'ancien directeur du grand séminaire. C'est un confrère très sûr, très ferme. Il avisera. D'ailleurs, je ne doute point que nous ne tombions vite d'accord, lui et moi. Je prévois aisément sa décision...

Peut-être attendait-il une question, mais il n'eut pas même un regard.

— Nous demanderons pour vous une retraite prolongée, à Tortefontaine, ou chez les Bénédictins de Chévetogne. Il vous faut parler franc, l'abbé. Je vous ai cru; je vous crois encore marqué d'un signe, choisi. N'allons pas plus loin. Nous ne sommes plus au temps des miracles. On les craindrait plutôt, mon ami. L'ordre public y est intéressé. L'administration n'attend qu'un prétexte pour nous tomber dessus. De plus la mode est aux sciences — comme ils disent — neurologiques. Un petit bonhomme de prêtre qui lit dans les âmes comme dans un livre... On vous soignerait, mon garçon. Pour moi, ce que vous avez dit me suffit : je n'en demande pas plus : j'aime autant ne pas en entendre plus long.

Il étendit les deux mains, comme pour repousser ce secret dangereux, puis reposa sa tête au creux de l'oreiller. Mais au premier mouvement de retraite du vicaire :

— Attention! je vous interdis formellement d'ouvrir seulement la bouche sur un tel sujet, sans mon autorisation préalable, en présence de n'importe qui. N'importe qui, entendez-vous?

— Même mon confesseur habituel?... demanda timidement l'abbé Donissan.

— Celui-là surtout, répondit l'autre, avec tranquillité.

Alors le silence retomba, plus lourd. Une fois, deux fois, le grand corps du vicaire oscilla de droite à gauche, et son regard se tourna vers la porte. Sa main droite tourmentait ner-

veusement les boutons de sa soutane. Et il entendit soudain,
à son grand étonnement, sa propre voix :

— Je n'ai pas tout dit, fit-il.

Nulle réponse.

— Ce qui me reste à dire intéresse — en quelle mesure,
Dieu le sait ! — le salut d'une pauvre âme dont nous aurons
à répondre, vous et moi. La Providence semble me l'avoir
confiée, nommément, expressément, c'est sûr, car cette personne appartient à votre famille paroissiale, monsieur le doyen.

— J'écoute, répondit l'abbé Menou-Segrais, levant lentement les yeux.

Pas une seconde, au cours du long récit qui suivit, le lucide
et puissant regard ne se détourna de la face ravagée du vicaire.
Une espèce d'attention douloureuse s'y pouvait lire, où la
claire résolution se formait déjà peu à peu. Pas un mot ne sortit
de la bouche serrée, pas un frémissement ne parcourut les
longues mains blêmes posées sur les bras du fauteuil, et la
tête un peu renversée, le menton haut, resplendissait d'intelligence et de volonté.

Lorsque le vicaire eut achevé, le doyen de Campagne se
détourna sans affectation vers le Christ florentin pendu à son
chevet et dit, d'une voix à la fois forte et tendre :

— Dieu soit béni, mon enfant, parce que vous avez si franchement et si humblement parlé. Car cette simplicité désarme
l'esprit du mal même.

Faisant signe au jeune prêtre d'approcher, il se leva légèrement vers lui, chercha son regard et, face à face :

— Je vous crois, dit-il, je vous crois sans réserves. Mais
j'ai besoin de préparer un moment ce que je m'en vais dire...
Prenez sur ma table, à droite, là, oui : c'est l'*Imitation de Notre-
Seigneur*... Vous l'ouvrirez au livre III, chapitre LVI, et vous
prononcerez du fond du cœur, particulièrement, les versets 5
et 6. Allez... Laissez-moi.

Le vieux prêtre aux dons magnifiques, que l'ignorance,
l'injustice et l'envie avaient jadis désarmé, sentit à cette heure
unique qu'il consommait son destin. Les comparaisons sont
peu de chose, quand il faut les emprunter à la vie commune
pour donner quelque idée des événements de la vie intérieure et

de leur majesté. Le moment était venu où cet homme exceptionnel, à la fois subtil et passionné, aussi hardi qu'aucun autre mais capable de porter sur toute chose la pointe aiguë de l'esprit, allait donner sa pleine mesure.

— La honte d'avoir fui la gloire..., murmura-t-il, répétant de mémoire les derniers mots du chapitre. A présent, écoutez-moi, mon ami.

Docilement, le vicaire de Campagne quitta le prie-Dieu, et se tint debout à quelques pas.

— Ce que vous allez entendre, dit l'abbé Menou-Segrais, vous fera du mal sans doute. Dieu sait que je vous ai jusqu'ici trop ménagé! Je ne voudrais point vous troubler cependant. Quoi que je dise, restez en paix. Car vous n'avez commis aucune faute, sinon d'inexpérience et de zèle. M'avez-vous compris?

L'abbé hocha la tête.

— Vous avez agi comme un enfant, continua le vieux prêtre, après un silence. Les épreuves qui vous attendent ici ne sont point de celles qu'on peut affronter avec présomption : plus que jamais, quoi qu'il vous en coûte, vous devez leur tourner le dos, fuir, sans seulement un regard en arrière. Chacun de nous n'est tenté que selon ses forces. Notre concupiscence naît, grandit, évolue avec nous-mêmes. Elle est, comme certaines de ces infirmités chroniques, une espèce de compromis entre la maladie et la santé. Alors, la patience suffit. Mais il arrive que le mal s'aggrave tout à coup, qu'un élément nouveau...

Il s'interrompit, non sans quelque embarras vite surmonté.

— Prenez d'abord note de ceci : pour tout le monde vous n'êtes désormais (jusqu'à quand?) qu'un petit abbé plein d'imagination et de suffisance, moitié rêveur, moitié menteur, ou un fou. Subissez donc la pénitence qui vous sera sûrement imposée, le silence et l'oubli temporaire du cloître, non pas comme un châtiment injuste, mais nécessaire et justifié... M'avez-vous compris?

Même regard et même signe.

— Sachez-le, mon enfant. Depuis des mois je vous observe, sans doute avec trop de prudence, d'hésitation. Cependant j'ai vu clair, dès le premier jour. Certaines grâces vous sont prodiguées comme avec excès, sans mesure : c'est apparemment que vous êtes exceptionnellement tenté. L'Esprit-Saint est magnifique, mais ses libéralités ne sont jamais vaines : il les proportionne à nos besoins. Pour moi, ce signe ne peut tromper : le diable est entré dans votre vie.

L'abbé Donissan se tut encore.

— Ah! mon petit enfant! Les nigauds ferment les yeux sur ces choses! Tel prêtre n'ose seulement prononcer le nom du diable. Que font-ils de la vie intérieure? Le morne champ de bataille des instincts. De la morale? Une hygiène des sens. La grâce n'est plus qu'un raisonnement juste qui sollicite l'intelligence, la tentation un appétit charnel qui tend à la subordonner. À peine rendent-ils ainsi compte des épisodes les plus vulgaires du grand combat livré en nous. L'homme est censé ne rechercher que l'agréable et l'utile, la conscience guidant son choix. Bon pour l'homme abstrait des livres, cet homme moyen rencontré nulle part! De tels enfantillages n'expliquent rien. Dans un pareil univers d'animaux sensibles et raisonneurs il n'y a plus rien pour le saint, ou il faut le convaincre de folie. On n'y manque pas, c'est entendu. Mais le problème n'est pas résolu pour si peu. Chacun de nous — ah! puissiez-vous retenir ces paroles d'un vieil ami! — est tour à tour, de quelque manière, un criminel ou un saint, tantôt porté vers le bien, non par une judicieuse approximation de ses avantages, mais clairement et singulièrement par un élan de tout l'être, une effusion d'amour, qui fait de la souffrance et du renoncement l'objet même du désir, tantôt tourmenté du goût mystérieux de l'avilissement, de la délectation au goût de cendre, le vertige de l'animalité, son incompréhensible nostalgie. Hé! qu'importe l'expérience, accumulée depuis des siècles, de la vie morale. Qu'importe l'exemple de tant de misérables pécheurs, et de leur détresse! Oui, mon enfant, souvenez-vous. Le mal, comme le bien, est aimé pour lui-même, et servi.

La voix naturellement faible du doyen de Campagne s'était assourdie peu à peu, en sorte qu'il semblait depuis un moment parler pour lui seul. Il n'en était rien pourtant. Son regard, sous les paupières à demi baissées, ne quittait point le visage de l'abbé Donissan. Jusqu'alors ce visage était resté en appa-

rence impassible. A ces derniers mots, cette impassibilité se
dissipa soudain, et ce fut comme un masque qui tombe.

— Faut-il donc croire!... s'écria-t-il. Sommes-nous vraiment si malheureux!

Il n'acheva pas la phrase commencée, il ne l'appuya d'aucun
geste; une détresse infinie, bien au-delà sans doute d'aucun
langage, s'exprima si douloureusement par cette protestation
bégayante, la résignation désespérée de ses yeux pleins d'ombre,
que M. Menou-Segrais lui ouvrit, presque involontairement,
les bras. Il s'y jeta.

A présent, il était à genoux contre le haut fauteuil capitonné,
sa rude tête aux cheveux courts naïvement jetée sur la poitrine
de son ami... Mais d'un commun accord, leur étreinte fut brève.
Le vicaire reprit simplement l'attitude d'un pénitent aux pieds
de son confesseur. L'émotion du doyen se marqua seulement au
léger tremblement de sa main droite dont il le bénit.

— Ces paroles vous scandalisent, mon enfant. Puissent-
elles aussi vous armer! Il n'est que trop sûr : votre vocation
n'est pas du cloître.

Il eut un sourire triste, vite réprimé.

— La retraite qu'on vous imposera bientôt sera sans nul
doute un temps d'épreuve et de déréliction très amère. Il se
prolongera plus que vous ne pensez, n'en doutez pas.

D'un regard paternel, non sans un rien d'ironie très douce,
il considéra longuement le visage penché.

— Vous n'êtes point né pour plaire, car vous savez ce que
le monde hait le mieux d'une haine perspicace, savante : le
sens et le goût de la force. Ils ne vous lâcheront pas de sitôt.

... Le travail que Dieu fait en nous, reprit-il après un court
silence, est rarement ce que nous attendons. Presque toujours
l'Esprit-Saint nous semble agir à rebours, perdre du temps. Si
le morceau de fer pouvait concevoir la lime qui le dégrossit
lentement, quelle rage et quel ennui! C'est pourtant ainsi que
Dieu nous use. Certaines vies de saints paraissent d'une affreuse
monotonie, un vrai désert.

Il baissa lentement la tête, et pour la première fois l'abbé
Donissan vit ses yeux s'obscurcir et deux profondes larmes en
descendre. Tout aussitôt, secouant la tête :

— En voilà assez, fit-il. Hâtons-nous! Car l'heure sonnera bientôt où je ne pourrai plus rien pour vous, selon le monde. Parlons à présent bien net, aussi clairement que possible. Rien de meilleur que d'exprimer le surnaturel dans un langage commun, vulgaire, avec les mots de tous les jours. Aucune illusion ne tient là contre. Je passe sur votre première aventure : que vous ayez, ou non, vu face à face celui que nous rencontrons chaque jour — non point hélas! au détour d'un chemin, mais en nous-mêmes — comment le saurais-je? Le vîtes-vous réellement, ou bien en songe, que m'importe? Ce qui peut paraître au commun des hommes l'épisode capital n'est le plus souvent, pour l'humble serviteur de Dieu, que l'accessoire. Nul moyen de juger de votre clairvoyance et de votre sincérité que vos œuvres : vos œuvres rendront témoignage pour vous. Laissons cela.

Il releva ses oreillers, reprit haleine, et continua, avec la même singulière bonhomie :

— J'en viens à votre seconde aventure, qui n'est pas sans intérêt pour moi-même, il s'en faut. Car une erreur de votre jugement a pu nuire ici à l'une de ces âmes qui, vous l'avez dit, nous sont confiées. Je ne connais pas la fille de M. Malorthy. Je ne sais rien du crime dont vous la pensez coupable. A nos yeux le problème se pose autrement. Criminelle ou non, cette petite fille a-t-elle été l'objet d'une grâce exceptionnelle? Avez-vous été l'instrument de cette grâce? Comprenez-moi!... Comprenez-moi!... A chaque instant, il peut nous être inspiré le mot nécessaire, l'intervention infaillible — celle-là — pas une autre. C'est alors que nous assistons à de véritables résurrections de la conscience. Une parole, un regard, une pression de la main, et telle volonté jusqu'alors infléchissable s'écroule tout à coup. Pauvres sots qui nous imaginons que la direction spirituelle obéit aux lois ordinaires des confidences humaines, même sincères! Sans cesse nos plans se trouvent bouleversés, nos meilleures raisons réduites à rien, nos faibles moyens retournés contre nous. Entre le prêtre et le pénitent, il y a toujours un troisième acteur invisible qui parfois se tait, parfois murmure, et tout soudain parle en maître. Notre rôle est souvent tellement passif!

Aucune vanité, aucune suffisance, aucune expérience ne résiste à ça! Comment donc imaginer, sans un certain serrement de cœur, que ce même témoin, capable de se servir de nous sans nous rendre nul compte, nous associe plus étroitement à son action ineffable? S'il en a été ainsi pour vous, c'est qu'il vous éprouve, et cette épreuve sera rude, si rude qu'elle peut bouleverser votre vie.

— Je le sais, balbutia le pauvre prêtre. Ah! que vos paroles me font mal!

— Vous le savez? interrogea l'abbé Menou-Segrais. De quelle manière?

L'abbé Donissan se cacha le visage dans ses mains, puis, comme honteux d'un premier mouvement, il reprit, la tête droite, les yeux sur le pâle jour du dehors :

— Dieu m'a inspiré cette pensée qu'il me marquait ainsi ma vocation, que je devrais poursuivre Satan dans les âmes, et que j'y compromettrais infailliblement mon repos, mon honneur sacerdotal, et mon salut même.

— N'en croyez rien, répliqua vivement le curé de Campagne. On ne compromet son salut qu'en s'agitant hors de sa voie. Là où Dieu nous suit, la paix peut nous être ôtée, non la grâce.

— Votre illusion est grande, répondit l'abbé Donissan avec calme, sans paraître s'apercevoir combien de telles paroles étaient éloignées de son ton habituel de déférence et d'humilité. Je ne puis douter de la volonté qui me presse, ni du sort qui m'attend.

Le regard de l'abbé Menou-Segrais eut cette joie du chercheur qui entrevoit soudain la solution longtemps cherchée.

— Quel sort vous attend donc, mon fils?

Le vicaire haussa légèrement les épaules.

— Je ne vous demanderai pas votre secret. J'en aurais eu le droit jadis. A présent, nous changeons de route, vous et moi, et déjà vous ne m'appartenez plus.

— Ne parlez pas ainsi, murmura l'abbé Donissan, les yeux sombres et fixes. Où que j'aille, si profondément que je m'enfonce, — oui — dans les bras mêmes de Satan, je me souviendrai de votre charité.

Puis, comme si l'image qui s'emparait de son esprit l'agitait trop douloureusement et qu'il voulût la fuir (ou peut-être l'affronter), il se mit brusquement debout.

— Est-ce là votre secret, s'écria M. Menou-Segrais, est-ce à ce que vous prétendez tenir de Dieu! Ai-je bien compris que vous blasphémiez en vous la divine miséricorde? Ce ne sont pas là mes leçons! Entendez-moi, malheureux! Vous êtes (depuis combien de temps?...) la dupe, le jouet, le ridicule instrument de celui que vous redoutez le plus.

Il faisait de ses deux mains levées, puis abaissées, un geste d'horreur et de découragement, que démentait l'éclat volontaire de son regard.

— Je n'ai pas blasphémé, reprit l'abbé Donissan. Je n'ai pas désespéré de la justice du bon Dieu. Je croirai jusqu'à la dernière minute de ma misérable vie que les seuls mérites de Notre-Seigneur sont bien assez grands pour m'absoudre, moi-même et tous avec moi. Cependant, ce n'est pas sans cause qu'il m'a été révélé un jour, d'une manière si efficace, l'effrayante horreur du péché, le misérable état des pécheurs, et la puissance du démon.

— A quel moment?... commença l'abbé Menou-Segrais. Mais, sans le laisser achever, ou plutôt comme s'il ne se souciait point de l'entendre, le futur saint de Lumbres continuait :

— De cela, le pressentiment me fut donné jadis. Avant que de connaître la vérité, j'en ai porté la tristesse. Chacun reçoit sa part de lumière : de plus zélés, de plus instruits ont sans doute un sentiment très vif de l'ordre divin des choses. Pour moi, dès l'enfance, j'ai vécu moins dans l'espérance de la gloire que nous posséderons un jour que dans le regret de celle que nous avons perdue. (Son visage se durcissait à mesure, un pli de colère se creusait sur son front.) Ah! mon père, mon père! J'ai désiré écarter de moi cette croix! Est-ce possible! Je la reprenais toujours. Sans elle, la vie n'a pas de sens : le meilleur devient un de ces tièdes que le Seigneur vomit. Dans notre affreuse misère, humiliés, foulés, piétinés par le plus vil, que serions-nous, si nous ne sentions au moins l'outrage! Il n'est pas tout à fait maître du monde, tant que la sainte colère gonfle nos cœurs, tant qu'une vie humaine, à son tour, jette le *Non Serviam* à sa face.

Des mots se pressaient dans sa bouche, sans proportion avec les images intérieures qui les suscitaient. Et ce flot de paroles chez un homme naturellement silencieux trahissait presque le délire.

— Je vous arrête, dit froidement l'abbé Menou-Segrais. Je vous ordonne de m'entendre. Vous ne parlez tant que pour vous tromper vous-même et me tromper avec vous. Laissons cela. Mais je sais que vous n'êtes pas homme à vous payer de mots. Cette violence suppose quelque résolution, quelque projet, quelque acte peut-être, que je veux connaître.

Ce coup porta si juste que l'abbé Donissan leva vers son doyen un regard éperdu. Mais le vieillard subtil et fort poursuivait déjà :

— De quelle manière avez-vous réalisé dans votre vie des sentiments dont le moins qu'on puisse dire est qu'ils sont troubles et dangereux?

Le jeune prêtre se tut.

— Je vous mettrai donc sur la voie, reprit M. Menou-Segrais. Vous commençâtes par des mortifications excessives. Puis vous vous êtes jeté dans le ministère avec une égale frénésie. Les résultats que vous obteniez réjouissaient votre cœur. Ils eussent dû vous rendre la paix. Cependant vous ne la connaissiez pas encore! Dieu ne la refuse jamais au bon serviteur, à la limite de ses forces. L'auriez-vous donc, délibérément, refusée?

— Je ne l'ai pas refusée, répliqua l'abbé Donissan, avec effort. Je suis plutôt disposé par la nature à la tristesse qu'à la joie...

Il parut réfléchir un instant, chercher à sa pensée une expression modérée, conciliante, puis, se décidant tout à coup, d'une voix que la passion assourdissait plutôt, comparable à une flamme sombre :

— Ah! plutôt le désespoir, s'écria-t-il, et tous ses tourments qu'une lâche complaisance pour les œuvres de Satan!

A sa grande surprise, car il avait laissé échapper ce souhait comme un cri, et l'avait entendu avec une espèce d'effroi, le doyen de Campagne lui prit les deux mains dans les siennes et dit doucement :

— C'en est assez : je lis clairement en vous : je ne m'étais pas trompé. Non seulement vous n'avez pas sollicité de consolation, mais vous avez entretenu votre esprit de tout ce qui était capable de vous pousser au désespoir. Vous avez entretenu le désespoir en vous.

— Non pas le désespoir, s'écria-t-il, mais la crainte.

— Le désespoir, répéta l'abbé Menou-Segrais sur le même ton, et qui vous eût conduit de la haine aveugle du péché au mépris et à la haine du pécheur.

À ces mots, l'abbé Donissan, s'arrachant à l'étreinte du doyen de Campagne, et les yeux soudains pleins de larmes :

— La haine du pécheur ! s'écria-t-il d'une voix rauque (la pitié de son regard avait quelque chose de farouche). La haine du pécheur !

La violence et le désordre de ses sentiments arrêtèrent la parole sur ses lèvres, et ce ne fut qu'après un long silence qu'il ajouta, les yeux clos sur une vision mystérieuse :

— J'ai disposé d'un bien autrement précieux que la vie...

Alors la voix du doyen de Campagne retentit dans le nouveau silence, ferme, claire, impossible à éluder :

— Je n'ai jamais douté qu'il y eût dans votre vie intérieure un secret, mieux gardé par votre ignorance et votre bonne foi que n'importe quelle duplicité. Il y a quelque imprudence consommée. Je ne serais pas surpris que vous ayez formé quelque vœu dangereux...

— Je n'aurais pu former aucun vœu sans la permission de mon confesseur, balbutia le pauvre prêtre.

— Si ce n'est un vœu, c'est quelque chose qui lui ressemble, répliqua l'abbé Menou-Segrais.

Puis, se dressant péniblement hors de ses oreillers, les deux mains posées sur ses genoux, sans élever le ton :

— Je vous l'ordonne, mon enfant.

Au grand étonnement du doyen, son vicaire hésita longtemps, le regard dur. Puis avec un frisson douloureux :

— Il est vrai, je vous assure... Je n'ai fait aucun vœu,

aucune promesse, à peine un souhait... peut-être... sans doute
mal justifié, au moins selon la prudence humaine...

— Il empoisonne votre cœur, répliqua l'abbé Menou-
Segrais.

Alors, secouant la tête et prenant parti :

— Voilà peut-être ce qui mérite vos reproches... La possession de tant d'âmes par le péché... m'a souvent transporté
de haine contre l'ennemi... Pour leur salut, j'ai offert tout ce
que j'avais ou posséderais jamais... ma vie d'abord — cela est
si peu de chose!... — les consolations de l'Esprit-Saint...

Il hésita encore :

— Mon salut, si Dieu le veut! fit-il à voix basse.

L'aveu fut reçu dans un profond silence. Les paroles extraordinaires parurent créer ce silence, s'y perdre d'elles-mêmes.

Alors l'abbé Menou-Segrais parla de nouveau :

— Avant de continuer, fit-il avec sa simplicité ordinaire,
renoncez cette pensée à jamais, et priez Dieu de vous pardonner. De plus, je vous interdis de parler de ces choses à
un autre que moi.

Puis, comme l'abbé ouvrait la bouche pour répondre, le
magistral clinicien des âmes, toujours ferme dans sa prudence et
son bon sens souverain :

— Gardez-vous d'insister, fit-il. Taisez-vous. Il ne s'agit
plus que d'oublier. Je sais tout. L'entreprise a été irréprochablement conçue et réalisée de point en point. Le démon ne
trompe pas autrement ceux qui vous ressemblent. S'il ne savait
abuser des dons de Dieu, il ne serait rien de plus qu'un cri de
haine dans l'abîme, auquel aucun écho ne répondrait...

Bien que sa voix ne décelât aucune excessive émotion, cette
dernière se marqua pourtant à ce signe que l'abbé Menou-
Segrais prit sa canne au pied du fauteuil, se leva, et fit quelques
pas dans sa chambre. Son vicaire demeurait debout, à la
même place.

— Mon petit enfant, dit le vieux prêtre, que de périls vous
attendent! Le Seigneur vous appelle à la perfection, non pas au
repos. Vous serez de tous le moins assuré dans votre voie, clairvoyant seulement pour autrui, passant de la lumière aux
ténèbres, instable. L'offre téméraire a été, en quelque manière,

entendue. L'espérance est presque morte en vous, à jamais.
Il n'en reste que cette dernière lueur sans quoi toute œuvre
deviendrait impossible et tout mérite vain. Ce dénuement de
l'espérance, voilà ce qui importe. Le reste n'est rien. Sur la
route que vous avez choisie — non! où vous vous êtes jeté!
— vous serez seul, décidément seul, vous marcherez seul.
Quiconque vous y suivrait, se perdrait sans vous secourir.

— Je n'ai pas demandé cela, s'écria le futur saint de Lumbres, avec une violence soudaine. (Par un contraste véritablement pathétique, sa voix restait sombre et volontaire.)
Je n'ai pas sollicité ces grâces singulières. Je n'en veux pas! Je
ne désire pas de miracles! Je n'en ai jamais demandé! Qu'on
me laisse donc vivre et mourir dans la peau d'un pauvre homme
qui ne sait ni A ni B. Non! Non! ce qui a été commencé cette
nuit ne sera pas achevé! J'ai rêvé. J'étais fou.

L'abbé Menou-Segrais regagna son fauteuil, s'y étendit, et
répliqua sans élever la voix :

— Qui le sait? Lequel d'entre ceux que nous honorons
comme nos pères dans la foi n'a été traité de visionnaire? Quel
visionnaire n'a eu sa disciples? Au point où vous êtes, vos
œuvres seules parleront pour ou contre vous.

Après un moment, il ajouta, sur un ton plus doux :

— Ne suis-je pas à plaindre aussi, mon enfant? Mon expérience des âmes, une réflexion de plusieurs mois me portent
à croire que Dieu vous a choisi. Les nigauds incrédules
n'admettent pas les saints. Les nigauds dévots s'imaginent
qu'ils poussent tout seuls comme l'herbe des champs. Peu
savent que l'arbre est d'autant plus fragile qu'il est d'essence
plus rare. Votre destinée, à laquelle tant d'autres destinées sont
liées sans doute, cela est à la merci d'un faux pas, d'un abus
même involontaire de la grâce, d'une décision hâtive, d'une
incertitude, d'une équivoque. Et vous m'êtes confié! Vous êtes
à moi! De quelles mains tremblantes je vous offre à Dieu!
Aucune faute ne m'est permise. Qu'il m'est cruel de ne pouvoir
me jeter à genoux à vos côtés, rendre grâces avec vous! J'attendais de jour en jour une confirmation surnaturelle des desseins de Dieu sur votre âme. J'attendais cette confirmation
de votre zèle, de votre influence grandissante, de la conversion

de mon petit troupeau. Et dans votre vie si troublée, si pleine
d'orages, le signe a éclaté comme la foudre. Il me laisse plus
perplexe qu'avant. Car il est sûr désormais que ce signe est
équivoque, que le miracle même n'est pas pur!

Il réfléchit un moment, puis, levant les épaules, dans un
geste d'impuissance :

— Dieu sait que je ne céderais pas à la crainte! Dieu sait
que je suis trop tenté d'affronter le jugement d'autrui! On
m'accuse volontiers d'indépendance et même d'insubordina-
tion. Il y a pourtant telle règle qu'on ne peut enfreindre. Que
vous vous déchiriez à coups de discipline, j'y mettrais ordre.
Que vous rêviez le diable, ou le rencontriez à tous les carre-
fours, cela me regarde. Mais cette histoire, non moins invrai-
semblable, de la petite Malorthy, m'éclaire. Je ne puis vous
laisser libre de parler et d'agir dans cette paroisse selon vos
lumières... Je ne puis m'en remettre à vous... Je dois... il faut...
il est nécessaire que je m'ouvre de tout ceci à nos supérieurs.
Mon appui vous sera de peu! D'autre part, vous devrez ne
dissimuler rien. Dès lors... ah! dès lors!... qui sait quand vous
l'emporterez enfin sur la défiance des uns, la pitié des autres,
la contradiction de tous! L'emporterez-vous même jamais?
Me serais-je trompé sur vous? Ai-je encore trop attendu! Un
vieillard ne peut plus manquer sa vie. Mais j'aurai manqué ma
mort.

L'abbé Donissan sortit enfin de son silence. Loin de le
confondre, ce dernier doute exprimé lui rendait visiblement
courage. Il objecta timidement :

— Je ne désire rien tant que l'oubli, l'effacement, la vie
commune, mes devoirs d'état. Si vous le vouliez, qui m'empê-
cherait de redevenir ce que j'étais avant? Qui se soucierait de
moi? Je n'attire l'attention de personne. J'ai la réputation
que je mérite d'un prêtre bien simple, bien borné... Ah! si
vous le permettiez, il me semble que j'arriverais à passer inaperçu, même du bon Dieu et de ses anges!

— Inaperçu! s'écria doucement l'abbé Menou-Segrais (il
souriait, mais avec des yeux pleins de larmes...) Toutefois il
s'interrompit aussitôt. L'escalier retentissait du pas singulièrement précipité de la gouvernante. La porte s'ouvrit presque

aussitôt, et, très pâle, avec cette hâte des vieilles femmes à annoncer les mauvaises nouvelles :

— Mlle Malorthy vient de se périr, dit-elle.

Et, déjà satisfaite de l'effet produit, elle ajouta :

— Elle s'a ouvert la gorge avec un rasoir...

***

On lira ci-dessous la lettre de Monseigneur au chanoine Gerbier :

"MON CHER CHANOINE,

" J'ai des remerciements à vous faire pour le sang-froid, l'intelligence et le zèle discret dont vous avez fait preuve au cours de certains événements bien douloureux à mon cœur paternel. Le malheureux abbé Donissan a quitté cette semaine la maison de santé de Vaubecourt, où il a été traité avec le plus grand dévouement par le docteur Jolibois. Ce praticien, élève du docteur Bernheim de Nancy, m'a entretenu hier du présent état de santé de notre cher enfant. Il a témoigné de cette largeur de vues et de cette tendre sollicitude que j'ai eu l'occasion d'admirer déjà bien souvent chez des hommes de science que leurs études ont malheureusement détournés de la foi. Il attribue ces troubles passagers à une grave intoxication des cellules nerveuses, probablement d'origine intestinale.

" Sans manquer à la charité, qui doit être notre règle constante, je déplore avec vous la négligence, pour ne pas dire plus, de M. le doyen de Campagne. En agissant nettement et vigoureusement, il nous eût sans doute évité de paraître momentanément en conflit avec les autorités civiles. Toutefois, grâce à votre judicieuse intervention et après un premier malentendu, vite dissipé, M. le docteur Gallet a usé vis-à-vis de nous de la plus haute courtoisie en nous aidant à limiter le scandale. Par ailleurs, son diagnostic a été confirmé par son éminent confrère de Vaubecourt. Ces deux traits font autant d'honneur à son caractère qu'à ses connaissances professionnelles.

" Le témoignage de Mlle Malorthy, les confidences faites en pleine démence, ou dans la période de préagonie, n'eussent pas suffi sans doute à compromettre, dans la personne de M. Donissan, la dignité de notre ministère. Mais sa présence au chevet de la mourante, en dépit de la protestation formelle de M. Malorthy, ne devait être en aucun cas tolérée par M. le doyen de Campagne. J'accorde que ce qui a suivi ne pouvait être prévu d'un homme sensé. Le désir de cette jeune personne, manifesté publiquement, d'être conduite au pied de l'église pour y expirer, ne devait pas être pris en considération. Outre que le père et le médecin traitant s'opposaient à une telle imprudence, ce qu'on sait du passé et de l'indifférence religieuse de Mlle Malorthy autorisait à croire que, déjà soignée jadis pour troubles mentaux, l'approche de la mort bouleversait sa faible raison. Que dire de l'altercation qui a suivi! Des étranges paroles prononcées par le malheureux vicaire! Que dire surtout du véritable rapt commis par lui, lorsque, arrachant la malade aux mains paternelles, il l'a portée tout ensanglantée et moribonde à l'église, heureusement voisine! De tels excès sont d'un autre âge, et ne se qualifient point.

" Grâce au ciel, le scandale a heureusement pris fin. De bonnes âmes, plus zélées que sages, attiraient déjà l'attention sur cette conversion *in articulo mortis*, dont l'invraisemblance nous eût couverts de ridicule. J'y ai mis bon ordre. Notre solution a contenté tout le monde. A l'exception sans doute de M. le doyen de Campagne qui, en se renfermant dans un silence dédaigneux, et en nous refusant son témoignage, s'est montré, pour le moins, singulier.

" Sur mes instructions, M. l'abbé Donissan est entré à la Trappe de Tortefontaine. Il y restera jusqu'à confirmation de sa guérison. J'accorde que sa parfaite docilité plaide en sa faveur, et qu'il y a lieu d'espérer que nous pourrons un jour, ces faits regrettables tombés dans l'oubli, lui trouver dans le diocèse un petit emploi, en rapport avec ses capacités. "

Cinq ans plus tard, en effet, l'ancien vicaire de Campagne était nommé curé desservant d'une petite paroisse, au hameau de Lumbres. Ses œuvres y sont connues de tous. La gloire, auprès de laquelle toute gloire humaine pâlit, alla chercher dans ce lieu désert le nouveau curé d'Ars. La deuxième partie de ce livre, d'après des documents authentiques et des témoignages que personne n'oserait récuser, rapporte le dernier épisode de son extraordinaire vie.

DEUXIÈME PARTIE

LE SAINT DE LUMBRES

I

Il ouvrit la fenêtre; il attendait encore on ne sait quoi.
A travers le gouffre d'ombre ruisselant de pluie, l'église
luisait faiblement, seule vivante... " Me voici ", dit-il, comme
en rêve...

La vieille Marthe, en bas, tirait les verrous. Au loin, l'enclume du maréchal tinta. Mais déjà il n'écoutait plus : c'était
l'heure de la nuit où cet homme intrépide, soutien de tant
d'âmes, chancelait sous le poids de son magnifique fardeau.
" Pauvre curé de Lumbres! disait-il en souriant, il ne fait rien
de bon... il ne sait même plus dormir! " Il disait aussi : "Croyez-
vous bien? J'ai peur du noir!... "

La lampe du sanctuaire dessinait peu à peu, dans la nuit,
l'ogive des grandes fenêtres à trois meneaux. La vieille tour,
construite entre le chœur et la grande nef, élevait juste au-
dessus sa flèche en charpente, et son pesant beffroi. Il ne les
voyait plus. Il était debout, face aux ténèbres, seul, et comme
à la proue d'un navire. La grande vague ténébreuse roulait
autour avec un bruit surhumain. Des quatre coins de l'horizon accouraient vers lui les champs et les bois invisibles...
et derrière les champs et les bois, d'autres villages et d'autres
bourgs, tous pareils, crevant d'abondance, ennemis des pauvres, pleins d'avares accroupis, froids comme des suaires...
Et plus loin encore les villes, qui ne dorment jamais.

— Mon Dieu! Mon Dieu!... répétait-il, ne pouvant pleurer ni prier... Comme au chevet d'un moribond, chaque minute tombait dans ces ténèbres, irréparable. Si courtes que soient les nuits, le jour vient trop tard : Célimène a déjà mis son rouge, l'ivrogne a cuvé son vin. La sorcière, retour du sabbat, toute chaude encore, s'est glissée dans ses draps blancs... Le jour vient trop tard... Mais la seule justice, d'un pôle à l'autre, surprendra le monde.

Il finit par glisser à genoux, comme on coule à pic. Cette justice, qu'un peuple généreux attend de M. le ministre des Finances, il ne la cherchait pas si loin — plutôt là-bas, au-dessous de l'horizon, toute prête, pétrie à l'aube prochaine, irrésistible, dans la nuit qui vole en éclats. La main ouverte ne se fermera pas... la parole séchera sur les lèvres... le monstre Évolution, fixé à jamais, cessera soudain de s'étendre et de bouillonner... L'effrayante aurore, qui se lève au-dedans de l'homme, donnera à la pensée la plus secrète sa forme et son volume éternel, et le cœur double et furtif ne pourra même plus se renier... *Consummatum est*, c'est-à-dire tout est défini pour toujours.

M. Loyolet, inspecteur d'Académie (au titre d'agrégé ès lettres), a voulu voir le saint de Lumbres, dont tout le monde parle. Il lui a fait une visite, en secret, avec sa fille et sa dame. Il était un peu ému. " Je m'étais figuré un homme imposant, dit-il, ayant de la tenue et des manières. Mais ce petit curé n'a pas de dignité : il mange en pleine rue, comme un mendiant "... " Quel dommage, disait-il aussi, qu'un tel homme puisse croire au diable! "

Le curé de Lumbres y croit, et cette nuit même il le craint. " J'étais, a-t-il avoué plus tard, éprouvé depuis des semaines, par une angoisse nouvelle pour moi : j'avais passé ma vie au confessionnal, et j'étais tout à coup accablé du sentiment de mon impuissance; je sentais moins de pitié que de dégoût. Il faut n'être qu'un pauvre prêtre pour savoir ce que c'est que l'effrayante monotonie du péché!... Je ne trouvais rien à dire... Je ne pouvais plus qu'absoudre et pleurer... "

Au-dessus de lui, la nuée se déchire en lambeaux. Une, dix, cent étoiles renaissent, une par une, à la cime de la nuit. Une pluie fine, une poussière d'eau retombe d'un nuage crevé par le vent. Il respire l'air rafraîchi, détendu par l'orage... Ce soir, il ne se défendra plus : il n'a plus rien à défendre; il a tout donné; il est vide... Ce cœur humain, il le connaît bien, lui... (Il y est entré avec sa pauvre soutane et ses gros souliers.) Ce cœur!

Ce vieux cœur, qu'habite l'incompréhensible ennemi des âmes, l'ennemi puissant et vil, magnifique et vil. L'étoile reniée du matin : Lucifer, ou la fausse Aurore...

Il sait tant de choses, pauvre curé de Lumbres! que la *Sorbonne* ne sait pas. Tant de choses qui ne s'écrivent pas, qui se disent à peine, dont on s'arrache l'aveu, comme d'une plaie refermée — tant de choses! Et il sait aussi ce qu'est l'homme : un grand enfant plein de vices et d'ennui.

Qu'apprendrait-il de nouveau, ce vieux prêtre? Il a vécu mille vies, toutes pareilles. Il ne s'étonnera plus; il peut mourir. Il y a des morales toutes neuves, mais on ne renouvellera pas le péché.

Pour la première fois, il doute, non pas de Dieu, mais de l'homme. Mille souvenirs le pressent : il entend les plaintes confuses, les bégaiements pleins de honte, le cri de douleur de la passion qui se dérobe et qu'un mot a clouée sur place, que la parole lucide retourne et dépouille toute vive... Il revoit les pauvres visages bouleversés, les regards qui veulent et ne veulent pas, les lèvres vaincues qui se relâchent, et la bouche amère qui dit non... Tant de faux révoltés, si éloquents dans le monde, qu'il a vus à ses pieds, risibles! Tant de cœurs fiers, où pourrit un secret! Tant de vieux hommes, pareils à d'affreux enfants! Et par-dessus tous, fixant le monde d'un regard froid, les jeunes avares, qui ne pardonnent jamais.

Aujourd'hui comme hier, comme au premier jour de sa vie sacerdotale, les mêmes... Il est au terme de son effort, et l'obstacle manque tout à coup. Ceux qu'il a voulu délivrer, c'étaient ceux-là mêmes qui refusent la liberté comme un fardeau, et l'ennemi qu'il a poursuivi jusqu'au ciel rit au-dessous, insaisissable, invulnérable. Tous l'ont berné. "Nous cherchons la paix ", disaient-ils. Non pas la paix, mais un court repos, une halte dans les ténèbres. Aux pieds du solitaire, ils venaient jeter leur écume; et puis ils retournaient à leurs tristes plaisirs, à leur vie sans joie. (Et il se comparait aussi à ces vieilles murailles insultées, où le passant grave une ligne obscène, et qui se détruisent lentement, pleines de secrets dérisoires.)

Ceux qu'il a tant de fois consolés ne le connaîtraient plus. A cette minute, une des plus tragiques de sa vie, il se sent pressé de toutes parts, tout est remis en question. Certaines pensées plus perfides, longtemps repoussées, réapparaissent soudain, et il ne les reconnaît plus. Il trouve à toutes choses un sens, et comme une saveur nouvelle... Pour la première fois, il contemple sans amour, mais avec pitié, le lamentable troupeau humain, né pour paître et mourir. Il goûte l'amer sentiment de sa défaite et de sa grandeur. A la limite de l'angoisse, la volonté intrépide refuse de s'avouer vaincue; elle veut retrouver son équilibre, coûte que coûte...

Il est debout, maintenant; il pose devant lui un regard inflexible... Que de nuits, pareilles à cette nuit, jusqu'à la dernière nuit! Mais toujours, dans la foule, la grâce divine frappera son coup; toujours elle marquera quelqu'un de ces hommes, vers qui monte la justice, à travers le temps, comme un astre. L'astre docile accourt à leur voix.

Il ne regarde plus la petite église, il regarde au-dessus. Il est tout vibrant d'une exaltation sans joie. Il ne souffre presque plus, il est fixé pour toujours. Il ne désire rien; il est vaincu. Par la brèche ouverte, l'orgueil rentre à flots dans son cœur...

— Je me damnais, sans y penser, disait-il plus tard; je me sentais durcir comme une pierre.

Le projet qu'il a tant de fois formé d'aller se cacher pour mourir dans une retraite au bord du monde, Chartreuse ou Trappe, revient se présenter à son esprit mais comme une image nouvelle, avec une crispation du cœur, aiguë et douce, un évanouissement mystérieux. A de telles minutes, jadis, le pasteur n'abandonnait point son troupeau; il rêvait de le porter avec soi, jusqu'au lieu de sa pénitence, pour vivre encore et mériter pour lui. Mais à présent ce souvenir même s'efface, le dernier. L'infatigable ami des âmes ne souhaite

plus que le repos, et quelque chose, encore, dont la pensée
secrète détend toutes ses fibres, le besoin de mourir, pareil
au désir des larmes... Et ce sont, en effet, des larmes qui bai-
gnent ses yeux, mais sans décharger son cœur, et dans sa naïveté le vieil homme ne les reconnaît plus, s'étonne et ne peut
donner un nom à ce vertige voluptueux. La tentation suprême,
où se sont abîmées avant lui tant de ces âmes ardentes, qui
traversent d'un coup le plaisir et trouvent le néant, pour
l'embrasser d'une définitive étreinte, il y va succomber, sans
avoir ouvert les yeux. A la limite de son immense effort,
la fatigue, tant de fois vaincue, refoulée, jaillit de lui, comme
l'effusion de son propre sang. Nul remords. L'ennemi plein
de ruse le roule dans cette lassitude désespérée, comme dans
un suaire, avec une adresse infinie, l'affreuse dérision des
soins maternels... C'est en vain que le vieil homme accablé
dirige, à travers la nuit blanchissante, un regard où s'élève
une dernière lueur, et qui ne reflétera pas le jour levant. Il
ne voit rien au-dedans de lui, aucune image où fixer la tentation, aucun signe du travail qui le détruit lentement, sous les
yeux d'un maître impassible. Ce n'est plus ce cloître qu'il
désire, mais quelque chose de plus secret que la solitude,
l'évanouissement d'une chute éternelle, dans les ténèbres
refermées. A celui qui tint si longtemps sa chair esclave, la
volupté découvre à la fin son vrai visage, plein d'un rire immobile. Et ce n'est pas non plus cette image, ni aucune autre,
qui troublera les sens du vieux solitaire, mais, dans son cœur
candide et têtu, l'autre concupiscence s'éveille, ce délire
de la connaissance qui perdit la mère des hommes, droite
et pensive, au seuil du Bien et du Mal. Connaître pour détruire,
et renouveler dans la destruction sa connaissance et son désir
— ô soleil de Satan! — désir du néant recherché pour lui-
même, abominable effusion du cœur! Le saint de Lumbres
n'a plus de force que pour appeler ce repos effroyable; la
grâce divine met un voile devant ces yeux tout à l'heure
pleins encore du mystère divin... Ce regard si clair hésite
à présent, ne sait où se poser... Une étrange jeunesse, une
avidité naïve, pareille à la première blessure des sens, échauffe
le vieux sang, bat dans sa maigre poitrine... Il cherche à tâtons,

il caresse la mort, à travers tant de voiles, d'une main qui défaille.

Jusqu'à cette minute solennelle, sa vie a-t-elle eu un sens? Il l'ignore. Il ne voit derrière lui qu'un paysage aride, et ces foules, qu'il a traversées, en les bénissant. Mais quoi! Le troupeau trotte encore sur ses talons, le poursuit, le presse, ne lui laisse aucun repos, insatiable, avec cette grande rumeur anxieuse, et ce piétinement de bêtes blessées... Non! il ne tournera pas la tête, il ne veut pas. Ils l'ont poussé jusque-là, jusqu'au bord, et au-delà... ô miracle! il y a le silence, le vrai silence, l'incomparable silence, son repos.

— Mourir, dit-il à voix basse, mourir... Il épelle le mot, pour s'en pénétrer, pour le digérer dans son cœur... C'est vrai qu'il le sent maintenant au fond de lui, dans ses veines, ce mot, poison subtil... Il insiste, il redouble, avec une fièvre grandissante; il voudrait le vider d'un coup, hâter sa fin. Dans son impatience, il y a ce besoin du pécheur d'enfoncer dans son crime, toujours plus avant, pour s'y cacher à son juge; il est à cette minute où Satan pèse de tout son poids, où s'appliquent au même point, d'une seule pesée, toutes les puissances d'en bas.

Et c'est en haut qu'il lève pourtant son regard, vers le carré de ciel grisâtre, où la nuit se dissipe en fumées. Jamais il n'a prié avec cette volonté dure, d'un tel accent. Jamais sa voix ne parut plus forte entre ses lèvres, murmure au-dehors, mais qui au-dedans retentit, pareille à un grondement prisonnier dans un bloc d'airain... Jamais l'humble thaumaturge, dont on raconte tant de choses, ne se sentit plus près du miracle, face à face. Il semble que sa volonté se détend pour la première fois, irrésistible, et qu'une seule parole, articulée dans le silence, va le détruire à jamais... Oui, rien ne le sépare du repos qu'un dernier mouvement de sa volonté souveraine... Il n'ose plus regarder l'église ni, dans la brume de l'aube, les maisons de son petit troupeau; une honte le retient, qu'il a hâte de dissiper par un acte irréparable... A quoi bon s'embarrasser d'autres soins superflus? Il baisse les yeux vers la terre, son refuge.

C'est alors que par deux fois la porte basse qui donne
sur la route de Chavranches, claqua. Dans la courette, le
poulailler tout entier battit des ailes. Le chien Jacquot secoua
sa chaîne, et tous ces bruits ne firent qu'une seule note claire,
dans le clair matin.

Les socques de la vieille Marthe claquaient déjà sur les
marches — clic, clac, — et plus sourds, dans l'herbe humide
— floc, floc. Puis la serrure grinça.

A ce moment le saint de Lumbres s'éveilla. Il n'y a de
silence absolu que de l'autre côté de la vie; par la plus mince
fissure, le réel glisse et rejaillit, reprend son niveau. Un signe
nous rappelle, un mot tout bas murmuré ressuscite un monde
aboli, et tel parfum jadis respiré est plus tenace que la mort...
Les yeux du bonhomme se tournèrent d'instinct vers le pauvre
oignon d'argent, souvenir du grand séminaire, attaché au
mur : " A cette heure du matin, se dit-il, assurément c'est
un malade. " Un malade, un de ses enfants! De son regard
si bref et si aigu, il revit le village épars et les fumées dans les
arbres. Toute la petite paroisse, et tant d'âmes à travers le
monde, dont il était la force et la joie, l'appellent, le nomment... Il écoute; il a déjà répondu; il est prêt.

Qu'est-ce qui l'attend, au bas de l'escalier — son perchoir
— comme il aime à dire? Quelles paroles? Quel visage?
Et, tout à l'heure encore, quel nouveau combat? Car il emporte
en lui cette chose qu'il ne peut nommer, accroupie dans son
cœur, si large et pesante, son angoisse, Satan. Il n'a pas recouvré

la paix, il le sait. Avec lui respire un autre être. Parce que la
tentation est comme la naissance d'un autre homme dans
l'homme, et son affreux élargissement. Il traîne au-dedans ce
fardeau; il n'ose le jeter, où le jetterait-il? Dans un autre
cœur.

Mais le saint est toujours seul, au pied de la croix. Nul
autre ami.

— Monsieur le curé, s'écrie la vieille Marthe, monsieur
le curé!

Il a descendu les marches sans y penser, et il poursuit son
rêve à travers la cuisine, vers le jardin, les yeux mi-clos...
La bonne femme le tire par la manche.

— Dans la salle, monsieur le curé, dans la salle...

Et elle hausse un peu les épaules, avec un sourire de pitié.

Cette salle est une belle pièce, une très belle pièce, bien
cirée. On y voit six chaises de paille, deux bécassines empail-
lées sur la cheminée de marbre gris, à côté d'un gros coquil-
lage, et une monumentale statue de Notre-Dame de Lourdes,
en plâtre blanc, d'un terrible blanc bleuté (sœur Saint-Mémorin
l'a rapportée de Conflans-sur-Somme, aux dernières vacances
de Pâques). Il y a aussi une Mise au tombeau, dans un cadre
de chêne, toute piquée de moisissure. Et encore, sur le papier
aux ramages pâlis (un vrai papier d'auberge), près de l'unique
fenêtre, une grande croix de bois noir sans Christ, toute nue.

(Et c'est elle que M. le curé a vue premièrement, et il a
aussitôt détourné les yeux...)

— Monsieur le curé, dit Marthe, voilà not' Maître du
Plouy, rapport à son garçon malade...

Le Maître du Plouy s'est levé, a toussé un bon coup, et
craché dans les cendres. Devant lui, la tasse à café, vide, fume
encore.

— Lequel? demande étourdiment le vieux prêtre.

... Et il s'arrête aussitôt, rougit sous le regard de Marthe, et
balbutie... Chacun sait, mon Dieu! que le Maître du Plouy n'a
qu'un garçon! Mais le voyageur ne s'étonne pas, et rectifie
paisiblement :

— C'est Tiennot, not'gars. Ça l'a pris, retour des vêpres,
comme on dirait une indigestion. Et puis des maux de tête à

crier grâce. Alors, au petit matin, voilà qu'il dit à sa mère :
" Mé, je peux plus remuer. " C'était vrai. Ni bras, ni jambes,
rien. Une paralysie. Et des yeux tout retournés. M. Gambillet
me dit : " Mon pauvre Arsène! c'est la fin. " Une méningite,
qu'il a dit. Alors la mère a entendu; vous savez ce que c'est?
On ne peut pas lui faire entendre raison. " Va-t'en chercher
le curé de Lumbres ", qu'elle criait... Alors j'ai attelé le cheval,
et me voici.

Il regarde le saint de Lumbres d'un bon regard où luit tout
de même, à travers les larmes, un peu d'ironie. D'homme à
homme, on sait ce que c'est qu'une idée de femme. (Et puis ce
saint dont on raconte tant d'histoires, et qui ne connaît pas
encore le petit gars du Plouy, ce saint auquel on en remontre!)

— Mon ami... mon bon ami... bredouille l'abbé, je veux
bien... c'est-à-dire... je voudrais... je crains vraiment... Voyons.
Voyons! Luzarnes n'est pas ma paroisse, et M. le curé de
Luzarnes... Je suis très touché du souvenir de Mme Havret
— pauvre femme! — mais je dois... je devrais...

Il craint surtout d'humilier un confrère susceptible. Et puis
il est si bas, aujourd'hui, vraiment!

Mais le Maître du Plouy n'a qu'une parole. Il a déjà roulé
son cache-nez, fermé son manteau de drap. Et Marthe met
entre les mains de son maître, avec autorité, un vieux chapeau
verdi... Il faut partir... Il est parti.

III

M. le curé de Luzarnes eſt un homme simple. Il vit de peu;
d'un petit nombre de sentiments simples, que sa prudence
n'exprime pas. Il eſt jeune encore, passé cinquante ans, et il
le sera toujours; il n'a pas d'âge. Sa conscience eſt nette comme
le feuillet d'un grand livre, sans ratures et sans pâté. Son passé
n'eſt pas vide; il y retrouve quelques joies, il les compte, il
s'étonne qu'elles soient si bien mortes, en si bel ordre, à leur
place, alignées comme des chiffres. Étaient-elles des joies vraiment? Ont-elles jamais respiré? Ont-elles jamais battu?...

C'eſt un bon prêtre, assidu, ponctuel, qui n'aime pas qu'on
trouble sa vie, fidèle à sa classe, à son temps, aux idées de son
temps, prenant ceci, laissant cela, tirant de toutes choses un
petit profit, né fonctionnaire et moraliſte, et qui prédit l'extinc-
tion du paupérisme — comme ils disent — par la disparition
de l'alcool et des maladies vénériennes, bref l'avènement d'une
jeunesse saine et sportive, en maillots de laine, à la conquête
du royaume de Dieu.

"Notre saint de Lumbres", dit-il parfois avec un fin sourire. Mais, dans le feu de la discussion, il dit aussi : "Votre
Saint!" d'une autre voix. Car, s'il reproche volontiers au
gouvernement diocésain son formalisme et son scrupule, il
n'en déplore pas moins le désordre causé dans une juridiction
paisible par un de ces hommes miraculeux qui bouleversent
tous les calculs. "Monseigneur ne montrera jamais, en telle
matière, trop de prudence et de discernement", conclut-il,
prudent comme un chanoine, et déjà hérissé de textes... Sei-

gneur! Un saint ne va pas sans beaucoup de dégâts, mais on doit faire la part du feu.

Chaque tour de roue rapproche le curé de Lumbres de ce censeur impitoyable. Au travers du brouillard, il voit déjà ses yeux gris, si vifs, narquois, jamais en repos, où danse une petite flamme, toute grêle. A six kilomètres de sa pauvre paroisse, au chevet d'un enfant riche à l'agonie, amené là comme un thaumaturge, quelle ridicule affaire! Quel scandale! Il reçoit par avance, en pleine poitrine, la phrase de bienvenue, pleine de malice... Que lui veut-on! Espèrent-ils un miracle de cette vieille main fripée qui tremble à chaque cahot, sur le drap de sa soutane, gris d'usure?...

Il regarde cette main paysanne, jamais nette, avec un effroi d'écolier. Ah! qu'est-il, au milieu d'eux tous, qu'un paysan pauvre et têtu, fidèle au labeur quotidien pas à pas dans le grand champ vide? Chaque jour lui présente une nouvelle tâche, comme un coin de terre à retourner, où enfoncer ses gros souliers. Il va, il va, sans tourner la tête, jetant à droite et à gauche une parole sans art et, bénissant du signe de la croix, infatigable. (Ainsi, dans le brouillard d'automne, les ancêtres jetaient l'orge et le blé.) Pourquoi viennent-ils de si loin, hommes et femmes, qui ne savent que son nom, et des récits légendaires? A lui, plutôt qu'à d'autres, si bien parlants, curés de villes ou de gros villages, et qui connaissent leur monde? Bien des fois, à la chute du jour, oppressé de fatigue, il a retourné cette idée dans sa tête, jusqu'à l'obsession. Et puis, fermant les yeux, il finissait par s'endormir dans la pensée des incompréhensibles dons de Dieu, et de l'étrangeté de ses voies... Mais aujourd'hui! D'où vient que le sentiment de son impuissance à faire le bien l'humilie sans lui rendre la paix? Est-elle donc si rude à ses lèvres, la parole du renoncement fidèle? O l'étrange détour du cœur! Tantôt il rêvait d'échapper aux hommes, au monde, à l'universel péché; le souvenir de son grand effort inutile, de la majesté de sa vie, de son extra-ordinaire solitude allait jeter sur sa mort une dernière joie, pleine d'amertume — et voilà qu'il doute à présent de cet effort même, et que Satan le tire plus bas... L'homme de sacri-fice, lui? La victime désignée, marquée?... Non pas! Mais un maniaque ignorant exalté par le jeûne et l'oraison, un saint villageois, fait pour l'émerveillement des oisifs et des blasés... " C'est ainsi, c'est ainsi!... " murmurait-il entre ses lèvres, à chaque cahot, les yeux vagues... Cependant la haie filait à droite et à gauche; la carriole courait comme un rêve, mais la terrible angoisse courait devant, et l'attendait à chaque borne.

Car cet homme étrange, où tant d'autres se déposèrent comme un fardeau, eut le génie de la consolation et ne fut jamais consolé. On sait qu'il s'en ouvrit parfois, aux rares moments où il se déchargeait de sa peine, et pleurait dans les bras du P. Battelier, invoquant la pitié divine, avec des plaintes naïves, dans un langage d'enfant. Au fond du pauvre confessionnal de Lumbres, qui sent les ténèbres et la moisissure, ses fils à genoux n'entendaient que la voix souveraine, au-dessus de l'éloquence, qui crevait les cœurs les plus durs, impérieuse, suppliante et, dans sa douceur même, inflexible. De l'ombre sacrée où remuaient les lèvres invisibles, la parole de paix allait s'élargissant jusqu'au ciel et traînait le pécheur hors de soi, délié, libre. Parole simple, reçue dans le cœur, claire, nerveuse, elliptique à travers l'essentiel, puis pressante, irrésistible, faite pour exprimer tout le sens d'un commandement surhumain, où ceux qui l'aimaient mieux reconnurent plus d'une fois l'accent et comme l'écho de la plus violente des âmes. Hélas! tandis qu'il se prodiguait ainsi au-dehors, le dispensateur de la paix ne trouvait en lui-même que désordre, cohue, la galopade des images emportées, un sabbat plein de grimaces et de cris... Suivi d'un affreux silence.

Plusieurs ne comprirent jamais par quel miracle le même que des milliers d'hommes choisirent pour arbitre aux plus redoutables conflits du devoir se montre toujours, dans sa propre querelle, inégal, presque timide. " On s'amuse de moi, disait-il, on se sert de moi comme d'un jouet. " C'est ainsi qu'il donnait à pleines mains cette paix dont il était vide.

IV

— Nous voilà, dit le Maître du Plouy, en tendant son fouet vers une fumée, à travers les arbres.

Un petit bonhomme, culotté de bleu horizon, poussa la barrière et prit les rênes. A l'entrée de la cour, maître Havret mit pied à terre. Son compagnon le suivit jusqu'à la maison.

M. le curé de Luzarnes les accueillit sur le seuil, haute silhouette noire.

— Mon cher confrère, dit-il, vous êtes attendu ici comme un grand seigneur de jadis, en détresse, attendait M. Saint-Vincent...

Il souriait encore, jovial, mais avec une espèce de discrétion professionnelle, à deux pas du petit moribond. En même temps, il corrigeait la plaisanterie d'une vigoureuse poignée de main, à la campagnarde.

... Mais déjà le curé de Lumbres l'entraînait au-dehors, à quelques pas, au milieu des poules effarouchées.

— Je suis honteux, mon ami, véritablement honteux, dit-il de sa voix la plus douce, je vous prie d'excuser... l'ignorance de cette pauvre dame... Je vous prie aussi... de me pardonner... Nous parlerons de ça plus tard, conclut-il sur un autre ton, et vous verrez que je suis... le plus coupable des deux...

M. le curé de Luzarnes sentait sur son bras l'étreinte des doigts nerveux, un peu tremblants. Jusque dans l'humiliation volontaire de cet homme surnaturel, le don qu'il avait reçu rejaillissait au-dehors, et il agissait encore en maître.

— Mon bon confrère, répondit l'ancien professeur de chimie, déjà moins jovial, ne vous accusez pas devant moi... Je passe, à tort ou à raison, pour un esprit fort, et même, auprès de quelques-uns, pour un mauvais esprit... Formation scientifique, vous savez, voilà tout... des nuances, un vocabulaire un peu différent... Mais je n'en ai pas moins... la plus grande estime pour votre caractère...

Il parlait, les yeux baissés, avec un embarras grandissant. Il se sentait ridicule, odieux peut-être. Enfin, il se tut. Mais, avant de relever le front, il vit, comme en lui-même, comme au plus profond miroir, le regard posé sur le sien, et il dut le chercher malgré lui, il dut se livrer tout entier... Une seconde, il se sentit nu, devant son juge plein de pardon.

Il ne voyait que le regard, dans la face tremblante, détendue, livide. Ce regard qui l'appelait de si loin, suppliant, désespéré. Plus fort que deux bras tendus, plus pitoyable qu'un cri, muet, noir, irrésistible... " Que me veut-il ? "... se demandait le bonhomme, avec une espèce d'horreur sacrée... " Je croyais le voir dans l'étang de feu ! " expliqua-t-il plus tard. Une inexplicable pitié lui crevait dans le cœur.

Un moment, sur son bras, il sentit la vieille main trembler plus fort.

— Priez pour moi..., murmura le saint de Lumbres à son oreille.

Mais, resserrant son étreinte, puis s'écartant d'un geste brusque, il ajouta, d'une autre voix, rude, d'un homme qui défend sa vie :

— Ne me tentez pas !...

Et ils rentrèrent dans la maison, côte à côte sans plus rien dire.

" Ne me tentez pas ! "

Il n'avait jeté que ce cri. Il aurait voulu expliquer... s'excuser..., déjà rouge de honte à la pensée qu'il entrait dans cette maison en dispensateur des biens de la vie, désespérant de se tirer de là sans faute grave, et sans scandaliser le prochain... Et puis, soudain, dans un éclair, les forces qui l'avaient assailli, tout au long de la nuit douloureuse, étaient suscitées de nouveau, et la parole qu'il allait dire, sa propre et secrète pensée,

se dissipa d'un coup dans l'unique réalité de l'angoisse. Si
bas que l'eût traîné jamais l'ingénieux ennemi, tout lien n'était
pas rompu, ni tout écho du dehors étouffé... Mais cette fois,
la forte main l'avait arraché tout vif, déraciné... " Sauve-toi
toi-même, c'est l'heure!... " disait aussi la voix jamais entendue,
tonnante. " Finies la lutte vaine et la monotone victoire! Quarante ans de travail et de petit profit, quarante ans d'un débat
fastidieux, quarante ans dans l'étable, à plat sur la bête humaine,
au niveau de son cœur pourri, quarante ans gravis, surmontés!...
Hâte-toi!... Voilà ton premier pas, ton unique pas hors du
monde!... "

Et cette voix disait mille choses encore, et n'en disait qu'une,
mille choses en une seule, et cette seule parole brève comme
un regard, infinie... Le passé s'arrachait de lui, tombait en
lambeaux. A travers la mouvante angoisse passait tout à coup,
comme un éclair, l'éblouissement d'une joie terrible, un éclat
de rire intérieur à faire éclater toute armure... Il se voyait petit
prêtre, dans le préau du séminaire, un jour de pluie... Dans la
haute salle aux décors de damas cerise, devant Sa Grandeur
en camail et en rochet... Les premiers jours à Lumbres, le
presbytère en ruine, la muraille nue, le vent d'hiver dans le
petit jardin... Et puis... Et puis... le travail immense, et maintenant cette foule impitoyable, pressée nuit et jour autour du
confessionnal de l'homme de Dieu comme d'un autre curé
d'Ars, la séparation volontaire de tout secours humain; oui,
l'homme de Dieu disputé comme une proie. Nul repos, nulle
paix que celle achetée par le jeûne et les verges, dans un corps
enfin terrassé; les scrupules renaissants, l'angoisse de toucher
sans cesse les plaies les plus obscènes du cœur humain, le désespoir de tant d'âmes damnées, l'impuissance à les secourir et à
les étreindre à travers l'abîme de chair, l'obsession du temps
perdu, l'énormité du labeur... Que de fois, et cette nuit même,
il a supporté l'assaut de telles images!... Mais à cette heure
une attente... une grande et merveilleuse attente l'éclaire au-
dedans, finit de consumer l'homme intérieur. Il est déjà l'homme
des temps nouveaux, un nouveau convive... Comme ce monde
est déjà loin derrière lui! Loin derrière, son troupeau rétif!
Il ne retrouve plus, il ne retrouvera plus jamais ce sentiment si

vif de l'universel péché. Il n'est plus sensible qu'à l'énorme mystification du vice, à son grossier et puéril mensonge. Pauvre cœur humain, à peine ébauché! Pauvre cervelle aride! Peuple d'en bas, qui remues dans ta vase, inachevé!... Il ne lui appartient plus, il ne le connaît plus, il est prêt à le renier sans haine. Il remonte au jour, pareil à un plongeur, tout son poids jeté vers les bras tendus, et qui dans l'eau noire et vibrante ouvre déjà les yeux à la lumière d'en haut.

— Tu t'es fait libre, disait l'autre (un autre si semblable à lui-même)... Ta vie passée, ton inutile mais touchant labeur, ton jeûne, ta discipline, ta fidélité un peu naïve et grossière, l'humiliation au-dehors et au-dedans, l'enthousiasme des uns, l'injuste défiance des autres, telle parole pleine de poison. Ah! tout n'est qu'un rêve, et l'ombre d'un rêve! Tout n'était qu'un rêve, hors ta lente ascension vers le monde réel, ta naissance, ton élargissement. Hausse-toi jusqu'à ma bouche, entends le mot où tient toute science.

Et il prête l'oreille, il attend. Il est là même où le voulut mener le vieil ennemi, qui n'a qu'une ruse. Avili, foulé, répandu à terre comme une lie, écrasé d'un poids immense, brûlé de tous les feux invisibles, repris à la pointe du glaive, encore percé, tronçonné, son dernier grincement couvert par le cri terrible des anges, ce vieux rebelle, à qui Dieu n'a laissé pour défense qu'un unique et monotone mensonge... Hélas! le même mensonge aux coins d'une bouche avare, ou, dans la gorge avide et mourante où râle le plaisir féroce, le même : "Tu sauras... Tu vas savoir... Voici la première lettre au mot mystérieux... Entre ici... entre en moi... fouille la plaie vive... bois et mange... rassasie-toi!"

Car, après tant de siècles, c'est encore vous qu'il attendait, mille fois repeint et rajeuni, ruisselant de fard et de baume, luisant d'huile, riant de toutes ses dents neuves, offrant à votre curiosité cruelle son corps tari, tout son mensonge, où votre bouche aride ne sucera pas une goutte de sang!

" ... *Je le vis, ou plutôt nous le vîmes*, écrivait beaucoup plus tard à M. le chanoine Cibot le curé de Luzarnes, ancien professeur au petit séminaire de Cambrai. *Je le vis au milieu de nous, les yeux mi-clos, et pendant plusieurs minutes nous le regardâmes, sans vouloir rompre le silence. L'expression naturelle de son visage était une bonté pleine d'onction, à laquelle plusieurs personnes prudentes trouvaient déjà le caractère d'une certaine simplicité. Mais sa figure osseuse nous parut à tous, en cet instant, comme pétrifiée par un sentiment d'une extrême violence ; il avait l'air d'un homme qui donne tout son effort pour franchir un pas difficile. Je remarquai que sa taille s'était incroyablement redressée et qu'elle donnait, dans la vieillesse, l'impression d'une vigueur peu commune, et même de brutalité. Bien que mon esprit, formé jadis à la sévère méthode des sciences exactes, soit ordinairement peu sensible aux entraînements de l'imagination, je fus tellement frappé du spectacle de ce grand corps immobile, et comme foudroyé, dans le paisible décor d'un intérieur campagnard, que je doutai un moment du témoignage de mes sens, et quand je vis mon respectable ami s'agiter et parler de nouveau, j'en fus surpris comme d'un événement inattendu. Il semblait d'ailleurs sortir d'un rêve. Je vous ai dit plus haut, mon très honoré collègue, que je m'étais porté à la rencontre de notre cher curé de Lumbres, et que je l'avais rejoint au bord de la route, à quelque distance de la maison. Certaines phrases, dont le sens précis m'échappa peut-être, avaient ajouté à mon inquiétude. J'essayais de répondre ce qu'une prudente amitié m'inspirait lorsque, me serrant le bras avec violence et plongeant son regard dans le mien : " Ne me tentez plus ! " dit-il... Notre premier entretien finit là, nos pas nous ayant déjà portés jusqu'au seuil de la maison Havret. J'eus à cette minute le pressentiment d'un malheur... Il n'était que trop vrai. L'enfant, dont l'état était d'ailleurs désespéré, s'était éteint pendant ma courte absence. La sage-femme, Mme Lambelin, avait scientifiquement constaté le décès, sans erreur possible. " Il est mort ", nous dit cette personne à voix basse. (Mais je ne sais si M. le curé de Lumbres l'entendit.) Il avait passé le seuil, fait quelques pas, lorsque, par un mouvement bien touchant, et dont toute personne éclairée peut, en y déplorant toutefois une certaine exagération, due surtout à l'ignorance, honorer la sincère piété, la malheureuse mère vint littéralement se jeter aux pieds de mon vénérable confrère, et, dans l'emportement de son désespoir, elle baisait sa vieille soutane, frappant le sol de son front avec un bruit qui retentissait dans mon cœur. Au contact de la pauvre femme, et sans baisser sur elle les yeux, M. le curé de Lumbres s'arrêta net. C'est alors que nous vîmes, pendant quelques longues minutes, immobile, au milieu de la pièce, comme une statue, et tel enfin que je vous le dépeignais tout à l'heure.*

"Puis, faisant sur la tête de Mme Havret le signe de la croix, et levant vers moi son regard : " Sortons! " dit-il. Hélas! mon cher et honoré collègue, telle est la faiblesse de notre esprit saisi par une impression trop vive que rien alors, il me semble, ne m'eût retenu de le suivre, et que, dans l'excès de son affliction, la mère infortunée nous laissa aller sans rien dire. De nous tous, seule peut-être, Mme Lambelin avait gardé son sang-froid. Il y a certes beaucoup à reprendre dans la conduite et la religion de cette personne, mais Dieu nous donnait par elle une leçon de bon sens et de raison. Sans aucun doute, j'étais, pendant cette effroyable matinée, comme un jouet entre les mains d'un malheureux homme qu'un conseil salutaire, appuyé sur l'expérience et le savoir, aurait pu préserver d'un affreux malheur... Dieu seul pourrait dire si je fus l'instrument de sa colère ou de sa miséricorde. Mais les tristes événements qui suivirent font pencher la balance en faveur de la première hypothèse. "

Le distingué chanoine prébendé, mort depuis, semble revivre à chaque ligne de cette lettre véritablement unique, judicieuses et discrètes formules, enfilées comme des marrons d'Inde, où les sots ne trouveront rien que de banal et de bas, mais qu'enveloppe la magie d'un rêve. Seul rêve d'une pauvre vie qui ne connut jamais que ce cas de conscience et s'y brisa, seul doute et seul enchantement! Peu de mois avant sa mort, l'innocente victime écrivait à l'un de ses familiers :

" Forcé d'interrompre un travail qui était ma seule distraction, je ne puis détourner ma pensée de certains souvenirs, et parmi ceux-là du plus douloureux, la malheureuse et inexplicable fin de M. le curé de Lumbres. J'y reviens sans cesse. J'y vois un de ces événements, si rares en ce monde, qui passent la commune raison. Ma faible santé subit le contrecoup de cette idée fixe, et j'y vois la principale cause de mon affaiblissement progressif, et de la perte presque totale de l'appétit. "

Ces dernières lignes réjouiront n'importe lequel de ces détrousseurs de documents humains, que nous laissons aujourd'hui barbotants et reniflants dans les eaux basses. Mais, à les lire, sans curiosité vile, en laissant retentir en soi-même l'écho de cette plainte naïve, on comprendra mieux ce qu'il y a de détresse sincère dans cet aveu d'impuissance, écrit d'un style aussi soutenu. Le suprême effort de certains hommes simples, nés pour un labeur paisible, et qu'une merveilleuse rencontre a jetés au cœur des choses, dans un seul éclair vite éteint, — lorsqu'on les voit s'appliquer, jusqu'à la dernière minute de leur incompréhensible vie, à rappeler et ressaisir ce qui jamais ne repasse et qui les a frappés dans le dos, — est un spectacle si tragique et d'une amertume si profonde et si secrète qu'on ne saurait rien y comparer que la mort d'un petit enfant. C'est en vain qu'ils retournent pas à pas, de souvenir en souvenir, qu'ils épellent leur vie, lettre à lettre. Le compte y est, et pourtant l'histoire n'a plus de sens. Ils sont devenus comme étrangers à leur propre aventure; ils ne s'y reconnaissent plus. Le tragique les a traversés de part en part, pour en tuer un autre à côté. Comment resteraient-ils insensibles à cette injustice du sort, à la malfaisance et à la stupidité du hasard? Leur plus grand effort n'ira pas plus avant que le frisson de la bête innocente et désarmée; ils subissent en mourant un destin qu'ils n'égalent pas. Car si loin qu'un esprit vulgaire puisse atteindre, et quand même on imaginerait qu'au travers des symboles et des apparences il a quelquefois touché le réel, il faut qu'il n'ait point dérobé la part des forts, et qui est moins la connaissance du réel que le sentiment de notre impuissance à le saisir et à le retenir tout entier, la féroce ironie du vrai.

Quel autre mieux que ce prêtre si distingué eût été capable de nous tracer le dernier chapitre d'une telle vie, consommée dans la solitude et le silence, à jamais scellée? Malheureusement, l'ancien curé de Luzarnes n'a laissé que quelques lettres incomplètes dont nous avons cité les passages essentiels. Le reste a été soigneusement détruit après la clôture de l'enquête ordonnée par l'autorité épiscopale, et dont les résultats furent provisoirement tenus secrets.

V

— Sortons, avait dit le curé de Lumbres.

L'autre l'avait suivi, non pas fasciné, comme il l'a cru depuis de bonne foi, mais par simple curiosité, pour voir. L'ancien professeur connaissait peu de chose du vieux prêtre, devenu tout à coup gardien d'un immense troupeau sans cesse accru. Par quel prodige ce bonhomme aux souliers crottés, toujours seul dans les chemins, et passant vite, avec son sourire triste, avait-il rassemblé autour de son confessionnal un véritable peuple, son peuple? Monsieur le curé de Luzarnes, nouveau venu dans le diocèse, partageait "jusqu'à un certain point" la méfiance de quelques-uns de ses confrères. "Je me réserve", disait-il ingénument. Et voilà qu'aujourd'hui, par hasard (un autre mot qu'il aimait), d'un premier pas il entrait dans la confidence de ce singulier esprit.

Ils sortirent dans le petit jardin, clos de murs, derrière la maison. Le beau soleil filtrait sur les romaines et les laitues. Des abeilles, dans le vent d'ouest, filaient comme des flèches. Car la bise s'était levée avec le jour.

Tout à coup le curé de Lumbres s'arrêta et fit un pas vers son compagnon. En pleine lumière, son vieux visage apparut, marqué de la flétrissure de l'insomnie, aussi reconnaissable que le masque d'un agonisant. Une minute, la pauvre bouche se détendit, trembla; puis, au regard curieux qui l'observait, l'autre regard, vaincu, livra son secret, se livra... Le bonhomme pleurait.

Déjà le futur chanoine s'apitoyait, dressait en l'air sa petite main blonde.

— En vérité, mon cher confrère...

Il dit beaucoup de choses, en hâte, au hasard, comme il convient dans un cas si grave, se raffermissant à mesure au son de sa propre voix. Il regardait en parlant, pour être plus sûr de le convaincre, le prêtre tout chancelant que son infaillible éloquence allait tout à l'heure redresser. "Cette crise d'exaltation, mon pieux ami, n'est qu'une épreuve passagère, et un avertissement de la Providence qui n'approuve peut-être pas toujours les excès de votre zèle, ces rigueurs de pénitence, ces jeûnes, ces veilles... "

Il allait, il allait, pressé de conclure, donnant à pleines mains son emplâtre et ses baumes, quand une voix, d'un accent si singulier, ah! certes une voix si singulière, si peu attendue, d'un homme qui n'avait point écouté, qui n'écouterait plus, dont la seule plainte restituait au néant l'éloquence déçue.

— Mon ami, mon ami, je n'en puis plus. Je suis à bout.

Une autre parole trembla sur ses lèvres, qu'il n'acheva pas. Mais le vigilant confrère, un moment déconcerté :

— Ce désespoir..., commença-t-il.

Le curé de Lumbres posait déjà sur la sienne une main impérieuse, fébrile.

— Écartons-nous un peu, dit-il, je vous en prie, jusque-là.

Ils s'arrêtèrent au pied d'un mur tout croulant. Quelle joyeuse vie bourdonnait autour!

— Je suis à bout, reprit la voix lamentable. Ah! par pitié, mon ami, à présent mon unique ami, que votre charité ne vous égare pas. Soyez dur! Je ne suis qu'un prêtre indigne, un pauvre prêtre, une âme aride, un aveugle, un misérable aveugle...

— Non pas... non pas..., rectifia poliment le futur chanoine, non pas vous, mais peut-être quelques esprits téméraires qui abusant de votre cré... de votre bonne foi... Il est si aisé de croire à tout le bien qu'on dit de nous!

Il sourit, écartant de sa main une guêpe importune (la

guêpe, et cette bouche émerveillée, pleine de discours, deux
bêtes bourdonnantes)... Mais, péremptoire :

— Je vous écoute, dit-il.

Le curé de Lumbres glisse à ses pieds, tombe à genoux.

— Dieu me remet entre vos mains, fait-il, me donne à
vous!

— Quel enfantillage! s'écrie le futur chanoine. Relevez-
vous, mon ami. Votre imagination enfle démesurément une
simple impression de fatigue, de surmenage. Oh! je ne suis
qu'un homme ordinaire, mais une certaine expérience...,
conclut-il avec un sourire.

Le curé de Lumbres répond à ce sourire par un autre sourire navré. Qu'importe! il ne veut voir en celui-là qu'un ami,
avant le suprême détour, non choisi, mais reçu, visiblement
reçu de Dieu, son dernier ami. Ah! certes, il n'espère plus
retourner en arrière, retrouver la paix, revivre. Il est déjà trop
loin sur la route maudite. Il ira, il ira, jusqu'à bout de souffle,
avec ce seul compagnon.

— Hélas! s'écrie-t-il, tel j'étais au grand séminaire, tel
je suis resté, une tête dure, un cœur sec, sans aucun élan, pour
tout dire : un homme vil dont la Providence s'est servie.
Le bruit fait autour de moi, l'obstination à me poursuivre,
l'amitié de tant de pécheurs, autant de signes et d'épreuves
dont je n'entendais ni le sens, ni le but. Un saint mûrit dans
le silence, et le silence m'était refusé. Tout à l'heure encore
j'aurais dû me taire... Je n'aurais pas à présent à vous faire un
aveu... (Oui... mon cœur saignait de quitter en un pareil
moment cette pauvre femme à genoux — si durement —
oui, durement frappée...) Ce n'était pas sans raison... pas sans
raison... Car... Mon ami, alors que j'étais déjà sur le seuil de
la porte... une pensée... une telle pensée m'est venue...

— Laquelle? demanda M. le curé de Luzarnes.

D'un geste involontaire, il s'est penché vers lui, jusqu'à sa
bouche d'où ne sort maintenant qu'un murmure confus...
Puis il se relève, atterré...

— Oh! mon ami..., s'écrie-t-il..., ô mon ami!

Il lève les bras au ciel, et les croise sur sa poitrine, laissant
retomber ses larges épaules, avec accablement. Le vieux prêtre

est toujours à genoux, tête basse. On ne voit que sa nuque grise courbée par la honte.

— Ainsi, épelle M. le curé de Luzarnes, cette pensée vous est venue, tout à coup, pour la première fois?

— Pour la première fois.

— Et jamais avant?...

— Mon Dieu! s'écrie le curé de Lumbres, jamais avant! Je ne suis qu'un malheureux. Depuis des années, je ne sais plus ce que c'est qu'une heure de paix. Comment pouvez-vous croire... Quoi! jusque sous les pieds de Satan! Un miracle, moi!... Mon ami, en vérité, je n'ai peut-être pas fait, dans toute ma vie, un seul acte d'amour divin, même imparfait, même incomplet... Non! il a fallu l'affreux travail de cette dernière nuit... Mot à mot, je ne m'appartiens plus... J'étais dans les convulsions du désespoir... Et c'est alors... alors, comme par dérision... que cette pensée m'est venue...

— Il fallait l'écarter, dit l'autre.

— Comprenez-moi, reprit le bonhomme, humblement... Je dis : Cette pensée m'est venue. C'est mal dit. Non pas une pensée, mais une certitude... (Ah! les mots me manquent; ils m'ont toujours manqué, s'écrie-t-il avec une impatience naïve...) Je dois aller jusqu'au bout, mon bien-aimé frère, jusqu'à ce dernier aveu... Même à genoux devant vous, plongé dans l'angoisse, doutant même de mon salut... je crois... je dois croire... invinciblement... que cette certitude venait de Dieu.

— Avez-vous eu — comment dirais-je? — un signe matériel...

— Quel signe? fait le curé de Lumbres, candide.

— Mais que sais-je?... Avez-vous vu ou entendu?...

— Rien... Seulement cette voix intérieure. Si un ordre m'eût été donné, aussi net, j'aurais obéi sur-le-champ. Mais c'était moins un ordre que la simple assurance, la certitude que cela serait... si je voulais. Dieu m'est témoin que l'aveu que je vous fais m'arrache le cœur, je devrais en mourir de honte... Je savais... Je sais... toujours... je suis sûr... qu'un mot de moi eût... mon Dieu!... eût ressuscité... oui! ressusciterait ce petit mort!

— Regardez-moi, dit le curé de Luzarnes, après un long silence, avec autorité.

Il le relevait des deux mains. Quand il le vit debout, près de lui, les genoux crottés, la tête basse, il l'aima...

— Regardez-moi, dit-il encore... Répondez-moi franchement. Qui vous a retenu d'éprouver... d'éprouver votre pouvoir, à l'instant même?

— Je ne sais pas, fit le vieux prêtre... C'était une terrible chose... Lorsque l'instrument est trop vil, Dieu le jette, après s'en être servi.

— Mais votre... conviction reste intacte?

— Oui, dit encore le curé de Lumbres.

— Et présentement, que décidez-vous?

— D'obéir, répondit cet homme étrange.

Le futur chanoine retira vivement son binocle, et le brandit.

— Je ne vous conseillerai rien que de simple, dit-il. Premièrement, vous allez rentrer derrière moi, vous vous excuserez de votre mieux. (Votre départ si brusque a dû paraître bien extraordinaire, peu délicat.) Tandis que je remplirai ce devoir de politesse, vous irez — entendez-moi bien — vous irez dans la chambre mortuaire faire vos dévotions — de votre mieux — comme il vous plaira... Je ne voudrais laisser aucun doute dans votre esprit, déjà si bouleversé... Je prends tout sur moi, conclut-il après une imperceptible hésitation, mais par un geste tranchant, décisif.

(C'est ainsi qu'il dérobait à ses propres yeux la faiblesse d'un mouvement de curiosité à peine consciente, inavouée. Car parfois le plus vulgaire des hommes, égaré dans une salle de jeu, est pris au rythme de tous ces cœurs rapides, jette un louis sur le tableau, et découvre un peu de soi-même.)

Puis, ramenant son binocle à la hauteur des yeux :

— Après quoi, mon ami, vous irez sagement prendre un peu de repos.

— J'essaierai, dit humblement le vieux prêtre.

— Cela dépend de vous. L'acte du repos, affirment les spécialistes, est un acte volontaire. Chez beaucoup de malades, l'insomnie même n'est qu'une des mille formes de l'aboulie. Croyez-en un homme à qui ces questions sont familières.

LE SAINT DE LUMBRES

Une crise morale telle que celle-ci n'est sans doute que la réaction naturelle d'un organisme surmené. Entre nous, mon cher confrère, parlons net. Neuf fois sur dix, la paix que vous allez chercher si loin est à votre portée; une bonne hygiène vous la rendra. Certes, dans la bouche d'un prêtre, ces vérités sont parfois dangereuses, ou d'un maniement délicat. Mais d'un esprit supérieur, comme est le vôtre, je n'ai pas à craindre une de ces interprétations excessives..., que certaines âmes scrupuleuses...

— Vous me croyez fou, dit le curé de Lumbres, avec douceur.

Il levait sur lui son regard, tout à l'heure baissé, plein d'une tendresse mystérieuse. Puis il reprit :

— Hélas! il y a peu de temps, je l'eusse encore souhaité. A certaines heures, voir est à soi seul une épreuve si dure, qu'on voudrait que Dieu brisât le miroir. On le briserait, mon ami... Car il est dur de rester debout au pied de la Croix, mais plus dur encore de la regarder fixement... Quel spectacle, mon ami, que celui de l'innocence à l'agonie! Mais, après tout, cette mort n'est rien..., on pourrait peut-être la donner d'un coup, l'achever, remplir de terre la bouche ineffable, étouffer son cri... Non! La main qui la serre est plus savante et plus forte; le regard qui se rassasie de lui n'est pas un regard humain. A la haine effroyable qui couvre le juste expirant, tout est donné, tout est livré. La chair divine n'est pas seulement déchirée, elle est forcée, profanée, par un sacrilège absolu, jusque dans la majesté de l'agonie... La dérision de Satan, mon ami! Le rire, l'incompréhensible joie de Satan!...

... Pour un tel spectacle, dit-il après un silence, notre boue est encore trop pure...

— Le drame du Calvaire, commença le futur chanoine...

Il n'acheva pas. Dès ce moment, ce prêtre cartésien cessa de voir clair en lui. L'éminent philosophe, dont les discours révélèrent jadis à tant de belles curieuses un autre univers sensible, et qui, par un dosage savant de mathématique et d'esprit, fit du problème de l'être un divertissement d'honnêtes gens — s'il eût un jour entendu parler l'un de ses singuliers animaux, tout en ressorts, leviers et pignons — ne se serait pas trouvé plus accablé que le prêtre malheureux, jusqu'alors si ferme, et qui, subitement tiré hors de lui-même, ne se reconnaît plus.

Le curé de Lumbres pose sur le front du futur chanoine un doigt aigu.

— Malheureux sommes-nous, dit-il d'une voix rauque et lente, malheureux sommes-nous qui n'avons ici qu'un peu de cervelle, et l'orgueil de Satan! Qu'ai-je à faire de votre prudence? A présent mon sort est fixé. Quelle paix j'ai cherchée, quel silence? Il n'y a pas de paix ici-bas, vous dis-je, aucune paix, et dans un seul instant de vrai silence ce monde pourri se dissiperait comme une fumée, comme une odeur. J'ai prié Notre-Seigneur de m'ouvrir les yeux; j'ai voulu voir sa Croix; je l'ai vue; vous ne savez pas ce que c'est... Le drame du Calvaire, dites-vous... Mais il vous crève les yeux, il n'y a rien d'autre... Tenez! moi qui vous parle, Sabiroux, j'ai entendu — oui — jusque dans la chaire de la cathédrale... des choses... je ne peux pas dire... Ils parlent de la mort de Dieu comme d'un vieux conte... Ils l'embellissent... ils en rajoutent. Où vont-ils chercher tout ça? Le drame du Calvaire! Prenez bien garde, Sabiroux,

— Mon cher ami... mon cher ami, bégayait l'autre à bout de forces..., une telle exaltation... une telle violence... si éloignée de votre caractère...

Et, certes, la parole elle-même l'effrayait moins que cette voix devenue si dure. Mais le pis, c'était son propre nom, les trois syllabes en plein vent, jetées comme un ordre: Sabiroux... Sabiroux...

— Prenez bien garde, Sabiroux que le monde n'est pas une mécanique bien montée. Entre Satan et Lui, Dieu nous jette, comme son dernier rempart. C'est à travers nous que depuis des siècles et des siècles la même haine cherche à l'atteindre, c'est dans la pauvre chair humaine que l'ineffable meurtre est consommé. Ah! Ah! si haut, si loin que nous enlèvent la prière et l'amour, nous l'emportons avec nous, attaché à nos flancs, l'affreux compagnon, tout éclatant d'un rire immense! Prions ensemble, Sabiroux, pour que l'épreuve soit courte et la misérable foule humaine épargnée... Misérable foule!...

Sa voix se brise dans sa gorge, et il couvre ses yeux de ses mains frémissantes. Tout autour, le clair petit jardin siffle et chante. Mais ils ne l'entendaient plus.

Misérable foule! répète-t-il tout bas. Au souvenir de ceux qu'il avait tant aimés, sa bouche trembla, une espèce de sourire monta lentement sur sa face et s'y répandit avec une majesté si douce que Sabiroux craignit de le voir tomber là, devant lui, mort. Il l'appela deux fois, timidement. Alors, comme un homme qui s'éveille:

— Je devais parler ainsi. Cela va mieux. Je crois qu'il m'était permis, Sabiroux, de rectifier un peu votre jugement sur moi. Il me serait pénible de vous laisser croire que j'aie jamais été favorisé de... de visions... d'apparitions... enfin de tentations peu communes. Cela n'était pas fait pour moi. Non! Ce que j'ai vu, mon ami, je l'ai vu dans ma petite sacristie, assis sur ma chaise de paille, aussi clairement que je vous vois. Voyez-vous, on ne sait pas ce que c'est qu'un pécheur. Qu'est-ce qu'une voix dans le noir d'un confessionnal, qui ronronne, se hâte, se hâte, et ne se pose sur les premières syllabes au *mea culpa*? Bon pour les enfants, ça, pauvres petits! Mais il faut voir, il faut voir les visages où tout se peint, et les regards. Des yeux d'homme, Sabiroux! On a toujours à dire là-dessus. Certes! j'ai assisté bien des mourants; ce n'est rien; ils n'effraient plus. Dieu les recouvre. Mais les misérables que j'ai vus devant moi — et qui discutent, sourient, se débattent, mentent, mentent, mentent — jusqu'à ce qu'une dernière angoisse les jette à nos pieds comme des sacs vides! Cela fait encore figure dans le monde, allez! Ça piaffe devant les filles. Ça blasphème agréablement... Ah! longtemps, je n'ai pas compris; je ne voyais que des égarés, que Dieu ramasse en passant. Mais il y a quelque chose entre Dieu et l'homme, et non pas un personnage secondaire... Il y a... il y a cet être obscur, incomparablement subtil et têtu, à qui rien ne saurait être comparé, sinon l'atroce ironie, un cruel rire. A celui-là Dieu s'est livré pour un temps. C'est en nous qu'Il est saisi, dévoré. C'est de nous qu'Il est arraché. Depuis des siècles le peuple humain est mis sous le pressoir, notre sang exprimé à flots afin que la plus petite parcelle de la chair divine soit de l'affreux bourreau l'assouvisse-

ment et la risée... Oh! notre ignorance est profonde! Pour un
prêtre érudit, courtois, politique, qu'est-ce que le diable, je vous
demande? A peine ose-t-on le nommer sans rire. Ils le sifflent
comme un chien. Mais quoi! pensent-ils l'avoir rendu familier?
Allez! Allez! c'est qu'ils ont lu trop de livres, et n'ont pas assez
confessé. On ne veut que plaire. On ne plaît qu'aux sots, qu'on
rassure. Nous ne sommes pas des endormeurs, Sabiroux! Nous
sommes au premier rang d'une lutte à mort et nos petits derrière
nous. Des prêtres! Mais ils ne l'entendent donc pas, le cri de
la misère universelle! Ils ne confessent donc que leurs bedeaux!
Ils n'ont donc jamais tenu devant eux, face à face, un visage
bouleversé? Ils n'ont donc jamais vu se lever un de ces regards
inoubliables, déjà pleins de la haine de Dieu, auxquels on n'a
plus rien à donner, rien! L'avare rongé par son cancer, le
luxurieux comme un cadavre, l'ambitieux plein d'un seul rêve,
l'envieux qui toujours veille. Hé quoi! quel prêtre n'a jamais
pleuré d'impuissance devant le mystère de la souffrance
humaine, d'un Dieu outragé dans l'homme, son refuge!... Ils
ne veulent pas voir! Ils ne veulent pas voir!

. . . .

   A mesure que l'âpre voix s'élevait dans le vent et le soleil,
le vigoureux petit jardin la défiait de toute sa forte vie. La brise
de mai, roulant au ciel ses nuages gris, bloquait parfois au-dessous de l'horizon leur immense troupeau. C'est alors qu'un jet
de lumière éblouissante, pareil à l'éclair d'un sabre, rasant toute
la plaine assombrie, venait éclater dans la haie splendide.
   " Je me sentais, écrivait plus tard l'abbé Sabiroux, comme
sur une cime isolée, exposé sans défense aux coups d'un invisible ennemi... Et lui, redevenu silencieux, fixait le même point
dans l'espace. Il avait l'air d'attendre un signe, qui ne vint pas. "

VI

Il faut que nous rendions la parole au témoin dont nous tenons le meilleur de ce récit, et qui fut choisi par un plus habile et plus puissant pour assister le vieil homme de Lumbres à son dernier combat. Comme les citations précédentes, celles-ci furent tirées du volumineux rapport adressé à ses supérieurs par le scrupuleux chanoine. Assurément, on y verra la crainte et l'amour-propre s'y exprimer parfois avec une ruse innocente. Mais il n'y a rien de tout à fait vil dans le plaidoyer d'un malheureux qui défend son préjugé, son repos, sa vanité, ses raisons de vivre.

" *Certes, il est bien difficile de se représenter avec assez de force un événement déjà ancien, mais une conversation comme celle que j'essaie de rapporter ici est, pour ainsi dire, insaisissable, et la mémoire la plus fidèle n'en saurait retracer à distance l'attitude, le ton, mille petits faits qui modifient à mesure le sens des mots et nous disposent à n'entendre plus que ceux-là qui s'accordent à notre sentiment secret. Il faut que le respect que je dois à l'ordre formel de mes supérieurs et mon désir de les éclairer triomphe de ma répugnance et de mon scrupule. J'essaierai donc, moins de rapporter les termes, que d'en reproduire le sens général, et l'impression singulière que j'en ressentis.*

" *— Prenez garde, Sabiroux! s'était écrié tout à coup mon malheureux confrère, d'une voix qui me cloua sur place. Ses yeux lançaient des flammes. Une fois ou deux, je tentai de me faire entendre sans qu'il daignât seulement baisser son regard. Devrais-je l'avouer encore? J'étais sous le charme, si l'on peut appeler charme une affreuse con-*

*traction des nerfs, une curiosité dévorante. Aussi longtemps qu'il parla,
je ne doutai plus d'être en présence d'un homme véritablement surnaturel, en pleine extase. Mille choses, auxquelles je n'avais jamais pensé,
et qui m'apparaissaient aujourd'hui pleines de contresens et d'obscu-
rités, ou même d'imaginations puériles, éclairèrent alors ensemble mon
cœur et ma raison. Je crus pénétrer dans un nouveau monde. Comment
reproduire de sang-froid ces phrases singulières où, suppliant et
menaçant tour à tour, tantôt pâle de rage, tantôt ruisselant de larmes,
avec un accent déchirant, il désespérait du salut des âmes, retraçait
leur inutile martyre, s'emportant contre le mal et la mort comme s'il
eût serré Satan à la gorge. Satan! le nom revenait sans cesse sur ses
lèvres, et il le prononçait avec un accent extraordinaire, qui vous perçait
le cœur. S'il était permis à des yeux humains d'entrevoir l'ange rebelle,
à qui la sainte naïveté de nos pères attribuait tant de merveilles, aujour-
d'hui mieux connues, de telles paroles l'eussent évoqué, car déjà son
ombre était entre nous deux, humbles prêtres, dans le petit jardin!
Non! messieurs, un pareil discours ne peut être repris de sang-froid! Il
faudrait entendre cet homme vénérable, transfiguré par l'horreur, et
comme transporté de haine, évoquant les souvenirs les plus secrets de
son saint ministère, d'effroyables aveux, le travail du péché dans les
âmes, et jusqu'aux visages des infortunés, devenus la proie du démon,
où son regard visionnaire voyait se retracer ligne à ligne l'agonie de
Notre-Seigneur sur la Croix. Une espèce d'enthousiasme me trans-
portait. Je n'étais plus un de ces ministres de la morale chrétienne
mais un homme inspiré, un de ces exorcistes légendaires, prêts à arracher aux puissances du mal les brebis de leur troupeau. Miracle de
l'éloquence! Je prononçais des paroles sans suite, j'aurais voulu
m'élancer, braver des dangers, peut-être le martyre. Pour la première
fois, il me parut que j'entrevoyais le but véritable de ma vie et la majesté
du sacerdoce. Je me jetai, oui, je me jetai aux genoux de M. le curé de
Lumbres. Bien plus! Je pressai entre mes mains les plis de sa pauvre
soutane, j'y imprimai mes lèvres, je l'arrosai de mes larmes, et
m'écriant, hélas! dans la surabondance de ma joie, je jetai ces paroles
plutôt que je ne les prononçai : "Vous êtes un saint!... Vous êtes un
saint!..."*

Non pas une fois, mais vingt fois le chanoine terrassé
répéta ce mot, et il le bégayait avec ivresse. La terre brû-

lait ses gros souliers, l'horizon tournait comme une roue.
Il se sentait plus léger qu'un homme de liège, merveilleusement libre et léger, dans l'air élastique. " Je me crus dégagé
des liens mortels ", note-t-il.

Quelle parole fut donc assez forte pour élever si haut ce
poids pesant, ou quel plus miraculeux silence? Que lui disait-
il à l'oreille, ce tragique vieillard, que la tentation remuait
alors jusqu'au fond, et qui, repoussé de tous, et de Dieu même,
forcé, rendu, se tournait en mourant vers un regard ami?
Mais cela, nous ne le saurons point...

— Ah! Satan nous tient sous ses pieds, dit-il enfin, d'une
voix douce et désarmée.

Le curé de Luzarnes, d'étonnement, bégaie :

— Mon ami, mon frère, je vous ai méconnu... Je ne savais
pas... Dieu vous a fait pour être l'honneur du diocèse, de
l'Église, de la chaire de Vérité... Et, possédant de si admira-
bles dons, quoi! vous soupirez encore, vous vous voyez
vaincu! Vous! Laissez-moi au moins vous exprimer ma reconnaissance, mon émotion, pour le bien que vous m'avez fait,
pour l'enthousiasme...

— Vous ne m'avez pas compris, dit simplement le curé de
Lumbres.

Il sait qu'il doit se taire, il parlera cependant. La faiblesse
a sa logique et sa pente, comme l'héroïsme. Et toutefois le
vieil homme hésite, avant de porter ses derniers coups.

— Je ne suis pas un saint, reprend-il. Allons! laissez-moi
dire. Je suis peut-être un réprouvé... Oui! regardez-moi...
Ma vie passée s'éclaire, et je la vois comme un paysage, comme
en haut de Chennevières le bourg du Pin, sous mes pieds.
Je travaillais à me détacher du monde, je le voulais, mais
l'autre est plus fort et plus rusé; il m'aidait à user en moi
l'espérance. Comme j'ai souffert, Sabiroux! Que de fois j'ai
ravalé ma salive! J'entretenais en moi ce dégoût; c'est comme
si j'avais serré sur mon cœur le diable enfant. J'étais à bout de
forces quand cette crise a fini de tout briser. Bête que j'étais!
Dieu n'est pas là, Sabiroux!

Il hésite encore, devant l'innocente victime : ce prêtre fleuri,
aux yeux candides. Et puis, avec rage, il frappe et redouble :

— Un saint! Vous avez tous ce mot dans la bouche. Des saints! savez-vous ce que c'est? Et vous-même, Sabiroux, retenez ceci! Le péché entre en nous rarement par force, mais par ruse. Il s'insinue comme l'air. Il n'a ni forme, ni couleur, ni saveur qui lui soit propre, mais il les prend toutes. Il nous use par-dedans. Pour quelques misérables qu'il dévore vifs et dont les cris nous épouvantent, que d'autres sont déjà froids, et qui ne sont même plus des morts, mais des sépulcres vides. Notre-Seigneur l'a dit : quelle parole, Sabiroux! L'Ennemi des hommes vole tout, même la mort, et puis il s'envole en riant.

(La même flamme repasse dans ses yeux fixes, comme un reflet sur un mur.)

— Son rire! voici l'arme du prince du monde. Il se dérobe comme il ment, il prend tous les visages, même le nôtre. Il n'attend jamais, il ne fait ferme nulle part. Il est dans le regard qui le brave, il est dans la bouche qui le nie. Il est dans l'angoisse mystique, il est dans l'assurance et la sérénité du sot... Prince du monde! Prince du monde!

" Pourquoi cette colère? Contre qui?... " se| demande le curé de Luzarnes, bonnement.

— Ah! s'écrie-t-il, des hommes tels que vous...

Mais le saint de Lumbres ne le laisse pas finir; il marche dessus, à l'accoler.

— Des hommes tels que moi! Le saint Livre vous le dit, Sabiroux; ils s'évanouissent dans leur sagesse.

Puis il lui demande soudain, de sa voix coupante :

— Prince du monde... que pensez-vous de ce monde-là, vous?

— Ma foi, sans doute..., siffle le bonhomme entre ses dents.

— Prince du monde; voilà le mot décisif. Il est prince *de ce monde*, il l'a dans ses mains, il en est roi.

... Nous sommes sous les pieds de Satan, reprend-il après un silence. Vous, moi plus que vous, avec une certitude désespérée. Nous sommes débordés, noyés, recouverts. Il ne prend même pas la peine de nous écarter, chétifs, il fait de nous ses instruments; il se sert de nous, Sabiroux. A cette minute, que suis-je moi-même? Un scandale pour vous, une épine qu'il vous enfonce dans le cœur. Pardonnez-moi, au nom de la pitié divine! J'ai porté cette pensée, chaque jour mûrie, en silence, toute ma vie. Je ne la contiens plus; elle m'a dévoré. C'est moi qui suis en elle, mon enfer! J'ai connu trop d'âmes, Sabiroux, j'ai trop entendu la parole humaine, quand elle ne sert plus à déguiser la honte, mais à l'exprimer; prise à sa source, pompée comme le sang d'une blessure. Moi aussi, j'ai cru pouvoir lutter, sinon vaincre. Au début de notre vie sacerdotale nous nous faisons du pécheur une idée si singulière, si généreuse. Révolte, blasphème, sacrilège, cela a sa grandeur sauvage, c'est une bête qu'on va dompter... Dompter le pécheur! ô la ridicule pensée! Dompter la faiblesse et la lâcheté mêmes! Qui ne se lasserait de soulever une masse inerte? Tous les mêmes! Dans l'effusion de l'aveu, dans l'élargissement du pardon, menteurs encore, toujours! Ils jouent l'homme fort et ombrageux qui a pris le mors aux dents à travers les convenances, la morale et le reste, ils implorent une poigne solide. Ah! misère! ils sont fourbus! J'en ai vu, tenez, j'en ai vu qu'un nom de femme jetait dans les convulsions de la rage et qui, déchirés de crainte, de remords et d'envie, rampaient à mes pieds comme des bêtes..., j'en ai vu. Non! Non! cette immense duperie, ce rire cruel, cette manière de profaner ce qu'il tue, voilà Satan vainqueur! M'avez-vous compris, Sabiroux?

Les yeux d'azur du professeur soutiennent son regard avec une curiosité candide, une bienveillance infinie, éternelle. Ah! qu'on le brise enfin, cet émail bleu! Et le vieil athlète, en face du gros enfant épanoui, rougit et pâlit tour à tour. Son cœur bat à grands coups réguliers dans sa poitrine où la puissante volonté, jamais tout à fait assujettie, se roidit déjà, brise son frein. Il pousse Sabiroux contre le mur, il lui crie dans l'oreille, et d'un inoubliable accent :

— Nous sommes vaincus, vous dis-je! Vaincus! Vaincus!

Une minute, une longue minute, il écoute son propre blasphème, comme la dernière pelletée de terre sur une tombe. Celui qui renia trois fois son maître, un seul regard a pu l'absoudre, mais quelle espérance a celui-là qui s'est renié lui-même?

— Mon ami! Mon ami! s'écrie le curé de Luzarnes.

Mais le saint de Lumbres lui repousse doucement les mains :

— Laissez-moi, dit-il, laissez-moi..., ne m'écoutez plus.

— Vous laisser! reprend l'autre d'une voix éclatante, vous laisser! Je n'ai jamais rien vu qui vous ressemblât. Pardonnez-moi plutôt d'avoir douté de vous. Je suis prêt à vous servir de témoin dans l'épreuve que vous avez méditée... Rien n'est impossible ni incroyable d'un homme tel que vous... Allez! Allez! Je vous suis; c'est Dieu qui vous inspirait tout à l'heure. Allons! retournons ensemble à la maison. Allez rendre à sa mère le petit mort.

Le curé de Lumbres le regarde avec stupeur, passe sa main sur son front, cherche à comprendre... Même pour un moraliste, le tragique, l'étonnant oubli!... Hé quoi! il ne se souvient plus?...

— Voyons, mon ami, mon vénérable ami, répète-t-il, est-ce à moi de vous rappeler ce que tout à l'heure, à cette place?...

Il s'est souvenu. Le dernier appel de la miséricorde, la promesse éblouissante qui l'eût sauvé, et qu'il n'a entendue qu'avec méfiance, au lieu d'obéir comme l'enfant dont les petites mains font de grandes choses qu'il ignore, est-il possible? Il faut qu'un autre la rappelle. L'idée fixe à laquelle depuis deux jours et deux nuits, le misérable enchaînait sa pensée — ô rage! — peut-être au moment de la délivrance, par quelle main! s'est emparée de lui tout entier. A la minute décisive, à la minute unique de son extraordinaire vie — dérision souveraine, absolue — il n'était plus qu'un pauvre animal humain, puissant seulement pour souffrir et crier.

Ah! le naufragé qui, dans la brume du matin, ne retrouve plus la voile vermeille; l'artiste qui, sa veine épuisée, meurt vivant; la mère qui voit dans les yeux de son fils à l'agonie le regard glisser hors de sa présence, n'élèvent pas au ciel un cri plus dur.

Sous un tel coup cependant, l'héroïque vieillard n'a pas plié les genoux. Il ne prie plus. Il mesure froidement la profondeur de sa chute; il repasse une dernière fois la tactique supérieure de l'ennemi qui l'a vaincu. — J'ai haï le péché, se dit-il, puis la vie même, et ce que je sentais d'ineffable, dans les délices de l'oraison, c'était peut-être ce désespoir qui me fondait dans le cœur.

Une à une, les images épuisent sur nous leur dessin, puis, en plein désordre de la conscience, la raison vient qui nous achève. Autant que l'instinct même, la haute faculté dont nous sommes fiers a sa panique. Le curé de Lumbres l'éprouve; il consomme la pensée qui le tue. Quoi donc! au moment même où je me croyais... quoi! jusque dans l'ivresse de l'amour divin.

— Dieu s'est-il joué de moi? s'écrie-t-il.

Dans la dissipation d'un rêve qui nous parut toujours la réalité même, et auquel notre destin s'était lié, lorsque le désastre est complet — atteint son point de perfection, — quelle autre force nous sollicite encore, sinon l'âpre désir de provoquer le malheur, de le hâter, de le connaître, enfin?

— Allons, dit le curé de Lumbres.

VII

Il traverse à grands pas le jardin, qu'un nuage assombrit.
Il reparaît sur le seuil.

— Le voilà! s'écrie celle qui l'attendait, le cœur battant.

Elle s'avance vers lui, s'arrête, frappée jusque dans son espérance à la vue de ce visage altéré, où elle ne lit qu'une volonté
farouche, visage de héros, non de saint. Mais lui, sans baisser
sur elle son regard, va droit vers la porte fermée, derrière la
grande table de chêne, et, la main sur la poignée, d'un signe,
arrête sur place son confrère intimidé. La porte s'ouvre sur la
chambre obscure et muette, dont les persiennes sont closes.
Une seconde, la bougie vacille au fond. Il entre et s'enferme
avec la mort.

La pièce, aux murs blanchis à la chaux, est étroite et profonde; c'est l'arrière-cuisine, où le docteur a voulu qu'on trans-
portât le malade parce qu'elle est plus vaste, percée de deux
fenêtres au levant, face au jardin, aux bois de Sennecourt, aux
coteaux de Beauregard, pleins de haies fleuries. Sur le carrelage
rouge, on a jeté un mauvais tapis. L'unique cierge éclaire à
peine les murs nus. Et ce qui pénètre de jour — on ne sait
comment, — par des fissures invisibles, s'amasse et flotte autour
des draps blancs, sans plis, roides, et qui retombent bien également, jusqu'à terre, de chaque côté du petit garçon, à présent merveilleusement sage et tranquille. Une mouche, affairée,
bourdonne.

Le curé de Lumbres se tient debout, au pied du lit, et

regarde, sans prier, le crucifix sur la toile nette. Il n'espère pas
qu'il entendra de nouveau l'ordre mystérieux. Mais la promesse
a été faite, l'ordre entendu; cela suffit. Voici le serviteur infidèle, là même où l'attendit en vain son maître, et qui écoute,
impassible, le jugement qu'il a mérité.

Il écoute. Au-dehors, derrière les persiennes closes, le jardin
flambe et siffle sous le soleil, comme un fagot de bois vert
dans le feu. Au-dedans, l'air est lourd du parfum des lilas, de
la cire chaude, et d'une autre odeur solennelle. Le silence, qui
n'est plus celui de la terre, que les bruits extérieurs traversent
sans le rompre, monte autour d'eux, de la terre profonde. Il
monte, comme une invisible buée, et déjà se défont et se
délient les formes vivantes, vues au travers; déjà les sons s'y
détendent, déjà s'y recherchent et s'y rejoignent mille choses
inconnues. Pareil au glissement l'un sur l'autre de deux fluides
d'inégale densité, deux réalités se superposent, sans se confondre, dans un équilibre mystérieux.

A ce moment, le regard du saint de Lumbres rencontra celui
du mort, et s'y fixa.

Le regard d'un seul de ces yeux morts, l'autre clos. Abaissés
trop tôt, sans doute, et par une main tremblante, la rétraction
du muscle a soulevé un peu la paupière, et l'on voit sous les cils
tendus la prunelle bleue, déjà flétrie, mais étrangement foncée,
presque noire. Du visage blême au creux de l'oreiller, on ne
voit qu'elle, au milieu d'un cerne élargi comme d'un trou
d'ombre. Le petit corps, dans son linceul jonché de lilas, a
déjà cette raideur et ces angles du cadavre autour duquel notre
air, si amoureux des formes vivantes, paraît solidifié comme
un bloc de glace. Le lit de fer, avec son froid petit fardeau,
ressemble à un merveilleux navire, qui a jeté l'ancre pour toujours. Il n'y a plus que ce regard en arrière — un long regard
d'exilé — aussi net qu'un signe de la main.

Certes, le curé de Lumbres ne le craint pas, ce regard; mais
il l'interroge. Il essaie de l'entendre. Tout à l'heure, dans une
espèce de défi, il a passé le seuil de la porte, prêt à jouer entre
ces quatre murs blancs une partie désespérée. Il a marché vers
le mort sans attendrissement, sans pitié, comme sur un obstacle
à franchir, une chose à ébranler, trop pesante... Et voici que le

mort l'a devancé : *c'est lui qui l'attend*, pareil à un adversaire résolu, sur ses gardes.

Il fixe cet œil entrouvert avec une attention curieuse, où la pitié s'efface à mesure, puis une expèce d'impatience cruelle. Certes, il a contemplé la mort aussi souvent que le plus vieux soldat; un tel spectacle est familier. Faire un pas, étendre la main, clore des doigts la paupière, recouvrir la prunelle qui le guette, que rien ne défend plus, quoi de plus simple? Nulle terreur ne le retient aujourd'hui, nul dégoût. Plutôt le désir, l'attente inavouée d'une chose impossible, qui va s'accomplir en dehors de lui, sans lui. Sa pensée hésite, recule, avance de nouveau. Il tente ce mort, comme tout à l'heure sans le savoir il tentera Dieu.

Encore un coup, il essaie de prier, remue les lèvres, décontracte sa gorge serrée. Non! encore une minute, une petite minute encore... La crainte folle, insensée, qu'une parole imprudente écarte à jamais une présence invisible, devinée, désirée, redoutée, le cloue sur place, muet. La main, qui ébauchait en l'air le signe de la croix, retombe. La large manche, au passage, fait vaciller la flamme du cierge, et la souffle. Trop tard! Il a vu, deux fois, les yeux s'ouvrir et se fermer pour un appel silencieux. Il étouffe un cri. La chambre obscure est déjà plus paisible qu'avant. La lumière du dehors glisse à travers les volets, flotte alentour, dessine chaque objet sur un fond de cendre, et le lit au milieu d'un halo bleuâtre. Dans la cuisine, l'horloge sonne dix coups... Le rire d'une fille monte dans le clair matin, vibre longtemps... "Allons! Allons!..." dit le saint de Lumbres, d'une voix mal assurée.

Il se fouille avec un empressement comique, cherche le briquet d'amadou, cadeau de M. le comte de Salpène (mais qu'il oublie toujours sur sa table), découvre une allumette, la rate, répète : "Allons... allons", les dents serrées. En vidant ses poches, il a déposé à terre son couteau à manche de corne, des lettres, son mouchoir de coton d'un si beau rouge! et il tâte en vain le carreau, çà et là, sans les retrouver. Le lit tout proche fait une ombre plus dense. Mais en haut, par contraste, la buée lumineuse, autour des volets clos, s'élargit, s'étale. Déjà le visage du mort apparaît... par degrés... remonte... lentement... jusqu'à la surface des ténèbres. Le bonhomme se penche à le toucher, regarde... " Les deux yeux, à présent grands ouverts, le regardent aussi. "

Une minute encore, il soutient ce regard, avec une folle espérance. Mais aucun pli ne bouge des paupières retroussées. Les prunelles, d'un noir mat, n'ont plus de pensée humaine... Et pourtant... Une autre pensée peut-être?... Une ironie bientôt reconnue, dans un éclair... Le défi du maître de la mort, le voleur d'hommes... C'est lui.

— C'est toi. Je te reconnais, s'écrie le misérable vieux prêtre d'une voix basse et martelée. En même temps, il lui semble que tout le sang de ses veines retombe sur son cœur en pluie glacée. Une douleur fulgurante, indicible, le traverse d'une épaule à l'autre, déjà diffuse dans le bras gauche, jusqu'aux doigts gourds. Une angoisse jamais sentie, toute physique, fait le vide dans sa poitrine, comme d'une monstrueuse succion à l'épigastre. Il se raidit pour ne pas crier, appeler.

Toute sécurité vitale a disparu : la mort est proche, certaine, imminente. L'homme intrépide lutte contre elle avec une énergie désespérée. Il trébuche, fait un pas pour rattraper son équilibre, s'accroche au lit, ne veut pas tomber. Dans ce simple faux pas, quarante ans d'une volonté magnanime, à sa plus haute tension, se dépensent en une seconde, pour un dernier effort, surhumain, capable de fixer un moment la destinée.

Il est donc vrai que, jusqu'à ce que la nuit le dérobe, le recouvre à son tour, le tenace bourreau qui s'amuse des hommes comme d'une proie l'entoure de ses prestiges, l'appelle, l'égare, ordonne ou caresse, retire ou rend l'espérance, prend toutes les voix, ange ou démon, innombrable, efficace, puissant comme un Dieu. Comme un Dieu! Ah! qu'importent l'enfer et sa flamme, pourvu que soit écrasée, une fois, rien qu'une fois, la monstrueuse malice! Est-il possible, Dieu veut-il, que le serviteur qui l'a suivi trouve à sa place le roi risible des mouches, la bête sept fois couronnée? A la bouche qui cherche la Croix, aux bras qui la pressent, donnera-t-on cela seulement? Ce mensonge?... Est-ce possible? répète le saint de Lumbres à voix basse, est-ce possible?... Et tout aussitôt :

— Vous m'avez trompé, s'écrie-t-il.

(La douleur aiguë qui le ceignait d'un effroyable baudrier
desserre un peu son étreinte, mais sa respiration s'embarrasse.
Son cœur bat lentement, comme noyé. " Je n'ai plus qu'un
moment ", se dit le malheureux homme, soulevant de terre,
l'un après l'autre, ses pieds de plomb.)

Mais rien n'arrête celui qui, les mâchoires jointes et se ras-
semblant tout entier dans une seule pensée, avance à l'ennemi
vainqueur et mesure son coup. Le saint de Lumbres glisse
ses mains sous les petits bras raides, tire à demi au-dehors le
léger cadavre. La tête retombe et roule sur l'une et l'autre
épaule, puis glisse en arrière, immobile. Elle a l'air de dire :
" Non!... Non! " avec le joli geste las des enfants gâtés. Mais
qu'importe au rude paysan forcé jusque dans sa suprême espérance, et que retient debout une colère surhumaine, un de ces
sentiments élémentaires, rage d'enfant ou de demi-dieu?

Il élève le petit garçon comme une hostie. Il jette au ciel
un regard farouche. Comment espérer reproduire le cri de
détresse, la malédiction du héros, qui ne demande pitié ni
pardon, mais justice! Non, non! il n'implore pas ce miracle,
il l'exige. Dieu lui doit, Dieu lui donnera, ou tout n'est qu'un
songe. De lui ou de Vous, dites quel est le maître! O la folle,
folle parole, mais faite pour retentir jusqu'au ciel, et briser le
silence! Folle parole, amoureux blasphème!...

A celui qui fit entrer la mort dans la famille humaine la
puissance est peut-être dispensée de détruire la vie même, de
la restituer au néant dont elle est tirée. Qu'il ait souffert en
vain, soit! Mais il a cru. — Montrez-Vous, s'écrie-t-il, de cette
voix intérieure, où se manifeste au monde invisible l'incompréhensible pouvoir de l'homme, montrez-Vous, avant de
m'abandonner pour toujours!... O le misérable vieux prêtre,
qui jette au vent ce qu'il a pour obtenir un signe dans le ciel!
Et ce signe ne lui sera pas refusé, car la foi qui transporte des
montagnes peut bien ressusciter un mort... Mais Dieu ne se
donne qu'à l'amour.

VIII

Nous ne tenons du saint de Lumbres lui-même qu'un récit très court, ou plutôt des notes écrites à la hâte, et dans un désordre d'esprit voisin du délire. La rédaction en est maladroite, si naïve qu'il est impossible de les transcrire sans les modifier. Rien n'y rappelle l'homme extraordinaire sur qui furent essayées toutes les séductions du désespoir; mais on y retrouve, au contraire, l'ancien curé de Lumbres, avec son humilité candide, son respect des supérieurs et même une déférence un peu basse, la crainte servile du bruit, une parfaite défiance de soi, jointe à un accablement profond, sans remède et qui fait trop prévoir sa fin.

Toutefois, quelques-unes de ces lignes méritent d'être tirées de l'oubli. Ce sont celles où, soucieux seulement de noter bien exactement la succession des faits dont il fut le seul témoin, il transcrit pour ainsi dire mot à mot les derniers instants de sa merveilleuse histoire. Les voici telles quelles :

" Je tins une minute ou deux le petit cadavre entre mes bras, écrit-il, puis je tâchai de l'élever vers la Croix. Si léger qu'il fût, j'avais grand mal à le retenir, tant mon bras gauche était faible et douloureux. J'y parvins cependant. Alors, fixant Notre-Seigneur et rappelant avec force à ma pensée la pénitence et les fatigues de ma pauvre vie, le bien que j'ai pu faire parfois, les consolations que j'ai reçues, je donnai tout, sans réserves, pour que l'ennemi qui m'avait poursuivi sans repos, et qui me dérobait à présent jusqu'à l'espérance du salut, fût enfin humilié devant moi par un plus puissant que lui... O mon père, j'aurais sacrifié à ceci jusqu'à la vie éternelle!...

" ... Mon père, il est trop vrai; le diable, qui avait de moi
pris possession, est assez fort et assez subtil pour tromper mes
sens, égarer mon jugement, mêler le vrai au faux. J'accepte, je
reçois par avance votre décision souveraine. Mais le prodige est
encore dans les yeux qui l'ont vu, dans les mains qui l'ont
touché... Oui! pendant un espace de temps que je n'ai pu fixer,
le cadavre a paru revivre. Je l'ai senti tout chaud sous mes
doigts, tout palpitant. La petite tête renversée en arrière s'est
retournée vers moi... J'ai vu les paupières battre et le regard
s'animer... Je l'ai vu. Dans ce moment une voix intérieure me
répétait la parole : *Numquid cognoscentur in tenebris mirabilia tua,
et justitia tua in terra oblivionis?* J'ouvrais la bouche pour la
prononcer lorsque cette même douleur aiguë, indicible, que
je ne peux comparer à rien, me terrassa de nouveau. Une
seconde encore, j'essayai de retenir le petit corps qui m'échappait. Je le vis retomber sur le lit. C'est alors que retentit
derrière moi un cri terrible. "

Il l'avait entendu, en effet, ce cri terrible suivi d'un plus
affreux rire. Alors il s'était enfui de la chambre, comme un
voleur, droit vers la porte ouverte et le jardin plein de soleil,
sans tourner la tête, sans rien voir, que des ombres, qu'il
repoussait sans les reconnaître, de ses deux bras tendus...
Derrière lui, les voix s'éteignirent une à une, pour se confondre
dans une seule rumeur vague, bientôt recouverte... Il fit encore
quelques pas, reprit son souffle, ouvrit les yeux. Il était assis
sur le talus de la route de Lumbres, son chapeau tombé près
de lui, le regard encore ivre. Une carriole roulait au grand trot,
dans la poussière dorée, l'homme en passant fit même un large
sourire et salua du fouet... " Ai-je donc rêvé? " se disait le
malheureux prêtre, le cœur battant...

Le curé de Luzarnes était devant lui.

Un curé de Luzarnes pâle, essoufflé, bégayant, mais retrouvant peu à peu son prestige et son assurance, à la vue du
malheureux qui se relevait à grand-peine, s'efforçait de se
tenir debout, tête nue, ses cheveux gris en désordre, pareil à
un vieil écolier.

— Malheureux! s'exclama le futur chanoine, aussitôt qu'il
fut sûr de parler avec la fermeté convenable, malheureux!

Votre état peut faire pitié; je vous plains. Mais je me plains encore d'avoir cédé à votre folie, attiré sur cette pauvre maison un autre malheur affreux, compromis notre dignité à tous — oui! — à tous, par une manifestation ridicule... Et cette fuite! Ah! mon cher confrère, ce défaut de courage m'étonne de vous... Et maintenant (reprit-il après un silence, où il s'écoutait encore les yeux clos), et maintenant, qu'allez-vous faire?

— Que voulez-vous que je fasse? répondit le saint de Lumbres. J'ai commis une faute dont je soupçonne à peine la gravité. Dieu la connaît. Je mérite bien votre mépris.

Il ajouta tout bas quelques mots confus, hésita longtemps, puis, humblement, la tête penchée vers le sol, d'une voix presque inintelligible :

— Et maintenant... et maintenant... si vous voulez me dire... ce petit mort, que j'ai tenu dans mes bras?...

— Ne parlez pas de lui! répondit le curé de Luzarnes, avec une brutalité calculée.

A ce coup, il frémit sans répondre, mais jeta sur son juge un regard singulier.

— La comédie presque sacrilège que vous avez jouée (sans mauvaise intention, mon pauvre ami!) a eu un dénouement que vous ne semblez pas connaître... Soyons sérieux! Il n'est pas possible que vous n'ayez vu ni entendu...

— Entendu..., répondit le saint de Lumbres..., entendu... Qu'ai-je entendu?...

— *Qu'ai-je entendu!* s'écria l'ancien professeur. Expliquez-vous! Vous êtes bien capable, après tout, de n'avoir prêté vos oreilles qu'à des voix imaginaires. Je ne veux pas croire qu'un homme tel que vous, un ministre de paix, ait laissé derrière lui sans remords une femme, une mère, que votre odieuse mise en scène a failli tuer[1], et qui est, à la minute, où je parle, en plein accès de démence?

1. On sait que Mme Havret fut guérie quelques mois après au cours d'un pèlerinage à l'église de Lumbres.

Parmi tant de conversions extraordinaires, dont on ne sait déjà plus le nombre, il est curieux de constater que cette guérison miraculeuse est la seule qui puisse être attribuée, jusqu'à ce jour, à l'intercession de l'abbé Donissan.

Mais comme le vieux prêtre le considérait avec une stupeur
évidemment sincère, il baissa le ton pour continuer, avec
l'empressement des sots à se vider d'un mauvais et tragique
récit :

— Ainsi, vous ignorez donc! Vous ne savez pas que la
malheureuse s'était glissée dans la chambre, derrière vous?
Que s'est-il passé? Vous devez le savoir mieux que moi...
Nous avons entendu un cri, un éclat de rire... Puis vous avez
traversé la pièce comme un égaré... Elle voulait vous suivre;
nous la retenions à grand-peine; c'était un spectacle affreux...
Hélas! pourquoi m'étonnerais-je qu'une faible femme dans
le malheur ait subi l'entraînement de votre éloquence, la contagion de vos gestes, de votre imagination exaltée, puisque
moi-même... un cerveau comme le mien... tout à l'heure...
en était à douter du vrai et du faux... Elle répétait : " Il vit!
Il vit!... Il va revivre!... " Elle voulait qu'on courût, qu'on
vous ramenât... Miséricorde!

Il s'arrête un moment, souffle, et demande, les bras croisés :

— Voici les faits... Qu'en pensez-vous?

— Je suis perdu, répondit le curé de Lumbres, avec calme,
se redressant de toute sa hauteur.

Puis il parut poursuivre du regard, dans le ciel vide, son
invisible ennemi.

— Je suis perdu, reprit-il... J'étais fou... un dangereux
fou... Je m'exécuterai moi-même — oui — je dois me rendre
moi-même inoffensif... Une espérance me reste, c'est que le
temps m'est mesuré, très mesuré... J'ai senti tout à l'heure,
mon ami, la première attaque d'un mal que j'attribuais...
enfin une douleur bien étrange et qui, je le sens, redoublera
d'une minute à l'autre, pour m'emporter...

" *Il me décrivit fort nettement*, rapporte le curé de Luzarnes
dans les notes déjà citées, *une crise classique d'angine de poitrine.
Je le lui dis sans ménagements. J'aurais désiré ajouter quelques
conseils (d'expérience, hélas! ma vénérable mère étant morte de cette
redoutable maladie). Mais, après m'avoir fait répéter deux fois ce
mot d'angor pectoris qu'il ignorait, je le vis ramasser par terre son
chapeau, l'essuyer de sa manche, et partir sans vouloir m'entendre,
à grands pas.* "

IX

Qu'elle est longue la route du retour, la longue route!
Celle des armées battues, la route du soir, qui ne mène à rien,
dans la poussière vaine!... Il faut aller, cependant, il faut
marcher, tant que bat ce pauvre vieux cœur, — pour rien,
pour user la vie, — parce qu'il n'y a pas de repos tant que dure
le jour, tant que l'astre cruel nous regarde, de son œil unique,
au-dessus de l'horizon. Tant que bat le pauvre vieux cœur.

Voici la première maison du village, puis le raccourci,
entre deux haies inégales, à travers prés et pommiers, qui
débouche à l'entrée du cimetière, dans l'ombre même de
l'église. Voici l'église de Lumbres, comme une ombre.

Le curé de Lumbres est entré, sans être vu, par la petite
porte qui s'ouvre dans la sacristie même. Il s'est laissé tomber
sur une chaise, le regard aux briques du sol, pétrissant son
chapeau dans ses mains, encore incapable de fixer à rien sa
mémoire en déroute, écoutant seulement le choc régulier
du sang aux artères de son cou, avec une attention stupide.

Certes, il ne reste rien du grand vieillard en pleine révolte,
en plein défi! Pas une seconde, jusqu'à la fin, il ne trouvera
la force nécessaire pour rassembler ses souvenirs, ou les démê-
ler. L'idée seule d'un discernement si douloureux lui est odieuse,
insupportable. Ah! qu'il entretienne plutôt en lui ce demi-
sommeil! L'effort a été trop rude et il est tombé de trop haut;
les tentations ordinaires ne sont que des rêves d'enfant, une
rumination monotone, un ressassement, pareil au bavardage
insidieux d'un juge. Mais lui, c'est le bourreau qui l'a ques-
tionné.

Il garde, par un geste inconscient, la main pressée sur sa

poitrine, à la place même où la douleur endormie a sa racine.
Plus que la terreur, cependant, d'une agonie nouvelle, la crainte
l'oppresse d'abord du jugement de ses confrères, de leurs
discours, des réprimandes et des sanctions de l'archevêque.
Les larmes lui montent aux yeux. Il traîne sa chaise auprès
d'une petite table et, la tête vide, le cœur lâche, le dos arrondi
sous la menace, il s'efforce d'écrire bien lisiblement, bien proprement, pour une enquête possible, d'une belle écriture
d'écolier, cette espèce de rapport dont nous avons cité plus
haut quelques lignes.

Il écrit, rature, déchire. Mais, à mesure qu'il en fixe le détail
sur le papier, sa miraculeuse aventure se dissipe dans son
esprit, s'efface. Il ne la reconnaît plus; il y est comme étranger.
L'effort même qu'il fait pour la ressaisir brise en lui la dernière, la fragile trame du souvenir, et le laisse les coudes sur
la table, les yeux vagues, insensible.

Combien d'heures restera-t-il ainsi, regardant sans la voir
une étroite fenêtre grillée, dans l'épaisseur de la pierre, où
repasse au-dehors la branche d'un sureau balancée par le vent,
au soleil, tantôt noire et tantôt verte? L'homme qui vint à
midi sonner l'Angelus aperçut à travers la petite lucarne de
la porte, dans l'ombre, son chapeau tombé à terre, et son bréviaire, dont il vit les images et les signets éparpillés sur le
sol. A cinq heures, un élève du catéchisme de Première Communion, Sébastien Mallet, venu pour rechercher un livre
oublié, trouva la porte close, mais, n'entendant rien, s'en fut.
" Je n'osai pas frapper trop fort, ni appeler, dit-il ensuite,
car l'église était déjà pleine de monde, et j'avais bien peur
qu'on ne m'interrogeât. "

C'était l'heure en effet où la foule des pèlerins que la diligence automobile de Plessis-Baugrenan amène chaque jour
à Lumbres se pressait au confessionnal du saint, dans la chapelle des Anges. Foule singulière, où l'on vit coude à coude
tant de personnages tragiques ou comiques, tant de marion-
nettes illustres que la chaleur d'une grande âme élevait un
moment au-dessus du banal mensonge, restituait au règne
humain! Ce soir-là, plus nombreuse encore, énervée par
l'attente, ou peut-être agitée d'un pressentiment obscur,

dans la vieille église en rumeur... A chaque battement de
la grand-porte, les visages inquiets — ces visages tendus
que les familiers du pèlerinage n'oublieront jamais — se tour-
naient vers le seuil un instant lumineux, puis rentraient dans
l'ombre tous ensemble. Les chuchotements discrets, les toux
nerveuses qu'on étouffe de la main, mille petits gestes divers
d'impatience ou de curiosité, finissaient par se confondre
en un seul bruit étrange, comparable au piétinement d'un
troupeau dans l'orage et la pluie. Soudain, ce bruit même
cessa; tout se tut. La porte de la sacristie grinçait dans un
silence solennel. Le curé de Lumbres parut.

— Dieu, qu'il est pâle! dit une voix de femme, au loin,
dans la nef.

Ce cri, entendu nettement, rompit le charme. Le troupeau
retrouva son maître et respira.

Déjà le vieux prêtre gagnait son confessionnal, lentement,
la tête un peu penchée sur l'épaule droite, la main toujours
pressée sur son cœur. Au premier pas, il crut tomber. Mais un
remous de la foule l'avait déjà porté au but; elle se refermait
sur lui. Encore un coup, il était leur proie.

Il ne leur échappera plus. Il reste debout, dans l'épaisse
nuit, sa haute taille pliée en deux, la nuque au plafond de
chêne, cherchant son haleine. Il abandonne à la souffrance
un corps inerte, humilié, sa dépouille. Sa stupide patience
lassera le bourreau.

Mais qui pourra lasser jamais celui-là qui l'observe, invisible, et se satisfait de son agonie? Il faut que le misérable
vieillard, un moment rebelle, presque vainqueur, sente sur
lui jusqu'à la fin cette puissance qu'il a bravée... Plût à Dieu
qu'il reconnût au moins, face à face, son ennemi! Mais ce
n'est pas cette voix qu'il entendra, ce dernier défi... Voici
qu'à travers la douleur aiguë la conscience lui revient, par
degrés, qu'il écoute... Il écoute un murmure bientôt plus
distinct... monotone... inexorable. Il le reconnaît... Ce sont
eux. Un par un, hommes et femmes, les voilà tous, dont il
sent le souffle monter vers lui, moins détestable que leur
parole impure, mornes litanies du péché, mots souillés depuis
des siècles, ignoblement ternis par l'usage, passant de la

bouche des pères dans celle des fils, pareils aux pages les plus
lues d'un mauvais livre, et que le vice a marquées de son signe
— contresignées — dans la crasse de milliers de doigts. Elle
monte, cette parole; elle recouvre peu à peu le saint de Lumbres
encore debout. Comme ils se hâtent! Comme ils vont vite!...
Mais, sitôt le souffle revenu, vous les verrez — ah! vous les
verrez ces affreux enfants! — chercher, tâter des lèvres la
hideuse mamelle que Satan presse pour eux, gonflée du poison
chéri!... Jusqu'à la mort, lève la main, pardonne, absous,
homme de la Croix, vaincu d'avance!

Il écoute, il répond comme en rêve, mais avec une extrême
lucidité. Jamais son cerveau ne fut plus libre, son jugement
plus prompt, plus net, tandis que sa chair n'est attentive qu'à
la douleur grandissante, au point fixe d'où la souffrance aiguë
s'irradie, pousse en tous sens ses merveilleux rameaux, ou
court sous la trame des nerfs, pareille à une navette agile. Elle
a pénétré si avant qu'elle semble atteindre la division du corps
et de l'esprit, faire deux parts du même homme... Le saint de
Lumbres à l'agonie n'a plus commerce qu'avec les âmes. Il
les voit, de ce regard sur lequel la paupière est déjà retombée,
— elles seules... Crispé à la cloison sonore, les reins douloureusement pressés sur la stalle où il n'ose s'asseoir, la bouche
ouverte pour aspirer l'air épais, ruisselant de sueur, il n'entend
que ce murmure à peine distinct, la voix de ses fils à genoux,
pleine de honte. Ah! qu'ils parlent ou se taisent, la grande âme
impatiente a déjà devancé l'aveu, ordonne, menace, supplie!
L'homme de la Croix n'est pas là pour vaincre, mais pour
témoigner jusqu'à la mort de l'arrêt de la ruse féroce, de la puissance
injuste et vile, de l'arrêt inique dont il appelle à Dieu. Regardez
ces enfants, Seigneur, dans leur faiblesse! leur vanité, aussi
légère et aussi prompte qu'une abeille, leur curiosité sans
constance, leur raison courte, élémentaire, leur sensualité pleine
de tristesse..., entendez leur langage, à la fois fruste et perfide,
qui n'embrasse que les contours des choses, riche de la seule
équivoque, assez ferme quand il nie, toujours lâche pour
affirmer, langage d'esclave ou d'affranchi, fait pour l'insolence
et la caresse, souple, insidieux, déloyal. *Pater, dimitte illis,
non enim sciunt quid faciant!*

X

— Hélas! précisait le curé de Luzarnes, j'ai payé jadis mon expérience assez cher! Mon infortuné confrère a failli mourir devant moi d'une crise d'angine de poitrine, et vous en conviendrez tout à l'heure...

Ce disant, il marchait à grands pas sur la route de Lumbres, suivi du jeune médecin de Chavranches, au trot. Ce praticien encore imberbe, établi depuis peu de mois, jouissait d'une réputation professionnelle à peine au-dessus de ses mérites. L'aplomb de son bavardage, ses audaces de carabin et, par-dessus tout, son mépris de la clientèle, lui avaient gagné tous les cœurs. Nulle bourgeoise qui ne rêvât, pour sa demoiselle, un aveu de cette bouche insolente, et le secours de ses deux mains expertes, aussi capables que la lance fameuse de guérir les blessures qu'elles font. Pas un mourant qui n'ambitionnât d'entendre à son lit funèbre quelqu'une de ces paroles consolantes, pimentées, *mezzo voce*, d'une plaisanterie de cannibale. Car le muscadin ne fait plus le compte de ceux qui, par ses soins — et pour imiter son langage, — trépassèrent à la rigolade.

— Mon Dieu! c'est bien possible, l'abbé, répondit-il d'un ton conciliant.

Appelé en grande hâte et sur le conseil de M. le curé de Luzarnes, il avait trouvé la maîtresse du Plouy en pleine crise de délire, à laquelle l'épuisement seul mit fin. Mais, vers le soir, et la malade endormie :

— Mon cher docteur, s'était-il écrié, j'ai à vous demander

comme un service personnel : Votre automobile, dites-vous,
doit vous reprendre ici vers sept heures? Il en est cinq à
peine. Accompagnez-moi tout doucement jusqu'à Lumbres.
Une fois là-bas, qui vous empêche de téléphoner à votre
mécanicien de Chavranches, qui viendra vous y chercher?
Entre-temps, vous aurez examiné sérieusement mon pauvre
confrère, et je connaîtrai votre avis.

— Vous le connaissez depuis longtemps! dit le jeune praticien, non sans gaieté. Une nourriture peu substantielle, pas
d'exercice, le séjour dans un presbytère vermoulu, l'église
humide, le confessionnal sans lumière et sans air, une hygiène
du treizième siècle, ma parole!... *Angor pectoris* à part, il n'en
faut pas plus pour achever un organisme déjà surmené!... Mais
qu'est-ce que vous voulez bien que j'y fasse?

— J'ai mon ministère, vous avez le vôtre, répondit le curé
de Luzarnes, noblement. Notre raison d'être, c'est la pitié
pour les faibles, l'humanité. Que mon pauvre collègue soit
ceci ou cela, que vous importe? Et, si vous dites vrai, ce
ne serait encore qu'un de ces cas de déformation professionnelle, qui méritent l'attention de l'observateur, et les soins
du praticien...

— Bon! Bon! j'irai..., concéda-t-il. Et d'ailleurs, il y a du
plaisir à discuter avec un prêtre comme vous, ajouta le docteur
de Chavranches.

C'est ainsi qu'ils décidèrent de faire ensemble — et dans un
sentiment peu différent — le pèlerinage de Lumbres. A
l'entrée du village une pluie fine se mit à tomber; la route
blanche, sous leurs pas, se teignit d'ocre; un brouillard au
goût de lierre flottait au-dessus. On les vit hâter le pas. L'herbe
du cimetière ruisselait d'eau; la grille, sans cesse ouverte et
refermée, grinçait lamentable, et le haut porche de pierre grise
fouetté par l'averse semblait, dans l'ombre mourante, se
tendre et palpiter comme une voile. Puis ils entrèrent côte à
côte dans l'église déjà presque vide.

Là, M. le curé de Luzarnes, reposant paternellement la main
sur l'épaule de son compagnon :

— Monsieur Gambillet, dit-il à voix basse, je vous aurais
épargné volontiers cette visite au sanctuaire, peut-être embar-

rassante pour vous, mais n'attendrez-vous pas plus agréablement ici que dans une salle de presbytère, aussi froide et aussi
nue qu'un parloir de dames Clarisses? D'ailleurs, le gros de la
foule est heureusement dispersé. L'abord du confessionnal me
paraît libre, et, si mon vénéré confrère prend quelque repos à la
sacristie, il ne fera pas difficulté, j'espère, à nous suivre aussitôt
chez lui!

Ayant ainsi parlé, il disparut. Le jeune Chavranchais, toujours immobile auprès du bénitier, n'entendit plus un moment
que l'écho de sa voix lointaine, le claquement d'une porte, la
glissade des gros souliers sur les dalles. Devant lui, une à
une, les dévotes attardées, d'un pas menu, leur main furtive
au bord de la vasque de marbre, passèrent à le toucher, laissant
tomber sur lui un regard de leurs yeux graves. Puis le sacristain
paysan souffla les dernières 'ampes. Enfin le curé de Luzarnes
reparut.

— Chose bien surprenante! fit-il. Mon confrère a dû quitter
l'église; nous ne l'y trouvons plus. Les confessions d'ailleurs,
à ce qu'on m'a dit, sont terminées depuis quarante minutes au
moins... Il faut se rendre à l'évidence, monsieur Gambillet...
Par la porte du cimetière, sans doute, il a dû regagner la maison.
Faites ce dernier petit effort, ajouta-t-il de ce ton familier auquel
on ne refuse rien.

— Qu'est-ce que cela me fait? répondit obligeamment le
docteur de Chavranches. Mon auto me prend ici vers dix-neuf
heures; j'ai le temps... Mais pour un moribond, l'abbé, votre
ami est bien ingambe...

Il acheva d'exprimer sa pensée par un sifflement distrait.
Car, attendant sans impatience, avec une mâle fermeté, le
moment de passer à son tour au premier plan, il eût jugé peu
digne d'en paraître ému. Mais ce fut en vain qu'ils interrogèrent
la vieille Marthe, dans le parloir aux deux bécassines; elle
n'avait pas revu son maître, et ne l'attendait pas si tôt.

— Pauvre cher homme qui dîne à des heures impossibles,
et passe plus d'une fois la nuit tout entière à genoux sur le
pavé, dans la chapelle des Saints-Anges!

— Il y est encore, messieurs, sûr comme vous voilà! Vous
le trouverez dans le petit retrait de la muraille, derrière la

table à burettes — une place qu'il aime, — aussi seul qu'en plein bois de Bargemont.

— Ladislas! dit-elle au sacristain qui parut alors sur le seuil, une pile de linge aux bras, l'as-tu vu, toi, en faisant la ronde?

Mais le bonhomme secoua la tête.

— On ferme les portes de l'église, expliqua-t-elle, à six heures, et Ladislas ne les ouvrira qu'à neuf heures, à la prière du soir et au salut. C'est le moment que notre curé se réserve pour mettre un peu d'ordre là-bas, voyez-vous, et ranger à sa mode... Pensez! Il a obtenu de Monseigneur que le Saint Sacrement serait exposé toute la nuit!... Donnes-tu les clefs à ces messieurs? demanda-t-elle à Ladislas, avec un peu d'embarras.

— J'aime autant les accompagner moi-même, répondit le sacristain, bourru. J'ai une consigne, après tout, la mère! Le temps de casser une croûte, et de boire un verre de vin.

La bonne femme, derrière son dos, branla sa cornette.

— Je m'en doutais bien, messieurs, fit-elle. Mais il aura tôt fait de souper, car il ne mange guère. C'est un mal disant, voyez-vous, mais sans plus de méchanceté qu'un enfant.

— Nous l'attendrons donc, dit le curé de Luzarnes d'un air pincé, interrogeant du regard son compagnon.

— Et... Et j'ai encore une proposition à vous faire, commença la vieille Marthe, après avoir toussé pour s'éclaircir la voix. Il y a dans la pièce à côté (celle que notre saint du bon Dieu appelle son oratoire, rapport à ce qu'il y confesse aussi) un grand monsieur venu de loin, tout exprès, pour notre curé, un vieux avec la Légion d'honneur, bien honnête, ma foi! bien gentil, et qui doit trouver le temps long.

Le docteur de Chavranches fit des deux mains le geste qui jetait au diable le vieux et sa croix d'honneur.

— Quelque général en retraite?... proposa l'ancien professeur de chimie, avec un sourire complice.

— La carte est sur la table — oui, là devant vous, messieurs, — dit-elle, découragée. Mais il a des yeux si doux, si caressants. Non! ça n'est pas ça, un militaire!

Le carré de bristol était déjà sous le nez de Gambillet, qui rougit comme un enfant.

— Oh! oh! cela change d'aspect! fit-il du ton d'un connaisseur...

Il tendit la carte au curé de Luzarnes, qui chancela.

— Antoine Saint-Marin..., bredouilla le futur chanoine, la bouche humide.

— De l'Académie française, répondit l'autre, comme un écho.

Le jeune praticien prit une pose, et parut chercher un moment quelque chose...

— Introduisez-nous! dit-il enfin.

XI

L'illustre vieillard exerce, depuis un demi-siècle, la magis-
trature de l'ironie. Son génie, qui se flatte de ne respecter rien,
est de tous le plus docile et le plus familier. S'il feint la pudeur
ou la colère, raille ou menace, c'est pour mieux plaire à ses
maîtres, et, comme une esclave obéissante, tour à tour mordre
ou caresser. Dans la bouche artificieuse, les mots les plus
sûrs sont pipés, la vérité même est servile. Une curiosité,
dont l'âge n'a pas encore émoussé la pointe, et qui est l'espèce
de vertu de ce vieux jongleur, l'entraîne à se renouveler sans
cesse, à se travailler devant le miroir. Chacun de ses livres
est une borne où il attend le passant. Aussi bien qu'une fille
instruite et polie par l'âpre expérience du vice, il sait que la
manière de donner vaut mieux que ce qu'on donne, et, dans
sa rage à se contredire et à se renier, il arrive à prêter chaque
fois au lecteur un homme tout neuf.
    Les jeunes grammairiens qui l'entourent portent aux nues
sa simplicité savante, sa phrase aussi rouée qu'une ingénue
de théâtre, les détours de sa dialectique, l'immensité de son
savoir. La race sans moelle, aux reins glacés, reconnaît en
lui son maître. Ils jouissent, comme d'une victoire remportée
sur les hommes, au spectacle de l'impuissance qui raille au
moins ce qu'elle ne peut étreindre, et réclament leur part de
la caresse inféconde. Nul être pensant n'a défloré plus d'idées,
gâché plus de mots vénérables, offert aux goujats plus riche
proie. De page en page, la vérité qu'il énonce d'abord avec
une moue libertine, trahie, bernée, brocardée, se retrouve

à la dernière ligne, après une suprême culbute, toute nue, sur les genoux de Sganarelle vainqueur... Et déjà la petite troupe, bientôt grossie d'un public hagard et dévot, salue d'un rire discret le nouveau tour du gamin bientôt centenaire.

— Je suis le dernier des Grecs, dit-il de lui-même, avec un rictus singulier.

Aussitôt vingt niais, hâtivement instruits d'Homère par ce qu'ils en ont pu lire en marge de M. Jules Lemaître, célèbrent ce nouveau miracle de la civilisation méditerranéenne, et courent réveiller, de leurs cris aigus, les Muses consternées. Car c'est la coquetterie du hideux vieillard, et sa grâce la plus cynique, de feindre attendre la gloire sur les genoux de l'altière déesse, bercé contre la chaste ceinture où il égare ses vieilles mains... Étrange, effroyable nourrisson!

Depuis longtemps, il avait décidé de visiter Lumbres, et ses disciples ne cachaient plus aux profanes qu'il y porterait l'idée d'un nouveau livre. "Les hasards de la vie, confiait-il à son entourage, sur ce ton d'impertinence familière avec lequel il prétend dispenser les trésors d'un scepticisme de boulevard, baptisé pour lui sagesse antique, — les hasards de la vie m'ont permis d'approcher plus d'un saint, pourvu qu'on veuille donner ce nom à ces hommes de mœurs simples et d'esprit candide, dont le royaume n'est pas de ce monde, et qui se nourrissent, comme nous tous, du pain de l'illusion, mais avec un exceptionnel appétit. Toutefois ceux-là vivent et meurent, reconnus de peu de gens, et sans avoir étendu bien loin la contagion de leur folie. Qu'on me pardonne d'être revenu si tard à des rêves d'enfant. Je voudrais, de mes yeux, voir un autre saint, un vrai saint, un saint à miracles et, pour tout dire, un saint populaire. Qui sait? Peut-être irai-je à Lumbres pour y achever de mourir entre les mains de ce bon vieillard?

Ce propos, d'autres encore, furent longtemps tenus pour une aimable fantaisie, bien qu'ils exprimassent, avec une espèce de pudeur comique, un sentiment sincère, bas mais humain, une crainte sordide de la mort. L'illustre écrivain, pour son malheur, n'est que vil, non pas médiocre. Sa forte personnalité, douloureusement à l'étroit dans ses livres, s'est délivrée dans le vice. C'est en vain qu'il s'efforce de cacher à tous, redoublant de scepticisme et d'ironie, le secret hideux qui sue parfois à travers les mots. A mesure qu'il avance en âge, le misérable se voit traqué, forcé dans son mensonge, de jour en jour moins capable de tromper en hors-d'œuvre et bagatelles sa voracité grandissante. Impuissant à se surmonter, conscient du dégoût qu'il inspire, ne trouvant qu'à force de ruse et d'industrie de rares occasions de se satisfaire, il se jette en glouton sur ce qui passe à portée de ses gencives et, l'écuelle vide, pleure de honte. L'idée d'un obstacle à vaincre, et du retardement qu'impose la comédie de la séduction, même écourtée, la crainte du fléchissement physique toujours possible, le caprice de ses fringales, le découragent par avance des rendez-vous hasardeux. Aux gouvernantes qu'il entretenait jadis avec un certain décor succèdent aujourd'hui des gothons et des servantes, qui sont ses tyrans domestiques. Il excuse de son mieux leur langue familière, affecte une bonhomie navrante, détourne l'attention d'un rire qui sonne faux, tandis qu'il suit du regard, à la dérobée, le cotillon court sur lequel, tout à l'heure, il ira rouler sa tête blanche.

Mais hélas! cette morne débauche l'épuise sans le rassasier; il n'imagine rien de plus bas, il touche le fond de son grotesque enfer. Au désir, jamais plus âcre et plus pressant, succède un trop court plaisir, furtif, instable. L'heure est venue où le besoin survit à l'appétit, dernière énigme du sphinx charnel... C'est alors qu'entre ce vieux corps inerte et la volupté vainement pressée la mort se leva, comme un troisième camarade.

Celle qu'il avait tant de fois caressée dans ses livres, et dont il croyait avoir épuisé la douceur, la mort, — d'ailleurs partout visible à travers sa froide ironie, comme un visage sous une eau claire et profonde, — cent fois rêvée, savourée, il ne la reconnut pas. Il la voyait désormais de trop près, bouche à bouche. Il avait choisi l'image d'une lente vieillesse, à la pente douce et fleurie, et qui s'endort contente, au dernier pas. Mais il n'attendait point cette surprise en plein jour, cette effraction... Hé quoi? déjà?

Il s'efforce d'en chasser la pensée, de la déguiser au moins; il dépense à ce jeu misérable des ressources infinies. A peine ose-t-il confier aux plus intimes quelque chose de son angoisse, et ils ne l'entendent qu'à demi; nul ne veut voir, dans les yeux du grand homme, le regard tragique où s'exprime une terreur d'enfant. Au secours! dit le regard. Et l'auditoire s'écrie : Quel merveilleux causeur!

XII

M. Gambillet s'avança vers le célèbre auteur du *Cierge Pascal*, et se présenta lui-même, non sans esprit, car il ne manque tout à fait ni de malice ni d'à-propos. Puis, se tournant vers son compagnon, et lui donnant la parole :

— M. le curé de Luzarnes, fit-il, est plus qualifié que moi pour vous souhaiter la bienvenue dans ce miraculeux pays de Lumbres, à deux pas de la petite église que vous êtes venu visiter.

Antoine Saint-Marin pencha vers l'abbé Sabiroux sa longue face blême, le considérant de haut en bas, avec ennui.

— Cher et illustre maître, dit alors celui-ci d'un ton mesuré, je ne m'attendais pas à vous voir jamais d'aussi près. Le ministère que j'exerce au fond de ces campagnes nous condamne tous à l'isolement jusqu'à la mort, et c'est un grand malheur que le clergé de France soit ainsi tenu à l'écart de l'élite intellectuelle du pays. Qu'il soit au moins permis à l'un de ses plus humbles représentants...

Saint-Marin secoua de haut en bas cette fine main blanche qu'immortalise le tableau de Clodius Nyvelin.

— L'élite intellectuelle du pays, monsieur l'abbé, est une société bien bruyante et bien désagréable que je vous conseillerai plutôt de tenir éloignée de vos presbytères. Et pour l'isolement, ajouta-t-il avec un petit rire, puissé-je y avoir été jadis condamné comme vous!

L'ancien professeur de chimie, un moment déconcerté, choisit de sourire aussi. Mais le jeune docteur de Chavranches, déjà familier :

— Allons, allons! l'abbé, vous voilà comme un bourg-mestre à l'entrée du roi dans sa bonne ville. L'illustre maître n'a pas fait cent lieues pour s'entendre louer. Dois-je l'avouer, monsieur, continua-t-il en s'inclinant vers Saint-Marin, je suis prêt moi-même à commettre envers vous une faute plus grave.

— Ne vous gênez pas, répondit le romancier d'une voix douce.

— Permettez-moi seulement de vous demander pour quel motif...

— N'ajoutez plus un mot, si vous tenez à mon estime! s'écria l'auteur du *Cierge Pascal*. Je devine que vous désirez connaître la raison qui m'a déterminé à entreprendre ce petit voyage? Or, grâce à Dieu, je n'en sais pas là-dessus plus long que vous. Le travail de composition, jeune homme, est le plus ennuyeux et le plus ingrat de tous; c'est bien assez de composer mes livres, je ne compose pas ma vie. Cette page-ci est une page blanche.

— J'espère que vous l'écrirez, cependant, soupira le curé de Luzarnes, et j'ose dire que vous nous la devez.

Le regard toujours un peu vague de l'illustre maître tomba de haut sur son benoît quémandeur, et l'effleura sans se poser. Puis il demanda, les yeux mi-clos :

— Ainsi nous attendons tous les trois le bon plaisir d'un saint?

— Les clefs du sanctuaire d'abord, remarqua l'enfant terrible de Chavranches, et le bon plaisir du sacristain Ladislas.

— Comment cela? fit Saint-Marin, sans daigner voir le geste du curé de Luzarnes demandant la parole.

Mais Gambillet, plus prompt, fit à sa manière le récit des événements de la journée, vingt fois repris par son sourcil-leux compagnon, qu'un léger mouvement d'impatience de l'illustre maître rejetait chaque fois au néant. Lorsqu'il eut tout entendu :

— Ma foi, monsieur, dit le romancier, je n'espérais pas tant d'une journée mal commencée. O la rafraîchissante surprise d'un peu de surnaturel et de miraculeux!

— Surnaturel et miraculeux? protesta d'une voix grave
le curé de Luzarnes.

— Pourquoi pas? demanda brusquement Saint-Marin,
se retournant tout d'une pièce vers son inoffensif ennemi.

(Si bas que le grand homme soit tombé, la bêtise toute nue
lui fait honte. Mais il redoute par-dessus tout de rencontrer
son image dans la sottise ou la lâcheté d'autrui, comme dans
un tragique miroir.)

— Pourquoi pas? répéta-t-il, plutôt sifflant qu'épelant
chaque mot entre ses longues dents jointes. Nous espérons
tous un miracle, monsieur, et le triste univers l'appelle avec
nous. Aujourd'hui, ou dans un millier de siècles, que m'importe
si quelque événement libérateur doit faire brèche un jour dans
le mécanisme universel? J'aime autant l'attendre pour demain
et m'endormir content. De quel droit la brute polytechnique
viendrait-elle m'éveiller de mon rêve? Surnaturel et miraculeux sont des adjectifs pleins de sens, monsieur, et qu'un
honnête homme ne prononce qu'avec envie...

De son aveu, jamais le curé de Luzarnes ne se sentit plus
injustement mortifié.

— M. Saint-Marin, confia-t-il à son ami Gambillet, m'a
paru plus poète que philosophe et capable d'interpréter à sa
guise les paroles d'autrui. Mais quelle raison de se mettre en
colère?

L'auteur du *Cierge Pascal* lui-même eût été bien embarrassé
de répondre. Car il hait d'instinct ce qui lui ressemble et goûte,
sans l'avouer, l'amère ivresse de se mépriser chez les autres.
Mieux que personne, il sait par quelle nuance légère et fragile
l'homme qui ne fait profession que d'esprit se distingue du
sot, et dans certains niais bien disants le vieux cynique flaire
avec rage un petit de la même portée.

— Si vous n'avez point vu l'ermite, reprit le docteur de
Chavranches pour rompre le silence, au moins connaissez-
vous l'ermitage? Quelle curieuse maison! Quelle solitude!

— J'étais tout à l'heure sous le charme, dit Saint-Marin.
Il n'y a de vraiment précieux dans la vie que le rare et le singulier, la minute d'attente et de pressentiment. Je l'ai connue
ici.

M. Gambillet hocha la tête, approuva d'un sourire prudent. Cependant le grand vieillard, s'approchant de la fenêtre, commença de promener ses longs doigts sur les vitres. La lumière de la lampe faisait danser son ombre au mur, la diminuant et l'allongeant tour à tour. Au-dehors, les yeux ne distinguaient rien que la tache blême de la route. Et dans le profond silence le docteur de Chavranches entendait le léger grincement des ongles sur le verre poli.

La voix de Saint-Marin le fit tout à coup sursauter :

— Ce diable de sacristain, dit-il, veut nous tuer de mélancolie. Je suis une grande bête d'attendre et de bâiller ici, quand j'ai devant moi tout un jour. Car je ne quitterai Lumbres que demain. Et puis, ma parole! je suis bizarrement rompu.

— D'ailleurs, remarqua M. Gambillet, si les imaginations de l'abbé Sabiroux ont quelque réalité, son pauvre confrère sera hors d'état de vous entretenir ce soir.

— Pour cette fois, d'ailleurs, répondit l'illustre maître, c'est assez de connaître ce presbytère campagnard : un lieu unique.

(Il désignait la pièce aux quatre murs nus d'un geste caressant, comme un rarissime bibelot à tenter le collectionneur.)

Cette simple phrase fut à l'amour-propre du curé de Luzarnes comme un baume.

— Je dois vous faire remarquer, dit-il, que cette salle est improprement désignée sous le nom d'oratoire : mon vénéré confrère s'y tient rarement. A vrai dire, il ne quitte guère sa chambre.

— Ouais? fit l'auteur du *Cierge Pascal*, intéressé.

— Je me ferai une joie de vous y conduire, s'empressa le futur chanoine. Monsieur le curé de Lumbres, j'en suis sûr, vous donnerait volontiers cette marque d'égards, et je ne ferai qu'interpréter sa pensée.

Il prit la lampe, l'éleva au-dessus de sa tête, puis, marquant un petit temps, la main sur le bouton de la porte :

— Si ces messieurs veulent me suivre?

Au premier étage, le curé de Luzarnes, désignant à l'extrémité d'un long couloir une porte entrouverte :

— Permettez-moi de vous précéder, fit-il.

Ils entrèrent après lui. La lampe, tenue à bout de bras, éclairait une longue salle mansardée, peinte à la chaux, et qui parut d'abord absolument vide. Le parquet de sapin, récemment lavé, exhalait une odeur tenace. Quelques meubles, ingénument rangés contre la muraille, apparurent, dénoncés par leurs ombres : deux chaises de paille, un prie-Dieu, une courte table chargée de livres...

— Cela ressemble à n'importe quel grenier d'étudiant pauvre, dit Saint-Marin, déçu.

Mais le futur chanoine, infatigable, les entraînait plus loin, penchant vers le sol son lumignon fumant.

— Voilà son lit, dit cet homme incomparable, avec une espèce de fierté.

L'enfant terrible de Chavranches, et l'écrivain, pourtant tous deux sans vergogne, échangèrent par-dessus le large dos un sourire gêné. La paillasse, ridiculement étroite et menue, couverte d'un amas de hardes, faisait à elle seule un spectacle d'une assez pitoyable mélancolie. Cependant, Saint-Marin la vit à peine; il regardait deux gros souliers béants, verdis par l'âge, l'un debout, drôlement campé, l'autre à plat, montrant ses clous rouillés, son cuir gondolé, le retroussis de sa semelle, deux pauvres vieux souliers, pleins d'une lassitude infinie, plus misérables que des hommes.

— Quelle image! dit-il à voix basse; quelle ridicule et merveilleuse image!

Il pensait à la fuite circulaire de toute vie humaine, au chemin vainement parcouru, au suprême faux pas. Qu'était-il allé chercher si loin, ce vagabond magnanime? La même chose qu'il attendait lui-même, au milieu des objets familiers, ses chères estampes, ses livres, ses maîtresses et ses courtisans, dans l'hôtel de la rue de Verneuil, où mourut Mme de Janzé. Jamais le patriarche du néant, à ses meilleures heures, ne s'éleva plus haut qu'un lyrique dégoût de vivre, un nihilisme caressant. Néanmoins, sa gorge se serra, son cœur battit plus vite.

Alors, il parla d'abondance.

— Nous sommes ici, dit-il, dans un lieu consacré, aussi vénérable qu'un temple. Si le vaste monde est un champ clos,

la place vaut d'être marquée où fut donné le grand effort,
tentée la plus folle espérance. Les anciens eussent considéré
sans doute notre saint de Lumbres avec mépris; mais une
longue expérience du malheur nous a rendus moins sévères
pour cette espèce de sagesse, un peu barbare, qui trouve dans
l'élan même de l'action sa raison d'être et sa récompense.
La différence est moins grande qu'on imagine entre celui
qui veut étreindre et celui qui repousse tout. Il y a une grandeur sauvage que la sagesse antique n'a pas connue...

La belle voix grave de l'illustre écrivain resta comme perchée
sur la dernière syllabe, tandis que son regard se fixait à l'angle
du mur où le diligent Sabiroux promenait à ce moment la
lumière de sa lampe. Dans une sorte de renfoncement, formé
par l'arête extérieure du toit, une planchette grossièrement
clouée supportait un crucifix de métal. Au-dessous, jetée sur
le sol, dans le coin le plus obscur, une lanière repliée, de celles
que les toucheurs de bœufs nomment " coutelas ", aiguë à sa
pointe, large de trois doigts à sa base, pareille à un plat ser-
pent noir. Mais ni le crucifix ni le fouet ne retenaient le regard
du maître. C'était, à hauteur d'homme, une singulière écla-
boussure, couvrant presque un pan de la muraille, faite de
mille petites traces si rapprochées vers le centre qu'elles n'y
formaient plus qu'une masse unique, d'un roux pâli, quelques-unes plus fraîches, d'un rose encore vif, d'autres à peine
visibles, dans l'épaisseur de la chaux, comme absorbées,
desséchées, d'une couleur indéfinissable. La croix, le fouet
de cuir, la muraille rougie... Cette grandeur sauvage que la
sagesse antique... L'éminent musicien n'eut pas le courage
de plaquer son dernier accord, et cessa brusquement sa chanson.

Immobile, M. Gambillet bredouilla plusieurs fois dans sa
moustache les mots de folie mystique, guettant en dessous
Saint-Marin muet. L'irrésistible confident de la société cha-
vranchaise, si vif à retourner un drap sur des nudités lamen-
tables, et qui se vanta souvent de tout regarder et de tout
entendre avec un front d'airain, eut, comme il l'avoua plus
tard, froid dans le dos. Le plus épais des hommes ne voit pas
sans trouble violer devant lui l'humble secret d'un grand amour,

la part réservée du pauvre, son seul trésor, et qu'il emporte avec lui.

M. le curé de Luzarnes, détournant la lampe, dit aussitôt, avec un naturel parfait :

— Mon vénérable ami, messieurs, se maltraite et compromet gravement sa santé! Dieu me garde de blâmer son zèle! Mais je dois dire que ces violences contre soi-même, non pas prescrites, seulement tolérées, furent néanmoins regardées par plusieurs comme un dangereux moyen de sanctification, et trop souvent le scandale des faibles ou la risée des impies.

L'ancien professeur appuya ce dernier mot d'un geste familier, le pouce et l'index joints, le petit doigt levé, du ton d'un homme qui précise un point contesté. L'embarras du docteur, le silence de l'autre, lui parurent une preuve assez flatteuse de leur bienveillante attention. Il le marqua d'un sourire, puis partit content, car le prêtre médiocre est, entre tous, impénétrable.

— Que ce grand homme est donc nerveux! se disait Gambillet, marchant sur les talons de Saint-Marin, et regardant curieusement la longue main d'ivoire crispée sur la canne, dont elle frappait parfois le sol à petits coups. Depuis quelques instants l'auteur du *Cierge Pascal* faisait, en effet, pour cacher son trouble et se surmonter, un effort presque héroïque. Sans doute, il n'était pas resté insensible à cette lugubre poésie de la maison du pauvre, mais il y a beau temps que le romancier n'est plus dupe d'aucun battement de son vieux cœur! L'émotion à peine formée, et comme à l'état naissant, est aussitôt mise en ordre, utilisée; c'est la matière première qu'accommode au goût de l'acheteur son industrieux génie.

Le vieux comédien n'est accessible que par les sens; la tache rousse, sur le mur, dans l'auréole de la lampe, avait mis ses nerfs à nu.

On connaît de lui, on sait de mémoire vingt pages effrontées où, de toutes les ressources de son art, le malheureux s'exerce à conjurer son intraitable fantôme. Nul n'a parlé plus librement de la mort, avec plus de nonchalance et d'amou-

reux mépris. Nul écrivain de notre langue ne semble l'avoir
observée d'un regard si candide, raillée d'une moue si moqueuse
et si tendre... Pour quelle mystérieuse revanche, la plume posée,
la craint-il comme une bête, comme une brute?

A l'idée de la chute inexorable, ce n'est pas sa raison qui
cède au vertige, c'est la volonté qui fléchit, menace de se
rompre. Ce raffiné connaît avec désespoir le soulèvement
de l'instinct, l'odieuse panique, le recul et le hérissement de
l'animal qui, à l'abattoir, vient flairer le mandrin du tueur.
Ainsi jadis, si l'on en croit Goncourt, le père du naturalisme
et des Rougon-Macquart, réveillé en pleine nuit par les mêmes
affres, se jetait au bas du lit, donnant le spectacle d'un accu-
sateur en bannière et tremblant de peur à son épouse conster-
née.

Debout, sur la première marche, le visage tourné vers la
cage obscure, les tempes serrées, la gorge sèche, il respire
à grands coups, seul remède à de telles crises. Derrière lui,
Gambillet, bloqué, s'étonne, écoute avec inquiétude le souffle
irrégulier, profond, du maître. Il appuie légèrement la main
sur son épaule :

— Seriez-vous souffrant? dit-il.

Saint-Marin se détourne avec peine, et répond d'une voix
fausse :

— Non pas! Non pas... un malaise... une légère suffoca-
tion... Cela va mieux... tout à fait bien...

Mais il se sent encore si faible et si lâche que la banale
sympathie du médecin de Chavranches est incroyablement
douce à son cœur. Dans l'euphorie de la détente nerveuse,
il est ainsi souvent tenté de parler, de donner son secret,
de mendier au plus près un conseil et un appui. Par bonheur,
l'amour-propre engourdi le réveille toujours à temps de son
mauvais rêve.

— Docteur, dit-il avec un sourire paternel, l'expérience
vous fera connaître que les voyages ne peuvent plus former
la vieillesse, mais seulement hâter sa fin. Avantage encore
précieux! Car, au dernier détour, lorsqu'un vieux bonhomme
souhaite et redoute le petit faux pas qui le précipite au néant,
un rien de brusquerie est quelquefois nécessaire.

— Le néant! proteste poliment le curé de Luzarnes, voilà, maître, un bien gros mot?

(Saint-Marin, par-dessus l'épaule du Chavranchais, considère une seconde son insupportable galant.)

— Qu'importe le mot? fait-il. A-t-on le choix?

— Il y a des mots si désespérés... si douloureux..., s'écrie le pauvre prêtre, déjà pâlissant.

— Permettez! poursuit l'auteur du *Cierge Pascal*, je n'espère pas qu'une syllabe de plus ou de moins va me conférer l'immortalité!

— Je me fais mal comprendre, riposte le futur chanoine, enragé de conciliation. Sans doute, un esprit comme le vôtre se fait... de la vie future... une autre image... probablement... que le commun de nos fidèles... mais je ne puis croire que... votre haute intelligence... accepte sans révolte... l'idée d'une déchéance absolue, irrémédiable, d'une dissipation dans le néant?

Les derniers mots s'étranglent dans sa gorge, tandis qu'il implore des yeux, avec une émouvante confusion, l'indulgence, la pitié du grand homme.

La férocité du mépris que Saint-Marin témoigne aux sots étonne d'abord, car il affecte volontiers par ailleurs un scepticisme complaisant. Mais c'est ainsi qu'il peut manifester au-dehors, avec un moindre risque, sa haine naturelle des infirmes et des faibles.

— Je vous remercie, dit-il au curé de Luzarnes, de me réserver un autre paradis que celui de votre vicaire et de vos chantres. Les dieux me préservent cependant d'aller chercher là-haut une nouvelle Académie, quand la seule française m'ennuie assez!

— Si j'entends bien votre raillerie, répond le futur chanoine, vous m'accusez...

— Je ne vous accuse pas, s'écrie Saint-Marin tout à coup, avec une extraordinaire violence. Sachez seulement que je craindrais moins le néant que vos ridicules Champs Élysées!

— Champs Élysées... Champs Élysées, ronchonne le bonhomme abasourdi... Loin de moi la pensée de défigurer l'enseignement... Je voudrais seulement mettre à votre portée... parlant votre langage...

— Ma portée... mon langage! répète l'auteur du *Cierge Pascal*, avec un sourire empoisonné.

Il s'arrête un moment, reprend haleine. La lampe, qui tremble dans les mains du curé de Luzarnes, éclaire en plein son visage blême. La bouche mauvaise s'abaisse aux coins, comme pour un haut-le-cœur. Et c'est son cœur, en effet, son vrai cœur, que le vieux comédien va jeter, va cracher une fois pour toutes, aux pieds de ce prêtre stupide.

— Je sais ce que m'offrent les plus éclairés de vos pareils, l'abbé : l'immortalité du sage, entre Mentor et Télémaque, sous un bon Dieu raisonneur. J'aime autant celui de Béranger en uniforme de garde national! L'antiquité de M. Renan, la prière sur l'Acropole, la Grèce de collège, des blagues! Je suis né à Paris, l'abbé, dans une arrière-boutique du Marais, d'un papa beauceron et d'une mère tourangelle. J'ai répondu la messe comme un autre. Si j'avais à me mettre à genoux, j'irais encore tout droit à ma vieille paroisse de Saint-Sulpice, on ne me verrait pas faire des grimaces aux pieds de Pallas-Athénée, comme un professeur ivre! Mes livres! Je me moque bien de mes livres! Un dilettante, moi! Un bec fin? J'ai pris de la vie tout ce que j'ai pu prendre, entendez-vous, à grandes lampées, la gorge pleine! Je l'ai bue à la régalade : advienne que pourra! Il faut en prendre son parti, l'abbé. Qui jouit craint la mort. Autant s'essayer à la regarder en face que se distraire aux bouquins des philosophes, ainsi qu'un patient chez le dentiste feuillette les journaux illustrés. Un sage couronné de roses, moi! Un bonhomme antique! Ah!... il y a tel moment où l'adoration des niais vous fait envier le pilori! Le public ne nous lâche plus, veut toujours la même grimace, n'applaudit qu'elle, et demain nous traitera de menteurs et de baladins. Hé! Hé! si les bigots savaient peindre! Au fond, nous sommes dupes, l'abbé, repics et capots! Un gâcheur de plâtre, qui ne songe qu'à se remplir les tripes, montre plus de malice que moi; jusqu'à la dernière minute, il peut espérer boire et manger son soûl. Mais nous!... On sort du collège avec des illusions de poète. On ne voit rien de plus désirable

au monde qu'un beau flanc de marbre vivant. On se jette aux
femmes à corps perdu. A quarante ans, on couche avec des
duchesses, à soixante il faut déjà se contenter d'aller riboter
avec des filles. Et plus tard... Plus tard... Hé! Hé! plus tard...
on porte envie à des hommes comme votre saint de Lumbres
qui eux au moins savent vieillir!... La voulez-vous, ma pensée?
La pensée de l'illustre maître, ma pensée tout crue? Quand
on ne peut plus...

Il acheva sa phrase, toute crue en effet, dans une véritable
explosion de dégoût. Les traits si fins eurent alors cette expression d'hébétude, le rictus sournois, l'effrayante immobilité
du vice sur un visage de vieillard. Gambillet l'observait en
dessous avec un sourire cruel. Le curé de Luzarnes avait reculé
de deux pas. Sa détresse à ce moment eût attendri le baron
Saturne de l'immortel Villiers.

— Voyons... Voyons... maître..., bégaya-t-il. La religion dont
je suis le ministre... a des trésors d'indulgence... de charité...
Le scrupule touchant le dogme... peut... doit en quelque mesure... s'accorder avec une paternelle sollicitude... une bienveillance particulière même... pour certaines âmes exceptionnelles...
Je ne croyais pas qu'un effort sincère de conciliation... de
synthèse... une certaine largeur de vues... La vie future...
selon l'enseignement de l'Église.

Les arguments se pressaient dans sa pauvre cervelle confuse;
il eût voulu les donner à la fois, sa pensée sautant de l'un à
l'autre, comme l'aiguille affolée d'une boussole...

Alors, le robuste vieil homme marcha vers lui, le masquant
de ses larges épaules :

— La vie future? L'enseignement de l'Église? s'écria-t-il
en le défiant de ses yeux pâles, y croyez-vous? là... Y croyez-
vous sans barguigner? Tout bêtement? Oui ou non?...

(Et, certes, il y avait dans la voix de l'auteur du *Cierge
Pascal* peut-être autre chose que l'accent d'un injurieux défi...)
Mais qui peut espérer tenir le curé de Luzarnes dans les deux
branches de la pince? Il n'a jamais douté sérieusement des
vérités qu'il enseigne, simplement parce qu'il n'a jamais douté
de lui-même, de son critère infaillible. Il hésite pourtant. Il
cherche en hâte une formule heureuse, un de ces mots adroits...

Hélas! son redoutable adversaire le serre décidément de trop près... Il lève vers lui une main qui demande grâce. " Comprenez-moi bien... " commence-t-il d'une voix mourante.

Saint-Marin lui jette un regard véritablement flambant de haine. Puis il lui tourne le dos. L'infortuné s'efforce en vain; la phrase commencée s'étrangle dans sa gorge, tandis que montent à ses yeux de vraies, de honteuses larmes.

M. Gambillet ne comprit jamais par quel miracle une conversation d'abord paisible, haussant de ton par degrés, pût s'achever dans un tel désordre qu'ils s'entrevirent un moment, tous les trois, sous la lumière de la lampe, face à face, ainsi que d'irréconciliables ennemis. C'est qu'ils vivaient une de ces minutes singulières où la parole et l'attitude ont chacune un sens différent, lorsque les témoins s'interpellent sans plus s'entendre, poursuivent leur monologue intérieur et, croyant s'indigner contre autrui, s'animent seulement contre eux-mêmes, contre leur propre remords, comme les chats mystérieux jouent avec leur ombre.

Dans le silence qui suivit, gros d'un nouvel orage, la porte extérieure s'ouvrit tout à coup, et les marches de l'escalier craquèrent une à une, sous un pas pesant. Leur surexcitation était telle qu'ils se regardèrent avec une espèce de terreur sacrée. Mais, en reconnaissant le calme visage de Marthe, l'abbé Sabiroux, le premier, respira :

— En voilà bien d'une affaire! marmottait la vieille, essoufflée.

Puis, sur la dernière marche, frappant à petits coups son tablier pour le défriper, elle observa les trois hommes d'un regard rapide.

— Ladislas vous attend, messieurs, dit-elle.

Ils la suivirent jusqu'à la porte du jardin, docilement, sans parler. Le ciel était plein d'étoiles.

— Ladislas aura pris les devants, reprit la servante, en montrant du doigt une lanterne balancée dans l'ombre, à travers le cimetière. J'entends son pas. Vous trouverez l'église ouverte.

Un instant, elle retint le curé de Luzarnes par sa manche et, dressée sur la pointe de ses galoches, lui glissa ces mots à l'oreille :

— Faites-lui entendre raison, au moins; depuis hier au soir, il n'a pas mangé! Si c'est Dieu possible!

Elle disparut sans attendre la réponse. Le futur chanoine rattrapa ses deux compagnons sous le porche. Au-dessus d'eux, la haute église s'enlevait dans la nuit, incomparablement vive et claire. On entendait au-dedans les souliers ferrés du sacristain traînant sur les dalles.

— Nous continuerons donc à courir ensemble notre aventure, dit aimablement Saint-Marin à l'ancien professeur, auquel le sourire du grand homme rendit la vie. Je n'aurais pas le cœur de dîner avant que vous n'ayez remis la main sur votre insaisissable saint; et d'ailleurs il ne faut pas moins que cette intervention d'en haut pour clore ce soir nos petites querelles.

La fraîcheur de l'air après l'averse dissipait sa mauvaise humeur. Hors de la pauvre chambre du curé de Lumbres, et du cercle enchanté de la lampe sur le mur, son accès de fureur n'était guère plus qu'un méchant rêve.

— Entrons donc...., dit simplement Sabiroux (mais avec quel regard de gratitude!).

Dès qu'il les aperçut, Ladislas se hâta vers eux. Le futur chanoine l'accueillit d'un ton gaillard :

— Hé bien, Ladislas, dit-il, quoi de neuf?

(Le visage du bonhomme exprimait une stupéfaction profonde.)

— Notre curé n'est point là, dit-il.

— Par exemple! s'écria Sabiroux, d'une voix dont l'écho roula longtemps sous les voûtes.

Il croisait les bras, révolté.

— Soyons sérieux! reprit-il... Êtes-vous si sûr que?...

— J'ai tout visité, répondit Ladislas, coin par coin. Je pensais bien le trouver à la chapelle des Anges; il y va chaque jour, après souper, dans un petit coin qu'il faut connaître... Mais ni là, ni ailleurs... J'ai fouillé jusqu'à la tribune, ainsi...

— Mais que supposez-vous? intervint Gambillet. Un homme ne se perd pas, que diable!

Le futur chanoine approuva d'un signe de tête.

— Pour moi, dit Ladislas, M. le curé a pu sortir par la sacristie, gagner la route de Verneuil, jusqu'au calvaire du Roû. C'est une promenade qu'il aime à faire, la nuit tombante, en récitant son chapelet.

— Ah! Ah! soupira bruyamment le docteur de Chavranches.

— Laissez-moi finir, reprit le sacristain; à l'heure où nous voilà, vingt minutes avant le salut du Saint Sacrement, il serait rentré, rentré depuis longtemps... J'ai bien réfléchi là-dessus... Il était ce soir si faible, si pâle... A jeun depuis hier soir... A mon idée, il a pu tomber de faiblesse...

— Je commence à le craindre, dit Sabiroux.

Il réfléchit un moment, les bras toujours croisés, plus d'aplomb que jamais, gonflant ses joues. Tout à coup son parti fut pris :

— Je suis désolé, mon cher maître... d'être... indirectement... la cause d'un dérangement...

— Aucun... aucun dérangement, protesta le cher maître, décidément radouci. Je dirais presque, en somme, que l'histoire m'amuse, si je ne devais partager votre inquiétude... Je ne vous proposerai pas toutefois d'aller plus loin, sur mes vieilles jambes... Je préfère vous attendre ici...

— La course ne sera pas longue, j'espère, conclut l'ancien professeur. Mathématiquement, nous devons le trouver là-bas... Monsieur Gambillet voudra bien m'accompagner; son assistance m'est plus nécessaire que jamais. Venez avec nous, Ladislas, dit-il au sacristain, et prenez en passant le fils du maréchal. Si notre malheureux ami doit être transporté...

La voix s'éteignit peu à peu dans l'éloignement. La porte se referma sur elle. L'illustre auteur du *Cierge Pascal* se trouva seul et sourit.

XIII

Sourire magique! La vieille église, attiédie par le jour, respire autour de lui, d'une lente haleine; une odeur de pierre antique et de bois vermoulu, aussi secrète que celle de la futaie profonde, glisse au long des piliers trapus, erre en brouillard sur les dalles mal jointes ou s'amasse dans les coins sombres, pareille à une eau dormante. Un renfoncement du sol, l'angle d'un mur, une niche vide la recueille comme dans une ornière de granit. Et la lueur rouge de la veilleuse, au loin, vers l'autel, ressemble au fanal sur un étang solitaire.

Saint-Marin flaire avec délice cette nuit campagnarde, entre des murailles du XVIe siècle, pleines du parfum de tant de saisons. Il a gagné le côté droit de la nef, se ramasse à l'extrémité d'un banc de chêne, dur et cordial; une lampe de cuivre, au bout d'un fil de fer, se balance au-dessus, avec un grincement léger. Par intervalles une porte bat. Et, lorsque tout va faire silence, peut-être, ce sont les vitraux poussiéreux qui grelottent dans leur résille de plomb, au trot d'un cheval, sur la route.

— A cette heure, se dit-il, le docteur chavranchais et son insupportable compagnon trottent je ne sais où, s'écartent juste assez pour me permettre de jouir en paix d'une heure parfaite!... (Car il croit volontiers à ces politesses du hasard, à des accords mystérieux.) Cette église, ce silence, les jeux de l'ombre... Voyons! tout est à lui... tout l'attendait. Au moins, qu'ils ne reviennent pas trop tôt, souhaite-t-il.

Ils ne reviendront pas trop tôt.

(Les mourants connaissent bien leurs désirs, mais ils se taisent sur toutes choses, disait Mécislas Golberg, ce vieux juif.)

L'angoisse de l'éminent maître s'est dissipée peu à peu dans le grand silence intérieur qu'il a si rarement connu. Mille souvenirs s'y allument, pareils aux petites lumières d'une ville nocturne. Sa mémoire les repasse et jouit de leur confusion, de leur désordre enivrant. A travers les limites tracées par nos calendriers, comme les ans, les jours, les heures, s'appellent et se répondent!... Un clair matin de vacances, où retentit le beau son de cuivre d'une bassine à confitures..., un soir où coule une eau limpide et glacée, sous un feuillage immobile..., le regard surpris d'une cousine blonde, à travers la table familiale, et la petite poitrine haletante..., et puis tout à coup — le demi-siècle franchi d'un bond — les premières morsures de la vieillesse, un rendez-vous dénoué..., le grand amour, chèrement gardé, pas à pas défendu, disputé, jusqu'à la dernière minute, lorsque les lèvres du vieil amoureux pressent une bouche mobile et furtive, demain féroce... C'est là sa vie — tout ce que le temps épargne — qui dans son passé garde encore forme et figure; le reste n'est rien, son œuvre, ni la gloire. L'effort de cinquante années, sa carrière illustre, trente livres célèbres... Hé quoi! cela compte-t-il si peu?... Que de niais vont s'écriant que l'art... Quel art? Le merveilleux jongleur en connaît seulement les servitudes. Il l'a porté comme un fardeau. L'harmonieux bavard qui n'a parlé que de lui ne s'est pas exprimé une fois. L'univers, qui croit l'aimer, ne sait que ce qui le déguise. Il est exilé de ses livres et, par avance, dépossédé... Tant de lecteurs, pas un ami!

Il n'en éprouve d'ailleurs nul regret. La certitude qu'il échappe ainsi pour toujours, qu'on n'aura de lui qu'un simulacre, fait briller son regard malicieux. Le meilleur de son œuvre ne mérite pas d'autre conclusion que cette plaisanterie *in extremis*. Il ne souhaite aucun disciple. Ceux qui l'entourent sont des ennemis. Impuissants à renouveler un charme, une gentillesse dont leur maître eut le secret, ils se contentent de pasticher adroitement son style. Leurs plus grandes audaces

sont dans l'ordre de la grammaire. "Ils démontent mes
paradoxes, dit-il, mais ils ne savent pas les remonter." La
jeunesse décimée, qui vit Péguy couché dans les chaumes,
à la face de Dieu, s'éloigne avec dégoût du divan où la super-
critique polit ses ongles. Elle laisse à Narcisse le soin de
raffiner encore sur sa délicate impuissance. Mais elle hait déjà,
de toutes les forces de son génie, les plus robustes et les mieux
venus du troupeau qui briguent la succession du mauvais
maître, distillent en grimaçant leurs petits livres compliqués,
grincent au nez des plus grands, et n'ont d'autre espoir en ce
monde que de pousser leur crotte aigre et difficile au bord de
toutes les sources spirituelles où les malheureux vont boire.

Cependant, qu'importe à l'auteur du *Cierge Pascal* le grigno-
tement, dans son ombre, de tant de quenottes assidues? Il a
rongé plutôt par nécessité que par goût, avec ennui. Place aux
jeunes rats mieux dentés! Ce soir, il pourrait rêver d'eux sans
colère. Il songe, en frissonnant de plaisir, à la grande ville
lointaine, à sa foule bouillonnante, sous l'énorme ciel noir.
La reverra-t-il jamais? Existe-t-elle encore seulement, quelque
part, là-bas, dans la nuit si douce?

Presque au-dessus de sa tête, l'horloge bat à petits coups,
comme un cœur. Il ferme un moment les yeux pour mieux
l'entendre, vivre et respirer avec elle, l'antique aïeule sans
âge, qui dispense à regret, depuis des siècles, l'impitoyable
avenir. Ce bruit qu'il écoute, perceptible à peine dans la charpente sonore, ce ronron monotone, seulement interrompu
par la voix grave des heures, durera plus que lui, cheminera
des années et des années encore, à travers de nouveaux espaces
de silence, jusqu'au jour... Quel jour? Quel jour auront marqué
pour la dernière fois, au coup de minuit, les deux aiguilles
rouillées, les deux commères, avant de s'arrêter pour jamais?

Il ouvre les yeux. Devant lui une plaque de marbre grisâtre,
scellée au mur, porte une inscription dont il déchiffre lentement
les larges lettres dédorées.

"*A la mémoire... de... Jean-Baptiste Heame, notaire royal
1690-1741... et de Mélanie-Hortense Le Pean, son épouse...
de Pierre-Antoine-Dominique... de Jean-Jacques Heame, seigneur*

d'Hemecourt... de Paul-Louis-François... et ainsi jusqu'au bas
de la liste, jusqu'au dernier : *Jean-César Heame d'Hemecourt,
capitaine de cavalerie, ancien marguillier de la paroisse, décédé à
Cannes... en* 1889... *Bienfaiteur de cette église...*
   " *Priez pour cette Famille entièrement éteinte* ",

demande encore la vieille pierre, humblement, comme pour
s'excuser d'être là.
   — Fameuse perte!... murmure l'auteur du *Cierge Pascal*
entre ses dents. Mais il sourit d'un bon sourire de sympathie
protectrice. Le copieux morceau de marbre, consciencieuse-
ment gravé, rehaussé d'or fin, aussi cossu que n'importe
quelle autre pièce de mobilier bourgeois! Rien de plus triste
qu'une tombe de pierre blanche, aux quatre bornes enchaî-
nées, fouettée par la pluie, un jour d'hiver. Mais à l'abri du
froid et du chaud, face au banc d'œuvre où le défunt marguillier reçut le pain bénit, cette pierre, aussi lisse et polie
qu'au premier jour, cirée chaque semaine par un sacristain
diligent, quelle consolante image de la mort! La sensibilité
de l'écrivain s'émeut pour ce confortable posthume. Il épelle
tous ces noms, comme des noms d'amis, dont le voisinage
le rassure. Avec cette dynastie des Heame, que d'autres encore,
sous les dalles aux lettres effacées, çà et là, jusqu'au pied de
l'autel, bonnes gens qui voulurent dormir sous un toit, durer
aussi longtemps que la sûre assise! On peut rêver dormir là,
de compagnie.... Jamais le célèbre romancier ne se sentit
si résigné, si docile. Une fatigue exquise détend jusqu'à ses
dernières fibres, fait flotter devant ses yeux l'image de la profonde église endormie, désormais sans secret, amicale, familière. Il goûte une paix jamais sentie, un extrême bien-être,
presque religieux... Il se dorlotte, il s'étire; il étouffe un bâil-
lement, comme une prière.
   Au-dehors, le ciel s'obscurcit; un dernier vitrail du transept
s'éteint tout à fait. Désormais, la porte s'ouvre et se referme
sur un fond de velours noir, où le monde extérieur ne se
dénonce plus que par son parfum. Des ombres éparses se
rapprochent, s'assemblent. Un chuchotement discret court
au long des travées, de banc de chêne en banc de chêne, des

petits pas impatients gagnent le seuil, l'église se vide peu à peu de son menu peuple invisible. L'heure du salut quotidien est passée depuis longtemps, la sacristie reste close, trois lampes sur douze éclairent seules l'immense vaisseau. Que se passe-t-il? Qu'attendre encore?... On se cherche à tâtons, on s'appelle de loin, d'une petite toux caressante, on discute entre initiés. Car, avec la dernière diligence automobile de Vaucours, les curieux et les curieuses ont disparu : Lumbres ne garde si tard que ses vieux amis. Les derniers s'éloignent cependant. Saint-Marin va rester seul.

XIV

Pour lui seul, ce grand joujou un peu funèbre, mais charmant tout de même — pour le seul auteur du *Cierge Pascal* — pour lui seul! Il suit amoureusement du regard les nervures de la voûte, réunies en rosace, et qui retombent trois à trois sur les pilastres des murailles latérales, d'un mouvement si souple, d'une grâce vivante, presque animale. Le maître maçon qui, jadis, traça leur course aérienne, n'a-t-il pas, sans le savoir, travaillé pour réjouir les yeux du génie vieillissant? Qu'attendent de plus les dévots et les dévotes, et même ce prêtre paysan, lorsqu'ils lèvent le nez vers leur ciel vide, qu'un relâchement de leurs liens, une courte paix, la provisoire acceptation de la destinée? Ce qu'ils appellent naïvement grâce de Dieu, don de l'Esprit, efficace du Sacrement, c'est ce même répit qu'il goûte dans ce lieu solitaire. Pauvres gens, dont la candeur s'embarrasse de tant d'inutiles discours! Brave saint campagnard qui croit consommer chaque matin la Vie éternelle, et dont les sens ne connaissent pourtant qu'une illusion assez grossière, comparable à peine au rêve lucide, à l'illusion volontaire du merveilleux écrivain. " Que ne suis-je venu plus tôt, se dit-il, respirer l'air d'une église rustique!... Nos grand-mères 1830 savaient des secrets que nous avons perdus! " Il regrette la visite au presbytère, qui pensa l'égarer, le sot pèlerinage à la chambre du saint (ce pan de mur dont la vue fit chanceler un moment sa raison), spectacle en somme un peu barbare, et fait pour un public moins délicat... " La sainteté, s'avoue-t-il, comme toutes choses en ce monde, n'est

belle à voir qu'en scène; l'envers du décor est puant et laid. "
Sa cervelle en rumeur bourdonne de mille pensées nouvelles,
hardies; une jeune espérance, confuse encore, émeut jusqu'à
ses muscles; il ne s'est pas senti, depuis bien des jours, si souple,
si vigoureux.

— Il y a une joie dans le vieillir, s'écrie-t-il, presque à voix
haute, qui m'est révélée aujourd'hui. L'amour même — oui,
l'amour même! — peut être quitté sans rudesse. J'ai recherché
la mort dans les livres, ou dans les ignobles cimetières citadins,
tantôt démesurée, comme une vision formée dans les rêves,
tantôt rabaissée à la taille d'un homme en casquette, qui tient
en bon état, disent-ils, la clôture des tombes, enregistre,
administre. Non! c'est ici, ou dans d'autres séjours semblables,
qu'il faut l'accueillir avec bonhomie, ainsi que le froid et le
chaud, la nuit et le jour, la marche insensible des astres, le
retour des saisons, à l'exemple des sages et des bêtes. Combien
le philosophe peut apprendre de choses précieuses, incompa-
rables, du seul instinct de quelque vieux prêtre tel que celui-ci
tout proche de la nature, héritiers de ces solitaires inspirés
dont nos pères firent jadis les divinités des champs. O l'inconscient poète, qui, cherchant le royaume du ciel, trouve
au moins le repos, une humble soumission aux forces élémentaires, la profonde paix...

En étendant le bras, l'illustre maître pourrait toucher du
doigt le confessionnal où le saint de Lumbres dispense à son
peuple les trésors de sa sagesse empirique. Il est là, entre deux
piliers, badigeonné d'un affreux marron, vulgaire, presque
sordide, fermé de deux rideaux verts. L'auteur du *Cierge
Pascal* déplore tant de laideur inutile, et qu'un prophète villageois rende ses oracles au fond d'une boîte de sapin; mais il
considère toutefois avec curiosité le grillage de bois derrière
lequel il imagine le calme visage du vieux prêtre, souriant,
attentif, les yeux clos, la main levée pour bénir. Qu'il l'aime
mieux ainsi que tout sanglant, là-haut, face à la muraille nue,
le fouet à la main, dans son cruel délire! " Les plus doux
rêveurs, pense-t-il, ont sans doute besoin de ces secousses un
peu vives qui raniment dans leur cerveau les images défail-
lantes. Ce que d'autres demandent à la morphine ou à l'opium,

celui-ci l'obtient des morsures d'une lanière sur son dos et ses flancs. "

Au bout du fil de fer, la lampe de cuivre oscille doucement, passe et repasse. A chaque retour l'ombre se déploie jusqu'aux voûtes, puis, chassée de nouveau, s'embusque au noir des piliers, s'y replie, pour se déployer encore. " Ainsi passons-nous du froid au chaud, rêve Saint-Marin, tantôt bouillants d'ardeur, effervescents, tantôt froids et las, selon des lois méconnues, et sans doute inconnaissables. Jadis, notre scepticisme était encore un défi. L'indifférence même, où nous croyons plus tard tout atteindre, n'est bientôt qu'une pose assez fatigante à garder. Quelle crampe, Seigneur! derrière le sourire épicurien. Mais nos petits-neveux ne réussiront pas mieux que nous. L'esprit humain fait varier sans cesse la forme et la courbure de son aile, attaque l'air sous tous les angles, du négatif au positif, et ne vole jamais. Quoi de plus décrié que ce nom de dilettante, porté jadis avec honneur? La nouvelle génération fut manifestement marquée d'un autre signe; on a su lequel depuis : c'était celui de son sacrifice, sort honorable, envié par les militaires. J'ai vu, tout frémissant d'une impatience sacrée, le jeune Lagrange pareil à un pressentiment vivant... Il goûte avant moi le repos qu'il a détesté. Croyants ou libertins, de quelque mot qu'on nous nomme, ce n'est pas assez que notre recherche soit vaine; chaque effort hâte notre fin. L'air même que nous respirons brûle au-dedans, nous consume. Douter n'est pas plus rafraîchissant que nier. Mais d'être un professeur de doute, quel supplice chinois! Encore, dans la force de l'âge, la recherche des femmes, l'obsession du sexe congestionne habituellement les cerveaux, refoule la pensée. Nous vivons dans le demi-délire de la délectation morose, coupé d'accès de désespoir lucide. Mais d'année en année les images perdent leur force, nos artères filtrent un sang moins épais, notre machine tourne à vide. Nous remâchons dans la vieillesse des abstractions de collège, qui tenaient de l'ardeur de nos désirs toute leur vertu; nous répétons des mots non moins épuisés que nous-mêmes; nous guettons aux yeux des jeunes gens les secrets que nous avons perdus. Ah! l'épreuve la plus dure est de comparer sans cesse à sa propre déchéance l'ardeur et l'acti-

vité d'autrui, comme si nous sentions glisser inutilement sur
nous la puissante vague de fond qui ne nous lèvera plus... A
quoi bon tenter ce qui ne peut être tenté qu'une fois? Ce
bonhomme de prêtre a fait moins sottement qui s'est retiré
de la vie avant que la vie ne se retirât. Sa vieillesse est sans
amertume. Ce que nous regrettons de perdre, il souhaite en être
au plus tôt délivré; quand nous nous lamentons de ne plus
sentir de pointe au désir, il se flatte d'être moins tenté. Je
jurerais qu'à trente ans il s'était fait des félicités de vieillard,
sur quoi l'âge n'a pu mordre. Est-il trop tard pour l'imiter?
Un paysan mystique, nourri de vieux livres et des leçons de
maîtres grossiers, dans la poudre des séminaires, peut s'élever
par degrés à la sérénité du sage, mais son expérience est
courte, sa méthode naïve et parfois saugrenue, compliquée
d'inutiles superstitions. Les moyens dont dispose, à la fin
de sa carrière, mais dans la pleine force de son génie, un maître
illustre, ont une autre efficace. Emprunter à la sainteté ce qu'elle
a d'aimable; retrouver sans roideur la paix de l'enfance; se
faire au silence et à la solitude des champs; s'étudier moins
à ne rien regretter qu'à ne se souvenir de rien; observer par
raison, avec mesure, les vieux préceptes d'abstinence et de
chasteté, assurément précieux; jouir de la vieillesse comme de
l'automne ou du crépuscule; se rendre peu à peu la mort familière, n'est-ce pas un jeu difficile, mais rien qu'un jeu, pour
l'auteur de beaucoup de livres, dispensateur d'illusion? " Ce
sera ma dernière œuvre, conclut l'éminent maître, et je ne l'écrirai que pour moi, acteur et public tour à tour... "

Mais ce dernier livre est celui-là qu'on n'écrit pas, à peine
entrevu dans les songes. De le rêver seulement est un signe
fatal. Ainsi les vieux chats qui vont mourir caressent encore
des griffes la laine du tapis, et traînent sur les belles couleurs
un regard plein d'une tendresse obscure.

C'est ce même regard que l'auteur du *Cierge Pascal* fixe au
mince treillage de bois derrière lequel il imagine son héros
bénisseur, patriarche au rire indulgent, à la langue savoureuse
et drue, riche de l'expérience des âmes. Il l'aime déjà de tout
le bien qu'il peut en attendre. Pour être un saint on n'en est
pas moins sensible à une certaine forme rare de la courtoisie,

cette sympathie attentive, pénétrante, qui est la suprême politesse d'un grand seigneur de l'intelligence. Celui que la flatte-
rie rebute goûte mieux les formes supérieures de la louange.
Hé! Hé! d'autres que l'illustre Saint-Marin se sont agenouillés
ici, ont écouté le bon vieillard, et sont partis moins lourds.
Pourquoi pas? Sans la confession, l'expérience du péché
est-elle jamais complète? N'y a-t-il pas, dans la honte de l'aveu,
même incomplet, déloyal, une sensation âpre et forte qui
ressemble au remords, un remède un peu rude et singulier à
l'affadissement du vice? Et d'ailleurs les maniaques de la libre
pensée sont bien sots de dénier à l'Église une méthode de
psychothérapie qu'ils jugent excellente et nouvelle chez un
neurologiste en renom. Ce professeur, dans sa clinique, fait-il
autre chose qu'un simple prêtre au confessionnal : provoquer,
déclencher la confidence pour suggestionner ensuite, à loisir,
un malade apaisé, détendu? Combien de choses pourrissent
dans le cœur, dont ce seul effort délivre! L'homme célèbre,
qui vit dans son ombre, se voit dans tous les yeux, s'entend
sur toutes les lèvres, se reconnaît jusque dans la haine et l'envie
qui le pressent, peut bien tenter d'échapper à sa propre obsession, de rompre le cercle enchanté. Il ne s'ouvre jamais à l'infé-
rieur, il ment toujours à son égal. S'il laisse après lui des mé-
moires véridiques, sa dissimulation naturelle se double d'un
de ces effrayants accès de vanité posthume que le public connaît
assez. Rien n'est moins qu'une parole d'outre-tombe. Alors...
Alors, il est beau qu'une fois, par hasard, ce don précieux de
lui-même, qu'il a toujours refusé, il le fasse au premier venu,
comme on jette une poignée d'or à un mendiant.

Pas une minute cet homme pourtant subtil qui, à défaut de
goût véritable, ressent au moins la grossièreté d'autrui comme
une contrainte physique, n'échappe au piège de sa propre
bassesse. Il remue ces idées pêle-mêle, avec une assurance
naïve, se flatte de n'avoir qu'à faire un choix entre tant de
solides raisons. Il a fini par regarder les marches de bois,
usées par les genoux, avec autant de curiosité que d'envie...
Une fois là, le reste va de soi. Qui le retiendrait? Ce qui fut
donné si souvent à cette même place, aux vieilles filles illet-
trées, ne sera pas refusé sans doute à l'observateur le plus

retors, et qui garde mieux son sang-froid, délicieux railleur!
Il ne faut qu'un petit effort, après avoir sucé, vidé tant de
sensations rares et difficiles, parlé tant de langages, fait tant
de savantes grimaces, pour finir dans la peau d'un philosophe
campagnard, désabusé, pacifié, à point dévot. Depuis l'empe-
reur qui planta des raves, on a vu plus d'un grand de ce monde
s'assurer une mort bucolique. En argot de coulisses, cela
s'appelle entrer dans son rôle, pour se prendre soi-même à
son jeu. C'est ainsi qu'au terme d'une consciencieuse étude
tel comédien, gras à souhait, rouge de plaisir, avale son bock,
referme son livre, et s'écrie : " Je tiens mon Polyeucte!... "

XV

" Je tiens mon saint! " pourrait dire à ce moment l'illustre
maître, s'il était d'humeur à plaisanter. Et il le tient en effet,
ou va le tenir. Il songe, candide, qu'après avoir tâté d'une
dent dédaigneuse les fruits plus précieux cueillis au jardin
des rois, il peut mordre encore avec appétit au morceau de gros
pain arraché de la bouche du pauvre, car telle est la curiosité
du génie, toujours neuve.

C'est une belle chose de goûter si tard les joies de l'initiation! De Paris à Lumbres, il est vrai que la route est longue;
mais du presbytère tout proche à l'église paisible, quel autre
espace il a franchi! Tout à l'heure encore, inquiet, anxieux,
sans autre espoir que de rentrer bientôt, tête basse, au petit
hôtel de la rue de Verneuil, pour y mourir un jour, inutile,
oublié, au bras d'une servante qui murmure à la cantonade
que "le pauvre Monsieur a bien du mal à passer", maintenant délivré, libre, avec un projet en tête — ô délices! — une
petite fièvre à fleur de peau... En six semaines tout peut être
décidé, conclu. Il trouvera quelque part, à la lisière d'un bois,
une de ces maisons mi-paysannes, mi-bourgeoises, entre deux
humides pelouses vertes. La conversion de Saint-Marin, sa
retraite à Lumbres... le cri de triomphe des dévots... la première interview... une délicate mise au point... qui sera comme
le testament du grand homme : une suprême caresse à la jeunesse, à la beauté, au plaisir perdus, non point reniés, puis le
silence, le grand silence, où le public ensevelit pieusement,

côte à côte, dans leur solitude de Lumbres, le philosophe et le saint.

L'obsession devient si forte qu'il croit rêver, perd un moment contact, frissonne en se retrouvant seul. Ce réveil trop brusque a rompu l'équilibre, le laisse agité, nerveux. Il regarde avec méfiance le confessionnal vide, si proche. La porte close au rideau vert l'invite... Hé quoi! quelle meilleure occasion de voir plus que le pauvre logis du bonhomme, son grabat, sa discipline : le lieu même où il se manifeste aux âmes? L'auteur du *Cierge Pascal* est seul et d'ailleurs il s'inquiète peu d'être vu. A soixante-dix ans, sa première impulsion est toujours nette, franche, irrésistible, dangereux privilège des écrivains d'imagination... Sa main tâtonne, trouve une poignée, ouvre d'un coup.

L'hésitation a suivi le geste, au lieu de le devancer; la réflexion vient trop tard. Un remords indéfinissable, le regret d'avoir agi si vite, au hasard; la crainte, ou la honte, de surprendre un secret mal défendu, lui fait un instant baisser les yeux; mais déjà le reflet de la lampe sur les dalles a trouvé l'ouverture béante, s'y glisse, monte lentement... Son regard monte avec lui...

... S'arrête... A quoi bon? On ne recouvre plus ce que la lumière découvre une fois, pour toujours.

... Deux gros souliers, pareils à ceux trouvés là-haut; le pli d'une soutane bizarrement troussée... une longue jambe maigre dans un bas de laine, toute roide, un talon posé sur le seuil, voilà ce qu'il a vu d'abord. Puis... petit à petit... dans l'ombre plus dense... une blancheur vague, et tout à coup la face terrible, foudroyée.

Antoine Saint-Marin sait montrer dans les cas extrêmes une bravoure froide et calculée. D'ailleurs, mort ou vif, ce bonhomme inattendu l'irrite au moins autant qu'il l'effraie. En somme, on l'interrompt tout à coup, au bon moment, en plein rêve; le dernier mot reste, au fond de sa boîte obscure, à ce témoin singulier, au cadavre vertical. Un professeur d'ironie trouve son maître, et s'éveille, quinaud, d'un songe un peu niais, attendrissant.

Il ouvre largement la porte, recule d'un pas, mesure du
regard son étrange compagnon, et sans oser encore le défier,
l'affronte.

— Beau miracle! siffle-t-il entre ses dents, un peu rageur.
Le brave prêtre est mort ici sans bruit, d'une crise cardiaque.
Tandis que ces imbéciles trottent à sa recherche sur les chemins, il est là, bien tranquille, telle une sentinelle, tuée d'une
balle dans sa guérite, à bout portant!...

Dressé contre la paroi, les reins soutenus par l'étroit siège
sur lequel il s'est renversé au dernier moment, arc-bouté de
ses jambes roides contre la mince planchette de bois qui barre
le seuil, le misérable corps du saint de Lumbres garde, dans
une immobilité grotesque, l'attitude d'un homme que la
surprise met debout.

. . . .

Que d'autres soient, d'une main amie, sous un frais drap
blanc, disposés pour le repos; celui-ci se lève encore dans sa
nuit noire, écoute le cri de ses enfants... Il a encore quelque
chose à dire... Non! son dernier mot n'est pas dit... Le vieil
athlète percé de mille coups témoigne pour de plus faibles,
nomme le traître et la trahison... Ah! le diable, l'autre, est
sans doute un adroit, un merveilleux menteur, ce rebelle
entêté dans sa gloire perdue, plein de mépris pour le bétail
humain lourd et pensif que les mille ressources de sa ruse
excitent ou retiennent à son gré, mais son humble ennemi lui
fait front, et sous la huée formidable remue sa tête obstinée.
De quelle tempête de rires et de cris le joyeux enfer acclame
la parole naïve, à peine intelligible, la défense confuse et sans
art! Qu'importe! un autre encore l'entend, que les cieux ne
cèleront pas toujours!

Seigneur, il n'est pas vrai que nous vous ayons maudit; qu'il périsse
plutôt, ce menteur, ce faux témoin, votre rival dérisoire! Il nous a
tout pris, nous laisse tout nus, et met dans notre bouche une parole
impie. Mais la souffrance nous reste, qui est notre part commune
avec vous, le signe de notre élection, héritée de nos pères, plus active
que le feu chaste, incorruptible... Notre intelligence est épaisse et

commune, *notre crédulité sans fin*, et le suborneur subtil, avec sa
langue dorée... Sur ses lèvres, les mots familiers prennent le sens qu'il
lui plaît, et les plus beaux nous égarent mieux. Si nous nous taisons,
il parle pour nous et, lorsque nous essayons de nous justifier, notre
discours nous condamne. L'incomparable raisonneur, dédaigneux
de contredire, s'amuse à tirer de ses victimes leur propre sentence
de mort. Périssent avec lui les mots perfides! C'est par son cri de
douleur que s'exprime la race humaine, la plainte arrachée à ses
flancs par un effort démesuré. Vous nous avez jetés dans l'épaisseur
comme un levain. L'univers, que le péché nous a ôté, nous le repren-
drons pouce par pouce, nous vous le rendrons tel que nous le reçûmes,
dans son ordre et sa sainteté, au premier matin des jours. Ne nous
mesurez pas le temps, Seigneur! Notre attention ne se soutient
pas, notre esprit se détourne si vite! Sans cesse le regard épie, à droite
ou à gauche, une impossible issue; sans cesse l'un de vos ouvriers
jette son outil et s'en va. Mais votre pitié, elle, ne se lasse point,
et partout vous nous présentez la pointe du glaive; le fuyard reprendra
sa tâche, ou périra dans la solitude... Ah! l'ennemi qui sait tant de
choses ne saura pas celle-là! Le plus vil des hommes emporte avec
lui son secret, celui de la souffrance efficace, purificatrice... Car ta
douleur est stérile, Satan!... Et pour moi, me voici où tu m'as mené,
prêt à recevoir ton dernier coup... Je ne suis qu'un pauvre prêtre
assez simple, dont ta malice s'est jouée un moment, et que tu vas rouler
comme une pierre... Qui peut lutter de ruse avec toi? Depuis quand
as-tu pris le visage et la voix de mon Maître? Quel jour ai-je cédé
pour la première fois? Quel jour ai-je reçu avec une complaisance
insensée le seul présent que tu puisses faire, trompeuse image de la
déréliction des saints, ton désespoir, ineffable à un cœur d'homme?
Tu souffrais, tu priais avec moi, ô l'affreuse pensée! Ce miracle
même... Qu'importe! Qu'importe! Dépouille-moi! Ne me laisse
rien! Après moi un autre, et puis un autre encore, d'âge en âge, éle-
vant le même cri, tenant embrassée la Croix... Nous ne sommes point
ces saints vermeils à barbe blonde que les bonnes gens voient peints,
et dont les philosophes eux-mêmes envieraient l'éloquence et la bonne
santé. Notre part n'est point ce que le monde imagine. Auprès de
celle-ci, la contrainte même du génie est un jeu frivole. Toute belle vie,
Seigneur, témoigne pour vous; mais le témoignage du saint est comme
arraché par le fer.

Telle fut sans doute, ici-bas, la plainte suprême du curé de Lumbres, élevée vers le Juge, et son reproche amoureux. Mais, à l'homme illustre qui l'est venu chercher si loin, il a autre chose à dire. Et, si la bouche noire, dans l'ombre, qui ressemble à une plaie ouverte par l'explosion d'un dernier cri, ne profère plus aucun son, le corps tout entier mime un affreux défi :

— Tu voulais ma paix, s'écrie le saint, viens la prendre !...

TABLE DES MATIÈRES

BRODARD ET TAUPIN — IMPRIMEUR RELIEUR
Paris-Coulommiers. — France.
•5.141-V-10-1693 - Dép. lég. nº 1195, 4e trim. 59 - LE LIVRE DE POCHE